우체국 아가씨

우체국 아가씨

슈테판 츠바이크 지음

남기철 옮김

일러두기

- 각주는 옮긴이가 작성하였습니다.

차례

1부

오스트리아의 마을 우체국은 어디를 가나 비슷하다. 그래서 한 곳만 보면 다른 우체국에는 가볼 필요도 없다. 프란츠 요제프 황제 시절에 획일적으로 제작한 조악한 상태의 비품들로 똑같이 채워져 있기 때문이다. 어느 우체국이나 경직되고 인색한 관료주의 분위기를 풍긴다. 그래서 눈 덮인 높은 산들의 숨결이 살아 있는 알프스산맥 티롤 지방의 가장 외진 산골 마을 우체국에서조차 싸구려 담배와 먼지 쌓인 서류 냄새가 퀴퀴하게 배어 고리타분한 관청 냄새가 난다. 우체국 내부 구조도 모두 똑같다. 똑같은 비율로 직원의 업무 공간과 이용자 공간을 나무판자로 나눠놓고, 판자벽에는 칸막이 유리를 끼워놓았다. 시민이 공공장소에서 보내는 시간이 많다는 점을 충분히 고려하지 못한 탓에 우체국 이용자가 앉을 의자는 물론 다른 편의시설도 전혀 찾아볼 수 없다. 이용자들이 서서 일을 보게끔 경사진 책상 하나만 덜렁 놓여 있을 뿐이다. 그나마도 수평이 맞지 않아 흔들거리는 상태로 불안하게 벽에 붙여 놓았다. 물기가 스며들지 않게 책상 위에 깔아 놓은 방수포는 오래전에 찢어진 듯, 잉크 자국으로 얼룩덜룩하다. 책상 위 오목하게 팬 곳에 잉크병이 놓여 있지만, 사용하는 사람은 아무도 없다. 잉크가 말라버려 찐득해진 데다가 곰팡이까지 피어 있기 때문이다. 책상에 홈을 파놓은 곳에 펜이 하나 있긴 하지만, 펜촉이 늘 구부러져 있어 사용할 수 없다.

국비 절약을 외치는 인색한 정부는 시민의 편의나 건물의 미관에 전혀 관심이 없다. 공화국 정부가 관공서 벽에서 프란츠 요제프 황제의 영정을 모두 철거한 이래 실내장식이라고는 지저분하게 때 탄 흰색 벽에 덕지덕지 붙어 있는 포스터들뿐이다. 그중에는 오래전에 중단되었다가 다시 열리기 시작한 각종 전시회 포스터나 복권 판매 홍보 포스터 같은 것도 있지만, 전쟁 중에 발행했던 국채 홍보 포스터가 여전히 붙어 있는 곳도 있다. 국민에 대한 국가의 배려라는 것이 돈을 들이지 않고 고작 이런 포스터들로 벽을 뒤덮거나 아무도 관심 없는 금연 권고 게시문을 붙이는 정도이다.

그러나 우체국 직원들의 업무 공간은 사뭇 다른 모습이다. 공화국의 권력과 영향력을 상징하는 물건이 빼곡히 들어차 있다. 창문에 격자 쇠창살을 달아놓은 것으로 보아 구석에 있는 철제 금고 안에 상당한 액수의 돈이 들어 있을 때도 있을 것이다. 원형 작업대 위에는 우체국의 보물인 황동 전신기가 번쩍이고, 그 옆에는 검은색 니켈 받침대 위에 전화기가 얌전히 놓여 있다. 이 두 가지 보물이야말로 우체국의 명예와 자존심을 상징한다. 제국은 전신 전화를 잇는 구리 선으로 전국 방방곡곡 외딴 마을까지 모두 연결했다.

그 외 우체국에 필요한 도구들은 모두 한곳에 모여 있다. 소포의 무게 재는 저울과 우편행낭, 책자, 서류철, 소책자, 서류 보관함, 우편료 보관함, 저울과 추, 검정, 파랑, 빨강 색연필들, 서류 집게와 죔쇠, 끈, 봉인용 왁스, 스펀지, 압지, 고무, 칼, 가위와 접지주걱 등 우체국 업무에 필요한 갖가지 도구가 작은 책상 위에 어지럽게 놓여 있다. 그리고 서랍과 박스 안에는 엄청나게 많은 종류의 서류와 양식지가 들어 있다. 그러나 이런 것들은 보기에만 요란할 뿐, 실제로는 눈요기에 불과하다. 정부는 치밀하고 철저하게 이 싸구려 물건의 수를 하나하나 점검한다. 쓰다 남은 연필 토막부터 고무가 찢어진 스탬프까지, 닳아서 너덜너덜해진 압지에서부터 양철 개수대에 놓인 비누 조각까지, 사무실 전등의 전구에서부터 문을 잠그는 철제 자물쇠까지 정부 자산 하나하나를 현재 사용 중이든 이미 소모한 것이든 철저히 조사하여 보고하게 한다. 난로 옆에는 타자기로 작성한 상세한 비품 목록이 걸려 있다. 목록 밑에는 우체국 직인이 찍혀 있고 누구의 것인지 판독할 수 없는 서명도 되어 있다. 이 비품 목록에는 해당 우체국 소유의 별 가치도 없는 잡다한 비품까지 자세히 기록되어 있다. 이 목록에 없는 비품이 우체국 안에 있어서는 안 되고, 한번 목록에 기재된 비품은 언제나 제자리에 있어야 하며 언제라도 확인할 수 있어야 한다. 우체국은 그렇게 질서정연하게, 법률이 정한 대로 운영된다.

엄밀히 말하자면 이 목록에는 매일 아침 8시에 유리 칸막이를 열고, 사용할 비품들을 준비하고, 우편행낭을 열고, 편지 봉투에 소인을 찍고, 우편환을 지급하고, 영수증을 작성하고, 소포의 무게를 달고, 일반인은 알아보기 어려운 이상한 글씨를 소포에 휘갈겨 쓰는 데 필요한 색연필들을 준비해 놓고, 전화를 받거나 전신기의 스위치를 켜는 직원의 이름도 기재되어 있어야 한다. 하지만 어떤 이유에선지 우체국 이용자들에게 우체국 직원 혹은 우체국장으로 알려진 이 직원의 이름을 목록에서 찾아볼 수 없다. 그 직원의 이름이 기재된 서류는 중앙우편국 어느 부서 어느 공무원의 서랍 안에 보관되어 있다. 다른 우체국, 다른 직원의 이름과 함께 기재되어 있는 그 직원의 이름은 담당자가 바뀌면 다른 이름으로 교체되고, 항시적으로 정부의 통제를 받는다.

관료주의 특권계급이 신성시하는 이 사무 공간에서는 눈에 띄는 어떤 변화도 일어나지 않는다. '성장'과 '쇠퇴'라는 영원한 법칙이 이곳에서는 관료주의의 높은 장벽에 가로막혀 적용되지 않는다. 우체국 건물 밖으로 나와 주변을 둘러보자. 나무들은 봄에 꽃을 피우고 가을이 되면 앙상한 가지만 남는다. 아이들은 자라고 나이가 들면

백발이 되어 죽음을 맞이한다. 건물이 낡으면 허물어져 새 건물이 들어선다. 그런데 이 나라 관료주의는 항상 똑같은 것만 고집하면서 세속의 권력을 과시하고 있다. 우체국 비품이 소진되었거나 분실되었거나 변형되었거나 훼손되었으면 상급 관청에 요청한다. 그러면 역시 똑같은 제품이 공급된다. 그렇게 하여, 세상이 아무리 빠르게 변해도 절대로 변하지 않는 막강한 권력의 본때를 보여주는 것이다. 내용이 되는 알맹이는 없고, 형식이라는 껍데기만 남아 있다.

우체국 벽에는 달력이 걸려 있다. 매일 한 장씩, 일주일에 일곱 번, 한 달이면 서른 번 혹은 서른한 번 찢어 버리는 달력이다. 12월 31일이 되면 새 달력을 요청하지만 언제나 똑같은 판형, 똑같은 크기, 똑같은 서체의 달력이 지급된다. 해는 바뀌어도 달력은 바뀌지 않는다.

책상 위에는 가운데 세로줄이 있는 경리 장부가 놓여 있다. 왼쪽을 다 채우고 나면 오른쪽을 사용한다. 마지막 장까지 다 쓰고 나면 역시 똑같은 형식, 똑같은 크기의 새 장부를 사용하지만, 먼저 쓰던 장부와 전혀 구분할 수 없다. 비품이 분실되면 우체국 업무만큼이나 변함없이 다음 날 즉시 똑같은 제품을 똑같은 나무 책상 위에 올려놓는다. 책자든, 연필이든, 클립이든, 서류 양식이든 항상 다른 물건이지만 항상 똑같은 물건이다.

관료주의 관공서에서 아무것도 임의로 처분할 수 없듯이, 아무것도 새로 추가할 수 없다. 이곳에선 꽃이 시들지도, 피지도 않는 삶이 계속된다. 더 정확하게 말하자면 끝없는 죽음의 연속이다. 많은 비품이 소모되고 교체되는 시기만 다를 뿐, 똑같은 운명에 놓여 있다.

연필 한 자루를 가지고 일주일 정도 사용한다. 일주일이 지나면 역시 똑같은 새 연필로 교체된다. 우편사용설명서는 1개월, 전구는 3개월, 달력은 1년간 사용한다. 직원용 등나무 의자는 3년이 되면 교체하고, 이 의자에 앉은 직원이 30년에서 35년의 근무연한을 마치면 새 직원이 와서 그 의자에 앉는다. 후임자도 똑같은 운명이다.

1926년, 수도 빈에서 기차로 두 시간 거리, 크렘스 시에서 멀지 않은 곳에 있는 보잘것없는 마을 클라인-라이플링의 우체국. 이곳의 교체할 수 있는 정부 '비품'은 여성이다. 당국에서는 그냥 '우체국 여직원'이라고 부른다. 이 우체국이 인구가 적은 시골에 있기 때문이다. 수수하지만 호감이 가는 한 젊은 여성의 옆얼굴을 유리 칸막이를 통해 볼 수 있다. 다소 얇은 입술에 핏기 없는 창백한 얼굴. 피곤한 탓인지 눈 밑이 검다. 저녁 무렵 여자가 사무실 전깃불 스위치를 켜면, 가까이에 있는 사람은 흐릿한 조명 아래에서도 여자의 이마와 눈가의 주름을 볼 수 있다. 하지만 아직 젊은 나이의 이 여자는 창가에 놓인 접시꽃과 오늘 재미 삼아 철제 세면대 위에 놓아둔 양딱총나무 어린 가지와 함께 클라인-라이플링 우체국에서는 가장 신선한 비품이다. 그녀는 적어도 15년 정도는 이 우체국에서 더 근무할 수 있을 것이다. 핏기 없는 손가락으로 덜커덕거리는 창구 유리 칸막이를 수천 번은 더 올렸다 내렸다 할 것이고, 수십만, 아니 수백만 통의 편지를 똑같은 동작으로 소인 찍는 탁자로 던지고, 검은색 황동 소인기로 툭툭 소리를 내며 수십만, 아니 수백만 장의 우표에 소인을 찍을 것이다. 일에 익숙해지면서 손놀림이 점점 더 빨라져 기계적이고 무의식적으로 작업하게 될 것이다. 수십만 통의 편지는 매번 다른 내용의 편지겠지만, 그녀에게는 언제나 똑같은 편지일 것이다. 우표 역시 각각 다른 우표지만, 그녀에겐 똑같은 우표일 뿐이다. 하루하루가 매일 다르지만 아침 8시부터 정오까지, 오후 2시부터 저녁 6시까지 반복되는 일과는 세월이 지나도 변함없을 것이다. 언제나 똑같은 일을 하고 있을 것이다.

조용한 여름날의 오전, 잿빛이 감도는 금발의 우체국 여직원은 창구 유리 칸막이 뒤에 앉아 그런 자신의 미래에 대해 깊은 생각에 잠겨 있다. 아니면 단지 나른한 공상에 빠져 있는지도 모른다. 어쨌든 의자에 앉은 여자는 마주 잡은 창백하고 가느다란 두 손을 무릎 위에 올려놓고 있다. 푸른 하늘에 숨 막힐 듯 뜨거운 햇볕이 내리쬐기 시작하는 7월, 클라인-라이플링 우체국에서 여자는 별로 할 일이 없다. 오전 업무는 이미 끝났다. 꾸부정한 자세로 늘 담배를 씹고 다니는 집배원 힌터펠르너 씨는 진작에 배달을 마쳤다. 저녁이 되어야 공장에서 운송할 소포나 견본 상품이 도착할 것이다. 게다가 시골 사람들은 아침에 편지 쓸 시간이 없고, 편지 쓰는 일을 좋아하지도 않는다. 농부들은 멀리 포도밭에 나가서 햇빛을 가리는 챙 넓은 밀짚모자를 쓰고 괭이질을 하고, 여름방학을 맞은 아이들은 시냇물에서 정강이를 드러낸 채 재잘대며 뛰어논다. 우체국 밖 정오의 따가운 햇볕이 쏟아지는 엉성한 포장도로는 텅 비어 있었다. 이런 시간에는 사무실에 앉아 공상이나 하는 편이 나을 것이다. 서류나 공문 양식들은 서랍 속이나 블라인드 그늘이 드리워진 선반 위에서 잠자고, 철제 통신장비는 희미한 금빛 햇살을 받으며 나른하게 반짝인다. 주위는 비품마다 내려앉은 두터운 황금빛 먼지만큼이나 적막하다. 작은 여름 콘서트가 열린 듯 창유리 틈새에 낀 모기들의 가느다란 바이올린 소리나 호박벌의 우울한 첼로 소리만이 들려올 뿐이다. 이제 좀 선선해진 우체국 안에서 쉬지 않고 움직이는 것은 창문 사이 벽에 걸린 니무틀 벽시계뿐이다. 초마다 한 방울씩 떨어지는 시간을 삼키고 있는 듯 재깍재깍 가고 있다. 시계 소리는 희미하고 단조롭다. 신경을 거스르지 않는, 달래는 듯한 소리……

그렇게 의자에 앉아 있자니 우체국 여직원은 스르르 졸음이 밀려오면서 온몸이 나른하고 무기력해진다. 자수를 좀 해보려고 바늘과 가위를 사무실에 가져다 두었지만, 꺼내고 싶은 마음도 그럴 힘도 없다. 숨소리가 낮아지고 눈이 감기면서 의자 등받이에 편하게 몸을 기댄다. 나른하고도 아늑한 기운이 몰려온다.

그때 갑자기 탁! 소리가 들린다. 여자가 움찔한다. 그리고 다시 한번, 더 강한 금속성 소리가 긴박하게 들려온다. 탁, 탁, 탁. 전신기에서 활자쇠가 격렬하게 전보용지를 때리는 소리가 들리더니 드르륵드르륵 기계음이이어진다. 클라인-라이플링 우체국에 전보가 오는 일은 드물다. 신경 써서 받아야 한다. 졸고 있던 우체국 여직원은 의자에서 벌떡 일어나 재빨리 원형 테이블로 다가가, 기계에 종이 릴 테이프를 끼워 넣는다. 그런데 종이 테이프에 찍혀 나온 첫 단어를 보자마자 여자는 머리카락의 뿌리까지 화끈 달아오름을 느낀다. 난생처음 전보에 자신이 이름이 찍혀 있는 것을 보았기 때문이다. 전문이 모두 나오자, 여자는 전보를 읽고 또 읽는다. 그러나 전문의 내용을 이해하지 못한다.

'대체 이게 뭐야? 누가 폰트레지나에서 내게 전보를 보냈을까?'

크리스티네 호프레너, 클라인-라이플링, 오스트리아.

너를 기다리고 있다. 언제든지 날을 정해 와라.
오기 전에 미리 도착 시간을 알려다오.

클레르-안토니

여자는 골똘히 생각한다.

'나를 기다린다고? 안토니가 누구야? 누가 못된 장난을 하고 있나?'

그 순간, 이번 여름에 이모가 유럽에 올 거라고 몇 주 전 어머니가 했던 말이 기억난다.

'그래, 맞아, 이모 이름이 클레르였지. 그리고 안토니는 어머니가 항상 안톤이라고 부르는 이모부일 거야.'

그제야 여자는 며칠 전 프랑스의 셸부르에서 어머니에게 온 편지를 직접 전해준 일이 생각났다. 편지에 무슨 중요한 비밀이라도 있는 듯 어머니는 편지 내용에 대해 입을 다물었다. 그런데 이 전보는 크리스티네 앞으로 왔다.

'이모를 만나러 폰트레지나로 가야 한다는 뜻인가? 어머니가 그런 얘기를 한 적은 없는데.'

여자는 이곳 우체국에서 처음으로 자신에게 온 전보를 의아하다는 표정으로 다시 꼼꼼히 들여다본다. 호기심을 억제할 수 없다.

'정오까지 기다릴 게 아니라, 지금 곧바로 어머니에게 가서 무슨 내용인지 물어봐야겠어.'

여자는 열쇠를 집어 들고 사무실 문을 잠근 다음 집으로 뛰어간다. 흥분한 여자는 전신기의 손잡이를 잠그는 것도 잊었다. 텅 빈 사무실에서 전신기의 황동 활자쇠가 화라도 난 듯이 덜커덕 소리를 내며 격렬하게 전보용지를 때리고 있다.

전기 무선통신의 속도는 우리 생각보다 훨씬 빠르다. 소리 없이 번쩍하고 번개가 치듯, 순식간에 공기가 탁하고 축축한 오스트리아 우체국에 도착한 열댓 개의 단어는 불과 몇 분 전 이곳에서 세 나라나 떨어진 곳에 있는 엥가딘의 빛나고 청명한 어느 하늘 밑, 얼음이 뒤덮인 높은 산들의 서늘한 그늘 밑에서 쓰였다. 그리고 종이의 잉크가 채 마르기도 전에, 전보의 내용이 여자의 놀란 가슴으로 파고들었다.

깊은 시각에 엥가딘에서 안토니 반 볼렌은 햇살 가득한 팰리스호텔 테라스에 앉아 이제 막 아침 식사를 마쳤다. 네덜란드에서 태어나 오래전부터 미국의 남부에 살고 있는 이 면직물 중개인은 굼뜨지만 호방한 성격에 출신은 보잘것없는 인물이었다. 식사가 끝나자, 담배가 피고 싶었던 그는 원산지의 향기를 그대로 보존한 양철통에서 흑갈색 굵은 쿠바산 시가를 꺼냈다. 다소 뚱뚱한 몸집의 안토니는 앞에 놓인 등나무 의자에 두 발을 올려놓고 베테랑 애연가답게 편안한 자세로 아침 첫 담배를 즐기기 시작했다. 그리고 《뉴욕 헤럴드》를 펼치고 그날의 주가와 현물가가 나와 있는 광활한 활자의 바다로 뛰어들었다. 한편, 예전에 '클라라'라고 불리던 그의 아내 클레르는 지루한 표정으로 맞은편 의자에 앉아 신선한 자몽을 여러 조각으로 나누고 있었다. 그녀는 아침마다 남편과의 사이를 가로막는 '신문'이라는 장벽을 깨기가 몹시 어렵다는 사실을 이미 오랜 세월 경험으로 알고 있었다. 그런데 반갑게도 볼이 빨갛고 몸집이 왜소한 호텔 보이가 우편물을 들고 왔다. 쟁반 위에는 달랑 편지 한 통만 놓여 있었다. 편지의 내용은 여자에게 활기를 불어넣었다. 그녀는 그동안의 경험을 무시하고 남편의 신문 읽기를 방해하며 말을 걸었다.

"안토니, 잠깐만."

그러나 신문은 움직이지 않았다.

"안토니, 방해하고 싶지 않지만, 잠깐 들어봐요. 급한 일이에요. 메리 언니가……."

그녀는 자기도 모르게 영어로 언니 이름을 말했다.

"메리 언니가 올 수 없다고 편지를 보냈어요. 오고는 싶지만, 심장이 좋지 않아서 의사가 2천 킬로미터나 여행하는 것은 무리라고 했대요. 어림도 없다는군요. 그래서 우리만 괜찮다면 자기 대신에 크리스티네를 보내서 열나흘 정도 우리와 함께 지내게 하겠다네요. 당신도 그 애를 알죠? 금발 막내 조카딸 말이에요. 당신도 전쟁 전에 사진으로 본 적이 있잖아요. 지금 어느 우체국에서 일한다는데 아직 휴가를 제대로 가본 적이 없대요. 그래서 휴가원을 제출하면 곧바로 올 수 있다는군요. 언니 얘기로는 크리스티네가 '사랑하는 클라라 이모와 존경하는 안토니 이모부'를 만나면 무척 좋아할 거예요."

말을 마칠 때까지 신문이 꿈쩍도 않자, 클레르는 언성을 높였다.

"어떻게 생각해요? 크리스티네를 오라고 할까요? 신선한 공기를 좀 마시게 하는 것이 그 불쌍한 아이에게도 좋지 않겠어요? 당연히 그래야죠. 언젠가 언니 딸을 꼭 한번 만나보고 싶었어요. 크리스티네가 오는 게 싫어요?"

신문이 조금 바스락거렸다. 쿠바산 시가의 파란 연기가 동그란 원을 그리며 신문의 모서리 위로 피어올랐다. 그리고 담담한 목소리의 느릿느릿한 미국말이 들려왔다.

"난 전혀 반대 안 해. 내가 왜 싫어하겠소?"

안토니가 던진 한마디로 대화는 끝났고, 조카딸과의 운명적인 만남이 이루어질 참이었다. 수십 년 만에 다시 혈육을 만나게 된 것이다. '클레르 반 볼렌'이라는 그럴듯한 이름은 가운데 있는 '반' 덕분에 귀족처럼 들리지만, 사실 '반'은 네덜란드계 사람 이름에 흔히 쓰이는 중간 이름일 뿐이다. 그리고 클레르는 남편과 고상한 영어로 대화했지만, 그녀는 마리 호프레너의 동생이며 클라인-라이플링 우체국 여직원의 이모일 뿐이다.

클레르는 30년 전 다소 불미스런 사건에 연루되어 오스트리아를 떠나야 했다. 이제 그 사건은 기억마저 희미해졌고, 언니 마리도 자기 딸들에게 동생의 스캔들에 대해 자세히 이야기해 주지 않았다. 그 난처한 사건 때문에 클레르는 당시에 세인의 주목을 받았다. 신중하고 눈치 빠른 남자들이 때맞춰 사람들의 호기심을 차단하지 못했다면 엄청난 결과를 낳았을 것이다. 그 시절에 클레르는 콜마르크트의 한 고급 패션샵에서 '클라라'라는 이름으로 일하는 평범한 드레스 모델이었다. 하지만 그녀의 빛나는 눈동자와 우아한 몸매가, 가봉한 옷을 입어보러 온 부인과 함께 온 나이 든 목재 사업가의 마음을 사로잡았다. 나이보다 젊어 보이는 부유한 사업가는 육감적인 금발 여인에게 홀딱 반했다. 그는 이 아름다운 모델을 놓칠지도 모른다는 불안감에 물 쓰듯 돈을 쓰며 서둘러 그녀에게 구애했다. 완고한 가족들은 그녀의 처신에 몹시 분개했지만, 열아홉 살 드레스 모델은 지금껏 까다롭고 품위 있는 고객들을 위해 거울 앞에서만 걸쳐볼 수 있었던 최고급 의상과 모피옷을 입고 돌아다녔다. 그녀가 우아해 보일수록 나이 든 후원자는 마음이 흡족했다. 생각지도 않게 생긴 애인에 정신이 나가 돈을 길에 뿌리고 다녔다. 여자의 소원은 무엇이든 들어주었다. 몇 주 후, 남자를 마음대로 주무르게 된 여자는 변호사를 통해 은밀하게 그의 이혼서류를 준비하게 했다. 클레르는 빈에서 가장 돈 많은 부인 가운데 하나가 되는 지름길로 들어섰던 것이다.

그러나 결국 익명의 편지를 받고 두 사람의 관계를 알게 된 남자의 부인이 두 사람 사이에 개입했다. 클레르와 부유한 사업가의 관계는 끝나고 말았다. 별안간 30년간의 순탄한 결혼생활이 무너지게 된 부인은 격분했다. 그녀는 굴레를 벗어던진 말처럼 미쳐 날뛰며 권총을 들고 새로 개업한 싸구려 호텔에서 두 사람이 밀회를 즐기는 현장을 급습했다. 걷잡을 수 없는 분노에 사로잡힌 여자는 자기 결혼생활의 파괴자를 향해 주저 없이 권총 두 발을 발사했다. 한 발은 빗나갔고 다른 한 발이 불륜녀의 팔에 명중했다. 부상은 경미했지만 심각한 후유증이 뒤따랐다. 총소리에 놀라 뛰어나온 투숙객들, 귀

청을 찢을 듯 도움을 요청하는 비명, 깨진 유리창, 활짝 열린 문, 졸도, 몸싸움, 의사, 경찰, 조서 작성. 그리고 무엇보다도 이 스캔들 때문에 양측 관련자가 모두 곤혹스러워하는 법원 심리가 코앞으로 다가오고 있었다. 사실, 법망을 피하기는 도저히 불가능해 보였다. 그러나 아주 다행스럽게도 부자들 주위 곳곳에는 교활한 변호사들이 널려 있다. 돈만 주면 얼마든지 수완을 발휘하여 불미스런 사건을 능란하게 은폐하는 변호사들 말이다.

이미 능력이 검증된 법률자문, 카플루스가 목전에 닥친 스캔들을 신속하게 처리했다. 그는 클라라를 정중하게 자기 사무실로 불렀다. 여자는 아주 우아한 복장으로 팔에 멋진 붕대를 감고 나타나 호기심 어린 눈으로 변호사가 준비한 각서를 읽어 내려갔다. 각서에 따르면 여자는 증인소환장을 받기 전에 미국으로 떠나는 대가로 적지 않은 손해배상금을 받을 터였다. 그 외에 5년 동안 미국에서 입 다물고 조용히 지낸다면 매월 1일 변호사를 통해 일정 금액이 지급될 예정이었다. 그렇지 않아도 스캔들 이후 빈에서 다시 드레스 모델로 일하고 싶은 생각이 없는 데다 집에서 쫓겨나기까지 한 클라라는, 별 저항 없이 넉 장 분량의 계약서를 훑으며 얼른 금액을 계산해 보았다. 꽤 큰돈이었다. 그녀는 밑져야 본전이라는 생각으로 1천 굴덴을 더 달라고 했다. 그런데 그녀의 요구는 두말없이 받아들여졌다. 얼굴에 만족스러운 미소가 물살처럼 번지면서 여자는 각서에 서명했다. 그리고 곧바로 대서양을 건너 미국으로 떠났고, 한 번도 자신의 결정을 후회하지 않았다.

배를 타고 미국으로 가는 동안에도 남자를 만날 기회
가 꽤 많이 있었지만, 머지않아 그녀에게 결정적인 기회
가 찾아왔다. 뉴욕의 하숙집에서 그녀는 지금의 남편 안
토니 반 볼렌을 알게 되었다. 당시에 그는 한 네덜란드
무역회사를 위해 일하는 시원찮은 중개상에 불과했는
데, 클레르가 가져온 돈을 밑천 삼아 미국 남부에 자기
회사를 세우기로 작정했다. 하지만 안토니는 클레르의
돈이 한 남자와의 불륜에 대한 대가라고는 꿈에도 생각
지 못했다.

3년 후 그들에게는 아이 둘이 생겼고, 5년 후에는 집
을 샀고, 10년 후에는 상당한 재산을 모았다. 유럽에서
는 전쟁이 부자들의 금고를 무참히 비워버렸지만, 신대
륙 부자들은 재산이 넘쳐날 정도로 불어났다. 지금 두
아들은 어른이 되었고 제법 사업 능력도 있어 벌써 아
버지의 중개업 일을 맡아 하고 있었다. 그 덕에 몇 년
후 노부부는 마음 놓고 유럽으로 여유롭게 긴 여행을
떠날 수 있었다.

그런데 참으로 이상한 일이 벌어졌다. 희뿌연 안개가
걷히면서 프랑스 셸부르의 넓은 해안이 눈에 들어오는
순간, 클레르는 문득 고향에 대한 자신의 감정이 완전히
달라지는 걸 느꼈다. 섬광이 번쩍하는 찰나처럼 짧은 순
간에 일어난 일이었다. 오래전에 이미 뼛속까지 미국인
이 되었지만, 이 손바닥만 한 땅뙈기가 유럽이라는 생각

이 들자 어린 시절에 대한 향수가 불현듯 솟구쳤다. 그날 밤, 언니와 나란히 누워 자던 작은 격자 난간 침대가 꿈에 보였고, 어린 시절의 크고 작은 일들이 다시 떠올랐다. 그리고 그동안 혼자 가난하게 사는 언니에게 편지 한 줄 쓰지 않았다는 사실이 못내 부끄러워졌다. 클레르는 그런 생각으로 좀처럼 마음 편히 지낼 수가 없었다. 셀부르 항구에 도착하자마자 그녀는 언니에게 자기가 있는 곳으로 와달라는 말과 함께 1백 달러 지폐 한 장을 봉투에 넣어 보냈다.

그런데 언니가 자신은 갈 수 없고 딸을 보내겠다는 답장을 보내온 것이다. 클레르는 제복을 입고 장대처럼 서 있는 호텔 보이에게 손짓했다. 보이는 그녀에게 다가와 전보의 내용을 받아 적고는 모자를 귀까지 덮어쓰고 우체국으로 쏜살같이 뛰어갔다. 잠시 후 전신기에서 발신한 문자 부호는 천장의 구리 선을 타고 우체국 밖으로 나가 순식간에 국경을 넘고, 수천 개의 산봉우리가 있는 포어아를베르크를 지나, 작은 국가 리히텐슈타인과 계곡이 많은 티롤산맥을 거쳐 수천 킬로미터를 날아갔다. 그리고 눈 깜짝할 사이에 빙하를 타고 내려가 도나우 계곡을 가로지르고 린츠에 있는 변압기 속으로 들어갔다. 그곳에서 신호는 잠시 휴식을 취한 다음, 사람들이 '빠르다'라고 말할 틈도 없이 번개 같은 속도로 클라인-라이플링 우체국 지붕에 설치된 전기 회로망을 거쳐 전보 수신기로 들어갔고, 거기서 다시 한 여인의 가슴속으로 들어가 그녀가 놀라고 당황하고 호기심으로 가득 차게 했던 것이다.

집에 도착한 크리스티네는 계단 모퉁이를 돌아 삐걱거리고 우중충한 나무계단을 올라가 방으로 들어갔다. 그녀는 농가의 작은 창문이 나 있는 지붕 밑 다락방을 어머니와 함께 쓰고 있었다. 지붕 가장자리에 튀어나온 경사진 박공 덕에 겨울에 눈이 쌓이지 않았지만 대신 온종일 햇빛을 차단했다. 저녁나절에만 희미한 석양빛이 창문턱에 올려놓은 쥐손이풀 화분을 비췄다. 어둡고 습기 찬 다락방에서 늘 퀴퀴한 냄새가 풍겼다. 썩은 용마루나무 냄새, 곰팡이 낀 니스 냄새 같은 아주 오래된 냄새들이 나무에 핀 버섯처럼 켜켜이 내려앉아 있었다. 원래는 창고로나 사용했을 법한 공간이지만 전쟁이 끝난 지금은 방이 절대적으로 부족했기에 형편없는 주거 조건을 두말없이 받아들여야 했다. 침대 두 개와 탁자 하나, 낡은 옷장 하나라도 들여놓을 수 있음을 그나마 고맙게 여겨야 했다. 대를 이어 내려온 가죽 안락의자는 공간을 너무 많이 차지했기에 고물상에 싼값에 팔아버렸다. 그러나 나중에 호프레너 부인은 큰 실수를 했다고 후회했다. 수종에 걸려 퉁퉁 부어오른 발이 말을 듣지 않을 때마다 침대만이 유일하게 앉아 쉴 수 있는 가구가 되어버렸기 때문이었다.

호프레너 부인은 나이에 비해 늙어 보이고 몹시 지쳐 있었다. 정맥이 퍼렇게 드러나고 통증이 심한 다리를 붕대로 감싸고 있었다. 다리의 수종은 전쟁 중에 마땅히 쉴 곳이 없었던 군인병원에서 2년 동안 관리인으로 일하면서 얻은 병이었다. 당시에는 누구나 힘겹게 일을 해야 간신히 생계를 유지할 수 있었다. 그 후 부인은 숨쉬기조차 힘이 들어 움직일 때마다 거친 소리를 냈다. 조금만 힘을 쓰거나 흥분해도 가슴을 움켜잡았다. 부인은 자신이 오래 살지 못하리라는 걸 잘 알고 있었다. 다행히도 군주제가 무너진 혼란한 시국에 궁정고문관인 시동생이 크리스티네에게 일자리를 마련해 주었다. 비록 월급도 형편없고 외딴 시골 우체국이지만 말이다. 부인이 가진 것이라곤 약간의 안전을 보장해 주는 집과 머리를 가릴 수 있는 지붕, 숨을 쉴 수 있는 방 한 칸이 전부였다. 생활하기엔 너무 비좁았지만, 이런 삶에 익숙해져야 했다. 그래도 죽어서 들어갈 비좁은 관보다는 나았으니까.

방에선 언제나 시큼한 식초 냄새, 불쾌하고 눅눅한 습기 냄새와 함께 오랫동안 병상에 누워 있는 환자에게서 나는 냄새가 떠나지 않았다. 바로 옆에 있는 손바닥만 한 부엌문이 제대로 닫히지 않아 식은 음식을 데울 때 나는 역겨운 냄새도 방 안 공기를 탁하게 했다.

방으로 들어온 크리스티네는 늘 하던 대로 창문을 열어젖혔다. 갑자기 들리는 인기척에 침대에 누워 자던 부인이 깨어나며 앓는 소리를 냈다. 부인은 아무것도 할 수 없었다. 가까이 가기만 해도 손대기 전에 삐걱거리는 부실한 궤짝처럼, 부인은 움직일 때마다 끙끙거리며 신음했다. 관절염으로 시달리는 몸은 움직이기도 전에 고통을 예견하고 두려워했다. 비틀거리며 일어난 노파가 딸에게 물었다.

"웬일이야?"

의식이 몽롱했지만, 부인은 아직 정오가 되지 않았고 점심때도 아님을 알고 있었다. 무슨 일이 생긴 것이 틀림없었다. 딸은 말없이 부인에게 전보를 건넸다.

부인은 몸을 움직일 때마다 여지없이 몸이 아팠다. 손으로 테이블 위를 한참 더듬어 약봉지 아래에 놓인 안경을 찾아 썼다. 전보를 읽자마자 부인의 무거운 몸이 감전이라도 된 듯이 격렬하게 떨렸다. 숨이 막혔다. 간신히 숨을 내쉬며 크리스티네에게 다가갔다. 그리고 놀란 딸을 움켜잡으며 몸을 떨고, 웃고, 숨을 헐떡였다. 말을 하려 했지만 목소리가 나오지 않았다. 결국 기진맥진한 부인은 의자에 풀썩 주저앉아 양손을 가슴에 얹고 숨을 깊이 몰아쉬면서 치아가 없는 입을 실룩이며 알아들을 수 없는 말을 더듬더듬 쏟아냈다. 그러면서도 기쁨에 들뜬 웃음이 말 사이사이로 터져 나왔다. 눈물이 뺨을 타고 흘러내려 축 늘어진 입안으로 들어갔다.

부인은 당황한 딸에게 격앙된 목소리로 울먹이며 장황하게 이야기를 늘어놓았다.

"천만다행으로 모든 일이 잘되었으니, 이제 아무짝에도 쓸모없는 늙고 병든 어미는 맘 편히 죽을 수 있게 되었어. 그래서 지난 6월에 성지순례를 했지. 거기서 내가 죽기 전에 클라라가 이리로 한번 와서 내 불쌍한 딸을 돌보게 해달라고 기도했단다. 이제 마음이 놓여. 클라라가 2주 전에 내게 백 달러를 보냈고, 지금은 자기가 묵는 호텔로 널 보내라고 전보를 친 거야. 클라라는 어릴 적에도 마음씨가 고운 아이였지. 사랑스러운 아이였어.

너는 그 멋진 휴양지에 있는 이모를 찾아가기 전에 우선 백 달러를 가지고 공주처럼 예쁜 옷을 사 입도록 해. 그래, 거기 가면 보고 싶은 것도 실컷 보고, 돈 많고 고상한 부자들이 얼마나 인생을 즐기며 사는지 알게 될 거야. 너도 난생처음 그 사람들처럼 좋은 시간을 보내게 되겠지. 너는 지금까지 늘 일만 하고 고생하며 살았잖아. 게다가 늙고 병들고 불행한 엄마를 돌보느라 아무것도 하지 못했지. 난 오래전에 저세상으로 갔어야 했어. 죽는 것 말고는 똑똑한 짓이라곤 아무것도 할 수 없다는 것이 너무도 한스럽다. 그 망할 놈의 전쟁이 네 청춘을 망쳐버렸어. 인생에서 가장 아름다운 시절을 그렇게 헛되이 보내 마음이 얼마나 아팠는지 몰라. 하지만, 이제부터 네게 행운이 찾아올 거야. 이모부와 이모에게 항상 공손하고 겸손하게 처신하기만 하면 돼. 마음씨 착한 클라라 이모가 놀랄 일을 하지 말라는 거야. 그러면 언젠가 내가 죽는 날, 네가 이 숨 막히는 집에서, 이 시골구석에서 벗어날 수 있게 클라라 이모가 도와줄 거야. 아니, 이모가 널 데려가겠다고 하면 뒤도 돌아보지 말고 따라가. 너는 이런 썩은 나라, 이런 형편없는 인간들에게서 어떻게든 벗어나야 해. 그리고 늙은 어미는 걱정할 것 없어. 나는 언제든 양로원에 들어가면 되니까. 내가 얼마나 더 살지는 모르겠지만……. 아아, 이제 편하게 죽을 수 있게 되었어. 앞으로는 모든 일이 다 잘 풀릴 거야."

　페티코트를 걸친 푸석하게 부은 몸, 목도리를 두른 목, 코끼리 같은 다리를 끌고 비틀대는 노파가 삐걱이는 마룻바닥 위를 힘겹게 오락가락했다. 노파는 커다란 붉은색 손수건으로 행복에 겨워 흐르는 눈물을 찍어 냈다. 흥분을 가라앉히지 못하고 격렬하게 팔을 흔들었다. 중얼거리듯 말을 늘어놓다가, 숨을 몰아쉬며 자리에 주저앉았다. 신음하고, 코를 풀고, 숨을 고르고 나서 다시 홍수처럼 말을 쏟아냈다. 새로운 이야깃거리를 계속 생각해 내고, 끊임없이 큰 소리로 떠들면서 신이 났다가, 신음을 내뱉으며 돌연 흐느껴 울었다.

　갑자기 피로를 느낀 부인은 정작 기뻐해야 할 크리스티네가 창백하고 불편한 얼굴로 멍하니 서 있는 모습을 보았다. 딸은 당황한 눈빛으로 할 말을 잊은 것 같았다. 부인은 화가 치민 듯, 긴장한 채 서 있는 딸에게 다가가 팔을 힘껏 쥐고는 눈물 젖은 입술로 입을 맞췄다. 노파는 딸을 품에 안고 마치 잠에서 깨우려는 듯 천천히 흔들었다.

　"무슨 말이든 해봐! 이게 다 너를 위한 일이야. 왜 그래? 왜 바보같이 아무 말도 하지 않고 돌처럼 서 있어? 얼마나 좋은 기회냐! 걱정하지 말고 행복하게 살아! 넌 기쁘지도 않아?"

우체국 규정은 근무 시간에 직원들이 오래 자리를 비우는 것을 엄격하게 금한다. 아무리 급한 개인 용무가 있어도 공무보다 우선일 수는 없다. 공무가 먼저고 개인 사정은 나중이다. 법률에도 글자가 먼저이고 의미는 그다음이다. 그래서 잠시 자리를 비운 클라인-라이플링 우체국 여직원은 유리 칸막이 뒤로 돌아가 일할 준비를 했다. 다행히도 그동안 아무도 여자를 찾지 않았다. 탁자 위의 신청서 용지들은 여자가 우체국을 나가기 전 상태 그대로 놓여 있다. 조금 전 여자의 마음을 흔들어 놓았던 전신기는 작동을 멈춘 채 어둠 속에서 금빛으로 조용히 반짝이고 있었다. 우체국에 온 사람도 없었다. 급한 일도 없었다. 이제 우체국 여직원은 명료한 의식으로 그 혼란스러웠던 전보의 내용을 곰곰이 되새겨 보았다. 여전히 긴장이 풀리지 않아 기뻐해야 할지 아닌지 분간할 수 없었다. 그러나 차츰 생각이 정리되었다.

'난생처음 어머니에게서 벗어나 2주 동안, 어쩌면 그보다 더 오래 낯선 사람들을, 아니 클라라 이모를 고급 호텔에서 만나러 가게 되었어. 휴가를 떠나는 거야. 그것도 아주 멋진 휴가를. 정말 오랜만에 쉴 수 있게 되었어. 이제 바깥세상을, 새로운 것들을, 다른 것들을 보게 될 거야.'

여자는 계속 골똘히 생각했다.

'이건 정말 좋은 소식이야. 어머니 말이 맞아. 어머니가 기뻐하는 건 당연해. 몇 년 만에 우리 집에 찾아온 최고의 소식이야. 난생처음 일에서 벗어나 자유롭게 새

로운 사람들을 만나고, 제대로 된 세상을 구경한다는 것은 하늘이 내린 선물이 아닐까?'

불현듯 어머니가 깜짝 놀라며 화를 내다시피 하던 말이 귓전을 울렸다.

'넌 기쁘지도 않아?'

'어머니 말씀이 맞아. 맞는 말이야. 그런데 나는 왜 기쁘지 않을까? 왜 마음이 들뜨지도 않고, 떨리지도 않을까?'

여자는 마음 깊은 곳에서 들려올 대답에 귀 기울였다. 하늘이 내려준 놀라운 선물을 받으면 아주 작은 반응이라도 있을 법한데, 여자는 아무것도 느끼지 못했다. 단지 혼란스러웠을 뿐. 이상하게도 두렵기만 했다.

'이상하다, 나는 왜 기쁘지 않을까? 우편물을 분류하다가 노르웨이의 잿빛 피오르 해안이나 프랑스 파리의 가로수길, 이탈리아 소렌토 해변, 미국 뉴욕의 빌딩 사진이 인쇄된 그림엽서를 보면 저절로 한숨이 나올 때가 수백 번도 넘지 않았던가? 나는 언제쯤 이런 곳에 가볼수 있을지, 내게도 차례가 올지, 안타까워하지 않았던가? 지금처럼 우체국 안이 텅 비어 있는 오전 시간 내내나는 무엇을 꿈꾸었지? 언젠가는 이 의미 없고 단순한일에서, 이 지겨운 시간과의 경주에서 벗어나기를 바라지 않았던가? 단 한 번만이라도 마음 편하게, 산산이 조각나고 갈기갈기 찢긴 시간이 아니라 온전히 나만을 위한 시간을 보내고 싶지 않았던가? 단 하루만이라도 똑같이 반복되는 이런 일상에서 벗어나고 싶지 않았던가?

인정사정없이 잠을 깨우는 자명종 소리에 놀라 일어나서 옷을 입고, 방을 덥히고, 우유와 빵을 집어삼키고, 서둘러 우체국에 도착하면 우편물에 소인을 찍고, 서류를 작성하고, 전화를 받고, 업무가 끝나 집으로 돌아가면 다림질하고, 빨래하고, 음식 만들고, 해진 옷을 수선하고, 어머니를 돌보고, 그리고 마침내 피로에 지쳐 죽은 듯이 잠에 곯아떨어지는 일상에서 탈출하고 싶지 않았던가? 나는 그것을 바로 이 책상에서, 둥지처럼 비좁은 이 의자에서 수천 번, 아니 수만 번 꿈꾸었어. 그리고 이제 마침내 그 꿈이 이루어지려 하고 있어. 난 이곳에서 벗어나 자유롭게 떠날 거야. 그런데 어머니 말대로 나는 왜 기쁘지 않을까? 왜 마음의 준비가 되어 있지 않은 걸까?'

여자는 경직된 눈으로 어깨를 축 늘어뜨린 채 자리에 앉아, 낯설고 차가워 보이는 벽을 응시하며 마음에서 어떤 기별이 오지 않을지, 늦게나마 설레는 느낌이 들지 않을지, 기다리고 또 기다렸다. 무심결에 호흡을 멈추고 마치 임신한 여자처럼 머리를 깊이 숙인 채 몸 안에서 나는 소리에 귀 기울였다. 하지만 아무 소리도 들리지 않았다. 여자의 몸은 새들이 떠나간 숲처럼 고요하기만 했다. 스물여덟 살의 여자는 행복이란 게 어떤 상태를 뜻하는지를 기억해 내려고 애썼다. 그런데 놀랍게도 자신은 행복이 무엇인지조차 모르고 있다는 사실을 깨달았다. 그것은 어린 시절에 배운 적이 있지만 지금은 다 잊어버린, 한때 알았다는 사실만 기억나는 외국어와 같았다.

'내가 최근에 행복을 느꼈던 게 언제였지?'

여자는 곰곰이 생각해 보았다. 숙인 이마에 가느다란 두 줄의 주름살이 생겼다. 그동안 잊고 있었던 오래된 장면들이 하나둘 떠오르기 시작했다. 뿌연 거울을 통해 보이듯이 어떤 모습 하나가 떠올랐다. 짧은 면 치마를 입고, 어깨에 멘 책가방을 흔들며 날씬한 다리를 움직여 걷는 어느 금발 소녀의 모습. 친구 열두 명이 소녀를 둘러싸고 있다. 빈 교외의 공원에서 열렸던 크리켓 경기에서 공이 하늘 높이 올라갈 때마다 웃음소리도 함께 솟구쳐 올랐다. 신나게 재잘대던 맑은 목소리들, 그 웃음소리가 얼마나 밝고 자유로웠는지 새삼 기억났다. 즐거운 웃음은 먼 곳에 있지 않았다. 소녀의 몸속에서 피부를 간질이고 핏속에서 소용돌이치고 들끓었다. 누가 건드리기만 해도 웃음이 입 밖으로 튀어나올 것 같았다. 진정 자유롭던 시절이었다. 프랑스어 수업 시간, 우스꽝스럽게 들리는 프랑스어 단어가 나오거나 누가 발음을 엉터리로 하면 소녀들은 두 손으로 의자를 움켜쥐고 입술을 깨물며 터져 나오는 웃음을 참았다. 아주 사소한 일에도 소녀들에게는 웃음의 물결이 퍼졌다. 선생님의 말더듬이 버릇, 거울을 보며 찡그린 얼굴, 제 꼬리를 물고 빙빙 도는 고양이, 거리에 서서 사람들을 지켜보는 경찰관……. 아무리 사소하고 의미 없고 작은 일에도 소녀들은 웃음을 터뜨렸다. 언제건 자연스럽고 장난기 넘치는 웃음이었다. 소녀는 자는 동안에도 입가에 웃음을 머금었다.

그런데 어느 날 갑자기 온 세상이 암흑으로 변했다. 손가락으로 심지를 눌러 꺼버린 것처럼 사방이 깜깜해졌다. 1914년 8월 1일. 그날 오후 소녀는 수영장에 있었다. 탈의실에서 블라우스를 벗는 순간, 열여섯 살 소녀의 매끈한 몸매가 드러났다. 어느덧 성숙하여 제법 굴곡지고 윤기 있으며 눈부시게 흰 살결에 발그스레한 기운이 감도는 건강한 몸이었다. 소녀는 물속에서 첨벙거리며 놀고, 수영하며 뜨겁게 달아오른 몸을 식혔다. 친구들과 함께 수영장을 가로지르는 시합도 했다(함께 놀던 친구들의 웃음소리, 숨이 차서 헐떡거리던 소리가 지금도 귓가에 들리는 듯하다). 수영이 끝나고 소녀는 집으로 달려갔다. 또 늦었기 때문이었다. 이틀 후 온 가족이 캄프탈로 여름휴가를 떠날 예정이었기에, 소녀는 어머니를 도와 짐을 싸기로 약속했었다. 소녀는 단숨에 층계를 세 계단씩 뛰어올라, 숨을 몰아쉬며 문을 열고 집으로 들어갔다. 그런데 이상하게도 소녀가 들어서자 아버지와 어머니는 하던 말을 갑자기 멈추고 소녀의 시선을 피했다. 평소에 목소리가 컸던 아버지는 의심쩍게 목소리를 죽이고 신문을 열심히 읽기 시작했다. 어머니가 손수건을 거머쥐며 황급히 창문 쪽으로 걸어가는 것으로 보아 울고 있는 것이 틀림없었다.

'무슨 일이지? 부부싸움이라도 하셨나? 아니야, 그런 건 아닐 거야.'

아버지가 어머니에게 다가가 떨리는 어깨 위에 손을

없었다. 소녀는 아버지가 그토록 다정히 어머니를 대하는 모습을 처음 보았다. 어머니는 몸을 돌리지 않았다. 아버지가 조용히 다독이자 어머니는 몸을 더 떨었다.

'무슨 일이 일어난 걸까?'

두 사람 모두 소녀에게는 눈도 돌리지 않았다. 12년이 지난 지금도 여자는 그때 얼마나 겁을 먹었는지 생생히 기억하고 있다.

'내게 화가 나셨나? 혹시 내가 무슨 나쁜 일이라도 저질렀나?'

겁에 질린 소녀는 두려움과 죄책감을 느끼면서 부엌으로 갔다. 거기서 요리사 보제나와 옆집에 사는 경찰관네 하인 게차가 나누는 이야기에서 무슨 일이 벌어졌는지 전해 들었다. 게차는 흥분을 감추지 못하며 "드디어 시작되었다"라고 했고, "토막 내서 국이라도 끓여 먹어야 할 세르비아 놈들!"이라고 말했다. 오빠는 예비군 소위로 전쟁에 나가야 했고, 형부도 마찬가지였다. 그래서 집안이 발칵 뒤집혔던 것이다.

다음 날 아침 오빠 오토는 청회색 보병 군복을 입고 방 안에 서 있었다. 어깨에는 비스듬히 비단 견대가 붙어 있었고 칼자루에는 황금색 장식줄이 달려 있었다. 초등학교 예비 교사였던 오빠는 평소에 대충 솔질한 검은색 프록코트를 입고 다녔다. 짧게 깎은 머리에 부드럽고 노란 수염이 볼까지 덮여 있었고, 파리한 얼굴에 키가 크고 깡말라서 우스꽝스러워 보이는 청년이었다. 하지만 몸에 꼭 맞는 군복을 갖춰 입고 입을 꽉 다문 그의 모습은 무척 낯설어 보였다. 소녀는 아무 생각 없는 아이답게 자랑스럽다는 듯이 오빠를 바라보면서 손뼉을 쳤다.

"와, 오빠 참 멋있다."

그 소리를 듣자 평소 다정했던 어머니가 딸을 옆으로 밀쳐냈다. 그 바람에 소녀의 팔꿈치가 옷장에 부딪혔다.

"이 철없는 것아, 넌 부끄럽지도 않니?"

하지만 화를 내는 것은 말로 표현할 수 없는 고통에 대한 위안일 뿐이었다. 어머니는 입에 경련을 일으키며 귀청이 떨어지도록 울부짖었다. 그리고 온 힘을 다하여 필사적으로 아들을 부여잡았다. 아들은 억지로 얼굴을 돌리고 남자다운 당당한 태도를 잃지 않으려 애쓰며 조국에 대한 남자의 의무를 이야기했다. 아버지도 고개를 돌렸다. 차마 아들을 볼 수 없었다. 창백한 얼굴에 이를 악문 젊은이는 거의 강제로 어머니의 손을 뿌리쳤다. 그리고 어머니의 뺨에 짧게 입 맞추고 나서 어색한 자세로 잔뜩 긴장하고 서 있는 아버지에게 얼른 손을 내밀었다. 그리고 크리스티네에게 잘 있으라는 짧은 인사를 건넨 다음 방에서 나갔다. 계단에서 철렁거리는 군도 소리가 들렸다.

오후에는 형부가 작별 인사를 하러 왔다. 시청 공무원인 그는 보급부대 상사로 징집되었다. 형부는 앞으로 닥쳐올 위험을 모르는 듯 입대가 마치 즐거운 일이라도 되는 양 농담을 해가며 가족들을 위로하고 돌아갔다. 그러나 두 남자가 떠난 곳에는 두 그림자가 남아 있었다. 올케언니는 임신 4개월이었고, 언니에겐 아기가 있었다. 매일 저녁 두 여자는 함께 저녁을 먹었다. 그럴 때면 램프의 불빛조차 사그라드는 것 같았다. 크리스티네가 악의 없는 농담을 하면 두 사람은 즉시 눈을 부릅뜨고 소녀를 노려보았다. 그러면 소녀는 자신이 얼마나 큰 잘못을 저질렀는지, 얼마나 진지하지 못하고 철없이 굴었는지를 깨닫고 부끄러워서 이불을 뒤집어쓰고 후회했다. 결국 소녀도 입을 다물었고, 집 안에서는 웃음소리가 사라졌다. 식구들 모두 잠을 이루지 못했다. 어쩌다 한밤중에 잠에서 깨면 옆방에서 물방울이 떨어지는 듯 낮고 으스스한 소리가 쉬지 않고 들려왔다. 잠을 못 이루는 어머니는 그렇게 몇 시간 동안 촛불을 환하게 밝혀둔 성모상 앞에서 무릎을 꿇고 오빠를 위해 기도했다.

1915년, 여자는 열일곱 살이 되었지만 부모는 십 년은 지난 것처럼 늙어버렸다. 마치 안에서 잿물이 몸을 부식하기라도 하듯이 아버지는 날이 갈수록 수척해졌고, 안색이 노래지고 등이 굽었다. 아버지는 이 방 저 방을 오가며 괴로워했다. 식구들은 아버지가 사업 문제로 고민한다는 것을 알고 있었다. 전국에서 지난 60년간 알프스 영양의 뿔을 곧게 펴거나, 사냥해서 잡은 짐승을 박제하는 데 보니파치우스 호프레너와 그의 아들만큼 뛰어난 실력을 갖춘 사람은 없었다. 그들은 에스터하지, 슈바르젠베르크, 에르츠헤르조겐 가문의 저택을 장식할 동물 박제를 만들었다. 부자는 아침부터 밤까지 네다섯 명의 일꾼들과 함께 열심히 일했고 솜씨가 좋아 신용도 얻었다. 그러나 지금처럼 총으로 사람을 쏘아 죽이는 전쟁 중에 박제를 주문하는 사람은 없었고, 공방은 몇 주째 문을 닫은 상태였다. 그런데 아버지는 갓 태어난 외손자를 위해 침대도 사야 했고, 손자의 병원비도 대야 했기에 돈이 많이 필요했다. 말수가 적어진 아버지의 어깨는 점점 더 아래로 처졌고, 어느 날 완전히 꺾이고 말았다. 그날 처음으로 아들 오토의 글씨가 아닌 부대장의 글씨로 쓰인 편지가 도착했다. 편지 봉투를 뜯지 않아도 가족들은 이미 내용을 짐작하고 있었다. 선봉에 섰던 애국자의 영웅적인 죽음이 어떻고, 국가는 그 죽음을 영원히 기억할 것이라는 둥 판에 박힌 이야기가 적혀 있을 터였다. 집 안은 더욱더 조용해졌다. 어머니는 기도를 중단했다. 성모상을 밝히던 촛불도 꺼졌다. 램프에 기름 채우는 것도 잊어버렸다.

1916년, 그녀가 열여덟 살이 되었을 때 집에서는 새로운 유행어가 생겼다. "너무 비싸다!" 어머니, 아버지, 언니, 올케언니는 근심할 겨를도 없이 생활고에 시달렸다. 매일 아침부터 밤까지 하루의 비참한 생활을 조목조목 큰 소리로 외쳤다. "고기가 너무 비싸다! 버터가 너무 비싸다! 신발이 너무 비싸다!" 크리스티네는 숨 쉬는 것조차 너무 비쌀까 봐 숨도 제대로 쉬지 못했다. 거리에는 최소 생계에 필요한 생활필수품조차 모습을 감추었다. 사재기와 살인적인 물가가 판을 치는 세상이라 마치 사냥하듯 물건을 구해야 했다. 구걸하다시피 끈질기게 졸라야 빵을 살 수 있었고, 채소 한 포기를 살 때에도 식료품 가게 주인 여자의 비위를 맞춰야 했다. 달걀은 시골에서 가져와야 했으며, 석탄은 기차역에서부터 손수레로 실어 와야 했다. 굶주린 여자들이 추위에 떨면서 하루가 다르게 부족해지는 먹잇감을 두고 서로 다퉜다.

여자의 아버지는 위장에 탈이 나서 특별히 소화가 잘되는 음식이 필요했다. '보니파치우스 호프레너' 간판을 내리고 사업장을 남에게 넘겨버린 이래 아버지는 아무와도 말하지 않았다. 가끔 불룩한 배를 양손으로 누르면서 혼자 끙끙거리며 신음했다. 의사를 보러 가야 했지만, 아버지는 치료비가 너무 비싸다며 남몰래 병을 키웠다.

그리고 1917년, 여자가 열아홉 살이 되던 새해 1월 2일에 아버지는 땅에 묻혔다. 은행 계좌에는 장례식에서 입기 위해 평상복을 검은색으로 염색할 정도의 돈밖에 남지 않았다. 생활비는 점점 비싸졌다. 브로디에서 온 난민 부부에게 방 두 칸을 세주었지만, 생활비는 여전히 모자랐다. 밤늦도록 악착같이 일해도 충분한 돈을 벌 수 없었다.

마침 궁정고문관이었던 삼촌이 어머니에게 코르노이부르크 병원의 관리직 일자리를 주선해 주었고, 여자에게는 같은 병원의 사무직 일자리를 찾아주었다. 일터가 그리 멀지는 않았지만, 새벽에 일어나 난방이 안 되어 얼음처럼 차가운 객차를 타고 가 늦은 저녁에야 돌아왔다. 집에 와서는 빨래하고, 옷을 꿰매고, 깁고, 다렸다. 그렇게 아무 생각도 나지 않고 아무것도 바라는 것 없는 상태가 될 때까지 일한 후에야, 옆으로 넘어진 가방처럼 쏟아지는 잠을 이기지 못하고 쓰러졌다. 영원히 깨어나지 않기를 바라면서.

1918년, 그녀는 스무 살이 되었지만 전쟁은 여전히 계속되었고, 걱정 없고 자유로운 날은 단 하루도 없었다. 거울을 보거나 골목길에 고개를 내밀 시간도 없을 만큼 바쁜 나날이 계속되었다. 크리스티네의 어머니는 불평을 늘어놓기 시작했다. 눅눅하고 퀄퀄한 공간이 없는 병원에서 일하고 나면 다리가 퉁퉁 붓는다고 하소연했다. 하지만 크리스티네에게는 어머니를 불쌍히 여길 힘조차 남아 있지 않았다. 여자도 병원에서 너무 오랫동안 일하느라 몸이 몹시 허약해졌다. 매일 끔찍하게 사지가 절단된 70~80명 환자의 입원 서류를 타이핑하느라 몸 한구석에 마비 증세가 나타났다.

가끔 보나트 출신의 몸집이 작고 왼발이 날아간 소위한 명이 목발을 짚고 그녀를 보러 힘겹게 사무실로 들어오곤 했다. 머리카락은 그의 고향에 있는 밀밭처럼 황금색으로 빛났지만, 아직 영글지 않은 앳된 얼굴엔 공포에 질려 깊게 파인 주름이 가득했다. 예스러운 슈바벤 사투리를 쓰는 그는 고향 생각이 간절한 듯, 그가 살던 마을이며 기르던 개, 말, 그리고 죽은 금발 아이에 대한 이야기를 들려주곤 했다.

어느 날 저녁 그들은 정원 벤치에서 두세 차례 가볍게 키스했다. 그것은 사랑이라기보다 연민이었다. 남자가 전쟁이 끝나면 곧바로 결혼하자고 말했다. 여자는 아무 말 없이 피로에 지친 미소로 응답했다. 감히 전쟁이 끝나리라고 생각할 수는 없었기에.

1919년, 여자가 스물한 살 때 전쟁이 끝났다. 하지만 가난은 끝나지 않았다. 당국이 끝없이 쏟아내는 법령 아래 숨었을 뿐이었다. 아직 잉크도 마르지 않은 전쟁공채와 지폐의 방공호 아래로 교활하게 기어 들어가 숨어 있던 가난은 뻔뻔스럽게 기어 나와 우묵한 눈으로 주위를 살펴보며 주둥이를 크게 벌리고 전쟁의 시궁창에 남겨진 것들을 집어삼켰다. 살인적인 인플레이션이 계속되던 겨우내 하늘에서는 수십만, 수백만 개의 돈다발이 눈송이처럼 쏟아져 내렸다. 하지만 눈은 온기 있는 손에 닿자마자 녹아버렸다. 돈은 잠을 자는 사이에도 녹아버렸다. 다시 시장으로 뛰어가기 위해 나무 굽을 댄 구두로 바꿔 신는 동안에도 돈이 날아가 버렸다. 멈추지 않고 부지런히 움직였지만, 항상 너무 늦었다. 생활이 수학이 되고, 덧셈이 되고, 곱셈이 되고, 머리가 어질어질한 숫자들의 소용돌이가 되고, 마지막 남은 물건들을 시커멓고 탐욕스런 진공 속으로 빨아들이는 회오리바람이 되었다. 어머니가 준 황금 머리핀이 머리에서 사라졌고,

어머니의 결혼반지가 손가락에서 빠져나갔으며, 다마스크 식탁보가 식탁에서 종적을 감췄다. 하지만 아무리 많이 던져 넣어도 소용없었다. 그 시커먼 지옥 같은 구멍을 막을 수 없었던 것이다. 늦게까지 잠도 못 자고 앉아서 털스웨터를 짜거나 방을 전부 세놓아도, 부엌을 침실 삼아 다른 사람과 같이 사용해도 소용없었다. 오로지 잠을 자는 것만이 마음대로 할 수 있고 돈 안 드는 일이었다. 여자는 늦은 밤, 지옥 같은 현실은 잊은 채 지치고 수척해진 육체를, 설렘이 사라져 버린 돌덩이 같은 육체를 침대에 눕혔다.

1920년과 1921년, 여자는 스물두 살, 스물세 살, '젊음의 꽃'이라는 나이가 되었다. 하지만 어디서도 그런 말을 듣지도 못했고, 알지도 못했다. 아침부터 밤까지 단 한 가지 생각뿐이었다. 가진 돈은 점점 줄어드는데 어떻게 살아가야 하나? 그러나 상황이 약간은 호전되었다. 궁정고문관 삼촌이 체신청에서 일하는 카드놀이 친구를 졸라서 클라인-라이플링의 우체국에 임시직 자리를 마련해 주었던 것이다. 포도 재배지가 있는 아주 초라한 시골이지만, 일을 계속할 수 있는 곳이었다. 일자리는 그녀의 생활 기반이 되었다. 얼마 안 되는 급여는 한 사람 생계비로도 빠듯했지만, 올케언니 집에 방이 모자랐기에 여자가 어머니를 모시고 가야 했다. 그러다 보니 씀씀이도 두 배로 늘어났다. 여전히 매일 절약하면서 시작하고, 계산하면서 끝나는 일상이 계속되었다. 성냥

한 개비, 커피콩 한 알, 밀가루 반죽 부스러기까지 계산해야 했다. 그래도 여자는 여전히 숨 쉬고 있었고, 살아 있었다.

1922년, 1923년, 1924년, 여자는 스물넷, 스물다섯, 스물여섯 살을 그렇게 보냈다. 아직 한창나이의 젊음이라고 말할 수 있을까? 아니면 어느새 나이가 들었다고 해야 할까? 여자의 눈가에는 가느다란 주름이 몇 가닥 보였다. 이따금 다리가 저리기도 했다. 봄에는 이상하게 머리가 지끈거렸다. 하지만 사정은 나아지고 있었다. 많지는 않지만 수중에 돈도 생겼다. 게다가 '우체국 여직원'이라고 불리는 정식 직원이 되었다. 올케언니는 매월 초 어머니에게 지폐를 두세 장 보내오고 있었다. 이제 조심스럽게 다시 젊음을 되찾을 때가 되었다. 어머니도 딸에게 외출하고 즐기라고 채근했다. 보다 못한 어머니는 옆 마을에 있는 댄스 교습소에도 등록해 주었다. 율동적인 댄스는 배우기 쉽지 않았다. 피로가 이미 여자의 혈관 깊은 곳까지 스며들어 있었다. 이따금 여기저기 관절이 얼어붙는 듯 아팠다. 음악도 굳어버린 관절을 녹이지는 못했다. 힘겹게 교습소에서 배운 스텝을 연습했지만 통 재미를 붙이지도, 몰입하지도 못했다. 여자는 그제야 깨달았다. 너무 늦어버린 것이다. 고된 노동이 젊음을 갉아먹었다. 전쟁이 젊음을 앗아갔고 모든 감각을 망쳐놓았다. 그녀가 만난 남자들도 그렇게 느끼는 것 같았다. 여자의 섬세한 얼굴은 마을 처녀들의 사과처럼 둥

글고 붉고 거친 얼굴에 비하면 품위 있어 보이긴 했지만, 그녀에게 관심을 보이는 남자는 없었다. 열일곱, 열여덟 살 전후의 소녀들은 남자아이들이 접근할 때까지 참을성 있게 얌전히 기다리지 않았다. 그들은 마치 권리를 요구하듯 즐거움을 찾았다. 자신의 젊음뿐 아니라 전쟁에서 죽어간 젊은이들의 몫까지 즐기려는 듯, 맹렬하게 즐거움을 추구했다.

스물여섯 살의 크리스티네는 두려움을 느끼면서 그런 처녀들의 행태를 지켜보았다. 그들의 자존심과 욕심, 빈틈없고 대담한 시선, 도발적인 엉덩이를 바라보았다. 여자는 일을 마치고 집으로 돌아오는 길에서 남자아이들이 아무리 노골적으로 몸을 더듬어도 웃기만 하는 처녀들, 수치심도 없이 남자아이들을 숲속으로 이끌고 가는 처녀들과 마주치곤 했다. 여자는 그들을 볼 때마다 심한 거부감이 들었다. 그러나 거리낌 없이 욕망을 충족하고, 성에 대해 개방적인 전후 세대 젊은이들과 비교할 때 자신은 너무 늙었고, 너무 지쳤으며, 아무 쓸모 없는 인간이 되어버렸다는 생각이 들었다. 그들에게 압도당한 여자는 경쟁하고 싶은 마음도, 경쟁할 능력도 없음을 깨달았다. 여자는 경쟁하거나 애쓰지 않기로 작정했다. 조용히 몽상하고, 묵묵히 일하고, 창가의 꽃에 물이나 주면서 차분히 살아가리라고 다짐했다. 바라는 것도, 갖고 싶은 것도 없이. 여자는 아무것도 원하지 않았다. 새롭고 신나는 일도 찾지 않았다. 전쟁에 십 년의 젊음을 빼앗긴 스물여섯 살의 여자는 행복을 누릴 용기도, 남은 힘도 없었다.

크리스티네는 혼란스러운 생각을 떨쳐버리면서 자기
도 모르게 한숨을 내쉬었다. 어린 시절의 두려움은 생각
만 해도 지겨웠다.

'어머니가 공연히 쓸데없는 일을 벌인 것 같아. 이곳
을 떠나 왜 생면부지의 이모를 만나고, 불편한 사람들
틈에 끼어 있어야 하지? 어떻게 해야 할까? 어머니는
내가 떠나기를 바라고 있어. 이모를 만나러 간다면 어머
니가 무척 좋아할 거야. 그러니 어머니의 제안을 거절할
수도 없고, 굳이 거절해야 할 특별한 이유도 없지 않을
까?'

여자는 체념한 듯 책상 맨 위 서랍에서 큰 종이 한
장을 꺼내 조심스럽게 종이 가운데를 접고 줄이 그어진
종이 한 장을 그 밑에 깔았다. 그리고 알아보기 쉽고 깨
끗한 글씨로 빈에 있는 체신청장 앞으로 휴가 신청서를
작성했다. 그리고 다음 한 주 동안 자기 대신 일할 사람
을 보내달라는 내용도 덧붙였다. 빈에 있는 언니에게도
편지를 썼다. 자기 대신 스위스 비자를 신청해 주고 작
은 가방 하나만 빌려줬으면 좋겠으며, 어머니에 대해 몇
가지 상의할 문제가 있으니 이곳으로 와달라고 했다. 여
자는 며칠 동안 차분하고 꼼꼼하게 여행 준비를 했다.
그러나 여자는 여행이 마치 자기와 상관없는 업무나 의
무라도 되는 듯, 즐거움도 기대감도 별다른 흥미도 느끼
지 못했다.

여자는 일주일 내내 여행 채비를 했다. 저녁에는 열심히 낡은 옷을 꿰매고, 깁고, 빨래하고, 고치면서 시간을 보냈다. 돈을 아끼는 편이 좋겠다고 생각하는 소심한 언니는 크리스티네가 보낸 돈으로 물건을 새로 사지 않고, 옷장에 걸려 있던 노란색 여행용 코트, 갈색 블라우스, 베네치아로 신혼여행을 떠날 때 어머니가 선물로 주셨던 모자이크 무늬 브로치, 그리고 등나무로 만든 작은 가방 하나를 빌려주었다. 크리스티네도 그 정도로 충분하다고 생각했다. 산에 가는데 특별히 치장할 필요도 없고, 모자라는 게 있다면 현지에서 사면 되리라고 생각했다.

마침내 출발하는 날이 왔다. 옆 마을에 사는 학교 선생 프란츠 푹스탈러 씨가 크리스티네의 가방을 기차역까지 날라주었다. 그는 여자에게 잘 보일 기회를 놓치지 않았다. 안경 너머로 소심해 보이는 푸른 눈동자에 뼈만 앙상하고 몸집이 지그마한 이 남자는, 여자가 여행을 떠난다는 말을 듣자 도움을 자청하며 그녀 집으로 찾아왔다. 외진 포도밭 마을에서 호프레너 가족은 그가 가깝게 지내는 유일한 이웃이었다. 알란트 국립결핵병원에 1년 넘게 입원해 있는 그의 부인은 의사들이 치료를 포기한 상태였다. 그는 두 아이를 다른 지역에 사는 친척 집에 맡기고, 매일 저녁 방 두 칸짜리 황량한 집에서 취미 삼아 남이 알아주지도 않는 보잘것없는 일을 하며 지냈다. 눌러서 납작하게 말린 꽃잎과 풀잎을 식물 표본집에 붙여놓고 그 밑에 각각 식물의 이름을 적었다. 멋 부린 둥근 필체로 라틴어는 붉은색, 독일어는 검은색으로 썼다. 그는 또 좋아하는 레클람 출판사에서 나온 작은 책들의 벽돌색 표지를 밝은색 두꺼운 종이로 교체한 후 제본하였고, 끝이 뾰족한 펜으로 표지와 책등에 인쇄된 글자들을 세밀하고 정교하게 그대로 필사해 넣었다. 밤늦게 이웃들이 모두 잠들었을 즈음이면 직접 베낀 악보를 보면서 다소 서툴기는 해도 바이올린으로 슈베르트나 멘델스존의 곡을 열심히 연주했다. 빌려온 책에서 마음에 드는 시나 문장을 발견하면 4절짜리 흰 종이에 베껴 쓰기도 했다. 그렇게 글을 옮겨 적은 종이가 백여 장 모이면 광택 나는 종이로 표지를 만들어 제본하고 밝은색 라벨을 붙였다. 그는 아랍인 코란 필사가처럼 섬세한 곡선으로 글씨 쓰기를 좋아했고, 조용히 혼자 자신의 탁월한 재능을 발휘하면서 행복을 느꼈다.

정원이 없는 임대 공동주택에 사는 이 과묵하고 붙임성 없는 남자에게 책은 꽃과 같은 존재였다. 그는 책들을 선반 위에 색깔별로 정렬하고, 소박한 정원사처럼 선반 위에 가지런히 정돈된 책들을 보며 무척 흐뭇해했다. 그리고 책을 다룰 때면 가늘고 창백한 손으로 마치 깨지기 쉬운 물건 다루듯 했다.

그는 마을 술집에 한 번도 가지 않았다. 천사가 악마를 대하듯 맥주나 담배도 질색했다. 외출했을 때 남의 집 창문 너머로 상스럽게 다투는 소리가 들리거나 술 취한 사람이 떠드는 소리가 들리면 빠른 걸음으로 피해

갔다.

호프레너 가족은 남자의 아내가 병에 걸린 이래 서로 왕래하는 유일한 사람들이었다. 그는 이따금 저녁 식사 후 호프레너 집에 들러 이야기를 나누거나 소리 내어 책을 읽었다. 호프레너 가족도 그와 대화하기를 좋아했다. 그가 특히 좋아하는 책은 아달베르트 슈티프터의 『야생화』였다. 그의 평소 목소리는 다소 건조했지만, 감정을 잡고 책을 읽으면 노래하는 듯 미성이 흘러나왔다. 책을 읽다가 고개를 들어 금발 머리를 숙인 채 경청하는 젊은 여인을 바라볼 때면 답답했던 자신의 영혼이 활짝 열린 공간으로 나아가는 것 같았다. 그는 자신의 이야기에 신중하게 귀 기울여주는 여자가 자기 마음을 잘 헤아리고 있다고 믿었다. 크리스티네의 어머니는 딸에 대한 그의 감정이 점점 절실해지고 있음을 알아챘고, 언젠가 그의 아내가 불가피한 운명을 맞이한다면 그가 딸에게 더욱 노골적인 시선을 보내리라고 생각했다. 하지만 크리스티네는 아무런 내색도, 말도 하지 않았다. 여자는 이미 오래전에 자신에 대해 생각하기를 멈췄기 때문이다.

학교 선생은 약간 처진 오른쪽 어깨에 크리스티네의 가방을 메고 갔다. 길에서 마주치는 어린 학생들이 킥킥대며 웃어도 아랑곳하지 않았다. 가방이 무겁지는 않지만, 신경이 예민해진 크리스티네가 급히 서둘러 앞서가는 바람에 그는 숨을 헐떡이고 절름거리며 뒤따라갔다.

여자가 출발하기 전 예상치 못했던 끔찍한 상황이 벌어졌다. 의사의 각별한 주의도 무시하고 어머니는 세 번씩이나 계단에서 넘어지면서 현관 앞까지 따라 나왔다. 말로 표현할 수 없는 두려움이 밀려와 딸을 붙잡고 싶은 모양이었다. 출발 시간이 촉박했지만, 여자는 흐느껴 우는 뚱뚱하고 나이 든 어머니를 부축하고 계단을 올라가야 했다. 게다가 어머니는 최근에 자주 보이던 증세까지 드러냈다. 울다가 돌연 숨을 헐떡이는 바람에 서둘러 침대로 옮기고 진정시켜야 했다. 크리스티네는 늙은 어머니를 그런 상태로 버려두고 떠나기가 걱정스러웠고 죄책감마저 들었다. 여자는 비탄에 잠겼다.

'세상에! 어머니가 그토록 혼란스러워하는 모습은 처음 봤어. 내가 없는 사이에 무슨 일이라도 생기면 어쩌지? 밤에 필요한 것이라도 있으면? 언니는 일요일이 지나야 빈에서 올 텐데.'

빵집 딸아이가 저녁때 어머니와 함께 있겠다고 약속했지만, 무작정 그 아이에게 의지할 수는 없는 노릇이었다. 춤추러 갈 기회라도 생기면 자기 어머니라도 팽개치고 갈 아이였다.

'잘못 생각했어. 이모의 초대를 받아들이지 말았어야 했어. 어머니 이야기에 설득당하지 말았어야 했어. 여행은 집에 우환이 없는 사람들이나 하는 거야. 우리 같은 사람들, 특히 너무 멀리 떨어져 있어서 무슨 일이 생기면 곧바로 집으로 돌아갈 수 없는 사람들이 할 짓은 아니야. 이렇게 나돌아 다녀서 도대체 무엇을 얻겠다는 거야? 마음도 불편하고, 혹시 어머니에게 무슨 일이 생길지 늘 조바심 낸다면 어떻게 여행을 즐기겠어? 게다가 밤에는 집에 아무도 없잖아. 집주인 부부는 아래층에서 초인종이 울려도 내다보지 않는 사람들이야. 게다가 우리 모녀를 별로 좋아하지 않지. 마음만 먹었다면 이미 오래전에 다른 사람에게 우리 방을 내줬을 거야. 린츠에서 온 대리 근무자에게 정오와 저녁때 잠깐이라도 집에 들러서 어머니를 들여다봐 달라고 부탁했고 그 여자가 그러겠다고 대답은 했지만, 차갑고 궁상맞은 얼굴을 보면 정말 그렇게 해줄지는 알 수 없잖아. 전보를 보내 약속을 취소해야 하나? 내가 오든 말든 이모가 신경이나 쓸까? 어머니는 이모에게 우리가 중요한 존재라며 농담도 했지. 그렇게 우리가 중요했다면 미국에 살면서 편지라도 하거나 많은 사람이 그랬듯이 전쟁 기간에 구호물 소포라도 보냈겠지. 우체국에서 내가 직접 처리한 소포 가운데 이모가 어머니에게 보낸 건 하나도 없었어. 아아, 이대로 가면 안 돼. 지금이라도 여행을 취소하면 좋겠어. 왜 그런지는 모르겠지만, 불길한 예감이 들어. 지금은 가면 안 돼. 가지 않는 것이 마땅해.'

내성적이고 키 작은 금발의 남자는 여자와 보조를 맞추려고 헐레벌떡 서두르면서 위안이 될만한 말을 건넸다.

'아니야, 걱정할 필요 없어. 이 남자가 매일 어머니를 돌봐주겠다고 약속했잖아.'

누군가 그렇게만 해준다면 의당 휴가를 가도 될 것이다. 지난 몇 해 동안 단 하루도 마음 편히 쉬지 못했다. 비록 책임질 일은 아니지만 그렇게 말해준 사람은 그가 처음이었다.

'걱정 안 해도 될 것 같아. 이 사람이 매일 소식을 보내주겠다고 했으니까.'

그는 여자의 마음을 편하게 해주려고 머리에 떠오르는 대로 무엇이든 불쑥 말하곤 했다. 그리고 실제로 그가 하는 말들이 여자에게 위안이 되었다. 남자가 하는 말에 관심 있게 귀를 기울이지는 않았지만, 여자는 누군가 의지할 사람이 있음을 느꼈다.

기차역에 도착하자, 열차는 이미 출발 신호를 보내고 있었다. 크리스티네를 배웅하는 소심한 남자는 어찌할 바를 모르면서 헛기침만 했다. 여자는 남자가 안절부절못하고 있음을 눈치챘다. 그는 할 말이 있지만 차마 용기를 내지 못하고 있었다. 그러다가 마침내 숨을 고르면서 수줍은 몸짓으로 가슴 안주머니에서 얌전히 접은 하얀 종이 한 장을 꺼냈다. 이 남자의 수줍음을 어찌 탓하랴. 남자가 꺼내 든 것은 물론 선물은 아니었고, 조그만 성의이자 유용하게 쓸 수 있는 물건이었다. 여자는 깜짝 놀라면서 남자가 건네준 기다란 종이를 펼쳤다. 그것은 린츠에서 폰트레시나까지 그녀의 여행 경로를 그려 넣은, 아코디언처럼 펼칠 수 있게 만든 지도였다. 지도에는 철길을 따라 있는 강, 산, 도시 등이 검은색 잉크로 아주 작게 표기되어 있었다. 산은 각각 높이에 따라 상세하게 혹은 거칠게 음영으로 표현했고, 그 밑에 작게 고도를 표기해 놓았다. 강은 하늘색으로, 도시는 붉은색으로 그려놓았다. 거리는 지리협회에서 제작한 학생용 대지도처럼 오른쪽 아래 별도 칸에 상세하게 표시되어 있었다. 그것은 학교 보조교사인 그가 노력을 기울여 깔끔하게 베낀 지도였다. 놀란 크리스티네가 자기도 모르게 얼굴을 붉혔다. 여자의 기뻐하는 모습이 소심하고 키 작은 남자에게 용기를 주었는지, 그는 작은 지도 하나를 더 꺼냈다. 이번에는 테두리를 금색으로 장식한 정사각형 지도였다. 대축척 스위스 육지 측량부 지도에서 베낀 엥가딘 지도로서 언덕과 골짜기 들이 아주 작은 부분까지 정교하게 그려져 있었다. 지도 가운데에는 붉은색 작은 원으로 표시된 건물이 있었다. 남자는 바로 그곳이 그녀가 머물게 될 호텔이라면서, 오래전에 나온 여행안내서에서 확인했다고 말했다. 여자가 산책하러 나갔을 때 언제든지 위치를 파악할 수 있고, 또 길을 잃어버릴까 봐 걱정하지 않게 하려고 이 지도를 만들었다고 했다. 깊이 감동한 여자는 그에게 고맙다고 말했다. 이 자상한 남자는 지도를 만드는 데 필요한 자료를 찾으러 린츠나 빈의 여러 도서관을 돌아다녔을 것이다. 그리고 수없이 연필을 깎고 제도용 펜을 놀려 침착하고 끈기 있게 산과 강과 도로를 그려 넣고 잉크로 칠했을 것이다. 그렇게, 비록 어설프긴 해도 상세하고 실용적인 지도를 완성해서 여자를 기쁘게 해주고 싶었을 것이다. 여자의 여행은 아직 시작되지도 않았지만, 남자는 여자의 긴 여정을 미리 상상하고, 옆에서 줄곧 그녀를 따라가며 자신도 여행하듯 지도를 그렸을 것이다. 밤낮을 가리지 않고 그는 여행길과 여행 중에 일어날 일들을 머릿속으로 그려보았을 것이다.

깊이 감동한 여자가 고마움을 표시하려고 손을 내밀었을 때 남자는 깜짝 놀랐다. 여자는 마치 처음 보는 것처럼 안경 뒤에 있는 남자의 눈을 바라보았다. 거기에는 어린아이의 것처럼 순수하고 온화하며 푸른 눈동자가 있었다. 여자가 그의 눈을 들여다보자, 갑자기 푸른빛이 더욱 깊어지면서 지극한 감정이 피어오르는 것이 보였다. 불현듯 여자는 다른 어떤 남자에게서도 느껴본 적이 없었던 전혀 새로운 온기, 애정, 신뢰를 느꼈다. 그때까지 모호했던 여자의 감정은 확신으로 변했다. 여자는 그토록 진지하고 고마운 마음으로 남자의 손을 잡아본 적이 없었다. 여자의 돌변한 분위기를 감지한 남자의 눈가가 뜨거워졌다. 몹시 혼란스러워하면서 숨을 깊이 내쉬고 무슨 말을 해야 할지 고심했다. 그런데 그 순간, 시커먼 기관차가 화난 짐승처럼 씩씩거렸다. 여자의 손에 들린 지도를 날려버릴 듯, 양옆으로 거세게 증기를 뿜어냈다. 남은 시간이 별로 없었다. 크리스티네는 서둘러 열차에 올라탔다. 여자는 차창 밖에서 펄럭이는 흰 손수건을 내려다보았다. 흔들리는 손수건은 이내 증기 속으로 빨려 들어가며 점점 멀어지다가 사라져버렸다.

여자는 혼자가 되었다. 여자는 드디어 몇 년 만에 처

음으로 홀로 남았다.

어두운 하늘에 구름이 낮게 드리운 저녁, 피로에 지친 여자는 객차의 좌석 한구석에서 몸을 움츠리고 앉아 있었다. 빗방울에 젖은 차창 너머로 희미하게 시골 풍경이 보였다. 처음에는 마치 놀란 짐승들이 달아나듯 여명 속에서 작은 마을들이 차창 밖을 스쳐 지나가더니 이제는 모든 사물이 불투명하고 형체 없는 안개 속으로 사라지고 있었다. 여자는 삼등 객차의 빈 칸막이 객실에 홀로 앉아 팔을 높이 뻗어 기지개를 켰다. 피로가 몰려왔다. 생각에 집중하려고 애써보지만, 단조롭게 반복되는 기차 바퀴 소리가 생각의 흐름을 흩트려 놓았다. 마치 수면제라도 먹은 것처럼 쏟아지는 잠이 머리를 짓눌렀다. 여자는 정신이 아뜩해지면서 온몸이 마비된 듯 스르르 잠에 빠져들었다. 쇳소리를 내며 흔들리는 열차 안에서 아무 느낌도 없이, 포박당한 듯 미동도 하지 않고 깊은 잠에 빠졌다. 잠든 여자 아래서는 기차 바퀴들이 마치 강제로 잡혀 온 노예들처럼 요란한 소리를 내며 구르고 있었다. 여자가 머리를 뒤로 젖히고 잠든 사이에 평화롭고 고요히 시간이 흘렀다.

지쳐 곯아떨어졌던 여자는 다음 날 아침 객차의 문이 열리면서 넓은 어깨에 콧수염을 기른 남자가 불쑥 들어섰을 때에야 비로소 화들짝 놀라 눈을 떴다. 여자는 곧 정신을 차리고 정복 차림의 남자가 단지 여권을 검사하려는 것임을 알아차렸다. 꽁꽁 얼어붙은 손가락으로 가방에서 여권을 꺼내 건네주자, 경찰관은 여권의 사진과 불안해하는 여자의 얼굴을 번갈아 바라보았다. 여자는 가늘게 몸을 떨었다. 전쟁 중에 정부가 내렸던 수백 수천 가지 규칙 가운데 하나를 위반했을 때 느꼈던 두려움에 새삼 사로잡힌 여자는 온 신경이 욱신거렸다. 그것은 아직도 사라지지 않고 뇌리에 깊숙이 박혀 있는 어처구니없는 공포였다. 당시에는 누구나 몇 가지씩 법을 위반하지 않고는 살아갈 수 없었다. 그러나 경찰관은 정중하게 여권을 돌려주면서 직업상의 습관인 듯 모자챙을 살짝 아래로 끌어당기며 예의를 표하고 조금 전 문을 열었을 때보다 훨씬 더 조심스럽게 문을 닫고 사라졌다. 경찰관의 등장으로 잠이 달아나 버린 크리스티네는 호기심이 발동하여 차창으로 다가가 밖을 내다보았다. 조금 전만 해도 얼음장같이 차가운 유리창 너머 평평했던 들판이 잿빛 파도처럼 안개 속으로 사라지고 있었다. 바위투성이 우뚝한 산들이 모습을 드러냈다. 보는 사람을 압도하는 낯설고 거대한 풍경이었다. 크리스티네가 그동안 꿈에서도 보지 못했던 알프스산맥의 웅장한 모습이었다. 여자는 놀라움으로 몸을 떨었다. 동쪽에서는 아침 햇살이 산봉우리를 뒤덮은 만년설을 비추어 찬란한 빛이 사방으로 반사되고 있었다. 희고 깨끗하고 생경한 햇빛이 너무 눈부시고 날카로워서 여자는 순간 눈을 감았다가 떴다. 놀라운 광경을 좀더 가까이 보려고 손으로 유리창을 누르자, 창문이 왈칵 열렸다. 찬바람에 날려 객차 안으로 들어오는 눈과 함께 얼음처럼 차고 유리처럼 예리한 공기가 화들짝 놀라 벌어진 여자의 입을 통해 폐까지 들어왔다. 생애 가장 깊고도 깨끗한 호흡이었다. 거세게 들어오는 신선한 공기를 한껏 들이마시려고 여자는 두 팔을 벌렸다. 가슴을 부풀리며 들이마신 시원한 기운이 혈관을 타고 온몸으로 퍼졌다.

'아, 정말 대단해!'

시원한 바람을 맞아 기분이 상쾌해진 여자는 고개를 좌우로 돌리며 차창 밖 풍경을 감상했다. 점점 더 흥미를 느끼며 화강암 산비탈을 따라 눈 덮인 산 정상에서 산허리까지 바라봤다. 곳곳에 절경이 펼쳐지고 있었다. 멀리 보이는 폭포에서는 흰 물줄기가 계곡으로 쏟아져 내리고 산허리에는 아담한 돌집 몇 채가 암벽 사이 깊고 좁은 틈새에 새집처럼 들어앉아 있었다. 산 정상 위에서는 독수리 한 마리가 서서히 선회하고, 그 위로 맑고 푸른 하늘이 펼쳐져 있었다. 여자는 이처럼 강렬하며 행복감에 취하게 하는 대자연의 위력을 상상조차 해본 적이 없었다. 태어나 처음으로 좁은 세상을 벗어난 여자는 잠에서 완전히 깨어 믿기 어려울 정도로 장대한 알프스의 풍경에서 눈을 떼지 못했다. 이 장엄한 화강암 준령들은 수천 년 전부터 이곳에 있었을 것이다. 그리고 앞으로도 오랜 세월 이곳에 그대로 있으리라. 이번 여행이 아니었다면 여자는 알프스의 영광을 알지도 못하고 죽어서 썩고 한 줌의 먼지로 돌아갔을 것이다. 여자는 이런 곳이 있는 줄도 모르고 살아왔다. 지난밤에도 다리조차 뻗을 수 없는 비좁은 객차 공간에서 무의미하게 잠만 잤다. 이처럼 다양하기 이를 데 없는 무한한 대자연의 모습을 보지 못한 채 하룻밤이 그냥 지나갔던 것이다. 불현듯 여자는 놓쳐버린 풍경들에 대한 아쉬움이 무디고 메마른 마음속에 파고드는 것을 느꼈다. 웅장한 대자연을 바라보며 여자는 마치 땅을 갈아엎는 쟁기처럼 인간의 영혼을 뒤흔들어 놓는 여행의 힘을 실감했다. 여행은 일상의 삶에 익숙해져 단단하게 굳어버린 영혼의 껍질을 단번에 벗겨버리고, 저 깊은 곳에 숨어 있는 변신을 향한 욕망에 언젠가 열매가 열릴 씨앗을 심어놓는다.

열정과 호기심으로 붉어진 뺨을 창틀에 바짝 붙이고 서서 여자는 대자연의 풍광에 홀린 듯 시선을 떼지 못한다. 남겨두고 떠나온 것들이 이제 더는 생각나지 않는다. 어머니, 우체국, 고향 마을…… 이미 다 잊어버렸다. 작은 손가방에 들어 있는, 남자의 정성이 담긴 지도마저 잊어버렸다. 어제의 자신도 잊었다. 오로지 눈앞에 펼쳐지는 풍경들만 하나도 남김없이 머릿속에 새겨 넣었다. 변화무쌍한 풍경을 바라보면서 여자는 곱향나무 잎처럼 날카롭고 살이 얼얼하도록 차가운 공기를 들이마셨다. 산 공기는 심장 박동을 빠르게 했다. 크리스티네는 네 시간 동안 꼼짝 않고 유리 창문에 붙어 서 있었다. 너무 몰입한 나머지 시간 가는 줄도 몰랐다. 기차가 멈추고 검표원이 낯선 사투리로 여자의 목적지를 정확하고 크게 외치는 순간 여자는 화들짝 놀랐다.

"이런!"

여자는 갑자기 정신이 들었다. 이미 목적지에 도착했지만, 이모에게 어떻게 인사를 해야 할지, 무슨 말을 해야 할지, 미처 생각해 두지 못했다. 황급히 가방과 우산을 챙겨 기차에서 내리는 다른 승객들을 뒤따랐다. 기차역은 현란한 색깔의 모자를 쓰고 두 줄로 늘어선 호텔 포터들과 객차에서 내린 승객들, 마중 나온 사람들로 와글거렸다. 그녀만 마중 나온 사람이 없었다. 불안감이 밀려오고 심장이 두근거렸다. 조급하게 무언가를 찾는 사람처럼 사방을 둘러봐도 아무도, 아무것도 없었다. 여자만 제외하고 모두 기다리는 사람이 있었고 가야할 곳도 알고 있었다. 여행자들은 이미 사열 준비를 마친 군대처럼 번쩍이는 빛을 내며 줄지어 서 있는 호텔차들을 향해 다가갔다. 플랫폼은 점차 비어갔지만, 여자앞에는 아무도 나타나지 않았다.

'내가 온다는 걸 잊어버리셨나? 클라라 이모가 없잖아. 이미 미국으로 돌아가셨나? 어디가 편찮으신 걸까? 오지 말라고 내게 전보를 보내셨는데 제시간에 받아보지 못했던 건 아닐까? 맙소사! 그렇다면 집으로 돌아갈 돈은 충분히 있나?'

그러나 여자는 남은 힘을 그러모아 '팰리스호텔'이라는 금박 글자가 새겨진 모자를 쓴 포터에게 다가갔다. 그리고 기어들어 가는 목소리로 혹시 반 볼렌 씨 가족이 그 호텔에 묵고 있느냐고 물었다.

"물론이죠, 맞습니다."

땅딸막하고 얼굴이 붉은 남자는 스위스 억양의 쉰 목

소리로 대답하면서, 기차역에서 젊은 여인 한 분을 모셔
오라는 지시를 받았다고 말했다. 호텔 차에 올라타 기다
리면 가방을 찾아올 테니 화물 영수증을 달라고 했다.
그 순간, 크리스티네의 얼굴이 붉어졌다. 그녀는 손에
들고 있는 작고 촌스러운 등나무 가방이 창피했다. 다른
차들 앞에는 러시아산 고급 송아지 가죽 가방, 악어가죽
가방, 뱀 가죽 가방, 부드럽고 반들반들 윤이 나는 가죽
으로 만든 여행 가방 들이 놓여 있었다. 그리고 가방 사
이에는 상점 진열장에서 곧바로 가져온 듯 번쩍이는 의
류용 금속 트렁크들이 마치 탱크 포탑처럼 위압적인 위
용을 뽐내며 세워져 있었다. 순간적으로 여자는 다른 사
람들과 자신의 명백한 차이를 의식했다. 수치심이 여자
의 마음을 짓눌렀다. 서둘러 거짓말을 둘러대야 했다!
여자는 포터에게 다른 짐은 나중에 도착하기로 되어 있
다고 말했다. 알록달록한 제복을 입은 포터는 여자에게
리무진 버스 문을 열어주며 말했다.

"그럼, 곧바로 출발해도 되겠군요."

다행스럽게도 여자를 이상한 눈으로 보거나 깔보는
기색은 없었다.

인간은 부끄러운 일을 당하면 무의식중에 그 충격이
머리에서 발끝에 이르는 전체 신경계로 전달된다. 그리
고 누구와 잠깐 스치거나 우연히 어떤 일에 생각이 미
치면 과거에 겪었던 고통이 되살아나거나 몇 배로 증폭
된다. 크리스티네는 이때 받은 충격으로 편견에 빠졌다.
자신감을 상실한 채 검고 번들번들한 호텔 리무진 버스

에 올랐다. 차에 탄 사람이 혼자만이 아님을 안 뒤에는 자기도 모르게 주눅이 들었다. 그러나 되돌아가기엔 너무 늦었다. 향긋한 향수 냄새와 자극적인 러시아산 가죽 냄새를 헤치며 마지못해 무릎을 좌석 안쪽으로 집어넣는 낯선 사람들을 지났다. 크리스티네는 병약하고 감기 기운이라도 있는 사람처럼 어깨를 잔뜩 움츠린 채 눈을 내리깔고 차의 맨 뒷자리로 갔다. 사람들 무릎을 지나쳐 갈 때마다 마치 자신의 존재에 대해 양해를 구하듯이 빠르고 당황한 목소리로 중얼거리듯 말했다.

"실례합니다……."

그러나 아무도 그녀에게 대꾸하지 않았다. 열여섯 명의 승객은 여자를 보잘것없는 존재로 봤거나 무시했을 것이다. 동승자들, 특히 거칠고 소란스럽게 프랑스어를 지껄이며 신이 난 루마니아 귀족들은 쭈뼛쭈뼛 말없이 구석 자리로 걸어가 앉는 깡마른 가난의 망령을 아예 보지 못했을지도 모른다. 여자는 비어 있는 옆자리에 가방을 내려놓지도 못했다. 치를 타고 가는 내내 무릎 위에 등나무 가방을 올려놓고 이 오만한 사람들이 틀림없이 자기를 지켜보고 있으리라는 걱정 때문에 눈을 들지 못하고 고개를 숙인 채, 좌석 밑으로 보이는 것들에만 시선을 고정했다. 하지만 다른 여자들이 신은 고급스러운 신발이 눈에 들어오자, 자기가 신고 있는 신발이 더욱 초라하게만 느껴졌다. 여름용 담비 모피 가운 아래로 나온 다리를 세련되게 꼬고 거만한 자세로 앉아 있는 여자들의 발과 남자들이 신은 대담한 무늬의 스키 양말을 참담한 심정으로 바라보면서 그들의 모습이 자신과 너무도 다르다는 사실을 새삼 실감했다. 부유함의 지옥에 들어와 앉아 있는 여자의 뺨에 모욕적인 기운이 파도처럼 밀려와 끊임없이 부딪쳤다. 예상치 못했던 이 낯설고 우아한 사람들 옆에서 어떻게 절망하지 않고 버틸 수 있을까? 겁먹은 시선으로 바라보는 것마다 여자에게 새로운 고통을 안겨주었다. 맞은편 좌석에는 열일곱 살쯤 되어 보이는 소녀가 발바리 한 마리를 무릎 위에 올려놓고 있었다. 강아지는 게으르게 엎드린 채 기지개를 켰다. 모피로 레이스를 달아놓은 강아지 옷에는 모노그램이 새겨져 있었다. 강아지 털을 간질이는 소녀의 작은 손톱은 붉은색 매니큐어가 칠해져 있었고, 손가락에 낀 반지에는 다이아몬드가 번쩍였다. 구석에 세워둔 골프채엔 부드러운 크림색 고급 가죽을 댄 우아한 손잡이가 달려 있었다. 아무렇게나 던져놓은 여러 개의 우산에도 각양각색의 고급스러운 손잡이가 달려 있었다. 여자는 무의식적으로 얼른 손을 움직여 싸구려 가짜 뿔로 만든 자신의 우산 손잡이를 가렸다. 그리고 마음속으로 빌었다.

'제발 아무도 이 우산을 보지 못했으면.'

여자는 걱정스러워 더욱 몸을 움츠렸고, 앞자리에서 웃음이 터져 나올 때마다 꾸부정한 등을 타고 불안감이 밀려 올라오는 것을 느꼈다. 그러면서도 사람들이 자기를 보고 웃는 것인지 확인하려고 고개조차 들지 못했다.

차가 자갈이 깔린 호텔 앞마당에 도착했을 때에야 비

로소 그녀는 고통에서 벗어났다. 철도 교차로에서 들리는 종소리 비슷한 소리가 크게 울리자 현란한 색깔의 제복을 입은 포터와 벨보이 한 무리가 모여들었다. 그리고 그들 뒤로 호텔 지배인이 모습을 드러냈다. 그는 눈에 띄는 검은색 프록코트를 입었고, 머리카락은 정확한 비율로 가르마를 탔다. 차 문이 열리자 발바리가 가장 먼저 딸랑딸랑 소리를 내며 폴짝 뛰어내렸다. 그 뒤를 이어 여자들이 쉬지 않고 큰 소리로 떠들면서 운동으로 근육이 다져진 다리 위로 여름용 모피 옷자락을 높이 들어 올리며 차에서 내렸다. 여자들이 지나가며 남긴 향수 냄새가 소용돌이치면서 거의 정신을 잃게 할 정도였다. 신사들이라면 수줍게 일어나는 젊은 여자가 먼저 내리도록 배려하는 것이 매너 있는 행동이겠지만, 그들은 아마도 여자의 신분을 간파했거나 무시했는지, 뒤도 돌아보지 않고 차에서 내려 프런트 직원을 향해 곧장 걸어갔다. 크리스티네는 꼴도 보기 싫어진 등나무 가방을 손에 든 채 어정쩡하게 혼자 차 안에 남았다. '사람들이 가까이에서 나를 보지 못하게 조금 있다가 차에서 내리는 게 좋겠어.'

하지만 너무 오래 기다렸는지, 차의 발판을 딛고 내릴 때까지 호텔 쪽에서 그녀를 맞이하러 나온 사람은 없었다. 프록코트를 입은 호텔 지배인은 루마니아 사람들과 함께 안으로 들어가 버렸고, 벨보이들은 손님들의 짐을 카트에 쌓느라 분주했다. 포터들은 천둥 같은 소리를 내가며 차의 지붕에 얹어놓았던 크고 무거운 가방들을 내리고 있었다. 아무도 여자에게 관심을 기울이지 않았다. 여자는 모욕당한 기분이 들었다. 분명히 그들은 여자를 호텔 손님이 아니라 심부름꾼이나 기껏해야 신사들의 하녀 정도로 생각하는 것 같았다. 포터들은 그녀를 아랑곳하지 않고 스쳐 지나가며 짐을 날랐고, 자기들과 같은 피고용인이라고 생각했는지 쳐다보지도 않았다. 더는 참을 수 없었던 여자는 힘을 내서 호텔 정문을 지나 프런트 직원에게로 다가갔다.

그러나 성수기 호텔에서 누가 감히 프런트 직원에게 말을 걸 수 있겠는가? 그는 흡사 거대한 호화 유람선의 선장 같은 모습이었다. 자신의 의지대로 항로를 유지하면서, 일사불란하게 지시를 내렸다. 십여 명의 손님이 어깨를 맞대고 권력자 앞에 초조하게 서서 기다리고 있었다. 그는 오른손으로 무언가를 열심히 메모하면서 화살처럼 빠르게 좌우를 둘러보고, 고개를 끄덕이며 벨보이들을 보내고, 오른쪽 왼쪽으로 정보를 제공하고, 귀에는 여전히 수화기를 대고 있었다. 정당한 권리가 있는 고객도 처분만 기다려야 하는 판국에 내성적이고 경험 없는 시골 처녀가 무엇을 기대할 수 있었겠는가? 혼란스러운 왕국의 영주에게 접근하는 것이 불가능해지자, 크리스티네는 벽감 쪽으로 몇 발짝 물러나 번잡한 상황이 진정될 때까지 기다리기로 했다. 그런데 손에 든 성 가신 등나무 가방이 점점 무겁게 느껴졌다. 여자는 가방을 내려놓을 만한 자리를 찾아 주위를 둘러보았다. 그때 로비의 클럽 소파에 앉은 두 사람이 여자를 쳐다보고 귀엣말하며 웃는 것 같았다. 잘못 보았거나 신경이 예민해진 탓인지도 몰랐다. 손아귀에서 갑자기 힘이 빠지며 꼴도 보기 싫은 가방을 떨어뜨리기 직전, 바로 그 결정적인 순간에 매우 우아한 자태의 세련된 금발 여인이 그녀 앞으로 다가왔다. 나이보다 훨씬 젊어 보이는 귀부인은 그녀의 옆모습을 예리하게 관찰하고 나서 물었다.

"너, 크리스티네 맞지?"

여자는 말을 한다기보다 한숨을 내뱉듯이 힘없이 대답했다.

"네."

이모는 그녀의 양 볼에 가볍게 입을 맞추며 포옹했다. 이모의 얼굴에서 은은한 파우더 향이 풍겼다. 마침내 따뜻하고 친절하게 대해주는 사람이 나타나자 기분이 한결 좋아진 크리스티네도 이모를 껴안았다. 순전히 공식적인 절차였지만, 이모가 가족이라고 느끼고 감동하도록 크리스티네는 열정적으로 이모의 품에 안겼다. 이모가 그녀의 들썩이는 어깨를 다정하게 다독였다.

"오, 네가 와서 정말 기쁘구나. 안토니도 좋아할 거야." 이모는 그녀의 손을 잡으며 말을 이었다. "가자, 우선 좀 씻어야겠지. 여기까지 오는 동안 너희 오스트리아 기차가 끔찍이도 불편했을 거다. 옷도 좀 갈아입는 게 어떻겠니? 그러나 방에 오래 있지는 마라. 점심때를 알리는 종이 방금 울렸거든. 안토니는 기다리는 걸 질색한단다. 그게 그 사람 단점이지. 자, 모든 게 준비되어 있어. 프런트 직원이 네게 곧 방을 줄 거야. 하지만 서둘러야 한다. 알았지? 근사하게 차려입을 것까진 없다. 점심 때에는 아무 옷이나 입어도 돼."

이모가 손짓하자, 제복 입은 소년이 한걸음에 달려와 등나무 가방과 우산을 받아 들고 열쇠를 가지러 프런트로 뛰어갔다. 엘리베이터가 소리 없이 두 층을 올라갔다. 소년이 복도에서 방문을 열고 모자를 까닥하고 인사하며 옆으로 물러섰다. 크리스티네는 방 안으로 들어갔다. 하지만 방을 잘못 찾아들어온 사람처럼 입구에 서서 머뭇거렸다. 조악한 환경에 익숙한 클라인-라이플링의 우체국 여직원은 이곳을 자기 방으로 여기고 선뜻 전등 스위치를 켤 수 없었다. 지나칠 정도로 넓고, 밝고, 화려한 벽지로 덮인 방이었다. 수정으로 만든 수문을 열어놓은 것처럼 열린 발코니 문을 통해 햇빛이 폭포수처럼 쏟아져 들어오고 있었다. 황금색 햇빛이 방 구석구석을 비추면서 방 안에 있는 온갖 집기가 불바다 속에 잠긴 듯했다. 햇빛을 받아 윤이 나는 가구 표면은 수정처럼 반짝였고, 황동과 유리도 빛을 반사하고 있었다. 꽃을 수놓은 카펫 역시 살아 있는 이끼처럼 싱싱하고 자연스럽게 숨 쉬고 있었다. 실내는 낙원의 아침처럼 빛났다. 방 구석구석 쏟아지는 햇빛으로 눈이 부셨다. 크리스티네는 심장이 멎는 듯했다. 무슨 잘못이라도 저지른 듯 죄책감마저 느끼며 재빨리 방문을 닫았다.

여자의 첫 반응은 놀라움이었다.

'세상에, 이런 곳이 있다니! 이토록 휘황찬란한 데가 있었던가!'

그러나 다음 순간, 지난 몇 년 동안 여자가 가지고 싶었던 모든 물건에 늘 따라붙었던 생각이 떠올랐다.

'숙박비는 얼마일까? 무척 비싸겠구나! 분명히 하루 숙박비가 내 주급보다, 아니 한 달 치 월급보다 비쌀 거야!'

놀란 가슴으로 여자는 방을 둘러보았다. 어떻게 이런 곳에서 집 같은 편안함을 느낄 수 있을까? 조심스럽게 호화로운 카펫을 밟아보았다. 여자는 잔뜩 주눅이 든 채 밀려오는 호기심을 누르지 못하고 차례차례 값비싼 물건 앞으로 다가갔다. 먼저 조심스럽게 침대를 만져보았다.

'꽃무늬 있는 이 희고 시원한 침대에서 내가 자도 되는 거야?'

꽃이 그려진 실크 오리털 이불이 침대 위에 보드라운 솜털처럼 펼쳐져 있었다. 가볍고 폭신했다. 침대 옆 낮은 탁자에 설치된 버튼을 누르자 방 구석구석을 붉은빛으로 물들이는 전등불이 켜지며 방 전체가 드러났다. 조개껍데기처럼 윤기가 흐르는 순백색 세면대에는 니켈 도금 수도꼭지가 달려 있었다. 팔걸이의자는 푹신하고 쿠션이 깊어 한번 앉으면 다시 일어나기 어려웠다. 윤이 나는 고급 목재로 만든 다른 가구들은 잔디색 벽지와 절묘한 조화를 이루고 있었다. 탁자 위 길쭉한 유리 화병에는 네 가지 색깔의 카네이션이 꽂혀 있어 마치 투명한 수정으로 만든 트럼펫으로 화려한 팡파르를 울리며 환영하는 듯했다! 정말 믿기지 않는 대단한 광경

이었다. 이 모든 것들을 하루, 아니 여드레, 열나흘 동안
보고, 사용하고, 자기 것처럼 쓸 수 있다고 생각하자, 여
자는 흥분을 억누르지 못했다. 익숙지 않은 실내 집기들
에 서서히 도취하면서 가만가만 다가가 호기심 가득히
하나씩 조심스럽게 만져보았다. 황홀했다. 그러다가 갑
자기 뱀이라도 밟은 듯 중심을 잃고 바닥에 쓰러질 뻔
했다. 무심결에 육중한 붙박이 옷장의 문을 열자 문틈으
로 생각지도 못했던 커다란 거울이 보였고, 그 거울 속
에 마치 장난감 상자에서 튀어나온, 악마처럼 생긴 실물
크기의 사람이 있었기 때문이었다. 그 사람은 고상하고
우아하게 장식된 이 방과 전혀 어울리지 않는 유일한
존재, 바로 자신이었다. 노란색 여행 코트를 입고 경직
된 얼굴 위에 엉망으로 구겨진 밀짚모자를 쓴 자기 모
습을 보자, 무릎에 힘이 빠졌다.

'침입자여 돌아가라! 이 방을 오염시키지 마라. 네가
있던 곳으로 돌아가라!'

거울이 그렇게 소리치는 것 같았다. 당황한 여자는
생각했다.

'주제넘게 내가 감히 이런 방에서, 이런 세계에서 살
수 있을까? 이모한테 내가 얼마나 거북한 존재겠어? 이
모는 점심때 화려한 옷을 입지 않아도 된다고 했지. 그
런데 내게 화려한 옷이 있기나 해? 아니야! 내려가면 안
돼. 여기 그냥 있는 게 좋겠어. 아니, 집으로 어서 돌아
가는 게 낫겠어. 그런데 어디 숨지? 어떻게 다른 사람들
에게 폐를 끼치기 전에 빨리 사라질 수 있을까?'

여자는 거울에서 되도록 멀리 도망쳐 발코니로 갔다. 긴장한 손으로 난간을 잡고 아래를 내려다보았다.

'이 난간에서 뛰어내리면 이 모든 것에서 벗어날 수 있을 텐데!'

다시 계단 쪽에서 종소리가 땡땡 울렸다.

'이런!'

이모와 이모부가 식당에서 그녀를 기다리고 있다는 사실이 떠올랐다. 그런데 여자는 아직도 꾸물거리고 있었다. 아직 씻지도 못했다. 재고정리 할인 판매할 때 산, 꼴도 보기 싫은 코트조차 벗지 않은 상태였다. 여자는 서둘러 등나무 가방을 열고 화장 도구들을 꺼냈다. 고무줄로 묶어놓았던 꺼칠꺼칠한 비누, 작고 빳빳한 나무 빗, 싸구려 세면도구를 매끄러운 유리판에 올려놓고 나니 하류 생활을 그대로 드러낸 느낌이 들었다.

'청소부가 방에 들어와서 이걸 보면 어떻게 생각할까? 분명히 아래층으로 바로 내려가 다른 종업원들 앞에서 거지 행색의 여자 손님을 웃음거리로 만들겠지. 한 사람 입에서 나온 이야기가 퍼져서 금세 호텔에 있는 모든 사람이 알게 될 거야. 그런데 나는 매일 그들 앞을 지나다녀야 하잖아. 얼른 눈길을 내리깔고 아래를 보면서 등 뒤에서 그들이 귓속말로 속삭이는 꼴을 견뎌야 하겠지. 이모도 나를 도와줄 수 없어. 숨을 곳도 없어. 조만간 소문이 나겠지. 내가 지나갈 때마다 사람들 앞에서 내 싸구려 옷과 구두가 얼마나 한심한지 적나라하게 드러나겠지. 하지만, 이제 내려가야 할 시간이야. 이모가 기다리고 있어. 이모부는 기다리는 걸 질색해서 금세 화를 낸다고, 이모가 일러주었지. 그런데 뭘 입지? 어떡해?'

여자는 언니가 빌려준 갈색 블라우스를 입을까 생각해 보았다. 모조 실크로 만든 이 옷은 어제까지만 해도 클라인-라이플링에 있는 그녀의 옷장에서는 최고의 자랑거리였다. 그런데 지금은 싸구려에 비참하게만 보였다.

'단순한 흰색 블라우스가 좋겠어. 사람들 눈에 잘 띄지도 않거니와 화병에 있는 꽃 한 송이를 꺾어서 블라우스에 꽂으면 사람들의 시선을 분산시킬 수 있을 거야.'

바닥에 시선을 고정한 채 누가 볼까 봐 불안에 떨면서 여자는 급하게 호텔 손님들을 지나쳐 계단을 내려갔다. 얼굴이 창백해지면서 숨도 쉴 수 없었다. 관자놀이가 지끈거리며 아팠다. 절벽 위에서 죽음의 깊은 계곡으로 떨어지는 것처럼 어질어질했다.

클레르는 로비에서 크리스티네가 다가오는 모습을 바라보았다. 촌닭처럼 계단을 내려오는 그 모습은 정말 우스꽝스러웠다. 몸도 바로 세우지 못하고, 어리둥절한 표정으로 사람들을 지나쳐 걸어오고 있었다!

'신경이 예민한 아이인가 봐. 미리 누군가 말해주었으면 좋았을 텐데. 그런데 세상에! 미련하게 호텔 입구에 서 있네? 시력이 나빠서 내가 보이지 않나 봐. 아니면

무슨 문제라도 생겼나?'

클레르는 조카딸에게 다가가 말을 건넸다.

"얘, 여기서 뭐 하고 있어? 안색이 창백하구나. 어디 아프니?"

"아니에요, 괜찮아요."

여전히 긴장을 풀지 못하는 여자가 더듬거리면서 대답했다. 로비에는 여전히 사람이 많았다. 검은색 옷을 입은 노파가 손잡이 안경 너머로 그녀를 보고 있었다. 아마도 여자가 신고 있는 우습게 생긴 구두를 관찰하고 있었을 것이다.

"얘야, 가자."

이모가 팔로 조카딸의 어깨를 감싸면서 말했다. 주눅든 조카딸을 위해 할 수 있는 최선의 배려였다. 크리스티네에게 마침내 작은 보호막이 생겼다. 숨을 곳이 생긴 것이다. 비록 한쪽뿐이지만 이모가 자신의 몸과 옷으로, 그리고 그 당당한 외모로 여자를 가려주었다. 그러나 크리스티네는 아직도 긴장을 풀지 못한 채 이모의 호위를 받으며 넓은 레스토랑 홀을 가로질러 통통한 체구에 성격이 진중해 보이는 안토니 이모부가 기다리는 테이블로 갔다. 넓적한 이중 턱이 있는 이모부가 사람 좋아 보이는 미소를 띠며 자리에서 일어섰다. 그는 눈 주위가 붉었지만, 네덜란드인 특유의 맑은 눈으로 방금 도착한 크리스티네를 바라보면서 두툼하고 거친 손을 내밀었다.

이 남자가 기분이 좋았던 진짜 이유는 이제 바로 식

사를 할 수 있게 되었기 때문이었다. 네덜란드인답게 그는 먹는 것을 좋아했다. 먹는 것을 즐기고, 또 많이 먹었다. 방해받는 것은 무척 싫어했다. 그는 어제부터 너무 많은 질문을 해서 식사를 방해하는 수다쟁이 한 사람을 은근히 두려워하고 있었다. 하지만 지금은 긴장한 표정에 매력적이며 창백하고 온순한 크리스티네를 보면서 기분이 한결 좋아졌다. 이 아이라면 함께 지내기가 수월하리라. 그는 친절한 눈길로 여자를 바라보면서 기운이 나도록 기분 좋게 말을 건넸다.

"우선 먹자, 그리고 나서 얘기를 하자."

여자가 이모부를 즐겁게 해주고 있었다. 수줍어하는 표정의 날씬한 조카딸은 고개도 들지 않고 앉아 있을 뿐 아니라, 건너편에 있는 수다쟁이들처럼 시끄럽게 떠들지도 않았다. 그는 수다쟁이들이 몹시 못마땅했다. 이 여자들은 나타나기만 하면 고장 난 축음기처럼 쉴 새 없이 떠들어대고, 잘난 척 거들먹거리며 홀 안을 휘젓고 다녔기 때문이다. 이모부는 크리스티네에게 직접 와인을 따라 주려고 뚱뚱한 몸을 굽히느라 끙! 하고 앓는 소리를 내더니, 웨이터에게 음식을 가져오라고 손짓했다.

소매와 깃을 빳빳하게 다림질한 셔츠를 입고, 얼굴에도 풀을 먹인 듯 표정이 굳은 웨이터는 여자가 난생처음 보는 이상한 음식들을 테이블에 순서대로 올려놓았다. 전채, 얼음으로 차게 식힌 올리브 열매, 여러 가지 색의 샐러드, 은빛 생선, 아티초크, 무엇으로 만들었는지 알 수 없는 크림, 푸아그라 무스, 분홍색 연어 스테이크

등 모두 듣도 보도 못한 음식이었다.

'분명히 비싼 음식들일 거야. 맛있어 보이고 부드럽고 가벼워 보인다. 그런데 각각의 음식을 먹을 때 앞에 놓인 대여섯 가지 도구 중에서 어떤 것을 사용해야 하는 거야? 작은 스푼? 둥근 스푼? 작고 앙증맞은 나이프? 길고 큰 나이프? 어떻게 하면 베테랑 웨이터나 경험 많은 손님들의 놀림감이 되지 않고 제대로 음식을 먹을 수 있을까? 어떻게 해야 세련되지 못한 실수를 피할 수 있을까?'

여자는 시간을 벌기 위해 냅킨을 천천히 펴면서 눈길을 아래로 향하고 이모의 손놀림을 곁눈질했다. 이모를 따라 하려고 마음먹은 것이다. 그러나 이것저것 묻는 이모부의 질문에도 대답해야 했다. 네덜란드 억양이 강한 이모부의 독일어는 집중해서 듣지 않으면 이해하기 어려웠다. 게다가 불쑥불쑥 튀어나오는 영어 때문에 더욱 알아듣기 어려웠다. 여자는 필사적으로 음식을 먹어 가면서 주의 깊게 이모부 말을 들었다. 하지만 열등감에 사로잡힌 여자는 뒤쪽 테이블에 앉은 사람들이 자신에 대해 무언가를 속닥이고, 근처 사람들이 자신을 비웃거나 불쌍히 여기는 시선을 보내는 모습을 끊임없이 상상했다. 자신의 궁색함이나 부족한 사교성을 이모부나 이모, 웨이터, 홀에 있는 모든 사람에게 드러낼지도 모른다는 두려움과 긴장감 속에서도 여유 있고 즐겁게 대화하는 척하려고 애쓰다 보니 시간이 한없이 길게만 느껴졌다.

여자는 후식으로 과일이 나올 때까지 용감하게 싸웠다. 이모는 마침내 조카딸이 심하게 긴장하고 있음을 눈치챘다.

"애야, 많이 지쳐 보이는구나. 한심한 유럽 열차를 타고 밤새 달려왔으니 그럴 만도 하지. 긴장할 것 없다. 우선 방에 가서 한 시간 정도 눈을 붙여라. 그런 다음에 외출하자. 다른 할 일은 아무것도 없어. 안토니도 점심 식사 후에는 쉰단다."

이모가 먼저 자리에서 일어나 크리스티네가 일어서는 것을 도와주었다.

"네 방에 올라가서 좀 누워라. 그러면 기분이 한결 나아질 거야. 그리고 나서 시원한 바람도 쐴 겸 산책을 하자꾸나."

크리스티네는 다행이라는 듯 깊이 한숨을 내쉬었다. 문을 닫고 한 시간 동안 숨어 있을 수 있다면 그녀로서는 한 시간을 번 셈이었다.

"그 애 어때요?"

반 볼렌 부인이 방으로 들어오면서 남편에게 물었다. 안토니는 벌써 재킷과 조끼 단추를 풀고 낮잠 잘 준비를 하고 있었다.

"아주 상냥해." 그가 하품하며 대답했다. "전형적인 오스트리아 여자아이지. 아, 베개 좀 이리 줘요. 정말 괜찮은 아이야. 귀엽고, 겸손하고. 단지, 내가 보기에는 옷이 좀 촌스러웠어. 그러니까, 내 말은…… 어떻게 말해야 할지 모르겠소……. 다른 옷을 입히는 게 좋지 않겠나 싶어. 당신이 그 애를 조카딸이라고 킨스레이 가족이나 다른 사람들에게 소개하고 싶으면 보기 흉하지 않게 다른 옷을 입혀요. 당신 옷장에 있는 옷을 몇 벌 주는 게 어떻겠소?"

"벌써 트렁크 열쇠 가져왔어요."

반 볼렌 부인이 웃으며 대답했다.

"그 옷차림으로 호텔 안으로 들어오는데, 나도 깜짝 놀랐어요. 정말 남이 볼까 무서운 행색이었죠. 달걀노른자처럼 노란색 코트를 입고 있는데 정말 괴상하더군요. 인디언 골동품 가게에 내놓고 팔기에 딱 어울릴 것 같은 옷이었어요. 불쌍한 것! 얼마나 촌스럽게 옷을 입었는지 정작 자신은 모를 거예요. 망할 놈의 전쟁이 오스트리아 사람들을 모두 망쳐놓았어요. 빈에서 3마일 밖으로는 나가보지도 못했고, 만나는 사람도 전혀 없었대요. 가엾은 것! 그 애 태도를 보니까, 이런 곳에서 얼마나 어색해하는지 금세 알겠더군요. 겁을 내고 있어요……. 하지만 걱정할 것 없어요. 내가 알아서 제대로 입힐 테니. 옷은 충분히 있어요. 그리고 모자라면 그 영국인 가게에서 사면 돼요. 어쩌다 며칠 동안 입을 좋은 옷 한 벌 없는 신세가 되었을까? 불쌍한 것!"

남편이 등받이 없는 긴 의자에 누워 자는 동안, 부인은 호텔 방 입구에 세워져 있는 커다란 옷 트렁크 두 개를 열고 옷들을 살펴보았다. 트렁크는 마치 신전을 떠받치는 기둥 여인상처럼 거의 천장에 닿을 것 같았다. 반 볼렌 부인은 파리에서 2주 동안 머무르며 박물관뿐 아니라 여러 패션샵에 들렀다. 옷걸이에 걸린 크레프 천, 실크 천, 마직 천 옷들이 서로 부딪힐 때마다 섬세하고 세련된 소리를 냈다. 부인은 블라우스와 정장을 열댓 벌 꺼냈다가 다시 집어넣기를 반복하면서 꼼꼼히 살펴보고, 생각하고, 옷을 세어보며 어린 조카딸에게 무엇을 입힐지 고민했다. 진주색과 검은색 원피스, 정교하게 짠 직물과 거칠고 두툼한 직물로 만든 옷들을 각각 분류하자니 한참 시간이 걸렸지만, 재미있었다.

마침내 얇은 드레스와 스타킹, 속옷 들이 의자 위에 수북이 쌓였다. 그러나 모두 깃털처럼 가벼운 옷이어서 한 손으로도 들 수 있는 정도였다. 부인은 옷들을 가지고 크리스티네의 방으로 갔다. 방문을 밀자, 놀랍게도 그대로 열렸다. 처음에 그녀는 방에 아무도 없는 줄 알았다. 활짝 열린 창으로 바깥 풍경이 바로 내다보였다. 의자에도 탁자에도 아무도 없었다. 부인은 옷들을 의자 위에 올려놓으려고 방 안으로 들어가다가, 소파에 누워 잠든 크리스티네를 발견했다. 익숙하지 않은 와인에 취해서 잠들었던 것이다. 조금 전 테이블에서 여자가 얼떨결에 와인을 단숨에 마셔버리자 이모부는 계속 잔을 채워주었다. 여자는 잠시 소파에 앉아 마음을 가라앉히면서 이런저런 생각을 정리해 보려 했지만, 쏟아지는 잠이 쿠션 위에 놓여 있던 그녀의 머리를 무겁게 눌렀다.

무방비 상태로 잠든 사람의 모습은 연민을 느끼게 하면서도 조금 우스워 보인다. 이모가 발소리를 죽이고 가까이 다가가자 크리스티네가 몸을 뒤척였다. 잠을 자면서도 깜짝 놀란 여자는 무의식중에도 자신을 보호하려는 듯 가슴으로 양팔을 그러모았다. 입을 반쯤 벌린 채 겁먹은 듯 누워 있는 모습과 아이처럼 팔을 모으는 단순한 동작을 바라보는 이모의 마음이 눈물이 날 정도로 뭉클해졌다. 여자는 꿈을 꾸면서도 긴장한 듯 눈꺼풀이 약간 들려 있었다. 이모는 조카딸의 잠든 모습에서 그녀의 속을 훤히 꿰뚫어 보았다. 조카딸은 잠을 자면서도 두려워하고 있었다. 잠든 얼굴이 아직 젊고 앳돼 보이지만, 입술은 창백하며 잇몸에는 윤기가 없고 안색이 파리했다. 아마 영양 상태가 부실하고, 어릴 때부터 일하느라 몸을 혹사시켜 피로가 누적되어 몸에 저항력이 떨어진 것 같았다. 스물여덟 살이라고는 믿기지 않을 만큼 허약해 보였다.

'가엾은 것!'

곤한 잠에 빠져 무의식중에 마음속 감정을 드러낸 조카의 모습을 보자 빈 볼렌 부인은 갑자기 자신이 부끄러워졌다.

'우리 부부는 정말 못된 사람들이야. 이 아이를 좀 봐! 너무 지치고, 너무 가난하고, 죽을 듯이 걱정하고 있잖아. 오래전에 도와주어야 했어. 우리는 미국에서 수없이 많은 자선 행사에 참여했잖아. 불우이웃에게 자동차를 보내고, 크리스마스 때 기부도 했지만, 그것이 누구에게 가는 줄도 몰랐지. 그러면서도 정작 피붙이인 언니는 줄곧 잊고 살았어. 몇백 달러만으로도 기적을 이룰

수 있었는데……. 언니도 내게 편지라도 쓸 수 있었을
텐데, 동생 생각을 했을 텐데, 가난한 사람의 그 바보 같
은 자존심 때문에 도움을 청하지 못했던 거야! 지금이
라도 이 창백하고 소심한 조카딸을 도와주고, 작은 행복
이나마 느끼게 해줄 수 있어서 참 다행이야.'

다시 측은한 마음이 든 부인은 이상한 꿈을 꾸는 듯
한 조카딸의 옆얼굴을 내려다보았다.

'오래전 거울에서 보았던 내 모습이잖아? 어릴 적 침
대 위에 걸려 있던 사진 액자 속 어머니의 젊은 시절 얼
굴과 똑같네. 하숙집에서 외롭게 지내던 과거의 내 모습
그대로구나.'

조카딸에 대한 애정이 울컥 솟구치면서, 이제 노년에
접어든 부인은 잠든 조카의 금발을 부드럽게 쓰다듬었
다.

크리스티네가 갑자기 잠에서 깼다. 병든 어머니를 돌
보다 보니 누가 살짝만 건드려도 잠에서 깨는 버릇이
생겼던 것이다.

"제가 늦었나요?"

여자는 죄라도 지은 사람처럼 말을 더듬었다. 지난
몇 년 동안 그녀는 출근 시간에 늦을까 봐 늘 노심초사
했다. 걱정하면서 잠자리에 들고, 자명종 소리에 잠에서
깨면 걱정부터 했다. 일어나면 곧바로 시계를 봤다.

"너무 늦진 않았죠, 그렇죠?"

하루 일과는 늘 업무에 실수가 없었는지 걱정하는 것
으로 시작되었다.

"애야, 왜 그렇게 겁을 내니?" 이모가 달래듯이 말했다. "여기선 시간이 넘쳐날 정도로 많단다. 뭘 해야 좋을지 모를 정도지. 아직 피곤하면 좀 쉬어라. 잠든 너를 깨우려고 온 게 아니야. 네가 입을 옷을 좀 가져왔어. 여기 있는 동안 이 옷들을 입으면 한결 기분이 좋아질 거야. 파리에서 옷을 너무 많이 샀더니, 가방이 꽉 차버렸어. 그래서 이모는 네가 이 옷들을 입으면 좋겠다고 생각했어."

크리스티네는 블라우스 아래 가슴까지 화끈거리는 느낌이 들었다. 크리스티네를 처음 본 순간부터 이모와 이모부는 여자의 옹색한 차림이 창피하고 무안했을 것이다. 그런데 이모는 살갑게 그녀를 챙기려고 애쓰고 있었다. 옷가지를 주면서 그럴듯한 구실을 대고 조카딸의 마음을 상하지 않게 하려고 배려하지 않는가.

"그렇지만, 감히 제가 어떻게 이모 옷을 입어요?" 여자가 더듬거리면서 말했다. "저한테는 과분해요."

"그런 소리 마라. 이 옷들은 나보다는 너한테 더 잘 어울릴 거야. 안토니는 내가 옷을 너무 젊게 입는다고 불만이 많아. 내가 잔담에 사는 자기 큰고모처럼 보였으면 하지. 목까지 올라오는 두꺼운 검은색 실크 블라우스를 입고, 개신교도들처럼 단추를 끝까지 채우고 머리에는 가정주부들이 쓰는 뻣뻣한 하얀 보닛을 쓰면 아주 좋아할 거야. 네가 이 옷들을 입으면 이모부도 좋아할 거야. 자, 오늘 저녁에 어떤 옷을 입을지 골라봐."

이모가 오랫동안 잊고 살던 드레스 모델의 우아한 동

작으로 얇은 원피스 중 하나를 집어 능숙하게 몸에 가져다 대었다. 꽃무늬로 가장자리를 장식한 일본 스타일의 상앗빛 드레스였다. 옆에 있는 까만 실크 드레스와 대조적으로 눈부시게 아름다웠다. 세 번째 옷은 끝부분에 은색 줄무늬가 있는 초록색 드레스였다. 세 가지 옷모두 크리스티네에게 너무나 우아해 보여서 이런 옷들을 입은 자신의 모습을 상상조차 할 수 없었다.

'이토록 아름답고 섬세한 명품 옷을 내가 아무 부담없이 입을 수 있을까? 어떻게 이런 색과 디자인의 옷을입은 채 걷고 움직일 수 있을까? 이런 옷은 입는 방법부터 배워야 하는 게 아닐까?'

이런 값비싼 옷들을 겸손하지만 간절한 시선으로 바라보지 않는다는 것은 여자에게 어려운 일이었다. 코를벌름거리면서 여자는 저도 모르게 손이 떨리는 것을 느꼈다. 옷을 만져보고 싶었지만, 자제하려고 애썼다. 이모는 젊은 시절에 모델로 일하던 경험으로 여자들이 좋은옷을 보았을 때 드러내는 간절한 시선과 감각적인 흥분을 잘 알고 있었다. 이 옷 저 옷을 말없이 살펴보면서깜박이던 금발 처녀의 눈동자가 갑자기 반짝이자, 이모는 웃지 않을 수 없었다. 크리스티네가 어떤 옷을 고를지도 이미 알고 있었다. 다른 옷들도 가지지 않으면 후회하리라는 것 역시. 이모는 어쩔 줄 모르는 크리스티네의 모습이 재미있었다.

"서두를 필요 없다. 세 가지 모두 여기 둘 테니 가장맘에 드는 옷을 골라서 오늘 입고, 내일은 다른 옷을 입으면 돼. 스타킹과 갈아입을 속옷도 좀 가져왔다. 얼굴에 사용할 화장품도 필요하겠구나. 괜찮으면 곧바로 가게에 가서 여기 엥가딘에 머무는 동안 필요한 것들을 모두 사기로 하자."

"그런데 이모." 몹시 긴장한 크리스티네가 작은 소리로 말했다. "저 때문에 돈을 많이 쓰지 마세요. 그리고이 방도 저한테는 너무 과분해요. 정말이에요. 그저 평범한 방이었으면 좋았을 텐데."

그러나 이모는 미소를 지으며 말했다.

"그리고 미용실에도 가자. 남들 앞에 나설 만큼은 꾸며줄 거야. 미국에 있는 인디언을 제외하곤 너 같은 머리 모양을 하고 돌아다니는 사람은 없어. 목을 덮은 머리카락을 잘라내고 나면 얼마나 홀가분한지 느끼게 될 거야. 여러 말 할 것 없어. 이모는 무엇이 최고인지 잘알아. 나한테 모든 걸 맡기고 아무 걱정 하지 마라. 이제제대로 좀 꾸며보자. 시간은 많아. 안토니는 오후에 포커 게임을 할 거야. 오늘 저녁에는 잘 꾸미고 이모부를뵙도록 해. 자, 이제 나가자."

잠시 후 두 사람은 꽤 큰 스포츠용품 가게에서 이것저것 쇼핑을 했다. 체크무늬 스웨터 한 벌과 부드러운가죽 벨트 하나, 자극적인 냄새가 나는 엷은 황갈색 운동화 한 켤레, 모자 하나, 알록달록하고 따뜻해 보이는스포츠 양말 몇 켤레, 그리고 몇 가지 소품도 골랐다.

탈의실에서 여자는 지저분한 허물 같았던 추한 블라

우스를 드디어 벗어 던졌다. 이곳까지 그녀를 동행했던 궁상스러움이 눈에서 사라져 박스에 담겼다. 끔찍한 물건들이 사라지자 두려움도 영원히 사라진 듯 홀가분했다. 다른 상점에서 정장용 구두 한 켤레, 물 흐르듯 하늘하늘한 실크 스카프 한 장, 그리고 매력적인 장신구 몇 가지도 샀다. 크리스티네는 이런 경이로운 물건들을 사본 적이 없었다. 돈 걱정 없이, 한 번도 머릿속을 떠난 적 없는 '너무 비싸다'라는 경고도 두려움도 없이, 물건을 사면서 기분이 무척 들떠 있었다. 물건을 고르고 나서 '좋아요'라고 한마디만 하면 되었다. 생각할 필요도, 걱정할 필요도 없었다. 쇼핑한 물건들은 예쁘게 포장되어 배달원들이 호텔로 배달해 준다. 사고 싶다고 용기를 내어 말하기도 전에 원하는 물건이 손에 들어왔다. 이상하게 사람을 취하게 할 정도로 편안하고 기분이 좋았다. 크리스티네는 아무 저항 없이 이 경이로운 물건들에 몰입했다. 여자는 이모 마음대로 하도록 내버려 두었다. 그러다가도 이모가 지갑에서 지폐를 꺼낼 때면 주춤거리며 다른 곳으로 시선을 돌리고 가격을 듣지 않으려고 애썼다. 그녀를 위해 쓰는 돈이 상상할 수 없이 큰 금액이었기 때문이다. 여자가 수년 동안 쓴 돈보다 더 많은 금액을 이모는 삼십 분 만에 써버렸다. 여자는 가게를 나오자, 참지 못하고 우아한 후원자의 팔을 잡으며 감사의 표시로 손등에 입을 맞췄다. 감탄하고 들뜬 조카의 모습을 보면서 이모는 미소 지었다.

"이젠 머리를 해야지! 미용실로 데려다주마. 그동안

나는 친구를 좀 만나고 올게. 한 시간 후에는 네 머리카락에서 반짝반짝 윤이 날 거야. 그때 다시 데리러 오마. 미용사가 네 머리를 아주 예쁘게 다듬어 줄 거야. 벌써 다른 사람이 된 것 같아. 자, 머리 손질을 끝내면 산책하러 가자. 오늘 밤은 정말 재미있게 보낼 수 있을 것 같구나."

크리스티네의 심장이 걷잡을 수 없이 두근거렸다. 여자는 기꺼이 이모를 따라 타일 바닥에 온 벽이 거울로 번쩍이는 미용실로 들어갔다. 이모를 따라다니면 좋은 일만 생겼다! 여자가 들어간 방에서는 따뜻함과 달콤함으로 가득하고, 연한 꽃향기가 감도는 향수 냄새가 진동했다. 옆방에서는 산에서 불어오는 폭풍 같은 헤어드라이어 소리가 요란하게 들렸다. 코가 작고 손놀림이 민첩한 프랑스인 미용사에게 이모가 이런저런 지시를 했다. 크리스티네는 그 말을 잘 이해할 수 없었지만, 신경 쓸 필요는 없었다. 새로운 욕망이 밀려왔다. 여자는 그들에게 자신을 맡기고 놀라운 일이 벌어지기를 기다려보기로 했다. 여자가 편안한 미용 의자에 앉자 이모는 밖으로 나갔다. 여자는 가만히 몸을 뒤로 기댔다. 마취된 듯이 기분 좋게 스르르 눈이 감겼다. 귓전에서 가위 소리가 들렸다. 목에 차가운 금속이 닿는 느낌이 전해졌다. 미용사가 쾌활하게 이해할 수 없는 말을 하는 소리가 들렸다. 구름처럼 퍼져오는 향기 속에서 여자는 숨을 내쉬었다. 향기로운 향유와 미용사의 능숙한 손길이 머리칼과 목에 와 닿았다. 눈을 떠서는 안 된다고, 여자는 생각했다. 눈을 뜨면 이 모든 것이 사라져 버릴지도 몰랐다. 아무것도 묻지 말고 단 한 번만이라도 이대로 편하게 앉아서, 남에게 봉사하는 것이 아니라 남의 봉사를 받으며 일요일 같은 느낌을 즐기고 싶었다. 여자는 그저 무릎 위에 손을 얹어놓은 채 즐거운 시간을 보내기로 했다. 의식이 가물가물할 정도로 편하게 앉아 남이 시중을 들어주는 이 드문 기회를 마음껏 이용하고, 수년 동안, 아니 수십 년 동안 한 번도 경험한 적 없는 이 묘하고 관능적인 기분을 마음껏 음미하기로 했다. 눈을 감은 채 온몸을 감싸는 향기로운 온기를 느끼며 여자는 지난날을 떠올렸다.

어린 시절, 여자는 며칠 동안 고열에 시달리며 침대에 누워 있었다. 열이 내리자 어머니는 희고 달콤한 아몬드 밀크를 가져왔다. 아버지와 오빠가 침대 옆에 앉아 있었고, 온 가족이 그녀를 돌보며 분주했다. 가족 모두 그녀에게 다정했다. 옆방에서는 카나리아가 지저귀고, 침대는 부드럽고 따뜻했다. 학교에 갈 필요도 없었다. 모든 것이 그녀를 위해 존재했다. 비록 힘이 없어서 놀 수는 없지만 침대 위에는 장난감이 여러 개 놓여 있었다…….

'아니야. 눈을 감고, 아무 생각도 하지 말고, 미용사들의 서비스를 마음껏 즐겨보자…….'

여자는 지난 20여 년 동안 어린 시절의 그런 아늑함을 떠올린 적이 없었다. 그런데 지금 갑자기 그 모든 것들이 생각난 것이다. 피부가, 따뜻해진 관자놀이가 기억을 불러내고 있었다. 손을 민첩하게 놀리던 미용사가 이따금 "좀더 짧게 자를까요?" 같은 질문을 했다. 생전 처음으로 명령을 내리듯 약간 거만하게 이런저런 요구를 하고 싶은 생각이 들었다. 하지만 여자는 그저 "하고 싶은 대로 하세요"라고 대답했다. 그러면서 의도적으로 앞에 있는 거울을 보지 않고 다른 곳으로 시선을 돌렸다.

'미용사가 알아서 하게 내버려 두는 게 좋겠어.'

빛나는 유리병에서 나오는 향기가 그녀의 머리카락 위로 흘렀다. 면도날이 그녀의 피부를 간질였다. 머리가 갑자기 이상할 정도로 가벼워진 느낌, 목이 시원하게 드러난 느낌이 들었다. 여자는 거울을 들여다보고 싶었다. 하지만 여전히 눈을 감고 있었다. 마비된 듯, 꿈같은 느낌이 기분 좋게 이어졌다. 그러는 사이 다른 젊은 여자가 작은 요정처럼 가볍게 옆으로 다가와 앉으며 그녀의 손톱에 매니큐어를 칠하기 시작했다. 다른 여자는 머리를 물결 모양으로 예쁘게 매만졌다. 여자는 아무렇지도 않게(이젠 기의 놀리지도 않았다) 그들에게 몸을 맡겼다. 미용사가 "고객님, 안색이 좀 창백해 보여요"라고 말하면서 분주하게 화장 연필과 색조 화장품으로 입술을 붉게 칠하고, 눈썹을 진하게 그리고 뺨에 볼터치를 하는 동안 여자는 가만히 앉아 있었다. 여자는 자신이 변신하고 있음을 느꼈다. 그러나 온몸이 감미롭게 마비된 듯한 상태에서 아무것도 모르고 있는 편이 좋기도 했다. 촉촉하고 달콤한 공기에 취한 그녀는 이 모든 일이 본래의 자신에게 일어난 일인지, 아니면 또 다른, 아주 다른, 새로 태어난 자신에게 일어난 일인지 알 수 없었다. 모든 것이 현실이 아니라 꿈속처럼 혼란스러웠다. 그리고 이 꿈이 갑자기 깰까 봐 두렵기도 했다.

그 사이에 밖으로 나갔던 이모가 돌아왔다.

"좋았어!"

이모는 전문가처럼 미용사에게 말했다. 이모는 미용사에게 상자 몇 개와 화장품, 화장도구를 챙겨달라고 했다. 그러고 나서 두 사람은 미용실을 나왔다. 자리에서 일어서면서도 크리스티네는 거울을 보지 않고, 단지 목덜미에 가볍게 손을 대보았을 뿐이었다.

거리를 걸으면서 여자는 몸에 꼭 맞는 팽팽한 스커트와 밝은색 무늬 스타킹, 우아하게 반짝이는 구두를 흘끔흘끔 내려다보았다. 그리고 발걸음이 훨씬 안정되어 가는 것을 느꼈다. 이모에게 몸을 바짝 붙이고 걸으면서, 이것저것 눈에 보이는 것들에 대해 이모가 들려주는 설명을 들었다. 모든 것이 신비로웠다. 자연의 선명한 초록빛이 파노라마처럼 펼쳐지면서 한눈에 보이는 산봉우리들의 모습, 산비탈에 도도한 성채처럼 우뚝 서 있는 호화로운 호텔들, 눈을 자극하는 사치스러운 쇼윈도, 모피, 보석, 시계, 골동품을 파는 고급 상점들, 모든 것이 저 멀리 있는 웅장한 설산들과 대조를 이루면서 새롭고 특이해 보였다. 화려한 마차를 끄는 말도, 털을 잘 손질한 개도 우아해 보였고 알프스의 꽃처럼 밝은색의 옷을 입고 있는 사람들도 하나같이 세련되어 보였다. 햇빛이 빛나는 거리를 오가는 사람들에게서 근심 걱정이라고는 찾아볼 수 없었다. 그것은 여자가 꿈도 꾸어보지 못한, 노동도 가난도 없는 세상이었다. 이모는 여자에게 산봉우리와 호텔의 이름을 알려주었다. 지나치면서 만나는 유명인 호텔 손님들의 이름도 말해주었다. 여자는 이모의 이야기를 들으며 경외심 가득한 눈길로 그들을 바라보았다. 그리고 자신이 이런 공간을 오갈 수 있는 현실이 믿기지 않았다. 이런 모든 경험이 자신에게 허락되었다는 사실이 놀라울 뿐이었다. 마침내 이모가 시계를 보았다.

"어서 돌아가야겠다. 옷 입을 시간이야. 저녁 식사 때까지 겨우 한 시간 남았구나. 안토니를 화나게 하지 않으려면 식사에 늦지 말아야 해."

호텔로 돌아와 방문을 열었을 때 크리스티네의 방은 이미 어둑해져 있었다. 해가 일찍 져서 방 안에 있는 모든 것이 적막한 어스름 속에 자취를 감췄다. 열린 발코니 문 뒤로 보이는 하늘은 마치 액자에 담긴 그림처럼 짙은 푸른색으로 물들었고, 실내는 어둠에 잠기면서 본래의 색을 잃어가고 있었다. 크리스티네는 발코니로 나가 색의 변화가 빠르게 펼쳐지는 장엄한 광경을 바라보았다. 희게 빛나던 광채가 사라지면서 구름이 차츰 붉게 물들었다. 처음에는 붉은색이 눈으로 포착하기 어려울 정도로 미묘하게 변하더니, 이윽고 아주 빠르게 기우는 태양 빛을 받아 점점 짙어졌다. 그러더니 산 절벽에서 그림자 하나가 불쑥 솟아올랐다. 마치 계곡의 검은 물웅덩이가 위로 솟구쳐 한순간 산꼭대기를 온통 집어삼킬 것만 같았다. 갑자기 거대한 산 전체가 검은색으로 변하며 텅 빈 공간처럼 보였다. 육안으로 보이지 않던 서리가 계곡에서 거대한 파도처럼 일어난 것이다. 그러나 산꼭대기는 여전히 차고 어슴푸레한 빛 속에 잠겨 있었다. 아직 푸른빛이 감도는 하늘에 노란 가로등 같은 달이 떠올라 고준히 솟은 두 개의 산봉우리 사이에 모습을 드러냈다. 미세한 부분까지도 그 색채가 현란하게 드러나던 풍경은 이제 어둠 속에서 사라져가고 밤하늘에는 별들이 검은 바탕에 뿌려진 은가루처럼 작고 희미하게 명멸하고 있었다.

이런 광경이 처음인 크리스티네는 거대한 팔레트처럼 펼쳐진 자연의 무대에서 쉬지 않고 진행되는 극적인 변화를 도취된 듯 바라보았다. 그것은 바이올린과 오르간에만 익숙한 사람이 난생처음 오케스트라 연주를 듣는 것과 같았다. 갑자기 장엄한 모습을 드러낸 자연 앞에서 그녀는 정신을 차리지 못했다. 경외심에 사로잡혀 발코니 난간을 움켜쥔 채 자신의 존재도 잊고 시간도 잊은 채 눈앞에서 펼쳐지는 광경에 빠졌다. 하지만 다행히도 고객에 대한 배려가 깊은 호텔에는 언제나 정확하게 시간을 알려주는 서비스가 있다. 저녁 식사 시간을 알리는 종소리가 울리자, 크리스티네는 퍼뜩 정신을 차렸다. 이모가 식사 시간을 잘 지켜야 한다고 일러주지 않았던가. 늦지 않도록 서둘러 준비해야 했다.

그러나 눈부신 새 옷 중에서 무엇을 입을지 고를 수

없었다. 잠자리 날개처럼 은은하게 반짝이는 옷들을 다시 침대 위에 나란히 펼쳐놓았다. 짙은 색 옷이 어스름한 방 안에서 매혹적인 빛을 발했다. 그러나 여자는 오늘 저녁 수수한 상앗빛 드레스를 입기로 했다. 조심스럽게 옷을 집어 들고는 그 가벼움에 새삼 놀랐다. 손수건이나 장갑처럼 가벼웠다. 여자는 서둘러 투박한 스웨터와 묵직한 러시아산 가죽 구두, 두툼한 양말을 벗어버렸다. 새 옷은 섬세하고, 부드럽고, 가벼웠다. 새로 산 사치스러운 속옷은 만져보기만 해도 손이 떨렸다. 정말 감촉이 좋았다. 여자는 투박하고 낡은 속옷도 벗어버렸다. 새로 산 속옷의 촉감이 감미롭게 느껴졌다. 방에 불을 켜고 자신의 모습을 거울에 비춰 보고 싶은 충동을 느꼈지만, 감히 전등 스위치를 올리지는 못했다.

'기쁨을 잠시 미루는 편이 좋겠어. 이 얇은 속옷은 어둠 속에서만 하늘하늘하고 감미롭게 느껴지는 걸 거야. 불빛 아래서는 그 느낌이 사라질지도 몰라.'

여자는 스타킹을 신고 나서 드레스를 입었다. 그리고 조심스럽게(어쨌든 이 옷은 이모 것이었다) 부드러운 실크 가운을 위에 걸쳤다. 정말 경이로운 옷이었다. 어깨에서부터 따뜻한 물이 흘러내리는 듯한 느낌이 들며 몸에 착 달라붙었다. 옷을 입었다는 느낌이 거의 없었다. 바람 속을 걷는 기분이었다. 산들바람이 떨리는 몸에 와 닿는 것만 같았다.

'이렇게 머뭇거릴 시간이 없는데……. 일단, 준비를 마치고 보자!'

여자는 서둘러 구두를 신고, 종종걸음으로 몇 발짝 걸어보았다.

'됐어. 아, 하느님 감사합니다! 자, 이제 한번 볼까?'

심장이 쿵쾅거렸다.

전등 스위치를 올렸다. 전구에 불이 들어왔다. 어두 웠던 방이 순식간에 환해졌다. 꽃무늬 벽지, 반들반들한 가구들이 다시 모습을 드러냈다. 우아한 세상이 돌아왔 다. 그러나 신경이 한껏 예민해진 여자는 얼른 거울을 들여다보지 못했다. 비스듬히 거울을 보니 발코니 뒤편 의 풍경과 방 일부가 보였다. 그러나 차마 자신의 모습 을 볼 용기를 내지 못했다.

'빌린 옷을 입고 좋아하다니, 꼴불견 아닌가? 남들뿐 아니라 나 자신도 속이는 셈이잖아?'

엄격한 재판관을 현혹해서 관대한 판결을 얻어내려는 죄인처럼 여자는 천천히 거울을 향해 다가갔다. 여전히 눈을 내리깔고, 두려운 마음으로 거울 앞에 섰다. 또다 시 아래층에서 종소리가 들렸다.

'서둘러야 해!'

여자는 높은 곳에서 뛰어내리는 사람처럼 심호흡을 하고 용기를 내면서 결심한 듯 눈을 떴다. 거울을 보는 순간, 깜짝 놀라 넘어질 듯 뒤로 한 걸음 물러났다.

'이게 누구야? 이 날씬하고 우아한 여자는 누구지? 상체를 뒤로 젖히고, 입은 반쯤 벌리고, 눈을 크게 뜬 채 놀라움을 감추지 못하고 나를 바라보고 있네. 이게 내 모습이라고? 말도 안 돼!'

여자는 말을 잃었다. 아니, 아무 말도 하지 않으려 했다. 그러나 자기도 모르게 말이 나오며 저절로 입술이 움직였다. 그리고 놀랍게도 거울에 비친 여자의 입술도 움직였다.

여자는 놀라 호흡을 가다듬었다. 꿈에서조차 이토록 젊고, 아름답고, 우아하게 차려입은 자신을 상상한 적이 없었다. 선이 분명한 붉은 입술, 섬세한 눈썹, 물결지는 금발 아래로 훤하게 드러난 목이 돋보였다. 하늘하늘한 드레스에 감춰진 맨살이 새롭게 느껴졌다. 여자는 거울에 비친 여자가 정말 자신인지 확인하려고 거울 앞으로 더 가까이 다가갔다. 그러나 너무 가까이 다가서거나 갑자기 움직이면 그 황홀한 모습이 사라질까 봐 두려워서 저절로 미간이 떨렸다.

'이건 현실이 아냐. 사람이 이렇게 갑자기 변할 수는 없어. 이것이 현실이라면, 그렇다면 나는……'

그녀는 적당한 말을 찾지 못하고 생각을 멈추었다. 그 순간, 거울 속 여자가 크리스티네를 향해 웃었다. 처음에는 살며시, 그다음엔 활짝. 눈을 끄게 뜨고 자랑스러운 듯 그녀를 바라보며 웃었다.

'그래, 나는 참 예쁜 여자야.'

자기 몸에 감탄하는 것은 어색하면서도 기분 좋은 일이다. 몸에 꼭 맞는 실크 드레스 밑에서 움직이는 가슴, 날씬하면서 여성스러운 곡선을 드러내는 몸매, 편안하고 매력적으로 보이는 어깨……. 여자는 새롭게 변신한 몸의 움직임을 보고 싶은 호기심을 누르지 못하고 천천히 옆으로 돌아보았다. 그리고 다시 한번 자랑스러움과 기쁨에 들떠 거울 속 자신을 바라보았다. 이번에는 조금 더 대담하게 뒤로 세 걸음 물러섰다. 다시 한번 우아하고 빠르게 움직였다. 그리고 치맛자락을 빙 돌리며 빠르게 제자리에서 한 바퀴 돌아보았다. 그러자 거울 속 여자가 또 한 번 미소 지었다.

'아! 정말 날씬하고, 우아해 보인다!'

춤추고 싶은 유혹에 손과 발이 근질근질했다. 방 한가운데로 갔다가 다시 거울 쪽으로 돌아왔다. 자신의 모습에 반한 여자는 그윽한 시선으로 거울 속 모습을 여기저기 살펴보았다. 완전히 새롭고 매혹적인 그 모습은 아무리 바라봐도 질리지 않았다. 새롭게 태어난 자신을 안아주고 싶은 심정이었다. 그녀는 거울 속 자신의 눈과 거의 맞닿을 정도로 가까이 다가갔다. 입술이 거울 속 입술과 가까워지자, 입김이 거울을 부옇게 흐려놓았다. 여자가 이런저런 자세를 취하며 거울을 들여다보는 사이에 아래층에서 세 번째 종소리가 들려왔다. 여자는 깜짝 놀랐다.

'어머! 이모를 기다리게 해서는 안 되는데. 화나신 건 아니겠지?'

여자는 재빨리 외투를 걸쳤다. 솜털처럼 가볍고 화려한 색깔에, 가장자리를 모피로 장식한 저녁 만찬용 외투였다. 여자는 스위치를 내려 불을 끄기 전, 마지막으로 거울을 들여다보았다. 반짝이는 눈과 행복한 미소가 보였다.

'좋아, 아주 좋아.'

거울 속 여자가 그녀에게 미소 지었다. 여자는 황급히 복도를 뛰어가 이모의 방으로 갔다. 빠른 걸음으로 걸어가니 시원한 실크 드레스의 촉감이 더욱 산뜻하게 느껴졌다. 바람에 실려 떠가는 느낌이었다. 이처럼 가볍게 날아갈 듯 움직여본 것은 어린 시절뿐이었다. 드디어 여자는 변신에 도취하기 시작했다.

"옷이 몸에 딱 맞는구나." 이모가 조카딸을 바라보며 말했다. "그래, 젊으니까 옷에 너무 신경 쓸 필요는 없겠지! 옷으로 감출 곳이 많지 않다면 재단사가 옷을 고치는 데 문제가 없어. 하지만 이 옷은 네게 완벽하게 잘 맞는구나. 사람이 달라 보여. 이제 보니 몸매가 정말 좋구나. 그런데 고개를 좀 당당하게 들어라. 이런 말한다고 섭섭해하지 말고. 너는 자신감이 없어 보여. 그렇게 등을 구부리고 걸으면 마치 비 맞고 움츠러든 고양이처럼 보인단다. 걷는 법도 배워야겠구나. 미국 사람들처럼 자연스럽고 유연하게 걸어야 해. 바람을 잔뜩 받고 나아가는 돛단배처럼 가슴을 앞으로 쭉 내밀고. 아, 나도 너처럼 젊으면 얼마나 좋겠니!"

크리스티네의 낯빛이 붉어졌다. 여자는 이모의 기대를 저버리지 않았다. 우스꽝스럽지도, 촌스럽지도 않았다. 이모는 머리끝에서 발끝까지 감상하듯 조카딸을 훑어보았다.

"완벽해! 그런데 목이 좀 허전하구나." 이모는 자기

목에서 진주 목걸이를 풀어 여자에게 건넸다. "자, 이 목걸이를 걸어라. 아니야, 걱정 말고 가져. 이건 진짜 진주가 아니니까. 진짜는 집에 있는 금고 안에 있단다. 유럽을 여행할 때 진짜 보석을 가져오면 안 돼. 여긴 소매치기가 많거든."

진주 목걸이가 맨살에 닿자, 차갑고 묘한 느낌이 들었다. 이모가 마지막으로 그녀를 훑어보았다.

"완벽해! 괜찮아 보이는구나. 이 정도면 네게 옷을 사줄 남자도 기분이 좋을 거야. 이제 가자! 안토니를 기다리게 해선 안 돼. 이모부가 네 모습을 보면 깜짝 놀랄 거야!"

이모는 조카딸과 함께 걸었다. 여자는 맨살을 드러내는 새 옷을 입고 계단을 내려가자니 신기한 기분이 들었다. 마치 아무것도 입지 않은 듯 몸이 가볍고, 걷는 것이 아니라 물 위를 떠가는 느낌이었다. 2층 층계참에서 이브닝 재킷을 입은 신사와 마주쳤다. 부드러운 백발에 매우 정갈하게 가르마를 탄 노인이었다. 노인이 크리스티네의 이모에게 정중하게 인사하면서 두 사람이 지나가도록 비켜섰다. 그 짧은 순간에 크리스티네는 남자의 각별한 눈길을 감지했다. 남자는 감탄한 듯 경외에 가까운 시선을 보냈다. 순간적으로 여자의 두 뺨이 화끈거렸다. 평생 한 번도 돈 많고 점잖은 신사가 이토록 정중하게 거리를 두고 그녀의 자태를 존중해 준 적은 없었다.

이모가 일러주었다.

"엘킨스 장군이야. 너도 전쟁 때 이름을 들어봤을 거

야. 런던 지리학회 회장이지. 재임 기간에 티베트에서 대단한 발견을 한 유명한 분이야. 너한테 소개해 줘야겠구나. 사교계 거물이지. 왕족과도 친분이 있단다."

행복에 겨운 그녀의 피가 뜨겁게 끓는 듯했다. 품위 있고 여행도 많이 한 듯한 이 노신사는 그녀를 불청객으로 여기지도, 남의 옷을 빌려 입은 여자로 보지도 않았으며, 업신여기지도 않았다. 그는 귀부인이나 자신과 같은 지위의 사람에게 인사하듯, 크리스티네에게 허리 굽혀 인사했다. 비로소 여자는 정당하게 대접받는 느낌이 들었다.

그리고 또 다른 사람이 여자에게 경의를 표했다. 그녀가 테이블로 가자 이모부도 깜짝 놀랐다.

"오, 놀랍구나. 어떻게 된 거냐? 이렇게 예쁘다니! 아, 미안하다. 내 말은 네가 정말 예쁘다는 뜻이란다."

크리스티네는 너무 기쁜 나머지 얼굴이 붉어졌다. 감미로운 전율이 척추를 타고 온몸으로 퍼졌다.

"듣기 좋으라고 하시는 말씀이죠?" 여자가 상기된 얼굴로 이모부의 말에 대답했다.

"아니야, 정말 예쁘단다."

무의식중에 숨을 후! 내쉬며 이모부가 말했다. 그의 셔츠 가슴 부분이 갑자기 팽팽해지면서, 노인다운 느긋함이 사라졌다. 살찐 볼 때문에 더 작아 보이고 주위가 붉은 그의 작은 눈에 순간적으로 욕정의 빛이 번득였다. 미녀가 나타나자 생각지도 못했던 즐거움이 그를 들뜨게 했던 것이다. 그가 여자를 뚫어져라 쳐다보면서 전문가인 양 외모에 대해 분석하고 평을 하자, 이모가 냉정하게 그의 열의에 제동을 걸었다. 젊은 남자들이라면 그보다 좀더 세련되게 칭찬할 것이다. 그러는 사이에 테이블 옆에는 웨이터들이 마치 제단을 지키는 사제들처럼 주문을 기다리며 묵묵히 서 있었다. 그들을 바라보며 크리스티네는 잠시 생각에 잠겼다.

'이상하다! 점심 식사 때 왜 나는 이처럼 친절하고 배려 넘치는 종업원들을 그토록 무서워했을까? 있는지 없는지도 모르게 조용히 서 있잖아!'

여자는 대담하게 음식에 손을 뻗었다. 이제 두려움은 사라졌다. 장시간 기차 여행을 했기에 배가 몹시 고팠다. 난생처음 보는 음식들이 차려졌다. 송로로 맛을 낸 가벼운 파이, 샐러드 위 먹음직스럽게 올려놓은 고기, 부드러운 거품이 달콤한 후식 등, 웨이터들이 은제 나이프로 접시에 덜어주는 음식을 먹었다. 아무것도 신경 쓸 필요 없었고, 생각할 필요도 없었다. 모든 것이 경이로웠지만, 이제 여자는 놀라지 않았다. 가장 경이로운 것은 그녀가 이런 자리에 있다는 사실이었다. 조용하고 세련된 분위기에 조명이 호화롭게 빛나는 호텔 레스토랑에서 우아한 차림의 선택된 귀빈들과 함께 앉아 있었다. 여기 이 사람들은……. 아니다, 이런 자리에 이렇게 당당하게 앉아 있어도 된다면, 그런 생각은 이제 그만하자.

최고의 맛과 향으로 만찬을 빛낸 것은 와인이었다. 남부의 태양 아래서 농익은 황금빛 포도로 만든 것이 틀림없었다. 축복받은 어느 먼 나라에서 온 와인이리라. 얇은 크리스털 잔에 담긴 와인이 투명한 호박만큼 눈부시게 빛났다. 와인은 달콤하고 시원한 크림처럼 목구멍 안으로 흘러 들어갔다. 처음에 크리스티네는 경건한 마음으로 한 모금만 마셨다. 그러나 그녀가 좋아하는 모습에 한껏 기분이 고조된 이모부가 줄곧 잔을 채워주었다. 크리스티네는 자기도 모르는 사이에 말이 많아졌다. 코르크 마개를 뽑은 샴페인처럼 그녀의 입에서 갑자기 웃음이 터져 나왔다. 소용돌이치듯 쾌활하게 터져 나오는 말에 자신도 놀랐고, 그동안 마음을 가두고 있던 '불안'이라는 견고한 벽이 단숨에 무너진 듯했다.

'이런 곳에서 불안해하는 사람이 어디 있어? 이모, 이모부 모두 좋은 사람들이야. 주위에 말끔하고 화려하게 차려입은 사람들도 한결같이 세련되고 품위 있어. 아아, 세상은 아름다워, 인생은 아름다운 거야.'

기분 좋게 취한 이모부가 만족스러운 표정으로 크리스티네와 마주 보고 앉아 있었다. 그는 여자의 한껏 고양된 기분을 함께 즐기며 속으로 중얼거렸다.

'아, 다시 젊은 시절로 돌아가 이처럼 명랑하고 순수한 여자를 만날 수 있다면.'

그는 무척 흥분하여 신중함을 잃고 있었다. 본래 그는 침착한 성격에 늘 신경을 쓰고 있었다. 그런데 지금은 실없는 우스갯소리에, 심지어 외설스러운 농담까지 하고 있었다. 자기도 모르게 늙고 메마른 마음에 불을 지피려고 애쓰고 있었다. 기분이 좋아서 수고양이처럼 가르랑거렸다. 입고 있는 연회복이 답답하고 후텁지근하게 느껴졌고, 뺨에는 홍조가 돌았다. 기분 좋게 술이 올라 얼굴이 붉어진 모습이 요르단스[1]의 〈공현절의 왕〉에 나오는 인물처럼 보였다. 그가 계속 크리스티네에게 건배를 제안하며 샴페인을 주문하려 하자, 부인이 보호자답게 그의 팔에 손을 얹어 만류하면서 의사가 그에게 건넨 주의 사항을 환기시켰다.

그 순간, 가까이에서 음악이 연주되기 시작했다. 심벌즈, 관악기, 드럼 소리가 들려왔다. 댄스 음악이었다. 이모부가 브라질산 시가 꽁초를 재떨이에 내려놓더니 크리스티네를 향해 두 눈을 번득이며 말했다.

"네 눈을 보면 알 수 있단다. 춤추고 싶은 거지?"

"이모부하고만 추고 싶어요." 여자는 지나치다 싶을 정도로 유쾌하게 아양을 떨며 말했다.

'세상에! 내가 와인 조금 마셨다고 벌써 취한 건가?'

자꾸 웃음이 터져 나왔다. 목이 간질간질하고, 행복에 겨워 말할 때마다 목소리가 떨렸다.

"나를 놀리지 마라." 이모부가 장난스럽게 투정하듯 말했다. "저기 있는 건장한 청년 셋의 나이를 합쳐도 나보다 어릴 거야. 그리고 모두들 통풍에 걸린 나 같은 코뿔소보다는 몇 배 더 춤도 잘 출 거다. 그래도 나와 추겠다면, 어떻게 되든 모두 네 책임이다. 네가 나와 춤출 용기가 있다면, 나야 좋고말고."

---

1 Jacob Jordaens(1953-1678). 플랑드르 화가. 많은 풍속화를 그렸고 교회 벽걸이 그림을 비롯하여 궁정의 천장 그림을 제작했다.

여자는 이모부가 매너 있게 내민 손을 붙잡았다. 춤을 추면서도 이모부에게 쉴 새 없이 조잘대고, 웃음이 터져 나와 몸을 구부리며 웃었다. 이모는 재미있다는 듯이 두 사람을 바라보았다. 음악 소리가 커지고, 밝은 빛이 가득한 홀은 휘황찬란했다. 다른 손님들도 호기심 어린 눈길로 무대를 누비는 그들을 바라보았다. 모두들 즐거워하면서 여자를 환영하는 듯했다. 여자가 화려한 소용돌이 속으로 들어가는 데에는 그리 큰 용기가 필요하지 않았다. 서투르게 조카딸을 리드하는 이모부는 움직일 때마다 살찐 배를 출렁였다. 춤을 잘 추지 못하는 이모부를 대신해서 음악이 그녀를 인도했다. 곡은 강렬한 당김음으로 흥을 돋우었고, 리듬은 정교하면서도 관능적이었다. 심벌즈 때리는 소리가 날 때는 무릎까지 떨렸지만, 느낌은 짜릿했다. 부드러운 바이올린 소리는 관절의 긴장을 풀어주었다. 귀청을 때리는 타악기의 격렬한 리듬이 온몸을 흔들고, 두들기고, 어루만지고, 압도했다. 밴드 단원들은 익마처럼 연주했다. 실제로 그들은 익마같이 보이기도 했다. 이들 아르헨티나 출신 연주자들은 축제 때 입는 흰옷을 입고 악마로 분장한 사람들처럼, 황금 단추가 달린 갈색 재킷을 입었다. 모두들 음악에 미친 것 같았다. 번쩍이는 안경을 쓴 늘씬한 색소폰 연주자는 취한 듯 열정적으로 악기에 숨을 불어넣었다. 뚱뚱한 곱슬머리 피아노 연주자는 그보다 더 광적이었다. 그는 신들린 듯 건반을 두드리는 것 같았다. 그 옆의 드럼 연주자는 열정적으로 북을 두드리며 하도 입을 크게 벌려서 맨 뒤쪽 어금니까지 보였다. 그들은 알 수 없는 분노를 폭발하듯 드럼과 심벌즈를 미친 듯이 때렸다. 전기 충격을 받은 듯, 무엇에 얻어맞은 듯 겅중겅중 뛰면서 연주했다. 원한이라도 있는 사람들처럼 악기를 가지고 미쳐 날뛰었다. 하지만, 지옥의 대장간에서 들리는 듯한 이 요란한 소리는 사실상 재봉틀 돌아가는 소리만큼이나 정교했다(여자는 춤추는 동안 그것을 느꼈다). 과장된 행동, 입술을 비죽거리며 웃는 웃음, 비명처럼 질러대는 고성, 격렬한 몸짓, 악기를 연주하는 신기에 가까운 손놀림, 연주자끼리 서로 부르는 소리나 익살스런 농담……. 이 모든 것이 거울 앞에서 악보를 보면서 세세한 부분까지 연출하고 연습했던 것들이었다. 이런 광란의 무대를 선보이기 위해 철저히 연습했을 것이다. 늘씬한 다리에 잘록한 허리, 분을 너무 발라 창백해 보이는 얼굴로 춤추는 여자들은 그런 사실을 잘 알고 있는 듯했다. 그들은 매일 저녁 반복되는 열기에 시큰둥해 보였다. 붉은 입술로 경직된 미소를 띠며 손톱을 붉게 칠한 손을 살랑거리면서 파트너의 품에 느슨히 기댄 채 몸을 흔들고 있었다. 먼 곳을 바라보는 그들의 공허한 시선은 딴 생각을 하고 있거나 아무것도 생각하지 않고 있다는 것을 드러내는 듯했다. 이 홀 안에서 시선을 내리깔고 흥분된 마음을 감추려 애쓰는 사람은 크리스티네뿐이었다. 퇴폐적일 만큼 짜릿하고, 도발적으로 마음을 사로잡는 이 열정적인 음악에 피가 끓는 듯했다. 그 순간 갑자기 음악이 멈추자 여자는 막 위험에서 벗어난 사람처럼 참았던 숨을 깊이 몰아쉬었다.

이모부도 숨이 차서 어깨를 들썩였지만, 품위를 잃지 않고 이마에 맺힌 땀을 닦아내며 숨을 골랐다. 그리고 의기양양하게 크리스티네를 데리고 테이블로 돌아왔다. 놀랍게도 이모는 두 사람을 위해 시원한 셔벗을 주문한 터였다. 뭔가 시원한 것이 먹고 싶었던 여자는 이모의 배려가 무척 고마웠다. 마른 목과 들끓는 피를 식힐 수 있으리라. 크리스티네는 주문하지도 않았는데 얼음이 든 차가운 은색 접시가 놓여 있다는 것이 신기했다.

'정말 환상적인 세상이야. 아무 말 하지 않아도 소원이 이루어져. 이런 곳에서 행복하지 않을 사람이 어디 있겠어!'

여자는 세상의 과즙이란 과즙은 모두 빨아들일 듯 냉기가 아른아른 느껴지는 셔벗을 빨대로 정신없이 빨아들였다. 심장이 두근거리고, 손가락이 떨렸다. 그녀는 넘치는 감사를 표현할 대상을 찾았다. 옆자리에는 친구처럼 친절하고 다정한 이모부가 의자 깊숙이 몸을 묻은 채 앉아 있었다. 그는 약간 지친 듯 여전히 숨을 고르면서 손수건으로 연신 이마의 땀을 닦아내고 있었다. 그녀를 기쁘게 해주려고 애쓴 그에게 울컥 고마운 마음이 들어 여자는 의자 등받이에 올려놓은 그의 두툼하고 주름진 손을 가볍게 쓰다듬었다. 수줍음 많은 젊은 여자의 이런 행동에 노인은 기분이 좋아졌다. 여자의 눈빛에 나타난 감사의 표현을 읽은 그는 아버지들이 느끼는 것과 같은 기쁨을 느꼈다. 여자는 그에게만 감사를 표하는 것이 불공평하다고 생각했다. 이모가 있지 않은가. 그녀를 이곳에 데려오고, 보살피고, 돕고, 가장 유행하는 옷을 사 입히고, 사치스럽고 도취하게 만드는 분위기에서 여자를 보호하고 있는 사람은 이모였다. 여자는 두 사람 사이에 앉아 왼손으로 이모의 손을, 오른손으로 이모부의 손을 잡았다. 크리스마스트리 아래 앉아 있는 아이의 눈처럼, 그녀의 두 눈이 환한 빛 가득한 홀에서 광채를 발했다.

다시 음악이 시작되었다. 이번 곡은 더 낭만적이고 조용하며 비극적이지만 비단처럼 부드러운 탱고였다. 이모부는 감당할 수 없다는 표정을 지으며 손사래를 쳤다. 예순일곱 살 노인네의 다리로는 이런 춤곡을 소화할 수 없었던 것이다.

"괜찮아요, 이모부. 저는 두 분과 같이 여기 앉아 있는 게 훨씬 좋아요."

여자는 그들의 손을 놓지 않고 말했다. 그것은 진심이었다. 피붙이인 그들로부터 완벽한 보호를 받으며 함께 있다는 것이 무척 흐뭇했다. 그때 한 사람이 불쑥 나타났다. 키가 크고 어깨가 넓은 남자가 그녀에게 정중하게 인사했다. 말끔하게 면도하고, 산악 등반을 자주 한 듯 햇볕에 그을린, 매처럼 생긴 얼굴이 새하얀 스모킹 재킷과 대조를 이루고 있었다. 그가 독일식 매너로 구두의 양 뒤꿈치를 붙이자 딱! 소리가 났다. 이어 세련된 북독일 말투로 이모에게 아가씨와 춤을 추게 해달라고 요청했다.

"네, 물론이죠."

이모는 조카딸의 빠른 성공을 자랑스러워하며 미소 지었다. 크리스티네가 엉겁결에 자리에서 일어났다. 무릎이 살짝 떨렸다. 처음 보는 젊고 멋진 남자가 그 자리에 있던 수많은 아름답고 우아한 여자들을 제쳐놓고 자신을 선택했다는 사실이 충격적이었다. 그녀는 숨을 깊이 몰아쉬며 남자의 어깨에 떨리는 손을 얹었다. 여자는 첫 스텝부터 흠잡을 데 없는 댄스 파트너에 이끌려 부드럽게 그러나 일방적으로 리드되고 있음을 느꼈다. 남자에게 압도당한 여자의 몸은 그가 움직이는 대로 따라갔다. 끈질기게 호소하는 듯한 리듬에 몸을 맡기자, 여자의 발이 마법에 걸린 듯 저절로 움직였다. 춤에 그다지 익숙하지 않지만, 파트너의 배려에 따라 썩 부드럽게 춤추고 있는 자신의 모습에 여자는 놀라지 않을 수 없었다. 새 옷을 입으니 몸도 새로 태어난 듯했다. 아니, 어쩌면 이 유연한 동작을 지금은 잊어버린 꿈속에서 배우거나 연습한 것 같기도 했다. 생소한 느낌이었지만, 몸이 자연스럽게 움직였고 전혀 힘들지도 않았다. 문득 몽롱한 확신이 여자를 엄습했다. 여자는 머리를 베개에 눕히듯 고개를 뒤로 젖히고, 두 눈을 반쯤 감았다. 실크 드레스 아래서 가슴이 파르르 떨리면서, 몸과 영혼이 분리되는 느낌이 들었다. 그것은 놀랍게도 자기 몸이 자신의 일부가 아닌 듯, 새털보다 가볍게 홀 안을 유유히 떠다니는 느낌이었다. 여자는 남자에게 이끌려 춤추면서,

가까이 다가온 그의 낯선 얼굴을 힐끔 올려다보았다. 눈빛이 냉정해 보이는 그의 얼굴에서 행복하고 만족스러운 미소가 보인 듯했다. 자신을 리드하는 남자의 낯선 손이 좀더 친밀하게 느껴졌다. 그 순간, 몸속을 간질이는 듯한 본능적인 불안이 여자의 마음속에서 조금씩 꿈틀대기 시작했다.

'거친 남자의 손이 더 대담하게 내 손을 움켜잡는다면, 거만한 표정의 이 이상한 남자가 갑자기 나를 와락 끌어안는다면, 어떻게 방어해야 하지? 나를 완전히 포기하고, 지금처럼 몸을 맡겨서는 안 되겠지?'

정신이 몽롱한 가운데, 자기도 모르게 그런 관능적인 생각이 여자의 몸에 서서히 번지기 시작했다. 사람들은 잘 어울리는 한 쌍의 젊은 남녀를 쳐다보기 시작했다. 여자는 사람들이 자신을 바라보며 감탄하고 있다는 느낌에 도취되었다. 파트너의 미세한 리드에 예민하게 반응하면서 그와 함께 움직이고 숨 쉬다 보니 점점 자신감을 회복했다. 처음 맛보는 관능적 쾌락이 혈관 사이사이로 파고드는 느낌이었다. 예전에는 느껴보지 못한 환희였다.

춤이 끝나자, 키 큰 금발 남자는(그는 독일 글라드바흐에서 온 엔지니어라고 자신을 소개했다) 그녀를 이모부가 앉아 있는 테이블로 정중하게 데려다주었다. 남자가 손을 놓은 순간, 여자는 희미한 포근함이 사라지면서 온몸에서 기운이 빠져나가는 것을 느꼈다. 그와 떨어지자 새로이 얻었던 힘이 사라지는 것 같았다. 여전히 정신을 못 차리고 자리에 앉아 이모부에게 행복한 미소를 지어 보이던 여자는 테이블 앞에 다른 사람이 와 있다는 것도 알아차리지 못했다. 엘킨스 장군은 정중하게 인사하면서 이모에게 매력적인 아가씨를 소개해 달라고 했다. 그는 등을 꼿꼿이 펴고 진지한 표정으로 경의를 표하듯 고개를 약간 앞으로 숙인 채 여자의 앞에 서 있었다. 깜짝 놀란 크리스티네는 마음을 가다듬으러 애썼다.

'어머, 이걸 어쩌지? 이렇게 점잖고 유명한 분에게 무슨 말을 해야 하지? 이모가 말하길 이 어른의 사진이 신문마다 실렸고 영화에도 나왔다고 하던데……'

하지만 그를 피할 방법이 없었다. 엘킨스 장군은 그녀에게 자신의 서투른 독일어를 양해해 달라고 말하며, 하이델베르크에서 공부한 적이 있는데 사십 년도 더 지난 일이라며 그런 숫자를 고백하는 것이 자신에겐 슬픈 일이라고도 했다. 그리고 그녀처럼 우아한 댄서에게 용기를 내어 춤추자고 요청하는 자신에게 관용을 베풀어 달라고도 했다. 그는 전쟁 중에 이프르 전투에서 왼쪽 다리에 박힌 포탄 파편이 아직 그대로 있으며, 세상을 살다 보면 관용을 베풀어야 할 때도 있다고 했다. 크리스티네는 너무 긴장한 탓에 제대로 대답하지 못했지만, 천천히 그리고 조심스럽게 그와 춤추면서 의외로 대화가 쉽게 풀리자 다소 놀랐다.

'나는 도대체 누구인가? 내게 지금 무슨 일이 벌어지고 있는 걸까?'

이런 생각을 하자 온몸이 오싹해졌다.

'어떻게 해야 하지? 춤 선생은 내게 몸이 너무 굳었고 동작이 서투르다고 늘 말했는데 지금은 이분을 리드하고 있잖아. 게다가 아주 총명한 여자처럼 편안하게 대화까지 하고 있어. 사교계 저명인사가 지금 내 말에 귀 기울이고 있는 거야. 새로 입은 옷이, 새로 만난 세상이 나를 완전히 다른 사람으로 만든 걸까? 아니면 내 몸 안에 이런 능력이 숨어 있었던 걸까? 엄마는 내가 너무 소심하고 겁이 많다고 늘 말했는데……. 세상일이란 게 그렇게 어렵지만은 않을지도 몰라. 인생은 내가 생각했던 것보다 훨씬 쉬운가 봐. 용기만 있으면 되나 봐. 자신감을 가질 필요가 있어. 그러면 숨겨진 내 능력을 되찾게 될지도 몰라.'

춤이 끝나자 엘킨스 장군은 느긋한 걸음으로 홀을 가로질러 그녀를 제자리로 데려다주었다. 그녀는 장군의 팔을 잡고 당당하게 걸었다. 자신 있게 고개를 들자, 목에 힘이 들어가는 것이 느껴졌다. 더 젊어지고, 더 예뻐진 듯한 기분이 들었다. 그녀는 엘킨스 장군에게 자신은 이런 곳에 처음 와보며, 엥가딘, 말로야, 실스-마리아 같은 곳은 잘 모른다고 솔직하게 말했다. 그런데도 장군은 처음과 똑같이 정중했다. 오히려 더 즐거워하는 것 같았다. 노인은 내일 아침 자기 차로 말로야를 구경시켜 주겠다고 했다.

'정숙한 여자라면 이런 제안을 거절해야 하지 않을까?'

"네, 좋아요."

그러나 여자는 신이 나서 흔쾌히 대답하고, 마치 친한 친구에게 고마움을 표시하듯 노인의 손을 꼭 쥐었다.

'나한테 이런 용기가 있었다니!'

오전만 해도 몹시 불편했던 이 홀이 지금은 집처럼 편안하게 느껴졌다. 사람들은 경쟁적으로 그녀에게 잘해주려고 했다. 여자는 약간의 신체 접촉으로 얼마나 손쉽게 사교가 이루어지는지 그 실체를 직접 체험하고 있다는 확신이 들었다. 오스트리아의 비좁은 세상에서는 빵에 발라 놓은 버터와 손가락에 낀 반지만 보고도 모두들 부러워했다. 여자는 들뜬 마음으로 이모와 이모부에게 장군이 자신을 정중하게 초대했다는 사실을 알렸다. 그러나 대화할 시간이 많지 않았다. 독일인 엔지니어가 다시 홀을 가로질러 다가와 다음 춤을 함께 추자고 했다. 그다음에는 프랑스인 의사를 만났고, 이모부의 미국인 친구와도 인사했다. 사람들의 행렬이 줄을 이었다. 그녀는 들뜨고 즐거운 나머지 그들의 이름을 일일이 기억하지 못할 지경이었다. 지난 십 년 동안에도 만나지 못했던 멋있고 친절한 사람들을 단 두 시간 안에 만났다. 그들은 춤을 청했고, 시가와 음료를 주문해 주었고, 함께 드라이브하거나 산에 가자고 제안했다. 사람들은 그녀에게 호기심을 느낀 듯 또 만나고 싶어 했으며, 예의를 갖춰 대했다.

"네 인기가 아주 좋구나."

크리스티네가 불러일으킨 활기찬 분위기에 기분 좋아진 이모가 귓속말을 했다. 이모부는 피곤한 듯 하품을 했다. 그는 자존심 때문에 눈에 뻔히 보이는 피로한 기색을 부인했지만, 결국 인정했다.

"그래, 오늘은 충분히 즐긴 것 같구나. 한꺼번에 너무 많은 힘을 쓰는 건 좋지 않다. 내일도 있으니 오늘은 그만 끝내자. 내일도 신나게 즐길 수 있을 게다."

크리스티네는 다시 한번 여러 개의 가지가 달린 촛대와 전구들로 환하게 불을 밝힌, 음악과 춤으로 진동하는 매혹적인 홀을 둘러보았다.

밖으로 나오니 마치 욕조에서 바로 나온 듯 상쾌했다. 행복한 기분에 온몸의 신경이 파르르 떨렸다. 이모부의 손을 잡고 몸을 굽혀 감사의 입맞춤을 했다.

방으로 돌아오자, 여자는 객실 안에서 혼자가 되었다. 사방이 돌연 조용해지고 혼자 있자니 무섭고 불안했다. 드레스 아래 맨살이 화끈거렸다. 여전히 흥분에 들떠 긴장이 풀리지 않았다. 넓은 방이 이제는 비좁아 보였다. 여자는 발코니 문을 열었다. 드러난 어깨 위로 눈이 내렸다. 발코니로 나갔다. 추위로 몸이 떨리긴 했지만 기분이 상쾌했고 숨쉬기가 훨씬 편해졌다. 광활한 풍경을 바라보았다. 그녀의 작은 심장이 거대한 밤하늘 아래서 고동쳤다. 방 안의 고요함보다 더 적막한 자연 그대로의 고요함이 느껴졌다. 아무런 부담도 무게도 없는, 부드러운 고요함이었다. 한낮에 빛나던 산들이 이제 그림자 속에 묻혀 있었다. 산들은 반짝이는 흰 눈에 덩치가 큰 까만 고양이처럼 웅크리고 있는 것처럼 보였다. 다이아몬드를 뿌려 놓은 듯 반짝이는 별들 사이로 표면이 고르지 못한 노란 진주 같은 보름달이 높이 떠 있었다. 음산하고 차가운 달빛을 받아 안개 자욱한 계곡의 윤곽이 희미하게 드러났다. 인간의 때가 묻지 않은 자연, 그녀가 아는 어떤 것과도 다른 신성하고 고요하고 부드럽게 사람을 압도하는 풍경이었다. 차츰 고요 속으로 빠져들자 흥분된 마음도 바닥을 알 수 없는 깊은 심연으로 가라앉는 듯했다. 그때 갑자기 차가운 공기를 가르며 금속성 소리가 들려왔다. 계곡 아래에 있는 교회의 종소리였다. 소리는 계곡 암벽의 왼쪽 오른쪽으로 울려 퍼졌다. 순간, 여자는 마치 자신이 그 종이라도 된 듯 깜짝 놀랐다. 그리고 안개 바다에서 울려 퍼지는 금속성 소리에 귀 기울이며 숨을 죽인 채 종소리의 수를 셌다. 아홉, 열, 열하나, 열둘.

'자정이다! 말도 안 돼. 이제 겨우 자정이라니? 수줍음 많고, 겁 많고, 내성적이고, 깡마르고, 보잘것없고, 소심한 영혼을 가진 여자가 도착한 지 이제 겨우 하루, 아니 열두 시간밖에 지나지 않았단 말이야?'

그 순간, 가슴이 터질 듯한 감동에 휩싸여 마음속 가장 깊은 곳까지 흔들린 여자는 난생처음 한 가지 사실을 깨달았다. 사람의 영혼은 신비스러울 정도로 부드럽고 탄력 있는 물질로 이루어져 있어서 단 한 번의 체험만으로 무한히 커질 수 있고, 그 비좁은 공간에 온 세상을 담을 수도 있다는 사실을.

새로운 세계에서는 잠도 달랐다. 더 깜깜하고, 더 진

하고, 마취성이 강해서 깊은 물속에 잠기는 느낌이었다. 잠에서 깨어나자 여자는 깊은 잠에 익사했던 의식을, 바닥 없는 우물에서 끌어 올리듯 천천히, 힘겹게, 조금씩 끌어올렸다. 도무지 시간을 가늠할 수가 없었다. 감긴 눈꺼풀을 통해 빛이 느껴졌다. 방은 환했다. 벌써 날이 밝은 것이다. 하지만 정신은 멍하기만 했다. 그리고 곧바로 불안한 생각이 달라붙었다(이 불안감은 깊은 잠 속까지 따라다닌다).

'시간 맞춰 일하러 가야 해! 늦으면 안 돼!'

지난 십 년 동안 습관이 되어버린 생각들이 줄줄이 떠오르기 시작했다.

'곧 자명종이 울릴 거야……. 다시 잠들면 안 돼……. 책임감! 책임감을 잊어선 안 돼! 당장 일어나자. 여덟 시에 업무가 시작되잖아. 그전에 일어나서 불 피우고, 커피 끓이고, 우유와 빵 사 오고, 방을 정돈하고, 어머니 붕대를 갈아주고, 점심 식사 준비도 해놓아야 하잖아? 오늘은 해야 할 일이 더 있었는데……. 아! 맞아. 식료품 가게 여주인이 어제 외상 갚으라고 했었지……. 안돼, 자면 안 돼. 정신 차리고 자명종이 울리면 일어나야 해……. 그런데 오늘은 무슨 문제가 있나? 자명종이 울리질 않아……. 고장 났나? 태엽 감아 놓는 걸 깜빡했나? 자명종 어디 있지? 방 안에 빛이 벌써 환한데……. 세상에! 늦잠을 잤나 보다. 벌써 일곱 시, 여덟 시, 아니 아홉 시인가? 내가 기분이 별로 좋지 않은 날 그러듯이 사람들이 우체국 창구에서 욕을 하고 있을 거야. 당장 책임자 나오라며 소리치고 있을 거야⋯⋯. 요즘 여기저기서 직원들이 해고되고 있는데⋯⋯. 세상에! 지각하면 안 돼. 늦잠 자선 안 돼⋯⋯.'

지각에 대한 오랜 두려움은 잠이라는 시커먼 땅속까지 두더지처럼 굴을 파고 내려가 숨어 있었다. 이 두려움으로 크리스티네의 의식은 현기증을 일으킬 정도로 고통스러워졌고, 마지막까지 남아 있던 얕은 잠마저 쫓아버렸다. 여자는 눈을 떴다.

'여기가 도대체 어디야?'

여자의 눈길이 천장을 더듬는다.

'무슨 일이 일어난 거지?'

연기에 그을리고 거미줄이 무성하며 경사진 다락방의 우중충한 잿빛 천장과 갈색 나무 대들보는 어디 가고, 황금색 테두리에 푸른색과 흰색으로 깔끔하게 채색된 천장이 보였다.

'이 빛은 전부 어디서 들어오는 거지? 간밤에 다락방에 새 창문이 생겼을 리도 없는데⋯⋯. 여기가 도대체 어디야?'

여자는 자기 손을 보았다. 낡은 갈색 담요가 아니라, 붉은색 꽃으로 수놓은 새파란 푸른색 담요 위에 가지런히 놓여 있었다.

'아니야(첫 번째 충격)! 이건 내 침대가 아니야(두 번째 충격)! 여긴 내 방이 아니잖아.'

여자는 자리에서 일어났다. 그리고 한참을 두리번거리고 나서야 기억을 되찾았다(세 번째 가장 큰 충격). 휴가, 여행, 자유, 스위스, 이모, 이모부, 으리으리한 호텔! 걱정할 일도 없고, 책임질 일도 없다. 해야 할 일도 없고, 시간을 맞출 필요도 없다. 자명종도 없다! 불을 지펴야 할 난로도 없고, 걱정할 것도 없다. 기다리는 사람도 없고, 몰려올 사람들도 없다. 십 년 동안 그녀의 생활을 짓밟아 온 끔찍한 굴레가 처음으로 벗겨졌다. 온몸에 더운 피가 흐르는 것을 생생히 느끼며, 보드랍고 따뜻한 침대에 그대로 누워 있어도 괜찮았다. 커튼을 젖히기만 하면 방 안으로 빛이 쏟아져 들어올 것이다. 온기가 피부에 부드럽게 와 닿았다. 눈이 다시 감겨도 걱정할 필요 없다. 이제 그녀에게는 게으름 피울 권리가 있다. 꿈을 꾸어도 되고, 기지개를 켜도 되었다. 머리맡에 있는 버튼을 눌러 종업원을 부를 수도 있다(여자는 이모가 해 준 말이 기억났다). 버튼 위에는 우표 크기의 종업원 사진이 붙어 있었다. 팔을 뻗어 누르기만 하면, 마술처럼 2분 안에 종업원이 노크하고 방문을 열면서 고무바퀴가 달린 작은 카트를 점잖게 밀고 들어올 것이다(여자는 이 카트를 이모의 방에서 처음 보고 무척 놀랐다). 멋진 접시에 올려놓은 음식과 따뜻한 커피와 하얀 냅킨, 완벽한 아침 식사가 준비되는 것이다. 커피콩을 갈 필요도 없고, 불을 피울 일도 없다. 추운 날씨에 슬리퍼를 신고 난로 앞에서 고생하지 않아도 된다. 모든 것이 준비되어 있다. 하얀 롤빵, 황금빛 꿀 그리고 어제 맛보았던 산해진미를 가득 실은 마법의 썰매 같은 카트가 보드랍고 하얀 침대까지 굴러들어올 것이다. 손가락 하나 움직이지 않아도 된다. 아니면 다른 버튼을 눌러도 된다. 그 버튼 위에는 자그마한 흰색 보닛을 쓴 아가씨의 사진이 붙어 있다. 그걸 누르면 얼마 안 있어 앞치마를 두르고 검은색 유니폼을 입은 아가씨가 방문을 두드리고 들어와 분부를 기다릴 것이다. 겉창을 열어야 할지, 커튼을 열어야 할지, 그대로 두어야 할지 물어보겠지. 이 매혹적인 세계에서는 수만 번이라도 서비스를 주문할 수 있다. 그들은 그런 일을 하라고 있는 사람들이다. 원한다면 방 안에서 무엇이든 할 수 있다. 하지만 그러지 않아도 된다. 버튼을 눌러도 되고, 안 눌러도 된다. 일어나도 되고, 안 일어나도 된다. 다시 잠을 자도 되고, 침대에 앉아 있어도 된다. 원하는 것은 무엇이든 할 수 있다. 눈을 감고 있어도 되고, 뜨고 있어도 된다. 마음껏 공상에 잠겨도 괜찮다. 아무 생각 하지 않아도 된다. 게으름을 피워도 좋다. 시간은 나의 것이지 다른 사람을 위해 있는 게 아니다. 미친 듯 돌아가는 시간의 바퀴를 따라갈 필요가 없다. 노를 배 안에 들여놓은 배처럼 눈을 감고 시간에 몸을 맡기며 둥둥 떠가면 된다…….

크리스티네는 꿈꾸듯 그 새로운 느낌을 즐기며 누워 있었다. 멀리서 들려오는 일요일 아침 교회 종소리처럼 몸에서 혈관이 뛰는 소리가 기분 좋게 귓속에서 윙윙거렸다.

하지만 그러고 있을 때가 아니었다. 여자는 후다닥 몸을 일으켜 세우고 앉았다. 백일몽을 꿀 시간이 없었다! 1초마다 경이로움을 안겨주는 시간을 낭비해선 안 된다. 집에서라면 몇 달, 몇 년을 그렇게 꿈만 꾸어도 좋았다. 그녀는 밤마다 삐걱거리는 나무 침대에서, 농부들이 밭에 나가 일하는 시간에 잉크로 얼룩진 사무실 책상에서, 벽에 걸린 시계가 감시자처럼 정확하게 돌아가는 동안 꿈을 꾸었다. 그곳에서는 깨어 있는 것보다 꿈꾸는 편이 훨씬 좋았다. 하지만 이곳 천상의 세계에서 잠을 잔다는 것은 시간 낭비였다. 침대에서 내려와 얼굴과 목을 차가운 물에 씻자 기분이 상쾌해졌다. 여자는 새 옷을 입었다. 간밤에 자는 동안에는 피부도 이 보드랍게 사각거리는 천의 느낌을 잊고 있었다. 고급스러운 옷감이 피부를 어루만지자, 다시 즐거움이 찾아왔다.

'아냐, 작은 기쁨에 만족해선 안 돼. 머뭇거릴 시간이 없어. 나갈 시간이야. 얼른 방에서 나가 어디론가 가보자. 행복과 자유를 마음껏 느껴보자. 몸을 활짝 펴고 실컷 눈요기를 해보자. 잠에서 깨어 온몸의 감각을 활짝 열어놓자!'

서둘러 스웨터를 챙겨 입었다. 그리고 머리에 모자를 쓰고, 새처럼 푸드덕거리며 재빠르게 아래층으로 달려 내려갔다.

모두 아직 자고 있는지 텅 빈 복도에는 어슴푸레하고 차가운 기운만 감돌고 있었다. 서서히 여명이 밝아왔다. 아래층 라운지에는 와이셔츠 차림의 호텔 종업원 몇 명이 진공청소기로 카펫을 청소하고 있었다. 수면 부족으로 눈이 부어오른 야간 종업원이 이른 아침에 나온 손님을 보자 깜짝 놀라며 모자를 벗고 인사했다.

'불쌍한 친구, 남의 눈에 띄지도 않는 일을 열심히 하고 있네. 박봉을 받아가면서 단조롭고 힘든 일을 하고 있어. 시간 맞춰 일어나 해야 할 일들을! 아니, 이제부터 다른 사람 걱정은 하지 말자. 나 외에는 아무도 생각하고 싶지 않아. 나만 생각하자, 나만. 앞으로는 나만 생각하며 살자.'

바깥으로 나오자 차가운 기운이 훅 끼쳤다. 얼음처럼 찬 헝겊으로 눈꺼풀과 입술과 뺨을 북북 문지르는 듯한 느낌이었다. 냉기가 뼛속까지 파고드는 듯했다.

'추위를 이기려면 뛰어야 해. 그러면 몸이 따뜻해질 거야. 이쪽 길로 곧장 가면 어디론가 이어지겠지. 어디든 상관없어. 여기서는 어디를 가든 모든 게 신비하고 새로우니까.'

크리스티네는 힘차게 걸음을 내디뎠다. 아직 아무도 밖에 나오지 않았다는 사실이 놀라웠다. 어제 정오에는 길을 가득 메웠던 사람들이 아침 6시에는 돌로 만든 커다란 상사 같은 호텔 방 안에 처박혀 있는 모양이었다. 아름다웠던 풍경도 눈을 감고 몽롱한 수면 상태에 빠져 있는 듯했다. 대기는 고요했고, 어젯밤 황금빛으로 빛나던 달도 자취를 감추었다. 별들도 사라지고, 하늘의 빛도 희미해졌다. 안개에 싸여 있던 절벽들은 차가운 금속처럼 칙칙한 빛을 띠고 있었다. 아주 높은 산봉우리 사이에는 보이지 않는 힘이 손을 뻗어 끌어당기는 듯 두꺼운 구름이 쉴 새 없이 움직였다. 이따금 큰 구름 덩이에서 구름 조각이 떨어져 나와 흰 솜처럼 떠오르며 높이 올라가면 갈수록 짙어졌다. 그리고 어디서 오는지 알 수 없는 빛이 가장자리로 퍼지며 구름을 황금색으로 물들였다. 산 정상 뒤쪽 어디에선가 태양이 떠오르고 있다는 뜻이었다. 눈에 보이지도 않는 태양이 이미 공기를 달구고 있었다.

'저쪽으로 가보자. 그리고 위로, 더 높이 올라가 보자! 정원 오솔길처럼 경사가 완만한 자갈길이어서 걷기에 그리 어렵지 않을 거야.'

실제로 가보니 역시 편안한 길이었다. 산책에 익숙하지 않은 여자는 자기 발걸음이 생각보다 가볍다는 사실에 놀랐다. 길이 완만하게 굽어지면서, 대기의 부력이 여자의 몸을 높은 곳으로 끌어올리는 듯한 느낌이었다. 여자가 전력을 다해 뛰어가자 온몸이 후끈 달아올랐다. 장갑과 스웨터, 모자를 벗었다. 신선한 대기 속에서 입과 폐뿐 아니라 피부도 호흡했다. 빨리 뛸수록 더욱 자신감이 생기면서, 발걸음도 더 가벼워졌다. 심장이 격렬하게 박동하고 맥박 소리가 귓속에서 울리며 관자놀이가 떨려오자 여자는 비로소 달리기를 멈춰야겠다는 생각이 들었다. 여자는 첫 번째 길모퉁이에서 잠시 멈추고 허리를 굽힌 채 숲 아래를 내려다보았다. 탄성이 나왔다. 그야말로 장관이었다. 땀에 젖은 머리카락에서 물방울이 떨어졌다. 희게 드러난 길이 짙은 초록빛 산 한가운데를 가로지르고 있었고, 길게 굽이쳐 흐르는 강줄기는 동양의 휘어진 칼처럼 번쩍였다. 그리고 갑자기 협곡 너머로 황금빛 아침햇살이 쏟아졌다. 아름다웠다. 여자의 얼굴은 흥분으로 벌겋게 달아올랐다. 이윽고 다시 달리기 시작했다. 앞으로, 앞으로! 심장이 격렬하게 뛰었다. 앞으로! 앞으로! 근육과 힘줄이 리듬을 타고 요동치면서 여자는 흥분에 자극되고 도취되어 얼마나 멀리 왔는지, 얼마나 높은 곳에 와 있는지, 어디로 가는지도 모르는 채 앞만 보고 미친 듯 달렸다.

약 한 시간 후에 산 경사면 한가운데 볼록하게 튀어오른 전망 좋은 자리에 다다르자, 여자는 풀밭 위로 몸을 던졌다.

'이것으로 충분해! 오늘은 이만하면 됐어.'

머리가 빙빙 돌았지만, 묘하게 행복했다. 눈꺼풀 아래로 피가 고동치는 느낌이었다. 바람에 드러난 피부가 쓰라렸다. 하지만 고통에 가까운 이런 느낌마저 새로운 재미로 여겨졌다. 여자는 그때까지 단 한 번도 온몸을 뒤틀게 하는 육체적 고통 속에서 젊음과 생기를 느껴본 적이 없었다. 자신의 피가 이토록 힘차게 혈관 속을 흐르고, 맥박이 이토록 빨리 뛸 수 있는지 몰랐다. 한계를 뛰어넘어 정신이 혼미할 정도로 탈진한 상태에서도 이토록 민첩하고 힘이 넘칠 수 있음을 미처 알지 못했다. 꿈에서도 보지 못했던 새파란 하늘에 구름이 흘러가고 있었다. 여자는 상쾌한 기분으로 얼음처럼 차고 향기로운 알프스의 이끼를 손으로 뜯으며, 파노라마처럼 펼쳐지는 아래 풍경을 내려다보았다. 쏟아지는 햇빛을 얼굴로 받아내고 거센 산바람을 맞으며 편안하게 누워 공상에 잠겼다. 깨어 있는 상태로 꿈을 꾸는 듯했다. 한두 시간 동안 여자는 그렇게 맹렬한 감정의 격동과 자연의 강하고 격정적인 움직임을 온몸으로 음미했다. 그때 입술을 태워버릴 듯 날카로운 햇빛이 여자의 얼굴에 쏟아지기 시작했다. 여자는 벌떡 일어나 산길을 걸어 내려가면서 노간주나무, 용담, 세이지 등 꽃 몇 송이를 땄다. 날씨가 추워서 꽃잎 사이사이에 수정 같은 얼음이 그대로 남아 있었다. 처음에는 관광객답게 차분하게 걸어가다가, 이내 중력에 몸을 맡기면서 빠르고 대담하게 이 돌에서 저 돌로 경중경중 뛰어 내려갔다. 가슴은 자신감으로 가득 차고, 전에 경험하지 못한 행복감을 느꼈다. 이리저리 굽은 길을 돌아 계곡 아래로 내려가는 동안 여자는 노래라도 부르고 싶었다. 골짜기를 타고 불어오는 바람에 치맛자락과 머리카락이 휘날렸다.

아침 아홉 시, 하얀 테니스복을 입은 젊은 독일 엔지니어는 약속 시간에 맞춰 호텔 앞에서 코치를 기다리고 있었다. 날씨 탓에 차게 식은 축축한 벤치에는 앉을 수 없었다. 얼음처럼 차가운 바람이 채 잠그지 않은 얇은 리넨 셔츠 옷깃 사이로 날카롭게 파고들자 남자는 발을 구르며 시린 손을 데우려고 테니스 라켓 손잡이를 양손바닥으로 세게 비비며 돌렸다.

'젠장, 코치가 아직도 안 오는군. 늦잠을 자나?'

남자는 조바심을 내며 주위를 둘러보았다. 그의 시선이 우연히 산으로 향했을 때 높은 곳에서 움직이는 이상한 물체가 시야에 들어왔다. 선명한 색을 띤 곤충처럼 작은 물체가 멀리서 이리저리 움직이며 산길을 뛰어 내려오고 있었다.

'잠깐, 저게 뭐지? 망원경이 있으면 좋을 텐데.'

그 물체는 나는 듯 빠른 걸음으로 점점 가까이 내려오고 있었다. 잠시 후에는 그 형체가 분명하게 드러날 터였다. 남자가 이마에 손 그늘을 만들자, 산길을 급히 내려오는 사람을 알아볼 수 있었다. 여자, 아니 젊은 아가씨가 바람에 실려 날아가듯 머리카락을 휘날리며 내려오고 있었다.

'맙소사! 저렇게 빠른 속도로 구불구불한 길을 내달리는 것은 아주 위험한데. 저 여자 미쳤나? 어쨌든, 경중경중 뛰는 모습이 재미있군.'

남자는 자기도 모르게 한 발짝 앞으로 나아가 열정적으로 달리는 여자를 자세히 관찰했다. 탐스러운 머리칼을 휘날리며 정신 나간 사람처럼 팔을 힘차게 휘젓는 모습이 마치 새벽의 여신 같았다. 활력이 넘치고 아무 두려움도 없어 보였다. 아직 얼굴은 보이지 않았다. 너무 빨리 달리는 데다 눈을 찌르는 태양 빛 때문에 여자의 윤곽을 또렷하게 식별할 수 없었다. 하지만 여자가 호텔로 들어가려면 테니스 코트를 지나게 되어 있었다. 그리고 남자가 서 있는 곳은 산길이 끝나는 지점이었다. 여자가 점점 가까이 다가왔다. 여자의 발밑에서 자갈들이 굴러갔다. 쏜살같이 달려오던 여자가 드디어 남자가 있는 곳에 다다르자, 깜짝 놀라 몸을 움찔하며 그 자리에 멈춰 섰다. 남자와 부딪치지 않기 위해 급히 걸음을 멈춰야 했다. 그 바람에 여자의 머리카락이 앞으로 쏠렸다. 축축하게 젖은 원피스 자락이 양다리를 휘감고 있었다. 여자는 가쁘게 숨을 몰아쉬면서 앞에 서 있는 남자를 바라보았다. 그리고 댄스 파트너였던 남자를 알아보고는 깜짝 놀라며 미소 지었다.

"어머, 당신이군요. 죄송해요. 하마터면 부딪칠 뻔했네요."

여자가 안도의 한숨을 쉬며 말했다. 그는 대꾸할 말을 바로 떠올리지 못했지만, 기분이 좋아졌다. 찬 바람을 맞아 두 뺨이 상기된 여자를 바로 눈앞에서 바라보았다. 숨이 가쁜 듯 여자의 가슴이 위아래로 들썩였다. 여전히 힘이 넘치고 젊음과 생기가 느껴지는 여자에게 매료된 남자는 환하게 웃으며 말했다.

"정말 대단하시군요! 참 빠르세요. 전문 산악인들도 당신을 따라잡지 못할 거예요. 그렇지만……."

남자는 여자를 꼼꼼히 뜯어보면서 웃는 얼굴로 말을 이었다.

"내가 아가씨처럼 젊고 건강한 목을 가졌다면, 부러지지 않도록 조심할 거예요. 아가씨는 자기 몸을 아끼지 않는군요. 아가씨를 본 사람이 저뿐이어서 정말 다행입니다. 아침에 그렇게 산길을 혼자 달리면 위험합니다. 숙달된 안내자가 필요하시면 제가 기꺼이 동행하겠습니다."

그는 다시 한번 여자를 바라보았다. 생각지도 못했던

관심 어린 눈빛에 여자는 당혹스러워졌다. 한 남자가 그토록 정열적인 눈빛으로 자신을 바라본 것은 처음이었다. 여자는 남자가 선사한 또 하나의 새로운 기쁨에 몸을 주체할 수가 없었다. 당혹감을 떨치려는 듯 남자에게 꽃다발을 보여주며 말했다.

"제가 방금 딴 꽃이에요! 예쁘지 않아요?"

"네, 정말 예쁘군요."

꽃은 보지도 않고 그녀의 눈을 그윽하게 바라보며 남자가 대답했다. 그가 줄곧 부담스러운 눈빛을 보내자 여자는 더욱 당황했다.

"그럼 실례해요. 아침 식사하러 가야겠어요. 벌써 늦었네요."

여자가 양해를 구하고 남자를 지나치려 하자, 그는 말없이 허리를 굽히며 옆으로 물러섰다. 돌아서서 걸어가면서도 여자는 본능적으로 등 뒤에서 남자의 시선이 자신을 쫓고 있음을 느끼며 긴장을 풀지 못했다. 기대하지도 못했던 일이었다. 한 남자가 자신의 미모에 반해 그토록 자신을 원하고 있는지도 모른다는 생각이 들자 여자는 북받치는 흥분을 억누를 수 없었다. 진한 야생화 향기와 상쾌한 공기에 정신이 아찔해지듯 감격과 흥분이 온몸을 감미롭게 감쌌다.

호텔 로비에 들어서면서도 마음속에서 일렁이는 도취감은 여전했다. 방 안에 들어서자 갑자기 답답했다. 몸에 걸친 모든 것이 너무도 갑갑했다. 모자, 스웨터, 허리띠 등 몸을 죄어 불편하게 하는 것들을 모두 벗어 옷장

속에 던져 넣었다. 살갗이 찌릿찌릿했다. 몸에 닿는 것을 모두 벗어버리고만 싶었다.

홀에 들어서자 식사를 하던 두 노인이 놀란 표정으로 그녀를 바라보았다. 여자의 발걸음은 가벼워 보였고, 두 뺨은 발갛게 상기된 채 코를 가볍게 벌름거리고 있었다. 어제보다 키가 더 커 보이고, 더 건강해 보이고, 더 날씬해 보였다. 여자는 야생화 다발을 이모 앞에 내려놓았다. 얼음이 녹은 꽃잎은 이슬이 배어 촉촉하게 반짝였다.

"이모에게 드리려고 제가 저 위에서 따 왔어요……. 산 이름은 잘 모르겠는데, 방금 올라갔다 왔어요. 아!" 여자가 깊은숨을 내쉬면서 말을 잇는다. "참 멋있는 산이에요."

이모가 감탄의 눈길로 그녀를 바라본다.

"세상에! 사서 고생을 하는구나. 아침 식사도 안 하고 일어나자마자 산에 올라가다니! 우리 같은 사람들은 널 본받아야겠다. 마사지를 백 번 받는 것보다 산에 가는 게 훨씬 좋지. 안토니, 얘를 좀 보세요. 완전히 변했어요. 신선한 공기를 마셔서 그런지 뺨이 빨개졌네요. 얘야! 얼굴에서 반짝반짝 빛이 나는구나. 그런데 이 꽃들은 다 어디서 땄니?"

크리스티네는 자신이 얼마나 많이 먹고 있는지도 모르는 채 허겁지겁 음식을 집어삼키면서 이야기를 늘어놓았다. 버터, 잼, 꿀이 순식간에 사라져 버렸다. 이모부가 손짓으로 웨이터를 불렀고, 그는 바구니에 빵을 채워주며 빙긋 웃었다. 그러나 여자는 먹는 데 너무 열중한 나머지, 이모와 이모부가 말없이 꼴사납게 먹고 있는 조카의 모습을 지켜보면서 웃고 있다는 사실조차 눈치채지 못했다. 얼었던 뺨이 녹으면서 얼굴이 불그스레해지고 기분도 좋아졌다. 이제 긴장이 풀렸는지, 여자는 등나무 의자 등받이에 몸을 기댄 채 먹고, 얘기하고, 유쾌하게 웃었다. 이모와 이모부의 자상한 표정에 더욱 신이 난 그녀는 옆 테이블 사람들이 놀란 표정으로 쳐다보는 것도 아랑곳하지 않고 두 팔을 휘저으며 의기양양하게 말을 이어갔다.

"아, 이모, 진짜로 숨을 쉰다는 게 어떤 것인지 저는 여태껏 모르고 살았어요."

여자의 하루는 환희에 넘쳤다. 아침 10시, 여자는 여전히 아침 식사를 하고 있었다. 빵 바구니가 텅 비었다. 산에 올라갔다 와서 배가 고팠기에 식탁에 놓인 음식을 모조리 먹어치웠다.

엘킨스 장군이 크리스티네와 약속했던 드라이브를 하기 위해 멋진 스포츠웨어를 입고 나타났다. 그는 크리스티네 뒤에서 품위 있게 걸으며 그녀를 자신의 차로 안내했다. 래커를 칠한 듯 번들번들 광택이 나고, 니켈 번호판이 번쩍이는 영국제 고급 승용차였다. 눈매가 시원하고 말끔하게 면도한 운전사도 영국 신사였다. 엘킨스 장군은 그녀가 편하게 드라이브를 즐길 수 있게 배려해주었다. 무릎을 담요로 덮어주고 나서 조심스럽게 모자를 들어 올리며 그녀 옆자리에 앉았다. 여자는 장군의 이런 친절한 태도가 조금 부담스러웠다. 초라해 보일 정도로 겸손한 장군의 친절함에 크리스티네는 마치 사기꾼이 된 듯한 기분이 들었다.

'이런 대접을 받는 나는 누구인가? 세상에! 내가 시골 우체국의 낡은 의자에 앉아 허드렛일이나 하는 여자라는 걸 장군이 알게 되면 어쩌지!'

하지만 운전사가 핸들을 돌리면서 속력을 내자 여자는 다시 현실로 돌아왔다. 리조트의 좁다란 길에 이르자 차는 속력을 내지 못했다. 장군의 차는 이곳에서도 눈에 띌 만큼 좋아 보였다. 여자는 부러운 눈으로 고급 승용차를 바라보는 사람들을 보며 괜히 어린아이처럼 우쭐했다. 엘킨스 장군은 차를 타고 가면서 차창 밖으로 보이는 풍경에 대해 지리 전문가답게 상세히 설명해 주었다. 그는 이 지역에 특별한 관심이라도 있는 듯이 조목조목 열심히 안내했지만, 사실은 크리스티네가 관심을 보이기에 더욱 고무된 듯했다. 평소 그의 냉정하고 시무룩한 표정에서 조금씩 영국인 특유의 엄격함이 사라졌다. 그녀가 "아, 정말 멋있어요!"라고 말하면서 차창을 스치고 지나가는 풍경을 보려고 몸을 돌리면, 장군은 환한 미소를 지었다. 여자의 생기 있는 옆얼굴을 보며 탐이 났는지, 그의 엄격해 보이는 얇은 입술에 웃음이 감돌았다. 여자가 흥분을 억제하지 못하고 열광하자 장군도 신중함을 잃었다. 운전사는 계속 차의 속도를 높였다. 카펫 위를 구르듯 고급 승용차는 묵중하고 부드럽게 앞으로 나아갔다. 급회전을 할 때에도 몸이 전혀 쏠리지 않았고, 오직 차체를 스치는 바람 소리만이 차가 매우 빠른 속도로 달리고 있음을 알려주었다. 차는 절벽에 둘러싸여 어둑한 계곡을 지나, 마침내 풍경이 한눈에 내려다보이는 고지대에서 멈췄다.

"여기가 바로 말로야입니다."

엘킨스 장군이 친절하게 안내하며 역시나 정중한 태도로 차에서 내리는 크리스티네를 에스코트했다. 발아래 펼쳐지는 풍경이 꿈처럼 아름다웠다. 산 정상에서부터 아래쪽으로 여울지듯 굽이치며 이어지는 도로가 시야에 들어왔다. 그들은 끝이 보이지 않는 넓은 계곡으로 급경사를 이루는 산의 정상에 서 있었다.

"저 아래서 저지대가 시작됩니다. 바로 이탈리아 국경이죠."

엘킨스 장군이 설명하자, 크리스티네가 감탄하며 대답했다.

"이탈리아가 정말 그렇게 가까운가요?"

놀라며 말하는 여자의 말에 간절한 욕구가 숨어 있음을 간파한 엘킨스 장군이 물었다.

"이탈리아에 가본 적이 없나요?"

"한 번도 가본 적 없어요."

'한 번도'라는 말이 너무도 절실하고 안타깝게 들려서 그녀의 심정을 헤아릴 수 있었다.

"나 같은 사람은 이탈리아에 절대로 가볼 수 없을 거야, 절대로."

갑자기 목소리를 높였다는 사실을 깨달은 여자는 부끄러워하며 눈에 띄게 당혹스러워했다. 가슴속 깊은 곳에 숨겨둔 진실, 자신이 가난한 우체국 여직원에 불과하다는 사실을 행여 장군이 눈치챌까 두려워 화제를 바꾸려고 실없는 질문을 던졌다.

"장군님은 물론 이탈리아를 잘 아시겠죠?"

장군은 진지하면서도 우울한 미소를 지었다.

"어디든 안 가봤겠소? 난 지구를 세 바퀴나 돌았어요. 내가 노인네라는 사실을 잊지 말아요."

"아녜요, 그런 뜻이 아니에요." 몹시 당황한 여자가 변명하듯 말했다. "어떻게 그런 말씀을!"

너무도 당황해하는 젊은 아가씨의 말이 진솔하게 들려서 예순여덟 살 노인은 갑자기 두 뺨에 온기를 느꼈다. 앞으로 이 여자에게서 이토록 진실하게 마음을 사로잡는 말을 들을 기회가 없을지도 모른다는 생각이 들자, 노인의 목소리가 은연중에 부드러워졌다.

"반 볼렌 양은 정말 젊은이다운 눈을 가졌군요. 그래서 모든 사물을 실제보다 젊게 보는 거예요. 당신이 옳은 것 같네요. 어쩌면 나는 아직 내 흰머리만큼은 늙지 않았는지도 모르겠어요. 하지만 이탈리아를 처음 가봤던 시절로 되돌아갈 수만 있다면, 내가 무슨 짓인들 못하겠습니까?"

늙은 남자들이 종종 젊은 여자 앞에서 그러듯, 장군은 수줍어하며 그녀를 바라보았다. 크리스티네는 묘한 감동을 느끼며 문득 아버지를 떠올렸다. 여자는 구부정하게 등이 굽은 아버지의 흰머리를 부드럽게 쓰다듬는 걸 좋아했다. 장군은 아버지 같은 자상한 눈빛으로 여자를 바라보았다.

엘킨스 경은 돌아오는 길에 별로 말이 없었다. 생각에 잠긴 듯도 하고, 다소 들뜬 듯도 했다. 호텔에 도착하자 그는 운전사보다 먼저 차에서 힘차게 뛰어내려 그녀가 차에서 내리는 걸 도왔다.

"정말 멋진 나들이였소. 고마워요."

장군이 먼저 여자에게 감사의 인사를 전했다.

"저도 오랜만에 최고의 드라이브를 즐겼어요."

이모, 이모부와 함께 식사하면서 크리스티네는 엘킨스 장군이 얼마나 멋진 분이고 친절했는지 신이 나서 떠벌렸다. 이모도 동감한다는 듯 고개를 끄덕였다.

"네가 조금이라도 장군님의 기분을 좋게 해주었으니 다행이구나. 참 운도 없는 분이야. 장군이 티베트를 탐험하는 사이에 젊은 부인이 죽었단다. 부인 소식을 듣지 못했기에 넉 달 동안 하루도 빠짐없이 집으로 편지를 보냈는데, 돌아와 보니 뜯지 않은 편지 봉투가 수북이 쌓여 있었다는구나. 하나밖에 없는 아들은 전쟁 중에 수아송¹에서 독일군이 쏜 총에 맞아 비행기가 격추되는 바람에 죽었고, 같은 날 장군도 부상당했지. 지금은 노팅엄의 거대한 성에서 혼자 살고 계시단다. 왜 그렇게 여

---

1 프랑스 북부 도시. 1차대전 당시 독일군과 프랑스군 사이 격전지였다.

행을 많이 하시는지 난 이해할 수 있을 것 같구나. 악몽 같았던 기억을 잊으려고 그러시는 게지. 행여 그분 앞에서 이런 말 하지 말거라. 바로 눈물을 흘리실 거야."

이모의 얘기를 들으면서 크리스티네는 마음이 뭉클했다. 이런 평온한 곳에도 그런 불행한 이야기가 있을 줄 몰랐다. 이곳에 있는 사람들은 모두 그녀만큼 행복하리라 생각했다. 비밀스러운 슬픔을 숨기고 있던 노인에게 달려가 그의 손을 꼭 잡아주고 싶었다. 크리스티네는 무심코 홀 반대편 끝에서 군인다운 꼿꼿한 자세로 홀로 식사하는 장군을 바라보았다. 그 역시 우연히 고개를 들다가 그녀와 눈이 마주치자 가볍게 고개 숙여 인사했다. 휘황찬란한 조명 아래 넓고 호화로운 홀에서 혼자 식사하는 노인을 보자 가슴이 미어졌다. 하지만 이곳에선 특별히 한 사람만 생각할 시간이 그리 많지 않다. 놀라운 일들이 너무도 많아서 시간은 빠르게 흘러갔고, 매 순간이 새로운 기쁨으로 반짝였다.

점심 식사 후 이모와 이모부가 잠시 낮잠을 자러 위층으로 올라가자, 크리스티네는 테라스에 있는 푹신한 팔걸이의자에 앉아 이곳에 온 이후 많이 변한 자신에 대해 생각해 보려 했다. 하지만 바빴던 하루 일을 꿈꾸듯 머릿속에 떠올리며 의자에 몸을 기대자마자 어제의 댄스 파트너였던 날카로운 눈매의 독일인 엔지니어가 나타나 손을 내밀었다.

"일어나요, 어서 일어나요!"

그의 친구들이 그녀를 소개받고 싶어 한다면서, 그들

이 있는 테이블로 가자고 했다. 여전히 처음 만나는 사람들에 대한 두려움이 있었지만, 그의 청을 거절하는 것은 예의가 아닌 듯해 여자는 따라갔다. 거기에는 열댓 명의 젊은이가 앉아 활기찬 분위기에서 대화하고 있었다. 당황스럽게도 엔지니어는 테이블에 앉아 있는 친구들에게 그녀를 '폰 볼렌 양'이라고 소개했다. '반 볼렌'이라는 이모부의 네덜란드 성을 독일식 귀족 성으로 부르자, 그 자리에 모인 사람들이 각별한 존경심을 보이는 듯했다. 그녀가 자리에 앉을 때까지 남자들이 정중한 자세로 서 있는 모습만 봐도 존경심의 정도를 알 수 있었다. 분명히 그들은 독일의 대부호 크룹-볼렌스를 떠올렸을 것이다. 크리스티네는 부끄러웠다.

'세상에, 이 남자가 도대체 무슨 말을 하는 거야?'

하지만 그녀는 그의 말을 정정할 마음의 여유가 없었다. 친절하게 대해주는 낯선 사람들 앞에서 '아니에요, 저는 폰 볼렌이 아니라 호프레너예요'라고 말할 수는 없었다. 양심에 찔리긴 했지만 의도적으로 속인 것은 아니었으므로 내버려 두었다. 여자는 초조해지자 손가락이 떨렸다. 독일 만하임에서 왔다는 단정한 얼굴의 열정적인 아가씨, 빈에서 온 의사, 프랑스 은행장의 아들, 다소 말이 많은 미국인, 그리고 이름을 잘 알아듣지 못한 몇몇 사람 등 젊은이들이 일제히 떠들썩하게 그녀를 추켜세웠다. 그들은 앞다투어 그녀에게 이것저것 묻고 얘기를 나누려고 했다. 처음에 크리스티네는 이런 반응이 몹시 부담스러웠다. 누군가 그녀에게 '폰 볼렌 양'이라고 부를 때마다 뜨끔하여 겁을 먹고 주춤거렸지만, 차츰 젊은 사람들의 활발한 분위기에 익숙해졌다. 그들이 허물없이 대해주자 기분이 좋아져서 마침내 자연스럽게 어울리게 되었다. 사람들 모두 그녀에게 호의를 보이는데 두려워할 이유가 뭐 있겠는가?

이모는 지나가는 길에 조카딸이 사람들과 잘 어울리는 모습을 보며 무척 기뻐했다. 사람들이 그녀를 폰 볼렌 양이라고 부르는 소리를 들으니 흡족한 미소가 지어졌다. 이모는 크리스티네에게 오후에 이모부가 포커 게임을 하는 동안 함께 산책하기로 하지 않았느냐고 물었다. 이모와 산책하면서 여자는 속으로 생각했다.

'정녕 여기가 어제 거닐었던 바로 그 거리인가? 아니면 어제 움츠렸던 마음에 오늘 여유가 생기면서 세상이 더 밝고 즐겁게 보이는 것인가?'

어쨌든, 눈도 들지 못하고 걸었던 어제의 거리가 지금은 완전히 새로워 보였고, 풍경은 더 화려하게만 느껴졌다. 산은 더 높아 보이고, 초원의 초록은 더욱 짙어진 듯했다. 대기는 더 맑고 투명해졌고, 사람들은 더 멋지고, 활기차고, 친절하고, 사교적으로 변했다. 오늘 그녀에게 낯선 것은 더 이상 없었다. 자신이 묵고 있는 호텔보다 더 좋은 곳은 없으리라는 생각이 들자, 자부심마저 느껴지면서 웅장한 호텔 건물을 다른 눈으로 바라보게 되었다.

'숙박비가 얼마나 되려나?'

이제는 우아한 향수 냄새를 풍기며 날씬한 다리로 걸

어 다니는 여자들이 특별한 존재로 여겨지지도 않았다. 번들거리는 고급 승용차를 타고 지나가는 사람들도 범접할 수 없는 특권 계층으로 비치지 않았다. 여자도 그런 차를 타 보았기 때문이다. 그런 사람들과 함께 있을 때도 별다른 소외감이 느끼지 않았다. 여자는 운동으로 단련된 멋진 몸매의 여자들의 대담하고 자연스런 걸음걸이를 무의식적으로 흉내 내고 있었다.

두 사람은 어느 카페에서 잠시 쉬기로 했다. 이모는 그녀의 왕성한 식욕에 또 한 번 놀랐다. 산 공기를 마셔서 신진대사가 활발해졌기 때문인지, 감정에 격해져서 에너지를 과도하게 소모했기 때문인지, 그녀는 꿀과 코코아와 서너 개의 빵을 금세 먹어치웠다. 그러고도 초콜릿과 크림으로 속을 채운 빵 몇 개를 집어삼켰다. 여자는 아무리 많이 먹고, 얘기하고, 구경하고, 즐겨도 원하는 것을 완전히 충족할 수 없을 것만 같은 기분이 들었다. 마음껏, 제멋대로 해야만 지난 몇 해 동안의 그 끔찍했던 몸과 마음의 허기를 채울 수 있을 것 같았다. 여자는 이따금 옆 테이블에 앉은 남자들의 시선을 느꼈다. 자기도 모르게 가슴을 앞으로 내밀고, 당당하게 고개를 들고 그들에게 의미 있는 미소를 보냈다. '제가 마음에 드시나요? 당신은 누구시죠? 제가 누군지 아세요?'

저녁 여섯 시, 필요한 물건들을 쇼핑하고 나서 두 사람은 호텔로 돌아왔다. 자상한 이모는 크리스티네에게 필요한 사소한 물건들을 생각해 내고 아낌없이 사주었

다. 풀이 죽어 있던 조카딸이 눈에 띄게 달라지고 명랑
해졌다는 사실에 흡족해진 이모는 그녀의 손을 다독이
며 말했다.

"자, 이제 네가 이모를 위해 해줄 일이 있단다. 어려운
일이긴 하지만! 할 수 있겠니?"

크리스티네가 웃었다.

'이런 데서 어려운 일이 뭐가 있을까? 천국처럼 기쁨
이 흘러넘치는 이곳에선 모든 일이 즐겁기만 한데.'

"그런데, 그렇게 쉬울 것 같지는 않구나! 사자 소굴에
들어간 다음 조심스럽게 이모부를 포커 게임에서 빼내
오거라. 다시 한번 말하지만, 조심해야 해. 카드놀이 할
때 누가 방해하면 이모부는 사자처럼 이빨을 드러내고
으르렁거릴 수도 있어. 그렇다고 그대로 내버려 둘 수는
없잖니? 의사가 식사하기 한 시간 전에는 반드시 약을
먹어야 한다고 했거든. 어쨌든 숨 막히는 방구석에서 네
시부터 여섯 시까지 즐겼으면 충분해. 큰 정유회사 대표
인 포어네만 씨가 묵고 있는 2층 112호실로 가서 문을
두드리고 내가 보냈다고 안토니에게 말해라. 그러면 알
아들으실 거다. 다시 말하지만 으르렁거리면서 화를 낼
지도 몰라. 아냐, 너한테는 그러지 않을 거다! 네 앞에선
점잖게 구니까."

크리스티네는 그다지 내키지 않았지만, 이모가 시키
는 대로 하겠다고 대답했다.

'이모부가 카드놀이를 그렇게 좋아하는데 왜 굳이 내
가 가서 귀찮게 해야 하지?'

하지만 감히 이모에게 따질 수는 없는 노릇이었다.

크리스티네는 112호실 문을 가볍게 두드리고 나서 안으로 들어섰다. 테이블 주위에 둘러앉아 있던 신사들이 일제히 고개를 들어 그녀를 쳐다보았다. 테이블은 이상한 무늬와 숫자가 인쇄된 녹색 천으로 덮여 있었다. 젊은 여자들이 드나드는 곳은 아닌 듯싶었다. 이모부가 제일 먼저 깜짝 놀라며 큰 소리로 웃었다.

"아, 클레르가 너를 보냈구나! 그 여자가 너를 이용했어! 여러분, 이 아이가 내 조카딸입니다! 집사람이 판을 깨려고 보낸 모양이오. (그가 시계를 꺼냈다.) 정확히 십분만 시간을 다오. 그 정도는 봐주겠지?"

크리스티네가 자신 없다는 표정으로 미소 지었다.

"자, 내가 책임질 테니, 너는 걱정 마라." 신사들 앞에서 자신 있게 자신의 권위를 보여주며 안토니가 장담하듯 외쳤다. "내 옆에 앉아서 조용히 기다리거라. 그리고 내게 행운을 가져다주렴. 나도 오늘은 운이 필요하구나."

크리스티네가 주춤거리며 이모부 뒤에 있는 의자에 앉았다. 그녀는 카드놀이에 대해 전혀 아는 것이 없었다. 한 사람이 기다란 통에서 카드를 한 장씩 뽑아서 돌렸다. 누가 뭐라고 말하자 카드를 손에 든 사람들이 동전처럼 생긴 흰색, 붉은색, 녹색, 노란색 플라스틱 조각들을 던졌고, 한 사람이 그것들을 갈퀴로 긁어 테이블 가운데 모아놓았다. 정말 지루한 게임이라는 생각이 들면서도 한편으로는 돈 많은 저명인사들이 저런 플라스틱 동전을 따려고 게임을 한다는 사실이 재미있기도 했다. 그리고 어떤 면에서는 사회에서 막강한 영향력을 지닌 사람들과 함께 있는 거구의 이모부 그늘에 앉아 있는 자신이 자랑스럽기도 했다. 손가락에 낀 굵은 다이아몬드 반지들, 황금빛으로 번쩍이는 볼펜들, 또렷하고 힘이 느껴지는 이목구비, 회의 중에 의사봉으로 내리치듯 테이블을 칠 것 같은 주먹을 보면 그들이 어떤 사람들인지 알 수 있었다. 도무지 이해할 수 없는 카드놀이에 아무 관심 없었던 크리스티네는 경외심을 품고 테이블 주위에 앉아 있는 사람들을 하나하나 뜯어보았다. 그때 갑자기 이모부가 뒤를 돌아보며 물었다. "이 카드를 버릴까, 잡을까?" 여자는 깜짝 놀라 아무 말도 못 하고 멍하니 이모부를 바라보았다. 그녀도 이모부가 다른 사람들의 공격을 받으며 불리한 상황에 놓여 있다는 것 정도는 파악하고 있었다. 뭐라고 말해야 하나? 한숨만 나왔다. 책임져야 할 짓을 할 수는 없으니, '버리세요!'라고 해야 하나? 하지만 크리스티네는 겁먹은 사람처럼 보이고 싶지는 않았다. 더듬거리며 간신히 대답했다.

"잡으세요!"

"좋았어!" 이모부가 장난하듯 대꾸했다. "이제 승패는 네 어깨에 달려 있어. 자, 우리 오 대 오로 하자."

이해할 수 없는 카드점 같은 놀이가 다시 시작되었다. 내용을 전혀 이해할 수 없었지만, 이제 이모부가 이기고 있다는 것은 알 수 있었다. 이모부의 동작이 점점 빨라졌고, 목에서 울리는 이상한 목소리로 말을 계속했다. 정말 게임을 즐기는 사람처럼 보였다. 마침내 카드통을 다른 사람에게 넘겨준 이모부는 크리스티네에게 몸을 돌렸다.

"네가 정말 잘 판단했다. 똑같이 나누기로 했으니, 절반은 네 몫이다."

이모부가 쌓여 있는 칩들 가운데 몇 개를 집었다. 노란 칩 두 개, 붉은 칩 세 개, 하얀 칩 한 개. 크리스티네가 아무 생각 없이 웃으면서 그것들을 받았다.

"딱 오 분만 더 하자." 이모부는 눈앞에 있는 시계를 의식하고 있음을 그녀에게 환기시키며 말했다. "자, 자, 여러분. 피곤해서 더 할 수 없다는 건 이유가 안 돼요."

금세 오 분이 지나갔다. 모두 일어서며 칩을 모았고, 그것을 현금으로 바꿨다. 크리스티네는 쭈뼛쭈뼛 문 앞에서 기다리고 있었다. 그녀의 칩들은 테이블 위에 그대로 놓여 있었다. 이모부가 그녀를 불렀다.

"네 칩들은 어떻게 했니?" 크리스티네가 무슨 말인지 잘 모르겠다는 듯 이모부에게 가까이 다가갔다. "칩을 현금으로 바꿔야지."

크리스티네는 그게 무슨 소린지 이해할 수가 없었다. 이모부가 크리스티네를 한 남자에게 데려갔다. 그는 크리스티네를 바라보며 '이백오십오'라고 말하면서 1백 프랑짜리 지폐 두 장과 50프랑짜리 지폐 한 장, 그리고 묵직한 은화 한 개를 테이블 위에 올려놓았다. 크리스티네는 놀란 표정으로 녹색 테이블 위에 놓인 외국 돈을 보면서 도대체 어떻게 된 영문인지 모르겠다는 표정으로 이모부를 바라보았다.

"어서 집어넣으렴." 이모부가 답답하다는 듯 짜증 섞인 목소리로 말을 이었다. "네 몫이야! 이제 그만 가자, 늦으면 안 되잖니."

크리스티네는 얼떨결에 지폐 세 장과 은화를 움켜쥐었지만, 믿을 수가 없었다. 방으로 돌아와 몇 번이고 무지갯빛이 감도는 직사각형의 지폐 세 장을 들여다보았다. 255프랑이었다. 오스트리아 돈으로 환산해 보니 약 350실링이다. 고향에서 이만한 돈을 벌려면 넉 달 동안을, 일 년의 3분의 1을 아침 여덟 시부터 정오까지 그리고 두 시부터 여섯 시까지 사무실에 앉아 일해야 한다. 그런데 여기서는 단 십 분 만에 그 돈이 손에 들어왔다.

'이런 일이 있을 수 있다니. 착오가 아닐까? 믿을 수가 없어!'

하지만 손가락 사이에서 부스럭거리는 지폐는 진짜 돈이었다. 이모부가 그녀의 돈이라고 했다. 그녀 것이었다. 새로 태어난 그녀의 돈이었다. 누군지 알 수 없는 타인에게서 나온 돈이었다. 여자는 한꺼번에 이렇게 많은 돈을 손에 쥐어본 적이 없었다. 훔친 물건을 숨기듯 불안한 마음으로 가방 안에 지폐를 넣고 나자 두려움과 기쁨이 교차하며 뼛속까지 떨렸다. 여자의 의식은 이런 모순을 이해할 수 없었다. 집에서는 동전 하나라도 악착같이 모아야 했다. 그런데 이곳에서는 돈이 손 안에서 그냥 부스럭거렸다. 범죄 현장을 목격한 증인처럼 온몸이 구석구석 무섭게 떨렸다. 마음속으로 이런 상황을 이해해 보려 했지만 시간이 없었다. 옷을 입어야 했다. 이모가 준 세 벌의 고급 드레스 중 하나를 골라 입고, 아래층 홀로 내려가서 온갖 것들을 느끼고 경험하면서 무아지경에 빠지고, 호화와 사치의 급류에 깊이 휩쓸려 들어가야 했다.

사람의 이름에는 운명을 변화시키는 신비스런 힘이 있다. 손가락에 끼고 있는 반지처럼 처음에는 그저 우연한 것으로 아무 구속력도 없는 듯 보인다. 하지만 이름은 그 마술적인 힘을 의식하기도 전에 이미 몸속으로 파고들어 그의 일부가 되고, 운명의 일부가 된다. 크리스티네는 사람들이 그녀를 '폰 볼렌'이라는 새로운 성으로 부르자, 처음 며칠 동안 날아갈 듯 신이 났다.

'아, 저들은 내가 누군지 모르는데! 알게 되면 어쩌지!'

여자는 그 이름을, 가장무도회에서 쓰는 가면처럼 별 생각 없이 썼다. 비록 의도적이신 않았지만 자신이 사기극을 벌이고 있다는 사실을 곧 잊어버린 채 진짜 폰 볼렌 양으로 행세하며 어느새 스스로를 속이기 시작했다. 처음에는 부유한 귀족으로 불리는 것에 당황했지만 하루가 지나자 짜릿했고, 며칠이 지나면서부터는 아주 자연스러워졌다. 한 신사가 이름을 묻자 '크리스티네'라는 이름이(집에서는 그녀를 '크리스틀'이라고 부른다) 빌린 성 '폰 볼렌'과 어울리지 않는다는 생각에 "크리스티아네예요"라고 귀엽게 대답했다. 그래서 이제 그녀는 가는 곳마다 '크리스티아네 폰 볼렌'으로 불렀다. 여기저기서 그렇게 소개되다 보니 그녀는 별 거부감 없이 그 이름에 익숙해졌다. 부드러운 색조에 윤이 나는 가구가 있는 방에 익숙해지듯이, 호텔의 호화스러움과 안락함에 익숙해지듯이, 큰 지출에 익숙해지듯이, 온갖 매혹적인 것들에 도취되듯이 익숙해졌다. 별안간 여자를 잘 아는 누군가 '호프레너 양!' 하고 부르면 그녀는 몽유병 환자가 깨어나듯 깜짝 놀랄 것이다. 꿈속에서 겪어봤듯이 산꼭대기에서 추락하는 기분일 것이다. 여자의 새 이름은 완벽하게 그녀의 일부가 되었고, 여자는 자신이 이제 완전히 다른 사람으로 변신했다는 확신이 들었다.

실제로 여자는 불과 며칠 사이에 전혀 다른 사람이 되지 않았던가! 알프스의 공기가 그녀의 혈관에 새로운 피를 흘려 넣었고, 풍성하고 화려한 음식이 그녀의 육체를 튼튼하게 하지 않았던가! 의심할 여지 없이 부엌데기 신데렐라가 못생긴 배다른 자매들과 다르듯이, 크리스티아네 폰 볼렌 양은 달라졌다. 우체국 여직원 호프레너보다 더 젊고 풋풋해졌다. 산의 일광이 한때 푸석푸석하고 누렇게 떴던 그녀의 피부를 인디언의 피부처럼 건강미 넘치는 갈색으로 물들였다. 목 근육도 더욱 탄탄해졌다. 새 옷을 입자 걸음걸이부터 달라져 육감적으로 엉덩이를 흔들며 우아하게 걸었으며, 한 걸음 한 걸음 옮길 때마다 자신감이 솟아났다. 밖으로 나와 사람들과 신나게 떠들어대자 놀랍게도 그때까지 늘 지쳐 있었던 몸에 활기가 되살아났다. 춤은 여자의 몸을 유연하게 만들어주었으며 그녀가 새로이 발견한 힘과 다시 찾은 젊음이 거듭 그녀의 재능을 확인시켜 주었다. 심장은 격렬하게 고동쳤고, 언제라도 날아오를 듯이 상쾌했다. 끊임없이 부풀었다가 가라앉는 가슴은 마치 감전된 듯한 전율을 손가락 끝까지 전해주었다. 이상하고, 강렬하고, 새로운 즐거움이었다. 호기심에 이끌려 이제는 오히려 가만히 앉아 있기가 힘들었고, 갑자기 몰아닥친 강풍에 날리듯 여기저기로, 안으로 밖으로, 위층과 아래층으로 분주하게 돌아다녔다. 계단을 오를 때도 한 번에 한 계단씩 오르지 않았다. 뭔가를 잊은 사람처럼 마음이 들떠 늘 세 칸씩 뛰어올랐다. 놀고 싶은 충동과 애정과 고마움을 표현하고 싶은 욕구가 너무 강해, 손은 늘 사람이든 물건이든 무언가를 붙잡고 있었다. 그리고 이따금씩 양팔을 활짝 펼치고 먼 곳을 향해 터져 나오는 웃음과 환호를 가까스로 참아야 했다.

어자의 젊은 에너지는 보이지 않는 힘으로 주변 사람들에게 영향을 미쳤다. 그녀 옆에 있는 사람들은 금세 소용돌이 같은 즐거움 속으로 함께 빠져들어 갔다. 그녀가 낀 대화의 분위기는 밝고 명랑했다. 항상 빛나고 유쾌했다. 이모와 이모부뿐 아니라 처음 보는 사람들도 즐거운 마음으로 그녀의 거리낌 없는 열정을 지켜보았다. 멀리서 날아와 창문을 깨고 들어온 돌멩이처럼 그녀는 호텔 로비로 돌진해 들어갔고, 그녀가 지나가고 나면 회전문이 돌풍을 일으켰다. 그녀는 모자와 스웨터도 벗어

던졌다. 거추장스럽기만 했다. 이젠 아무 거리낌 없이 거울 앞에 당당히 서서 옷을 차려입었다. 드레스에 솔질을 하고, 머리를 뒤로 흔들어 흐트러진 머리칼을 가다듬었다. 하지만 단장을 마치고 나도 머리칼은 금세 헝클어졌고, 언제나 바람을 맞으며 다녔기에 뺨에는 분홍빛이 감돌았다. 그녀는 여러 테이블을 돌아다니며 수다를 떨었다(이제는 호텔에서 모르는 사람이 없었다). 그녀 주위에서는 늘 화제가 넘쳤고, 새로운 경험이 기다리고 있었다. 말로 표현할 수 없을 만큼 모든 것이 재미있고 경이로웠다. 지나가다 개를 마주치면 쓰다듬어 주었다. 아이들을 만나면 들어 올려 무릎에 앉히고 뺨에 입을 맞췄다. 호텔 종업원들에게도 친절하게 말을 건넸다. 기분이 언짢거나 무관심한 표정으로 앉아 있는 사람이 있으면 즐거운 농담으로 기분을 살려주었다. 사람들의 옷, 반지, 카메라, 시가 케이스를 보면 주저 없이 감탄했고, 무엇이든 새로운 사물을 보면 열심히 관찰했다. 사람들이 농담할 때마다 웃었고, 먹는 음식마다 감탄했다. 만나는 사람들을 모두 좋아했고, 어떤 대화에든 흥미를 느꼈다. 지고하고 유일무이한 이 세계에서는 모든 것이, 정말 모든 것이 감탄스러웠다. 여자의 열정적인 호의를 거부하는 사람은 없었다. 주변 사람 모두 생각지도 못하는 사이에 그녀의 열정에 영향을 받았다. 언제나 못마땅한 표정으로 성난 사람처럼 팔걸이의자에 앉아 있는 추밀관의 할머니도 손잡이 안경 너머로 그녀를 볼 때마다 기분이 좋아지는 듯했다. 안내 데스크 직원은 그녀에게 각별한 친절을 보였고, 무뚝뚝한 웨이터들도 그녀가 테이블에 앉을 때면 아주 세심하게 의자의 위치를 바로잡아 주었다. 특히, 몹시 완고한 노인네들이 누구와도 잘 어울리는 이 명랑한 여자를 좋아했다. 그녀가 세상 물정 모르고 지나치게 나댄다고 머리를 가로젓는 사람도 있었지만, 크리스티네는 가는 곳마다 뜨거운 환영을 받았다. 그렇게 사나흘이 지나자 엘킨스 장군에서부터 엘리베이터 보이에 이르기까지, 모두가 폰 볼렌 양을 '매력적인 아가씨'로 인정하게 되었다. 여자는 사람들의 호의적인 시선을 느끼며 그것을 만끽했다. 자신의 존재 가치와 자신감이 갈수록 높아지는 것을 느꼈다. 사람들이 보내는 따뜻한 애정에 더욱 큰 행복을 느꼈다.

호텔 안에서 크리스티네에게 가장 적극적으로 관심을 보이며 구애하려는 사람은 뜻밖에도 엘킨스 장군이었다. 여자는 장군의 구애를 감히 기대하지도 않았을 것이다. 유혹에 넘어가기 쉬운 오십 대를 지난 지 한참이나 된 장군은 젊은 처녀에게 사랑을 고백하기에는 자신의 나이가 부끄러웠고 또 성공 가능성도 불확실했지만, 여자에게 접근할 기회를 잡기 위해 부단히 애를 썼다. 크리스티네의 이모도 장군이 예전보다 더 밝고 젊어 보이는 옷을 입고, 산뜻한 색상의 넥타이를 매고 다닌다는 사실을 눈치챘다. (부인이 잘못 보았을 수도 있으나) 장군의 흰 머리가 사라진 걸 보면 염색을 한 것이 분명했다. 그는 식사 시간이면 눈에 띄게 자주 크리스티네의 이모가 앉아 있는 테이블로 왔다. 매일같이 두 여자의 방으로 꽃다발을 보내고(크리스티네에게만 보내면 너무 티가 날까 봐), 크리스티네에게 책도 몇 권 보냈다. 그녀를 위해 특별히 구입한 독일어책들로, 대부분 마터호른산 등반이나 스벤 헤딘의 티베트 탐험에 관한 내용이었다. 언젠가 크리스티네가 우연히 마터호른산을 최초로 정복한 사람이 누구냐고 물어본 적이 있었기 때문이리라.

어느 날 아침, 갑작스런 폭우로 사람들이 호텔에 머물러야 했다. 노인은 호텔 라운지의 구석 자리에 크리스티네와 함께 앉아 자신의 집과 정원, 개 사진을 여자에게 보여주었다. 그는 중세에 지었을 법한 높다란 성에 살고 있었는데, 넝쿨이 우거진 둥근 망루가 성을 요새처럼 보이게 했다. 집 내부를 찍은 사진에는 구식 벽난로가 있는 넓은 홀이 있었고 그 주변으로 가족들의 초상화, 모형 범선, 커다란 지도 들이 보였다. 여자는 생각했다.

'겨우내 저런 곳에서 혼자 살면 얼마나 지겨울까.'

마치 여자의 그런 생각을 꿰뚫어 보기라도 한 듯, 사진 속의 사냥개 한 쌍을 가리키면서 장군이 말했다.

"이 개들마저 없다면, 정말 적적하겠죠."

그러곤 처음으로 죽은 아내와 아들 이야기를 꺼내면서 그녀 쪽으로 눈길을 돌렸다. 여자가 살짝 긴장하자 노인은 얼른 다시 사진들로 시선을 옮겼다.

'왜 나에게 사진들을 보여주면서 이런 얘기를 하는 걸까? 저런 영국 저택에 살면 편하지 않겠냐는 둥 조바심을 내면서 이상한 질문을 하는 이유가 뭘까? 이렇게

돈도 많고 점잖은 분이 설마⋯⋯. 아냐, 그럴 리 없어.'

여자로선 상상도 할 수 없는 일이었다. 이런 일을 지금껏 한 번도 경험해 보지 못했기에 자신과는 다른 세계에 살고 있는 이 장군이 여자로부터 어떤 작은 신호를, 용기를 줄만한 말 한마디를 애타게 기다리고 있음을 눈치조차 채지 못했다. 장군 역시 여자에게 쉬이 접근하지 못하는 늙은이의 무력함을 절감하고 있었다. 젊은 여자가 자신의 구애를 받아줄지 확신할 수 없고 자칫 바보가 될 수도 있다는 두려움 때문이었다. 그러나 자신조차 믿지 못하는 용기 없는 여자가 노인의 이런 마음을 어찌 헤아릴 수 있겠는가? 그의 말을 들으며 한편으로는 마음이 끌리기도 했지만 다른 한편으로는 몹시 당황스러웠다. 자신에게 사적인 사진을 보여준 것은 각별한 관심의 표현이라는 것을 알면서도, 선뜻 그의 의도에 어떤 반응을 보일 수는 없었다.

장군은 여자가 아무 말도 하지 않고 당혹스러워하자 그 의미를 나름대로 성확하게 해석하려고 애썼다. 여자는 노인과 함께 있는 내내 마음이 불편했다. 가끔 그가 얼굴을 붉히며 자신의 옆얼굴을 바라볼 때면, 정말로 이 노인이 자신을 좋아하는 것 같다는 생각이 들었다. 하지만 그의 무뚝뚝한 태도가 여자를 다시금 혼란에 빠뜨렸다. 노인이 갑자기 자리에서 일어나자, 여자는 그 행동의 의미를 이해할 수 없었다.

'생각해 볼 필요가 있어. 이분이 나한테 원하는 게 도대체 뭘까? 그게 가능하기나 한가? 처음부터 차분히 생

각해 보자. 아주 차분하게, 정신을 차리고.'

그런데 언제 어떻게 생각해 보아야 한단 말인가? 사람들은 여자에게 생각할 시간을 주지 않았다. 라운지로 나오자마자 왁자지껄 떠들며 언제나 즐거운 패거리 중 한 명이 기다리고 있다가 그녀를 잡아끌고 어디론가 데려간다. 차를 타고 어디를 가거나, 사진을 찍으러 나가거나, 게임을 하거나, 얘기를 하거나, 춤을 추는 일 등이었다. 항상 그녀를 환영하는 사람들이 있었고, 그 자리는 항상 소란했다. 느긋하면서도 분주하게 노는 것이 하루의 일과였다. 쉴 새 없이 게임하고, 시가를 피우고, 먹고, 웃는 시간이 이어졌다. 젊은 친구들 중 누군가 '폰 볼렌 양'을 부르면 아무 저항감 없이 그 소용돌이에 빠져들었다. 그렇게 부르지 말라고 할 수도, 그럴 이유도 없었다. 그들 모두 여자를 따뜻하게 대해 주었다. 말끔한 얼굴의 낯선 젊은 남녀들은 언제나 시끄럽고 자유분방했다. 매번 멋있는 새 옷을 차려입고 나타났으며, 언제나 재미있는 농담을 하고, 돈을 펑펑 쓰고, 새로운 놀잇거리를 생각해 냈다. 그들과 함께 가는 곳마다 음악이 연주되고 춤을 추었다. 혹은 대여섯 명이 한 차에 끼어 타고 머리칼이 바람에 뽑힐 정도로 빠르게 내달렸다. 아니면 호텔 바에 다리를 꼬고 앉아 빈둥거리면서 시원한 음료를 홀짝였다. 입에는 시가를 물고 손가락 하나 움직이지 않은 채 재미있고 신나는 얘기를 들으면서 아무 의미 없이 시간을 흘려보내기도 했다. 점차 그들의 분위기에 적응하자 그녀는 나른하게 긴장이 풀렸다. 신선한 공기를 들이마시면 새 허파를 얻은 듯했고 기운이 들끓었다. 이따금 혈관 속에서 번갯불이 번쩍이는 듯한 뜨거움이 느껴지기도 했다. 특히 밤에 춤을 출 때나 젊은 남자가 어둠 속에서 가깝게 몸을 밀착할 때 그런 느낌을 받았다. 그들은 단순한 만남에 만족하지 않고 감미로운 분위기를 즐겼다. 하지만 어두운 차 안에서 누군가 억센 손으로 무릎을 만지거나 함께 산책하다가 갑자기 방향을 바꾸는 남자와 몸이 부딪힐 때면 크리스티네는 몹시 당황했다. 그런데 미국에서 온 여자애나 만하임에서 온 소녀는 남자들의 짓궂은 장난에 화도 내지 않고 천연덕스럽게 반응했다. 기껏해야 뻔뻔스럽게 장난치는 남자들의 손을 손바닥으로 찰싹 때리는 정도였다. 여자는 자신이 사소한 일에 지나치게 신경을 쓰고 있다는 생각이 들었다. 하지만 늘 조심하는 편이 좋을 것 같았다. 독일 엔지니어가 불쑥불쑥 달려들기도 하고, 키 작은 미국인 녀석이 함께 숲길을 산책하다가 대뜸 끌어안기도 했다. 그들의 유혹에 넘어가지는 않았지만, 한편 우쭐하기도 했다. 드레스 밑, 아직 누구도 손대지 못한 따뜻한 자신의 살결을, 남자들이 숨결을 불어 넣고, 느끼고, 쓰다듬고, 즐기고 싶어 한다는 것을 분명히 알고 있었기 때문이다. 정체는 알 수 없지만, 남자들을 유혹해서 마쳐시키는 성분이 자신의 몸 안에 들어 있음을 여자는 느꼈다. 낯설지만 매력적이고 멋있는 남자들이 자기를 쫓아다니고, 흥분한 남자들에 에워싸여 정신이 혼미해진 여자는 어느 순간 정신이 번쩍 들면서 스스로에게 물어보왔다.

'나는 누구지? 나는 도대체 누구일까? 사람들이 나를 어떻게 생각하고 있을까?'

여자는 매일매일 스스로에게 이런 질문을 던지면서 새삼 놀라워했다. 사람들이 매일같이 그녀에게 유별난 관심을 보였다. 아침에 잠에서 깨면 종업원이 엘킨스 경이 보낸 꽃다발을 들고 방에 들어왔다. 어제는 이모가 가죽 핸드백 하나와 예쁘고 아담한 금장 손목시계를 주었다. 슐레지엔에 많은 땅을 소유하고 있는 트렌크비츠 부부는 자기네 집으로 초대했다. 키 작은 미국인이 자그마한 금장 라이터를 그녀의 핸드백 속에 슬쩍 넣어 주기도 했다. 언젠가 여자가 쇼윈도에서 보고 감탄했던 라이터였다. 만하임 소녀는 그녀의 친언니보다 더 따뜻하게 대해 주었다. 밤에 초콜릿을 들고 여자의 방으로 와서 자정까지 수다를 떨었다. 독일 엔지니어는 크리스티네랑만 춤을 추었다. 매일매일 새로운 사람들이 호텔에 도착했고, 그들 모두 기분이 좋아 보일 뿐 아니라 존경스럽고 친절했다. 어디로 가든 사람들이 그녀에게 함께 드라이브하자고 청했다. 그게 아니면 바에 같이 가거나 춤을 추자고 했고, 끊임없이 장난을 쳤다. 한순간도 그녀는 혼자 있지 않았다. 지루할 틈이 없었다. 하지만 그러는 내내 여자의 마음은 혼란스러웠다. 주위에 사람들이 없어 혼자 있게 된 짧은 틈을 타 이런 질문을 스스로에게 던져보았다.

'도대체 나는 누구지? 수년 동안 사람들이 나에겐 눈

길조차 주지 않고 지나쳐 갔지. 오래도록 시골 마을 우체국에 앉아 있었는데도, 아무도 뭐 하나 챙겨주거나 걱정해 주지 않았잖아. 고향 사람들 모두 너무 가난하다 보니 빈곤함에 지쳐 의심만 늘게 된 걸까? 아니면, 내가 갑자기 매력적인 여자로 변했나? 지금까지 밖으로 표출되지 못했던 매력이 이제야 나타났나? 내가 실은 내가 생각하는 것보다 더 예쁘고 똑똑하고 매력적인데 다만 그렇게 믿을 만한 용기가 없었던 것 아닐까? 아, 나는 누구인가? 진정한 나는 어떤 사람인가?'

여자로선 이해할 수 없는 일이 계속 벌어질 때마다 불안했다. 처음 며칠은 멋지고 매력적인 낯선 사람들이 자신을 환대하자 단지 조금 부담스러웠고 놀라웠다. 하지만 붉은빛이 도는 금발에 동화 속 소녀처럼 옷을 입은 미국인 소녀나, 관능적이고 명랑하면서 똑똑한 만하임 소녀 등 다른 여자들보다 자신이 더 많은 관심과 특별한 대접을 받으면서 마음이 더 불편해졌다.

'저들은 도대체 내게 뭘 원하는 거지?'

여자는 사람들과 어울릴 때면 더욱 혼란스러웠고, 특히 젊은 사람들과 함께 있으면 낯선 느낌마저 들었다. 고향에선 한 번도 남자들에게 관심을 가져본 적도 없었고, 긴장한 적도 없었다. 촌사람들에게는 은밀하고 감각적인 느낌이 없었다. 맥주라도 마셔야 감정이 살아났지만, 금세 지루해지는 유치한 농담들을 해대고 거칠게 싸움질이나 하던 투박하고 굼뜬 사람들이었다. 그들이 술집에서 나와 비틀거리면서 여자에게 치근덕거리거나 직장에서 누군가 추파를 던지면 역겹게 느껴질 뿐이었다. 그들은 사람이 아니라 짐승 같았다. 그런데 이곳에 있는 젊은이들은 그녀의 호기심을 자극할 뿐 아니라 아주 색다르게 그녀를 혼란에 빠뜨렸다. 그들은 항상 깔끔하게 면도를 하고 손톱을 손질했다. 워낙 상냥해서 평소라면 천박하게 여겼을 이야기조차 재미있게 들리고, 아주 잠깐만 몸이 스쳐도 쓰다듬어 주는 듯했다. 여자는 자신의 웃음소리가 이상하게 들릴까 봐 두려웠고, 불쑥 엄습하는 불안감에 몸을 떨기도 했다. 이들과 함께 있으면 왠지 편치가 않았다. 친절하지만 동시에 위험하다는 생각이 들었다. 특히 독일 엔지니어가 그랬다. 그는 뻔뻔하게 설치고 다니면서 그녀를 노리고 있었다. 가끔 그가 발산하는 관능적인 분위기에 여자는 아찔하기도 했다. 다행히도 아직까지 그와 단둘이 있었던 적은 없었다. 꼭 여자들 두셋이 어울려 다녔는데, 그러면 안전하다는 느낌이 들었다. 그녀들이 곤란한 순간에 어떻게 능숙하게 대처하는지 곁눈질로 관찰하면서 이런저런 잔기술을 배웠다. 남자들이 무례하게 나온다 싶을 때 화난 척한다든가, 가볍게 외면한다든가, 혹은 상황이 정말 거북하고 언짢을 때 상대방에게 그만하라고 요구하는 요령 따위를 배웠다. 그리고 여자들끼리 있을 때, 특히 만하임에서 온 작달막한 소녀는 크리스티네에겐 익숙하지도 않고 입에 담기도 힘든 주제에 대해 솔직하고 자유롭게 말했다. 그녀를 통해 이곳의 분위기를 알 수 있었다. 똑똑하고 상황 판단이 빠르며 명랑하고 육감적이지만 마지막 순간에는 자제할 줄 아는 이 화학 전공 여학생의 까만 눈동자는 세상의 모든 것을 정확하고 날카롭게 꿰뚫고 있는 듯했다. 소녀를 통해 크리스티네는 호텔에서 벌어지고 있는 여러 비밀스러운 일들을 속속들이 알게 되었다. 야하게 화장하고 머리를 붉게 물들인 키 작은 소녀가 프랑스 은행가의 딸이 아니라 실은 그의 정부이고, 각자 다른 방을 쓰고 있을지 몰라도 해가 지면…… 게다가 만하임 소녀는 옆방에서 나는 소리를…… 직접 들었다고 했다. 미국인 남자는 독일 여배우와 요트에서 일을 벌였으며, 미국 여자 셋이 그 남자를 두고 경쟁하는 중이라고도 했다. 독일인 시장이 동성연애자라는 사실은 엘리베이터 보이가 위층 여종업원에게 말해줘서 알게 되었다고 했다. 스물여덟 살 크리스티네 앞에서 겨우 열아홉 살 소녀는 덤덤한 목소리로 호텔 안의 모든 스캔들을 아주 자연스러운 일이라는 듯 분개하지도 않고 태연하게 읊었다. 놀란 표정을 지으면 세상 경험이 부족한 자신의 민낯이 탄로 날 것 같아 크리스티네는 호기심 어린 표정으로 덤덤하게 이야기를 들으면서 맹랑한 소녀를 흘끔 쳐다보았다. 소녀의 날씬하고 작은 체구가 자기는 알지도 못하는 온갖 일들을 이미 경험했을지도 모른다는 생각이 들었다. 그게 아니라면 그토록 자연스럽고 자신 있게 말할 수는 없으리라. 그런 생각만으로도 크리스티네는 마음이 불편했다. 수천 개의 작은 땀구멍으로 뜨거운 기운을 빨아들이기라도 하는 것처럼 이따금씩 피부가 화끈거렸고, 춤을 추면서도 머리가 빙

빙 돌았다.

'내가 왜 이럴까?'

여자는 자신이 누구인지 어렴풋이 알 것 같았다. 새로운 세상에 눈을 뜨면서 자신의 본래 모습 역시 서서히 알아가기 시작했던 것이다.

그렇게 일주일이 눈 깜짝할 새 지나갔다. 스모킹 재킷을 입고 테이블에 앉아 저녁 식사를 하면서 안토니가 부인에게 언짢은 목소리로 투덜거렸다.

"이젠 기다리는 데 아주 지쳤소. 처음에야 누구나 그럴 수 있다지만, 하루 종일 여기저기 싸돌아다니면서 사람을 기다리게 만드는군. 그건 아주 나쁜 버릇이오. 도대체 그 앤 무슨 생각을 하는 거야?"

클레르가 남편을 진정시키려고 애를 썼다.

"진정해요. 요즘 애들 다 그렇잖아요. 잊어버려요. 전후 세대잖아요. 걔들이 할 줄 아는 거라곤 젊음을 즐기는 것뿐이에요."

하지만 안토니는 화를 내며 포크를 내려놓았다.

"내게도 젊은 시절이 있었소. 방탕한 생활을 한 적도 있었지만, 나쁜 습관은 절대 스스로 허용하지 않았소. 당신 조카따님께서 우리에게 만남을 허락해 주시던 그날, 우리는 꼬박 두 시간을 기다렸소. 시간 맞춰 왔어야지. 그리고 또 한 가지, 그 애한테 당신이 얘기 좀 해주구려. 저녁 식사 때마다 우리 테이블로 그 애들 좀 데려오지 말라고. 모가지가 두껍고 구레나룻 덥수룩한 독일인하며, 쓸데없는 소리나 지껄이는 유대인 예비 랍비, 그리고 나이트클럽에서 방금 나온 것 같은 만하임 날라리 아가씨에게 내가 왜 신경 써야 하는지 모르겠소. 회전목마를 타고 있는 것 같아서 신문도 제대로 읽을 수가 없소. 어떻게 해야 그 망나니들하고 관계를 끊을 수 있을까? 오늘 밤은 평화롭게 조용히 있고 싶어요. 그 시끄러운 것들 중에 누구라도 내 테이블에 앉으면 가만 안 둘 거요."

클레르는 반박하지 않았다. 그의 이마에서 푸른 혈관이 펄떡일 때는 어쩔 수가 없다. 하지만 정말로 곤란한 건 남편 말이 옳다는 사실이었다. 사교의 소용돌이 속으로 크리스티네를 몰아넣은 사람은 자신이었고, 크리스티네가 우아하게 옷을 입은 모습을 보면서 즐거워한 것도 자신이었다. 클레르는 젊은 시절의 기억이 아직도 생생했다. 당시 유행하던 고급 옷을 차려입고 후원자인 유부남과 함께 점심을 먹으면서 얼마나 기뻤었는지. 하지만 지난 이틀간 크리스티네의 행동은 지나쳤다. 술 취한 사람처럼 자기 생각에만 빠졌다. 기분이 너무 고조된 나머지 밤늦게 이모부가 꾸벅꾸벅 조는 것도 보지 못했고, 이모가 "자, 그만 가자. 너무 늦었다"라며 주의를 줄 때도 귀 기울이지 않았다.

"알겠어요, 이모. 약속할게요. 이게 마지막 춤이에요. 이번 한 번만요."

하지만 그녀는 금방 모든 것을 잊었다. 기다리는 데 지친 이모부가 잘 자라는 인사도 없이 테이블에서 일어나는 것조차 몰랐고, 그가 화났을지 모른다는 생각은 더 더욱 못 했다. 이토록 아름다운 세계에서 누가 화를 내고 언짢아한단 말인가. 그녀는 모든 사람이 저처럼 열정에 불타고 있지는 않다는 사실을 미처 생각하지 못하고 균형 감각을 잃었다. 28년 만에 처음으로 자기 자신을 발견했기에, 그리고 그 발견에 도취하여 다른 사람들은 모두 잊고 만 것이다.

크리스티네가 레스토랑으로 뛰어 들어왔다. 한껏 들 뜬 표정이었다. 지나가면서 아무렇게나 장갑을 벗으면서(다시 말하지만, 누가 이런 데서 기분 나빠하겠는가?) 두 젊은 미국인 남자에게 반갑게 영어로 인사했다(여자는 이곳에 와서 많은 것을 배웠다). 팽이처럼 한 바퀴 빙 돌아 식당을 가로질러 이모에게 가, 뺨에 키스하면서 뒤에서 이모를 끌어안았다. 그리곤 약간 놀란 표정으로 주절대기 시작했다.

"어머, 벌써 많이들 드셨네요, 죄송해요……! 퍼시랑 에드빈이라는 친구들에게 제가 말했거든요. 아무리 빨리 달려도 낡은 포드 승용차를 타고는 호텔까지 40분 안에 못 간다고요! 그런데 걔들이 제 말을 믿지 않았어요……. 웨이터, 이제 음식을 갖다줘요. 두 코스를 한꺼번에 주세요, 이모하고 이모부 충분히 따라잡을 수 있어요. 아무튼…… 그 독일에서 온 엔지니어가 직접 운전을 했는데, 운전을 아주 잘해요. 그런데 그 고물 자동차가 시속 80킬로미터 이상은 못 달리지 뭐예요. 그때 엘킨스 경의 롤스로이스가 윙 소리를 내면서 지나가는 거예요…… 사실대로 말씀드리면, 제가 운전을 직접 해보느라고 늦었어요. 물론 에드빈이 제 옆자리에 앉아 있었고요……. 운전하는 거 참 쉬워요, 마술 같았어요……. 이모부, 제가 차를 사면 가장 먼저 태워드릴게요, 아셨죠? 겁내실 것 없어요……. 그런데 이모부, 왜 그러세요? 설마 제가 좀 늦었다고 화나신 건 아니죠? 아, 화나셨어요……? 정말 제 잘못이 아니에요. 저는 분명히 말했어요, 40분 안에 못 들어간다고요……. 믿을 사람은 자기 자신밖에 없나 봐요……. 그런데 이 파스타 정말 맛있어요. 목도 마르네요! 아아, 저는 이모와 이모부랑 같이 있는 게 정말 좋아요. 내일 오후에 그 친구들은 란데크에 다시 간다는데, 저는 못 간다고 얘기했어요. 이모부, 같이 산책하기로 했잖아요. 이곳에선 정말 쉴 틈이 없네요……."

마른 장작이 타오르면서 딱딱 소리를 내는 듯했다. 자신의 기분 좋은 독백이 싸늘하고 두터운 침묵에 부딪히고 있다는 사실을 눈치채고 나서야 여자는 축 늘어졌다. 이모부는 크리스티네의 수다보다 오렌지에 더 관심 있는 듯 과일 바구니를 쳐다보고 있다. 이모는 언짢은 표정으로 숟가락이나 포크를 만지작거렸다. 두 사람 다 한마디도 하지 않았다.

"저 때문에 화나신 것 아니죠, 이모부? 정말 화나신 것 아니죠?" 여자가 걱정스레 물었다.

"아니다. 그러니 이제 그만 좀 해라."

안토니가 퉁명스럽게 쏘아붙였다. 이모부의 목소리가

몹시 화난 듯해 크리스티네는 매 맞은 아이처럼 갑자기 풀이 죽었다. 그 모습에 클레르도 당황했다. 크리스티네가 고개를 들지 못하고 먹던 사과를 얌전히 접시 위에 올려놓았다. 그녀의 입술이 부르르 떨렸다. 이모가 얼른 끼어들어 썰렁해진 분위기를 바꿔볼 요량으로 질문을 던졌다.

"그래, 메리 언니에게선 소식 없니? 집에 좋은 일이라도 있는지 궁금하구나. 네게 한번 물어보고 싶었어."

하지만 크리스티네의 얼굴빛이 더욱 창백해졌다. 이가 덜덜 떨리기까지 했다. 일주일 내내 편지 한 통 받지 못했으면서, 그런 사실도 모르고 있었다. 아니, 가끔씩 문득 편지를 써야겠다고 생각은 했지만 노는 게 바빠 그러질 못했다. 이제야 잊고 있었던 모든 일들이 화살처럼 날아와 심장에 꽂혔다.

"잘 모르겠어요. 집에서 아무 소식도 없어요. 제가 혹시 뭐 잊은 게 있을까요?"

이모의 목소리도 날카롭고 엄하게 변했다.

"네가 중요한 걸 잊고 있구나. 아주 중요한 것. 아마 네가 이곳에서 폰 볼렌 양으로 알려져서 전달이 안 된 모양인데, 호프레너란 이름 앞으로 온 편지가 아직도 프런트 데스크에 있더구나. 직원에게 물어보긴 했니?"

"아뇨."

크리스티네가 기어들어 가는 목소리로 대답했다. 이제야 분명히 기억났다. 날마다 서너 번씩 가서 물어보려 했었다. 그런데 그때마다 항상 무슨 일이 생겨 잊어버리고 말았다.

"실례해요, 이모, 잠깐만요! 지금 확인해 볼게요."

크리스티네가 자리에서 벌떡 일어서면서 말했다.

두 여자의 대화를 가만히 듣고 있던 안토니가 신문을 내려놓았다. 그는 화난 눈빛으로 크리스티네의 뒷모습을 바라보았다.

"내가 뭐라 그랬소! 어머니가 많이 아프시다고 자기 입으로 얘기해 놓고 아무 걱정 없이 하루 종일 망나니같이 놀기만 하지 않소!"

"정말 믿을 수가 없어." 이모가 한숨을 내쉬며 말했다. "메리 언니가 어떤 상태인지 알면서도 여드레 동안 한번도 걱정하는 모습을 본 적이 없어요. 처음 왔을 때는 자기 엄마를 그렇게 걱정하면서 눈물까지 흘리고, 엄마를 혼자 내버려 두고 와서 마음이 아프다더니⋯⋯ 너무 변했어."

그러는 사이 크리스티네가 돌아왔다. 당황스럽고 겸연쩍어하는 모습이었다. 기운이 빠져 축 늘어진 몸을 널따란 팔걸이의자에 파묻힐 듯 기대어 앉아 있었다. 당연히 맞아야 할 매를 피하는 사람처럼 몸을 움츠렸다. 실제로 호텔 직원이 수신인이 누구인지 몰라 전달하지 못했다면서 편지 세 통과 엽서 두 장을 내주었다. 그간 푹스탈러 씨는 약속대로 매일 소식을 전해오고 있었다. 그런데 그녀는 셀레리나가 준 연필로 엽서 한 장만 급히 갈겨써서 보냈을 뿐이다. 양심에 무거운 돌멩이 하나가 떨어지는 듯했다. 그녀의 정직하고 믿을 만한 이웃 친구가 음영을 넣어 섬세하고 아름답게 그린 지도를 그간 한 번도 펴보지 않았다. 아니, 가방에서 꺼내지도 않았다. 예전의 이름은 물론이거니와 어머니, 언니, 친구 등 고향에 두고 온 모든 것을 잊으려고만 했다.

"그래, 안 읽어볼 거냐?"

크리스티네의 손에서 떨리고 있는, 뜯지 않은 편지들을 쳐다보면서 이모가 물었다.

"읽을 거예요." 그녀가 중얼거리듯 대답했다. 이모의 말에 복종하듯 봉투를 뜯어 날짜는 보지도 않고 푹스탈러 씨가 단정한 필체로 쓴 편지를 읽어 내렸다.

― 오늘은 다행히도 좀 나아지셨습니다.

다른 편지를 펼쳤다.

― 어머니의 상태를 숨김없이 전해 주기로 약속했기에 말씀드립니다. 유감스럽지만 어제는 어머니의 상태가 좋지 않았습니다. 당신이 떠나자마자 마음이 심란하셨는지 위험할 정도로 몹시 흥분하셨습니다……

재빨리 다음 장으로 넘겼다.

― 주사를 맞고는 진정하셨습니다. 낙관하고 있기는 하지만 재발할 위험성이 완전히 사라지진 않았습니다.

"그래, 엄마는 어떠시다니?" 불안해하는 크리스티네의 표정을 살피며 이모가 물었다.

"괜찮으시대요." 그녀는 몹시 당황해하면서 대답했다. "그러니까, 어머니가 안 좋아지셨다가 지금은 괜찮으시대요. 그리고 어머니와 언니가 안부 전해 달래요."

그러나 여자는 자신이 한 말을 믿지 않았다. 불안감

이 밀려왔다.

'왜 어머니가 직접 한 줄도 쓰지 않았을까? 우체국으로 전보를 치거나 전화해 보지 않아도 될까? 내 대리 근무자는 분명 무슨 일이 있는지 알고 있을 텐데. 당장 편지를 써야겠어. 정말 부끄럽게도 지금까지 편지 한 장 쓰지 않았어.'

여자는 이모와 눈이 마주칠까 봐 고개도 들지 못했다.

"그래, 가끔씩 편지를 쓰는 게 좋겠구나." 조카딸의 생각을 간파한 듯 이모가 말했다. "우리 두 사람 안부도 전해 주거라. 그래, 우리는 지금 바로 방으로 올라갈 거야. 밤늦게까지 여기 앉아 있는 건 이모부로선 너무 힘들구나. 어제는 좀처럼 잠을 자지 못하셨어. 어쨌든, 우리는 쉬려고 이곳에 온 거잖니."

크리스티네는 이모의 말에 깔려 있는 자신에 대한 비난을 감지했다. 심장을 조이는 듯한 부끄러움과 차가운 충격을 느끼며, 그녀는 상기된 얼굴로 이모부에게 말했다.

"이모부, 화를 푸세요. 이모부를 피곤하게 하고 있는 줄은 정말 몰랐어요."

안토니는 여전히 짜증이 났지만 그녀의 공손한 말에 언짢았던 마음이 조금 풀렸다.

"그래, 우리 늙은이들은 항상 잠을 설친단다. 가끔은 사람들이 북적대는 곳에 있는 걸 즐기기도 하지만, 매일 그럴 수는 없어. 그리고 너는 이제 우리가 필요하지 않겠구나, 친구들이 많으니까."

"아니요, 절대 그렇지 않아요. 저도 같이 방으로 올라갈 거예요."

크리스티네는 엘리베이터를 타는 노인네를 조심스레 거들었다. 이모 역시 아주 세심하게 남편을 배려하는 조카딸의 모습을 보고는 불쾌했던 마음을 차츰 누그러뜨렸다.

"크리스틀, 잘 들어라. 네가 여기서 즐기는 걸 막을 사람은 없어." 엘리베이터로 두 층을 올라가면서 이모가 말했다. "하지만 밤에는 잠을 제대로 자두는 게 좋을 거야. 안 그러면 너무 지쳐서 정작 쉬러 온 목적이 희미해지잖니. 늦은 시간에는 조용히 앉아 편지라도 써보거라. 솔직히 말해서 온종일 사람들과 어울려 다니는 모습이 좋아 보이진 않는구나. 그리고 난 그 젊은이들도 썩 마음에 들지 않아. 걔들보다는 차라리 엘킨스 장군님과 있는 게 좋을 것 같다. 내 말을 들어라, 오늘 밤은 방에서 쉬는 게 어떻겠니?"

"알겠어요. 꼭 그럴게요, 이모." 크리스티네가 아주 공손하게 대답했다. "이모 말이 맞아요, 저도 알아요. 왜 그런지 잘 모르겠지만⋯⋯ 요즘 머리가 빙빙 돌아요. 고지대 공기 때문에 그럴 수도 있겠지만요. 이것저것 차분히 되돌아보고, 편지 쓸 시간을 갖게 되어서 저도 좋아요. 지금 방으로 갈 거예요, 저를 믿으세요. 안녕히 주무세요!"

방문을 열면서 크리스티네는 생각했다.

　'이모가 옳아. 진심으로 나를 생각해 주는 사람은 이모뿐이야. 그렇게 휩쓸려 다니지 말았어야 했는데. 바쁘게 허둥지둥 돌아다닐 이유가 없었는데 말야. 아직 시간은 많아. 여드레, 아흐레, 그리고 체신청에 아프다고 전보를 쳐서 휴가를 더 연장할 수도 있고. 그렇게 한다고 무슨 일이 벌어지기야 하겠어? 나는 지금까지 한 번도 휴가를 가본 적이 없어. 하루도 빼먹지 않고 일만 했잖아. 본부에서도 내 말을 믿을 거야. 내 대리 근무자도 좋아할 테고. 이 근사한 방은 너무도 조용하고, 아래층에서 나는 소리도 들리지 않으니 마음을 가다듬고 곰곰이 이것저것 생각해 볼 수 있겠어. 엘킨스 장군님이 빌려준 책들도 읽어야 하는데. 아냐, 먼저 편지를 쓰자. 편지를 쓰기 위해 올라왔잖아. 여드레 동안이나 어머니와 언니 그리고 친절한 푹스탈러 씨에게 편지 한 줄 쓰지 않았다는 건 정말 부끄러운 일이야. 대리 근무자에게 엽서도 보내야 하고. 맞아, 조카들에게도 엽서를 보내겠다고 약속했었지. 다른 약속도 있었는데, 뭐였더라? 맞아, 엔지니어에게 내일 아침에 같이 산책하자고 말했었구나. 아냐, 그 사람과 단둘이 갈 수는 없어. 그 사람하고 같이 가면 안 돼. 그리고 내일은 이모, 이모부와 함께 있어야 해. 아냐, 다시는 그 남자와 단둘이 있지 말아야겠어……. 그런데 그러려면 약속을 취소해야 하는데, 빨리 아래로 내려가 말하고 와야겠다. 내일 아침에 하염없이 기다리게 해선 안 되지……. 하지만 오늘 밤엔 방에 있겠다고 이모와 약속했는데……. 아래층 데스크 직원에게 전화해 놓으면 되겠네, 그가 엔지니어에게 전해줄 거야……. 전화, 그게 가장 좋은 방법이겠구나. 아냐, 안 돼……. 내가 아프다거나 방 안에 갇혀 있다는 얘기가 돌면 나를 어떻게 생각하겠어? 그러면 모두들 나를 비웃을 텐데. 메모해서 쪽지를 보내는 게 낫겠다. 그래, 그게 좋겠어. 내일 아침 우편으로 보낼 편지들과 함께 데스크 직원에게 가져다주면 될 거야……. 그런데, 세상에……. 도대체 편지지는 어디 있지? 믿을 수가 없네, 케이스가 비어 있어. 이런 고급 호텔에서 어떻게 이런 일이……. 깨끗이 비워져 있네……. 호출 버튼을 누르면 여종업원이 금방 편지지를 가져오겠지……. 그런데 밤 아홉 시가 넘었는데 버튼을 눌러도 되나? 모두 벌써 잠이 들었을지도 모르는데, 종이 몇 장 가져오라고 밤중에 호출하는 것도 우습긴 하지……. 직접 내려가서 몇 장 가져오는 게 낫겠어……. 도중에 에드빈과 마주치지만 않으면 좋으련만……. 이모가 옳아, 그 사람과 너무 가까이 지내면 안 돼……. 오늘 오후 차 안에서 나에게 했던 것처럼 다른 여자들에게도 못된 행동을 하는 남자인지 궁금하네……. 내 무릎을…… 내가 왜 그걸 허락했는지 모르겠어……. 옆으로 비켜 앉아 거절해야 했는데……. 그를 알게 된 건 불과 며칠밖에 안 됐잖아. 하지만 난 움직일 수 없었어……. 한 남자가 그렇게 몸을 만지는데 갑자기 온몸에 힘이 풀리고 의지력을 잃는다는 건 몸서리치게 비참한 일이야……. 그렇게 갑자기 온

몸에 힘이 빠져버릴 수도 있다니……. 다른 여자들도 그 랬을까? 아냐, 다른 애들은 그렇지 않아. 대담하게 항의 하거나, 화를 내면서 무섭게 쏘아붙이잖아……. 나도 무 슨 말이든 해야 했어. 그렇지 않으면 아무에게나 그런 식으로 몸에 손을 대게 하는 헤픈 여자라고 생각하거나, 내가 자기를 원한다고 생각할 거야……. 그건 끔찍한 일 이야. 난 발가락까지 떨렸었어……. 아주 어린 처녀에게 그런 짓을 했다면 분명 냉정함을 잃었을 거야. 차가 굽 은 길을 돌면서 그가 갑자기 내 팔을 움켜잡았을 땐 정 말 끔찍했지……. 그의 손가락은 정말 가늘었어. 남자 손톱이 그렇게 고운지 처음 알았어. 여자 손톱처럼 티 하나 없이 깔끔했지만 내 손을 움켜잡을 때는 엄청난 힘이 느껴졌지……. 다른 여자들 손을 잡을 때도 그렇게 할까? 다음번에 그가 춤출 때 잘 살펴봐야겠어……. 나 는 왜 이렇게 아는 게 하나도 없지? 내 나이의 다른 여 자들은 요령을 알고 있잖아. 게다가 여자의 권위를 내세 우는 방법도 잘 알지……. 잠깐, 카를라가 뭐라고 했더 라? 맞아, 이 호텔 손님들은 밤새도록 들락거린다고 했 지. 당장 방문을 잠그는 게 좋겠다……. 사람들이 속마 음을 솔직히 드러낸다면 내가 이처럼 마음의 갈피를 못 잡고 허둥대지는 않을 텐데. 설사 화를 내거나 당혹스 러워하더라도 이럴 때 다른 사람들은 어떻게 대처하는 지 물어볼 수 있다면……. 그렇게 대범하게 나에게 접근 해 온 남자는 지금껏 없었어! 아, 2년 전에 한 번 있었 구나. 어느 멋진 신사가 뵈링거 슈트라세에서 나에게 말을 걸었지. 반듯한 자세하며 훤칠한 키도 에드빈과 비슷했어……. 그의 데이트 신청에 응해서 저녁 식사라도 같이했으면 어땠을까? 나쁘지 않았을 거야. 남녀는 그런 식으로 만나기 마련이잖아……. 하지만 그때 난 집에 늦을까 봐 염려했었어. 나는 항상 그렇게 바보 같은 걱정만 하면서 다른 사람들을 위해서만 살아왔어……. 그리고 세월이 흘러 눈가에 잔주름만 생겼지. 남들은 나보다 똑똑하고 세상 물정에 밝아. 다른 젊은 여자들도 환한 야경 아래서 재미있는 일들이 넘쳐나는 이 시간에 나처럼 방 안에 혼자 틀어박혀 있나? 이모부가 피곤하다는 이유만으로……. 이렇게 이른 밤에 혼자 있는 사람은 없을 거야. 지금 몇 시지? 아홉 시, 이제 겨우 아홉 시야. 잠도 안 올 텐데……. 아, 갑자기 더워지네. 그래, 창문을 열자. 차가운 공기를 맞으면 시원하고 기분이 좋아질 거야. 근데 감기에 걸리지 않게 조심해야 해……. 젠장! 나는 항상 이렇게 쓸데없는 걱정만 한다니까. 매사에 지나치게 조심스러워……. 그래서 얻은 게 도대체 뭐야……? 아, 얇은 원피스 속으로 스며 들어오는 공기의 느낌이 참 좋구나. 아무것도 안 입은 느낌이야……. 그런데 이 옷은 도대체 왜 입고 있지. 누구를 위해서 이런 아름다운 드레스를 방 안에서 입고 있는 거지? 이렇게 혼자 빈둥거리고 있으면 볼 사람이 아무도 없는데……. 아래층으로 얼른 내려가 볼까……? 편지지를 몇 장 가져와야겠어, 아니면 아래에 있는 비즈니스룸에 가서 써도 되잖아? 어휴, 추워, 창문을 닫아야겠다. 이젠 방 안이 얼어버릴 듯 춥네…… 빈 팔걸이의자에 앉을까? 이런 바보, 아래층으로 내려가면 금세 따뜻해지잖아…… 엘킨스 장군이나 다른 사람들이 나를 보면 내일 이모가 알게 될 텐데, 그러면 어떻게 하지……? 아하, 데스크 종업원에게 편지를 건네주기 위해 내려갔다고 말하면 되겠구나. 그러면 이모가 아무 말 안 할 거야. 아래층에 오래 앉아 있진 않을 거잖아, 편지 두 장만 쓰고 바로 올라오자……. 외투가 어디 있더라? 아냐, 외투까지 입을 필요는 없겠지, 금방 올라올 테니까. 그냥 꽃 몇 송이만 옷에 달고 내려가자……. 하지만 엘킨스 경이 보낸 꽃들인데……. 어쨌거나 옷에 잘 어울리네……. 이모 방으로 가서 이모가 잠들었는지 확인해야 하는 거 아닌가? 이런 멍청이, 나는 학생이 아니잖아……. 늘 이렇게 멍청한 걱정만 한다니까! 잠깐 아래층에 내려갔다 올 건데 허락은 무슨. 자, 그냥 내려가자…….'

여자는 자신의 우유부단한 성격을 테스트라도 하는 것처럼 허겁지겁 아래층으로 내려갔다.

사람들 눈에 띄지 않고 비즈니스룸으로 들어가는 데 성공했다. 춤추는 사람들로 북적이는 홀에서 떠들썩한 소리가 들려왔다. 첫 번째 편지를 마치고 두 번째 편지를 거의 다 썼을 무렵 누군가 그녀의 어깨에 손을 올렸다.

"잡았다! 몰래 여기에 숨어 있었군! 몇 시간 동안 구석구석 당신을 찾아다녔어요. 물어본 사람들마다 그냥 웃기만 하더군요. 그런데 사냥꾼에게 쫓긴 토끼처럼 여기에 웅크리고 앉아 있었다니. 자, 갑시다!"

휜칠한 남자가 그녀의 뒤에서 말했다. 가슴이 두근거리며, 어깨를 잡은 그의 손길이 불길하게 느껴졌다. 그가 자신을 찾아다녔다는 말에 놀라면서 여자는 힘없이 미소 지었다. 그러나 한편으론 얼굴을 본 지 불과 삼십 분밖에 안 됐는데 자신을 보고 싶어 했다는 사실이 기쁘기도 했다. 그래도 여자는 여전히 자신을 방어하기에 급급했다.

"안 돼요, 오늘 밤은 춤추러 갈 수 없어요. 편지를 써야 해요. 아침 기차 편에 보내야 하거든요. 게다가 오늘 밤에는 방에 있겠다고 이모와 약속했어요. 정말 안 돼요, 그럴 수 없어요. 내가 다시 여기 내려온 걸 알면 이모가 화낼 거예요."

누군가에게 은밀하게 털어놓는 속내에는 항상 위험 부담이 따르기 마련이다. 낯선 사람에게 비밀을 털어놓는 순간 그에 대한 경계심이 사라지기 때문이다. 누군가의 비밀을 알게 되면 상대방이 유리해지는 법인데, 정말 그러했다. 여자를 향한 욕정으로 눈빛이 번득이던 남자가 갑자기 친근한 미소를 지으며 말했다.

"아하, 도망 나왔구나! 허락받지 않고 무단이탈을 했다는 말씀이군요. 걱정하지 말아요, 이모한테 일러바치진 않을 테니까……. 하지만 당신을 한 시간 동안이나 기다렸으니 쉽게 놔줄 순 없어요. 일단 시작한 일은 끝장을 내야죠? 허락받지 않고 내려왔으니 우리가 함께 있는 것도 허락받을 필요 없겠군요."

"무슨 생각을 하는 거예요! 말도 안 돼요. 이모가 내려올지도 몰라요. 절대 안 돼요!"

"지금 당장 가서 이모님이 자고 있는지 확인해 봅시다. 어느 창문이 이모님 침실 창문인지 알아요?"

"아뇨, 왜요?"

"이모님이 자고 있는지 아주 간단하게 알 수 있거든요. 창문이 어두우면 자고 있는 거예요. 일단 옷을 벗고 잠자리에 들면 조카딸이 얌전히 있는지 확인하기 위해서 다시 차려입지는 않아요. 아, 내가 공과대학에 다닐 때 몰래 기숙사에서 빠져나오던 시간이네요. 달그락거리는 소리가 안 나게 하려고 열쇠에다 기름칠을 했었지요. 신발을 벗어들고, 넓은 홀을 미끄러지듯 걸어서 학교를 빠져나왔어요. 그런 밤이면 휴일보다 훨씬 재미있었지. 자, 가서 확인해 봅시다!"

크리스티네는 자기도 모르게 웃음을 터뜨렸다.

'이곳에선 무슨 문제든 아주 쉽게 풀리는구나. 어려운 일도 문제없이 해결되잖아!'

지나치게 엄격한 보호자를 놀려주고 싶은 장난꾸러기처럼, 여자는 몸이 근질근질해졌다. 그러나 그에게 순순히 굴복할 순 없었다.

"어림없는 소리 마세요. 이렇게 추운 밤에 어떻게 나가요? 코트도 안 입고 왔는걸요."

"입을 것 좀 찾아봅시다. 잠깐만……." 남자가 제 옷장에 걸려 있는 보드랍고 털이 많은 오버코트를 꺼내왔다. "이거면 되겠죠. 입어요!"

여자는 주저했다.

'편지를 써야 하는데······.'

하지만 이내 편지 쓰는 일 따윈 잊기로 했다. 한쪽 팔이 이미 보드라운 오버코트에 감싸여 있었다. 이런 상황에서 그를 거부하는 건 어린애 같은 짓이었다. 여자는 생소한 느낌이 드는 남자의 옷으로 몸을 감싸며 장난스러운 미소를 지었다.

"현관을 통해 나가면 안 돼요." 코트를 입은 그녀의 등 뒤에서 미소를 지으며 남자가 말했다. "여기 옆문으로 나갑시다. 이모님 침실 아래로 걸어가면 돼요."

"정말로 잠깐만 나가는 거예요." 여자가 다짐을 받아야겠다는 듯 말했다. 어두운 바깥으로 나오자마자 남자가 여자의 어깨를 끌어안았다. 자신을 감싸오는 남자의 팔이 무척이나 자연스럽게 느껴졌다.

"이모님 침실이 어디 있어요?"

"2층 왼쪽, 발코니가 있는 방이에요."

"저것 봐요! 불이 꺼져 있잖아요. 좋았어! 두 분 다 깊은 잠에 빠져 있어요. 내가 책임질 테니 우선 홀로 다시 갑시다!"

"안 돼요, 어림도 없는 소리예요! 엘킨스 경이나 다른 사람들이 보게 되면 내일 당장 이모와 이모부 귀에 들어갈 거예요. 그럼 몹시 화를 내시겠죠······. 안 돼요, 내 방으로 올라갈래요."

"그러면 다른 곳으로 갑시다. 장크트모리츠 가는 길에 있는 술집으로요. 차로 가면 금방 도착할 거예요. 거기라면 당신을 알아보는 사람도 없을 테고요. 고자질할 사람은 물론이고."

"무슨 생각을 하는 거예요! 여기서 당신과 같이 차에 타는 모습을 누가 보기라도 하면 이 호텔에 있는 사람들 전부가 며칠 내내 수군거릴 거예요."

"조심하면 돼요, 나한테 맡겨요. 물론 불이 환하게 밝혀진 호텔 입구 앞에서 보란 듯이 떠날 순 없지요. 이쪽 숲길을 따라 40미터 정도 걸어가면 몸을 숨길 만한 장소가 있어요. 내가 잠시 후 차를 가지고 그리로 갈게요. 그리고 15분 후면 술집에 도착할 거예요. 그러면 아무 문제 없어요."

다시 한번 크리스티네는 이곳에선 정말 일이 쉽게 풀린다는 사실에 놀랐다. 흔들리던 마음이 벌써 절반은 남자의 말에 이끌리고 있었다.

"당신은 참 간단하게 생각하는군요."

"간단하건 그렇지 않건, 원래 그렇게 하는 거예요. 나는 지금 달려가서 차에 시동을 길 테니 당신은 저쪽으로 걸어가서 기다려요."

"그런데 언제 돌아올 거예요?" 여자는 주저하면서 이번에는 더욱 자신감 없는 목소리로 덧붙였다.

"늦어도 자정까지는 올 거예요."

"약속할 수 있어요?"

"물론, 약속하죠."

여자에게 있어 약속은 절벽에서 추락하지 않도록 설치해 놓은 안전 펜스 같은 것이었다.

"좋아요, 그럼. 당신을 믿겠어요."

"길이 나올 때까지 왼쪽으로 계속 걸어가요. 조명등 밑으론 걷지 말고. 내가 금방 갈게요."

여자는 그가 알려준 길로 걸어가면서 생각했다.

'왜 그가 하자는 대로 하고 있는 거지? 이러면 안 되는데……'

하지만 더는 고민하지 않기로 했다. 조금 전에 무엇을 하려고 아래층에 내려왔었는지조차 기억나지 않았다. 이미 어둠을 뚫고 살금살금 도망치는 인디언처럼 낯선 남자의 코트를 입고 변장한 채 새로운 놀이에 푹 빠져버렸다. 또다시 본래의 자기 모습을 잃어버린 채 전혀 다른 사람으로 변신하고 있었다. 숲 그늘에서 잠시 기다리자 전조등 두 개가 길을 비추면서 다가왔다. 전나무들 사이로 새어 들어오는 은색 상향등 때문에 눈을 똑바로 뜰 수 없었다. 운전사가 그녀를 알아보았는지 돌연 상향등이 꺼지고, 큰 검정 승용차가 여자 바로 앞에서 급정거했다. 차 내부도 깜깜했다. 계기판의 푸른 불빛만이 어둠 속에서 동그랗게 빛을 발하고 있었다. 크리스티네는 아무것도 분간할 수가 없었다. 그런데 갑자기 차 문이 열리면서 손 하나가 불쑥 뻗어 나와 여자를 뒷좌석에 태웠다. 그녀가 차에 타자마자 차 문이 철컥 닫혔다. 그리고 영화의 한 장면처럼 오싹할 정도로 빠르고 아찔하게, 꿈처럼 환상적인 장면이 펼쳐졌다. 여자가 숨 돌릴 새도 없이, 무슨 말을 꺼내기도 전에 차가 서둘러 출발했다. 차가 속력을 올리면서 몸이 뒤로 쓰러질 듯했는데, 여자는 이미 남자의 품에 안긴 상태였다. 그를 밀어내려 했다. 여자가 불안에 떨면서, 자그마한 산처럼 굳은 자세로 미동도 없는 운전사의 등을 손으로 가리켰다. 너무나도 가까이 있는 증인 때문에 여자는 몹시 당황스러웠다. 하지만 한편으로는 운전사가 있으니 최악의 사태는 벌어지지 않으리라는 안심도 되었다. 그런데 옆에 앉은 남자는 한마디 말도 없었다. 남자가 여자를 안고 있는 두 팔에 힘을 주며 몸을 밀착하자 여자는 온몸이 뜨거워지는 것을 느꼈다. 그가 두 손으로 여자의 가슴을 쓸어내렸다. 낯설고 뜨거우면서 촉촉한 남자의 입술이 애타게 여자의 입술을 찾았다. 여자는 차츰 긴장이 풀리면서 마침내 입술을 열었다. 여자도 이 순간을 본능적으로 원했다는 생각이 들었다. 이런 기습적인 순간을, 목과 어깨, 볼에 남자의 거친 입술이 닿기를 바랐다. 남자의 입술이 활활 타오르며 여자의 떨리는 몸 여기저기에 흔적을 남겼다. 지켜보고 있는 운전사 때문에 감정을 억제해야 한다는 생각도 놀이의 일부리고 여기니, 갑자기 불붙은 욕정에 더욱 도취되어 갔다. 여자는 자신을 방어할 생각도 하지 않고 한마디 말도 꺼내지 못 한 채 두 눈을 감았다. 입에서 흘러나오는 신음마저 그가 온전히 앗아가도록 했다. 떨리는 육체를 바둥거리면서 입술을 맡긴 채 달콤한 쾌락을 즐겼다. 시간이 얼마나 흘렀는지도 몰랐다. 시간도 잊고 공간도 잊은 입맞춤은 자동차 경적이 울릴 때까지 오랫동안 계속되었다. 운전사가 불빛이 환한 길로 차를 몰고 가 큰 호텔의 바 앞에 차를 세웠다.

현기증을 느끼며 당혹스럽고 부끄러운 심정으로 차에
서 내린 여자는 얼른 옷매무새와 흐트러진 머리를 정리
했다. 바에 들어서면서 혹시 알아보는 사람이 있을까 봐
걱정했지만, 손님으로 북적이는 어두운 실내에서 여자
에게 주목하는 사람은 아무도 없었다. 종업원이 친절하
게 그들을 테이블로 안내했다. 여자는 자신이 전혀 새로
운 사람이 된 듯한 느낌이 들었다.

'여자의 삶에는 알 수 없는 비밀이 숨어 있나 봐. 어
쩌면 이토록 정숙한 인물의 가면을 쓰고 안에서 들끓는
욕망을 완벽하게 숨길 수 있을까?'

여자는 이런 일이 일어나리라고는 상상하지 못했다.
남자의 입술이 닿았던 살갗은 여전히 불에 덴 듯 화끈
거리는데, 냉정하고 차분하게 고개를 세우고 멀쩡한 정
신으로 그 남자 곁에 앉아 있다니! 남자의 혀가 굳게 다
물었던 입안을 휘젓는 것을 느끼면서 그의 체중에 눌려
바둥거린 지 불과 몇 분 만에 마치 아무 일도 없었다는
듯이 그와 사소한 이야기를 나누게 될 줄이야! 여기 있
는 사람들은 그런 사실을 전혀 모를 것이다.

'고향에서 내가 알고 지내던 여자들도 모두 내 앞에
서 위선을 떨었던 걸까?'

그런 생각이 들자 불현듯 자신이 얼마나 어리석었는
지 한심하게만 여겨졌다.

'여자들은 모두 은밀하게 이중생활을 즐기고 있었던

거야. 그런데 나는 겉으로 정숙한 척하는 그 여자들을 본보기로 삼았지. 나는 참 순진하기 짝이 없는 바보였네!'

그때 테이블 아래로 남자의 무릎이 여자의 무릎에 와 닿았다. 스위치를 올린 전등처럼 순간적으로 여자의 두 눈이 기쁨으로 빛났다. 여자는 처음 보는 남자를 대하듯 그의 얼굴을 바라보았다. 햇볕에 그을린 얼굴에는 패기와 열정이 넘쳤고, 말끔하게 면도한 입은 야무져 보였다. 남자가 은근한 눈길로 무언가를 말하듯 여자를 응시하자, 그녀는 자신도 모르게 마음속에서 자부심이 불길처럼 솟구치는 것을 느꼈다.

'이 든든하고 씩씩한 남자가 나를 원하고 있어. 오직 나만을! 그리고 나 외에는 이런 사실을 아무도 몰라.'

"춤출까요?" 남자가 물었다.

"좋아요." 많은 것을 의미하는 대답이었다. 여자는 이제 춤만으로는 만족할 수 없다는 느낌이 들었다. 남자의 몸이 닿자, 여자는 더 열정적이고 절제되지 않은 무언가를 애타게 갈망했다. 하지만 그런 욕망을 내색하지 않으려고 애썼다.

자리로 돌아와 칵테일 한 잔을 단숨에 들이켰다. 그리고 또 한 잔. 여자의 입술은 조금 전 남자가 퍼부었던 격정적인 키스에 대한 갈망으로 뜨겁게 불타고 있었다. 여자는 잡다한 사람들로 붐비는 바에 앉아 있기가 싫어졌다.

"그만 돌아가야 해요." 여자가 말했다.

"네가 원한다면."

처음으로 남자가 여자를 '너'라고 친근하게 부르며 말을 놓았다. 그 말은 여자의 마음에 부드러운 화살처럼 날아와 꽂혔다. 차에 오르자마자 여자는 무의식적으로 그의 팔에 안겼다. 키스하면서도 남자는 애타는 목소리로 그녀의 귀에 달콤한 말을 속삭였다.

그렇게 두 사람은 차 안에서 한 시간가량을 함께 보냈다.

여자의 방은 남자의 방과 같은 층에 있었다. 게다가 지금까지 깨어 있는 호텔 직원은 없을 터였다. 불붙은 액체를 마시듯, 여자는 남자의 정열적인 애원이 담긴 입술을 받아들였다.

'아직 나를 지킬 여유는 있어.'

여자는 그렇게 생각했지만, 이미 그녀의 몸은 격정의 파도에 쓸려 물속 깊이 가라앉았다. 여자는 아무 말도 하지 않았다. 난생처음 듣는 남자의 달콤한 속삭임에만 몰입했다.

차는 처음 출발했던 장소로 돌아왔다. 여자가 차에서 내릴 때에도 운전사의 등은 미동도 하지 않았다. 호텔 전면의 아크등은 이미 꺼져 있었다. 여자는 쏜살같이 호텔 로비를 가로질러 안으로 들어갔다. 남자가 곧바로 따라오리라는 것을 알고 있었다. 벌써 뒤쪽에서 건강한 남자답게 계단을 한꺼번에 세 칸씩 뛰어오르며 따라오는 경쾌한 발걸음 소리가 들렸다.

'저이가 곧 나를 따라잡겠지!'

한순간 미칠 것 같은 혼란과 공포가 여자를 사로잡았다. 여자는 방으로 허둥지둥 뛰어 들어가 문을 걸어 잠그고 쓰러지듯 의자에 주저앉았다. 그리고 긴 안도의 한숨을 내쉬었다.

'후유, 살았다! 이제 살았어!'

여전히 사지가 부들부들 떨리고 있다.

'1분만 지체했어도 늦었을 거야. 정말 놀라워. 나는 몹시 허약하고 굼떠서 누구든 마음만 먹으면 순식간에 나를 따라잡을 수 있을 텐데……. 내가 이렇게 빨리 달릴 수 있으리라고는 상상도 못 했어. 하지만 이젠 자신감이 생겼어, 정말 놀라운 일이야. 마음을 진정할 수가 없네. 그 남자를 따돌리고 방에 들어와 문을 걸어 잠글 힘이 내게 있었다니. 천만다행이야. 그렇지 않았더라면 무슨 일이 벌어졌을는지 아무도 모르잖아.'

여자는 어둠 속에서 서둘러 옷을 벗었다. 여전히 심장이 두근거렸다. 푹신한 침대로 들어가 눈을 감았다. 흥분이 차츰 가라앉았지만, 몸은 계속 떨렸다.

'나는 왜 이렇게 바보처럼 겁이 많지? 스물여덟 살이나 되어서 아직도 몸을 사리고, 기다리고, 망설이고, 겁을 내잖아. 내가 이토록 몸을 사리는 것은 대체 누구를 위한 거야? 아버지는 자제력이 무척 강한 분이셨지. 다른 사람들이 인생을 마음껏 즐길 때, 우리 가족은 지겹도록 절제하고 절약하며 살았어. 나는 아무것도 아닌 일에도 늘 겁을 먹곤 했지. 그래서 우리 가족은 무엇을 얼었지? 사람은 늙고 병들면 아무것도 못 하고 죽어버리는데, 나는 한 번도 인생을 제대로 즐기지도 못했고, 뭔가를 제대로 배우지도 못했어. 시골에서 그 끔찍하게 답답한 직장생활을 했지. 그런데 여기, 이곳에는 없는 게없어. 그것들을 내 손에 넣어야겠어. 그런데 나는 몸과마음의 문을 걸어 잠그고, 십 대 소녀처럼 겁을 내면서바보처럼 몸을 사리고 있잖아. 난 정말 바보야. 방문을걸어 잠그지 말았어야 했어! 아, 안 돼! 오늘은 안 돼.나는 앞으로 여드레, 아니, 열나흘 동안 이곳에서 놀라움 가득한 시간을 보낼 거잖아. 앞으로는 겁쟁이처럼 굴지 말아야겠어. 받아들일 수 있는 것은 다 받아들이고,모든 것을 즐겨야겠어.'

크리스티네는 양팔을 크게 벌리고 마치 키스하듯 살짝 입을 벌리고 미소를 띤 채 잠들었다. 오늘 밤이 이고상한 세상에서 보내는 마지막 밤이라는 사실을 모르는 채.

정상에 선 사람은 세상을 제대로 내려다보지 못하고,행복에 겨운 사람은 남의 마음을 제대로 읽지 못하는법이다. 실제로 고생해본 사람만이 어떤 일에나 방심하지 않고, 늘 경계를 늦추지 않는다. 그렇게, 직감적으로위협을 감지하는 능력이 생기고 남보다 더 영리한 인간이 되어가는 것이다. 크리스티네가 아무것도 눈치채지못하고 들뜬 마음으로 하루하루를 즐기는 동안, 그녀를자신에 대한 위협으로 간주하고 아무도 모르게 속을 끓이는 사람이 있었다. 하지만 크리스티네는 그런 사실을 까맣게 모르고 있었다. 크리스티네가 호텔 사교계의 스타로 떠오르자, 이에 격분한 만하임 출신 소녀는 계략을 꾸미느라 분주했다. 크리스티네는 이 당돌한 소녀가 호텔에서 도는 이런저런 소문을 들려준 것이 우정의 표시라고 착각할 정도로 어리석었다. 크리스티네가 등장하기 전에 독일 엔지니어는 만하임 소녀 카를라를 유혹하면서 그녀와 결혼할 생각이 있음을 넌지시 암시한 적이 있었다. 물론 결혼하기로 약속한 것은 아니었다. 하지만 그 무렵 크리스티네가 나타났다. 카를라는 몹시 심란했고 기분이 상했다. 그 독일 엔지니어의 관심이 줄곧 크리스티네에게 쏠렸기 때문이었다. 에드빈은 크리스티네를 둘러싼 부의 후광과 귀족 가문 출신처럼 들리는 그녀의 이름에서 유혹을 느꼈을 것이다. 아니면, 그녀의 전염성 강한 열정이나 주체할 수 없이 행복해하는 모습에 매력을 느꼈을지도 모른다. 어쨌든 키 작은 만하임 소녀는 에드빈에게서 버림받았다고 생각했고, 학생다운 질투심과 더불어 성인다운 분노가 끓어오르기 시작했다. 엔지니어는 크리스티네와만 춤췄고, 매일 저녁 그녀의 테이블에서 식사했다. 크리스티네의 연적이 된 소녀는 남자를 놓치지 않기 위해 이제 고삐를 조일 때가 되었다고 생각했다. 카를라는 본능적으로 예리한 경계의 눈초리로 크리스티네를 지켜보면서 풍요로워 보이는 그녀의 모습에 어딘가 미심쩍은 구석이 있고, 이곳과는 잘 어울리지 않는 면이 있음을 일찌감치 간파했다. 다른 사람들이 크리스티네의 마술 같은 매력에 빠져 있을 때, 카를라는 크리스티네의 비밀을 캐는 일에 착수했다.

우선 치밀하게 세운 계획대로 크리스티네로 하여금 친밀감을 느끼도록 하는 것이 첫 번째 단계였다. 카를라는 다정하게 크리스티네의 손을 잡고 걸어가면서 친근감이 들도록 이런저런 이야기를 속삭였는데, 그중 절반은 의도적으로 꾸며낸 것들이었다. 자기가 들려주는 비밀스러운 이야기에 대한 대가로 크리스티네에게서 정보를 캐내기 위해서였다. 밤에는 무방비 상태에 있는 크리스티네의 방에 찾아가 침대에 나란히 누워 크리스티네의 팔을 쓰다듬으며 이런저런 이야기를 했다. 세상 사람들을 모두 즐겁게 해주고 싶었던 크리스티네는 소녀에게 고마운 마음으로 따뜻하게 대했다. 그녀는 깊은 곳을 건드리는 질문만은 본능적으로 회피하면서 카를라가 묻는 말에 모두 대답했다. 그렇게 카를라의 속임수에 말려들었다. 예를 들어 집에 하인이 몇 명 있으며 방이 몇 개냐는 질문에 '어머니가 아파서 시골에서 요양하고 있는데, 물론 전에는 상황이 달랐다'라고 모호하게 대답했다. 하지만 사악한 호기심으로 가득한 카를라는 크리스티네의 말에 뭔가 모순이 있다는 사실을 눈치채고 끈질기게 물고 늘어졌다. 소녀는 서두르지 않고 크리스티네의 약점들을 정확하게 찾아냈다. 화사한 옷과 진주 목걸이, 그리고 부유한 집 딸처럼 보이는 외모로 에드빈을 정신 못 차리게 한 이 이방인이 실제로는 평범한, 아니 궁색한 집안 출신이라는 사실을 알아냈다. 엉겁결에 크리스티네가 빈틈을 드러내고 말았던 것이다. 그녀는 폴로가 말을 타고 하는 경기라는 것도 몰랐고, 코티나 우비강처럼 흔한 향수 이름도 알지 못했으며, 자동차의 가격대에 대해서는 완전히 무지했다. 자동차 경주도 구경한 적이 없다고 했다. 크리스티네는 모르는 게 너무 많았고, 명품 브랜드도 아는 것이 거의 없었다. 화학 전공인 카를라가 학교에서 배운 것과 비교하면 크리스티네의 지식수준은 형편없었다. 중학교도 나오지 못한 것처럼 보이는 수준에 외국어 실력도 부실했다. 학교에서 배운 몇 마디 영어도 오래전에 다 잊었다고 숨김없이 고백했다. 하지만 그 밖에도 우아한 폰 볼렌 양에게는 수상한 구석이 많았다. 조금만 더 깊이 파고들면 그 의혹의 진실이 완전히 드러날 터였다. 소녀는 유치한 질투심에 불타며 빈틈없는 음모를 꾸미기 시작했다.

이틀 동안 바쁘게 소곤대고 엿듣고 염탐한 끝에 소녀는 연적이 감추고 있는 비밀의 실마리를 찾았다. 미용사들은 수다의 달인들이다. 손이 아무리 바빠도 혀는 절대쉬는 법이 없다. 온갖 소문이 모여드는 미용실의 주인마담 뒤베르누아는 카를라의 머리를 감기면서 크리스티네에 대해 묻는 그녀의 질문에 은방울이 굴러가는 듯한카랑카랑한 고성으로 한바탕 웃고 나서 말했다.

"아아, 반 볼렌 부인의 조카딸 말이군요. 여기 왔을 때아주 촌스러워 보였어요."

분수에서 물줄기가 뿜어 나오듯 또 한차례 웃음을 터트리고 나서 마담 뒤베르누아는 그때 크리스티네가 머리에 꽂고 있던 둥근 리본과 묵직한 쇠 머리핀은 보기에도 끔찍해서 그런 제품이 유럽에서 생산되는지조차 몰랐다며, 아직도 서랍 어딘가에 그 역사적인 유물을 잘 보존하고 있다고 시니컬하게 말했다. 그것은 훌륭한 단서였다. 작은 여우는 쉬지 않고 추적을 계속했다. 이번에는 크리스티네의 객실을 담당한 호텔 여종업원에게서 많은 정보를 얻었다. 크리스티네가 처음 이곳에 도착했을 때 보기에도 흉측한 등나무 가방을 들고 있었다든가, 입고 있는 옷과 속옷은 모두 반 볼렌 부인이 급하게 사주거나 빌려준 것이라는 사실도 확인했다. 카를라는 종업원에게 뇌물을 주어가며 부지런히 정보를 캐낸 덕분에 크리스티네가 들고 있던 뿔 손잡이 달린 우산의 모양과 같은 세부적인 사실들까지도 샅샅이 밝혀냈다. 게다가 악마는 항상 운이 좋은 편이어서 카를라는 크리스티네가 '호프레너'라는 수신인 앞으로 배달된 우편물이 없는지 프런트 종업원에게 물어보고 있을 때 마침 그 자리에 있었다. 카를라는 드디어 크리스티네의 성이 폰 볼렌이 아니라 호프레너라는 놀랄 만한 정보를 입수했다.

그것으로 충분했다. 아니, 충분하고도 남았다. 폭탄은 준비되었고, 도화선에 불을 붙이기만 하면 되었다. 저명한 외과 의사의 미망인이자 추밀관인 슈트로트만 부인은 파수꾼처럼 밤낮으로 오가는 사람들을 지켜보며 호텔 로비에서 시간을 보냈다. 긴 손잡이가 달린 안경을 쓰고 휠체어에 앉아(이 노파는 몸에 마비 증세가 있었다),

호텔에서 일어나는 사교계의 소식이란 소식은 하나도 빠짐없이 듣고 퍼뜨리는 노인네였다. 특히 무엇이 옳고 그른지를 최종적으로 판단하는 법정 같은 역할을 했다. 아니, 은밀하게 진행되는 전쟁에서 막중한 임무를 수행하는 공격적이고 열정적인 비밀 첩보원과도 같았다. 카를라는 슈트로트만 부인 옆에 달라붙어서 신속하고 정확하게 일급 정보를 흘렸다.

"할머니에게 의리를 지키기 위해서 알려드릴 정보가 있어요. 이곳 사람들이 모두 '폰 볼렌 양'이라고 부르는 여자 있죠? 정말 멋진 여자이긴 하지만, 어디서 왔는지 출신은 아무도 모르죠. 그러고 보면 반 볼렌 부인은 정말 대단한 분이에요. 하찮은 여점원인지 뭔지도 모를 여자를 데려다가 조카딸이라고 소개하고, 자기 옷을 근사하게 입혀서 새로 이름을 지어줬으니까요. 미국 사람들은 상류사회의 규칙이 살아 있는 우리 유럽 사람들과는 사고방식이 전혀 다른 것 같아요. 출신이나 신분 문제에 대해서 우리보다 훨씬 민주적이고 관대하니까요."

갑자기 노파의 머리가 성난 암탉처럼 오르락내리락했다.

"결국, 조카딸에게 교육도 시키고 적당한 신분도 만들어주지 않았겠어요?"

아울러 크리스티네가 시골에서 들고 온 촌스러운 가방과 우산에 대한 자세한 설명이 이어졌고, 치명적인 세부 사항들이 모조리 노파에게 전달되었다. 아침부터 크리스티네에 관한 이야기가 호텔 전체에 퍼지기 시작했다. 소문이 급속도로 번지며 곳곳에서 먼지와 파편이 날렸다.

어떤 이는 크리스티네 사건 역시 미국 사람들이 종종 벌이는 엉뚱한 짓이라며, 한번은 하찮은 타자수를 백만장자로 위장하여 사교계에 등장시키고 의도적으로 유럽 귀족들을 모욕한 적도 있다고 말했다. 게다가 미국에는 그런 내용으로 연극도 상연한다고 했다. 또 어떤 이는 크리스티네가 노인의 정부이거나 그의 아내의 연인임이 분명하다고 주장하기도 했다. 한마디로 카를라의 음모는 성공한 셈이었다. 아무 생각 없이 밤중에 엔지니어와 함께 호텔을 빠져나갔던 크리스티네는 자신이 스캔들의 주인공이 되었다는 사실을 전혀 모르고 있었다. 아무도 크리스티네에게 속아 넘어간 어수룩한 사람으로 비치기를 원치 않았기에 자신은 일찍이 그녀에게서 수상쩍은 낌새를 알아차렸다고 떠벌리며 모두 한마디씩 거들었다. 기억력은 감정의 영향을 받는 모양이다. 사람들은 전날까지만 해도 여자의 매력이라고 생각했던 세세한 부분까지 들춰내며 비웃고 왜곡했다. 크리스티네가 여전히 스스로를 속이며 달콤한 잠에 빠져 있는 동안, 사람들은 그녀의 순진하고 유치한 속임수를 하나하나 밝혀냈다. 그러나 젊고 뜨거운 육체를 침대에 파묻은 여자는 그런 일이 벌어지는 줄은 꿈에도 모른 채 미소 번진 입을 벌리고 행복감에 젖어 잠들어 있었다.

소문이란 늘 당사자에게 가장 늦게 전달되는 법이다.

오전 시간, 사람들이 비웃는 듯한 눈길로 크리스티네를 흘끔거리며 바라보는 중에도 그녀는 자신이 불길에 휩싸인 무대를 가로질러 걸어가고 있다는 사실을 전혀 모르고 있었다. 여자는 우아한 자태로 가장 위험한 인물인 추밀원 노파의 옆에 자리를 잡고 앉았다. 노파는 크리스티네에게 뜬금없는 질문들을 퍼부었지만, 그녀는 그것이 얼마나 악의에 찬 것인지를 알지 못했다. 주위에 있던 사람들은 그녀의 대답을 듣기 위해 모두 그녀 쪽으로 귀를 기울였다. 그녀는 이모, 이모부와 약속한 산책을 하기 위해 자리를 뜨기 전, 순진하게도 백발 노파의 손등에 입까지 맞추었다. 그리고 여자의 눈인사를 받은 몇몇 호텔 투숙객의 얼굴에 나타난 억지웃음의 의미도 눈치채지 못했다.

'오늘따라 사람들 얼굴이 즐거워 보이지 않네. 무슨 일이 있는 건가?'

여자는 밝고 명랑한 표정으로 아무 의심 없이 악의를 숨긴 사람들을 바라보면서, 바람에 펄럭이는 불꽃처럼 서둘러 홀 안으로 들어갔다. 여자는 여전히 세상이 호의적이고 아름다우며 선의로 가득 찼다고 마음 깊이 믿고 있었다.

이모도 처음에는 아무런 눈치를 채지 못했다. 단지 오늘 아침은 홀 분위기가 영 마음에 들지 않았을 뿐이었다. 같은 호텔에 묵고 있는 슐레지엔의 부동산 거부 트렌크비츠 부부는 상류층 사람들에게 아부에 가까운 친절을 보이지만, 서민들은 무자비하게 멸시하는 아주 까다로운 사람들이었다. 그들 부부는 반 볼렌 부부를 미국인이라는 이유로 각별하게 대했다. 내일 이곳에 도착할 예정인 둘째 아들 하로가 미국인 상속녀와 알고 지내는 것도 그리 나쁘지 않다고 판단했기 때문이었다. 그런데 그들은 반 볼렌 부인과 약속했던 열 시 아침 산책을 취소한다는 전갈을 데스크 종업원을 통해 아홉 시삼십 분에 보내왔다. 게다가 약속을 지키지 못한 데 대한 사과나 변명도 없었고, 점심시간에는 반 볼렌 씨 부부의 테이블을 그냥 지나쳐 가버렸다. 사교계의 미묘한 역학관계에 매우 민감한 반 볼렌 부인은 금세 이상한 낌새를 알아차렸다.

'참 이상하네, 우리가 그 사람들한테 무슨 무례한 짓이라도 했나? 도대체 무슨 일이지?'

점심 후 라운지에서 아무도 그녀 곁으로 다가오지 않는 것 또한 이상한 일이었다. 안토니는 낮잠을 자고 있었고, 크리스티네는 로비 한구석에 있는 비즈니스룸에서 편지를 쓰고 있었다. 평소 같으면 킨스레이 씨 부부나 새로 사귄 친구들이 이야기를 나누러 부인에게 왔을 것이다. 그런데 지금은 모두 약속이라도 한 듯이 각자 테이블에 앉아서 반 볼렌 부인에게 접근하기를 꺼리고 있었다. 친구들이 갑자기 거리를 두고, 거만한 트렌크비츠 부인은 한마디 사과도 없다는 것이 몹시 불쾌했다.

마침내 한 사람이 다가왔다. 그 또한 평상시와 다른 모습이었다. 경직되고 어색한 표정에 엄숙한 분위기가 감도는 엘킨스 경이었다.

피곤한 듯 눈언저리가 붉어진 그는 이상하게도 시선을 내리깔고 있었다. 그는 언제나 상대방의 눈을 똑바로 바라보는 사람이었다.

　'무슨 일이 생겼나?'

　엘킨스 경이 격식을 차려 깍듯이 인사하면서 부인에게 말을 건넸다.

　"여기 앉아도 되겠습니까?"

　"네, 물론이죠, 앉으세요."

　반 볼렌 부인은 그의 태도에 다시 한번 놀랐다. 그는 몹시 거북해 보였다. 구두 끝을 뚫어지게 내려다보기도 하고, 코트의 단추를 만지작거리거나 바지 주름을 똑바로 펴서 잡기도 했다. 반 볼렌 부인은 잠시 생각에 잠겼다.

　'이상하다. 뭔가 이상해. 좋지 않은 일이라도 생겼나?'

　그는 마치 중요한 연설이라도 시작하려는 사람처럼 보였다. 마침내 노인은 결심한 듯 무거운 눈꺼풀을 들어 투명한 눈동자로 반 볼렌 부인을 바라보았다. 칼날이 번쩍이듯, 그의 두 눈에 섬광이 스쳐 갔다.

　"친애하는 반 볼렌 부인, 부인과 사적인 이야기를 좀 나누고 싶습니다. 여기서 우리 대화를 듣는 사람은 아무도 없습니다. 그러니 제가 아주 솔직하게 말씀드릴 수 있도록 허락해 주셔야 합니다. 이 문제를 어떻게 넌지시 알려드려야 할지 줄곧 생각했습니다만, 심각한 문제를 넌지시 암시한다는 것이 별로 의미가 없다는 생각이 들었습니다. 사적이고 난처한 문제는 더욱 투명하고 솔직하게 접근해야 하겠죠. 그래서…… 숨김없이 모든 것을 말씀드리는 것이 친구로서의 의무라고 판단했습니다. 제가 그렇게 해도 되겠습니까?"

"네, 물론이죠."

노인은 여전히 거북한 표정을 지었다. 주머니에서 파이프를 꺼내고 잠시 머뭇거리던 노인은 이윽고 담배를 꾹꾹 눌러 담았다. 그의 손가락이 떨리고 있었다.

'나이가 들어서 저러나, 아니면 화라도 난 건가?'

마침내 그가 고개를 들고 분명한 어조로 말했다.

"제가 드릴 말씀은 크리스티아네 양에 관한 것입니다."

그가 다시 말을 잇지 못하고 주저했다.

반 볼렌 부인은 조금 놀랐다.

'일흔 살 가까이 된 노인이 정말 크리스티네를 마음에 두고 있는 건가?'

그가 크리스티네에게 연정을 품고 있다는 사실은 부인도 이미 알고 있었다.

'정말 이렇게까지 나올 줄은 몰랐는데?'

그런데 엘킨스 경은 의혹이 가득한 예리한 표정으로 부인을 바라보며 물었다.

"크리스티아네 양이 정말 부인의 조카딸입니까?"

반 볼렌 부인은 불쾌감을 느끼며 안색이 변했다.

"물론이죠."

"그리고 크리스티아네 양의 성이 진짜 반 볼렌입니까?"

이 질문에 반 볼렌 부인은 갑자기 당황했다.

"아니, 아니에요. 그 애는 남편의 조카딸이 아니라, 제 조카딸이에요. 빈에 살고 있는 언니의 딸이죠. 좋은 의도에서 질문하셨다는 것은 알겠는데, 죄송하지만 질문의 요지가 무엇인지요?"

엘킨스 경은 진지한 표정으로 파이프 속을 들여다보았다. 담배가 골고루 잘 타는 것이 매우 중요하다는 듯이 손가락으로 꼼꼼하게 채웠다. 그리고 여전히 어깨를 웅크리고 앉아 있더니, 마침내 마치 파이프에 대고 이야기하듯 얇은 입술을 거의 움직이지도 않고 말을 시작했다.

"왜냐하면…… 아, 아주 이상한 소문이 퍼졌습니다. 그래서 저는 소문의 진상을 규명하는 것이 친구로서의 의무라고 생각했습니다. 그 아가씨가 진짜 조카딸이라고 하셨으니, 그 소문은 사실이 아니었군요. 저도 크리스티아네 양이 거짓말할 사람이라고는 생각지 않습니다. 헌데…… 여기 호텔에 있는 사람들이 이상한 말을 하고 있습니다."

반 볼렌 부인은 얼굴이 화끈거리고 무릎이 떨렸다.

"무슨, 무슨 말을 한다는 거죠? 솔직히 말씀해 주세요. 사람들이 무슨 이야기를 하고 있나요?"

파이프가 서서히 벌겋게 달아오르기 시작했다.

"아, 잘 아시겠지만 이런 호텔 사회에서는, 물론 진짜 사회는 아닙니다만, 바깥 사회보다도 사람들이 남에게 관대하지 못합니다. 예를 들어 인정머리 없는 성질에 앵

무새처럼 수다스러운 트렌크비츠 부인은 상류층 인사가 아니거나 돈 없는 사람들과는 같은 테이블에 앉는 것조차 모욕이라고 생각하죠. 그들 부부가 반 볼렌 부인께서 하층 계급의 소녀를 그럴듯하게 꾸미고 가짜 이름으로 소개해서 자신들을 우롱했다고 쉴 새 없이 지껄이고 있습니다. 그 얼간이 같은 인간이 마치 조카따님의 실체를 알고 있었다는 듯이 떠벌리고 다닙니다. 부인께 강조하고 싶은 마음은 없습니다만, 제가 마음속에 품고 있는 조카따님에 대한 높은 존경심, 그리고 지대한…… 진정한 호감은 조카따님이 실제로…… 어려운 환경에서 자랐다 해도, 조금도 달라지지 않을 것입니다. 만약 크리스티아네 양이 허영심만 가득한 천박한 인간들처럼 사치에 빠진다면 진정한 고마움과 기쁨을 모르게 될 수도 있겠지요. 그래서 저로서는 조카따님에게 옷을 빌려주신 부인의 자상한 배려를 높이 사는 바입니다. 제가 이 사안의 진위를 부인께 여쭌 이유는 단지, 그 더러운 비방을 하고 다니는 인간들의 이를 주먹으로 부숴버리기 위해서 확인이 필요했기 때문입니다."

반 볼렌 부인은 무릎에서 목구멍으로 충격이 전해져 올라오는 것을 느꼈다. 세 번이나 심호흡하고 나서야 간신히 대답할 기운을 차렸다.

"친애하는 엘킨스 장군님. 저는 크리스티네의 배경에 대해 조금도 숨길 이유가 없습니다. 제 형부는 빈에서 가장 부유하고 존경받는 사업가였습니다(반 볼렌 부인은 이 대목에서 다소 과장해서 말했다). 그런데 대부분 오스트리아 사람이 그랬듯이 전쟁 통에 재산을 잃었죠. 언니네 가족은 고생이 많았습니다. 그러나 그들은 저나 제 남편의 도움을 받기보다는 스스로 일해서 곤경을 극복하는 것이 더 명예롭다고 생각했습니다. 크리스티네는 지금 우체국에서 공무원으로 일하고 있어요. 그건 부끄러운 일이 아니라고 봅니다."

엘킨스 경이 환하게 미소 지으며 부인을 바라봤다. 침울했던 표정이 사라지고 편안한 얼굴로 돌아왔다.

"부인, 저도 사십 년 동안 공직 생활을 했습니다. 국가 공무원으로 일하는 것이 부끄러운 일이라면, 저 역시 그 부끄러움을 나눠야겠지요. 솔직한 이야기를 나누었으니, 역시 솔직히 생각해 볼 필요가 있겠군요. 심술궂고 악의에 찬 그들의 말이 전부 저질스러운 소문이란 것을 이제 알겠습니다. 나이 들면서 생긴 장점 가운데 하나가 사람들에게 완전히 속지는 않게 된다는 것이더군요. 하지만 이 사태를 심각하게 받아들이셔야 합니다. 이제부터 크리스티아네 양의 처지기 곤란해지지 않을까, 그 점이 염려되는군요. 남에게 앙심을 품거나 해코지하는 인간들은 대부분 세상에서 출세하려고 발버둥 치는 소인배인 경우가 흔합니다. 오만으로 가득 찬 트렌크비츠 같은 인간은 우체국 여직원에게 친절을 베풀었던 일을 두고두고 후회할 겁니다. 그런 일이 그 늙은 멍청이에게는 치통보다 더 고통스러운 일이거든요. 그런데 다른 사람들도 조카따님을 친절하게 대하지 않을 가능성이 큽니다. 조카따님은 사람들이 냉정하고 무례하게 군다고 생각하게 될 겁니다. 당장에라도 그런 일이 생기지 않게 막아야 합니다. 부인께서도 잘 아시리라고 믿습니다만, 저는 조카따님께 아주 각별한 관심이 있습니다. 제가 조금이나마 조카따님의 실망을 덜어드리는 데 도움이 되었으면 좋겠군요. 조카따님은 아주 정직한 여성인데 그런 험한 꼴을 당해서는 안 되겠죠."

엘킨스 경은 잠시 말을 중단하고 생각에 잠기는 듯했다. 그의 얼굴이 다시 잿빛으로 변하더니 천천히 말을 이었다.

"제가 조카따님을 오랫동안 지켜드릴 수 있을지, 그건…… 그건 제가 장담할 수 없습니다. 상황에 따라 달라지겠죠. 하지만 저는 사람들한테 분명히 말하고 싶습니다. 돈만 많은 무리보다는 크리스티아네 양을 더 존경한다고요. 그리고 크리스티아네 양에게 무례하게 구는 사람은 누구든 제게 무례하게 구는 것으로 간주하겠다고요. 참을 수 없는 허튼소리들이 돌고 있습니다만, 여기 제가 있는 한 조심들 해야 할 겁니다."

그가 갑자기 자리에서 일어났다. 반 볼렌 부인이 지금까지 봐왔던 모습과는 다른, 결의에 차고 확고한 의지가 엿보이는 모습이었다.

"제가 조카따님을 데리고 드라이브 좀 해도 되겠습니까?" 그가 정중하게 물었다.

"네, 그러세요."

그가 몸을 굽혀 인사하고 나서 비즈니스룸 쪽으로 걸어갔다. 반 볼렌 부인이 놀란 표정으로 그의 뒷모습을 바라보았다. 찬 바람을 쐰 듯 두 뺨에 홍조를 띤 노인은 두 주먹을 불끈 쥐고 있었다.

'도대체 뭘 어떻게 하려는 걸까?'

반 볼렌 부인은 여전히 충격에 빠진 채 생각했다.

크리스티네는 그가 다가오는 소리도 듣지 못하고 편지 쓰는 데 집중해 있었다. 뒤에 선 장군은 편지지 위로 상체를 굽히고 앉아 있는 여자의 목을 덮은 아름다운 머리카락을 내려다보았다. 오랜 기간 노인의 마음속에 잠들어 있던 욕망을 다시 일깨운 여인의 뒷모습이었다.

'가여워, 아무 걱정 없어 보이네. 호텔에서 무슨 일이 일어났는지 전혀 모르고 있어. 어떻게든 조만간 알게 될 텐데……. 하지만 내가 보호해 줄 방법이 없어.'

그는 여자의 어깨에 가볍게 손을 얹었다. 여자는 화들짝 놀라 일어나면서 예의를 표했다. 처음 만났을 때부터 여자는 이 비범한 노인에게 각별한 존경심을 보여야 한다고 생각하고 있었다. 그가 힘겹게 미소 지으며 말을 건넸다.

"친애하는 크리스티아네 양, 청이 하나 있어서 왔습니다. 제가 오늘은 몸이 좀 좋지 않군요. 아침 일찍부터 두통이 있어서 책을 읽을 수도 없고, 잠을 잘 수도 없습니다. 신선한 공기를 마시면 좀 나아질 것 같습니다. 차를 타고 공기 좋은 곳으로 드라이브하고 싶은데 크리스티아네 양과 함께라면 더없이 기쁘겠습니다. 이모님께선 이미 허락하셨습니다. 괜찮으시다면……."

"네, 물론이죠. 좋아요."

"그럼, 출발합시다." 그는 점잖은 몸짓으로 팔을 내밀었다. 여자는 놀랍기도 하고 약간 당황스러웠지만 이런 영광스러운 요청을 거절할 수는 없었다. 엘킨스 경은 당당하고 침착한 자세로 라운지를 가로질러 그녀와 함께 걸었다. 그는 평소와 다르게 마주치는 사람들을 날카로운 눈빛으로 쏘아보았다. 그의 모습은 분명히 위협적인 인상을 풍겼다.

'이 여자를 건드리지 마시오!'

평상시 그는 친절하고 신중한 태도로 사람들을 대했다. 그리고 사람들과 함께 걸을 때면 그림자처럼 눈에 잘 띄지도 않았다. 그런데 지금은 공격적인 눈빛으로 사람들을 응시하고 있었다. 크리스티네의 손을 잡고 걸어가면서, 여자에 대한 각별한 존경심을 보이는 그의 모습이 무엇을 의미하는지 사람들은 금세 알아차렸다.

백발의 용맹한 늙은 기사가 차가운 눈빛으로 사람들을 쏘아보며 젊은 여자와 함께 넓은 라운지를 가로지르는 모습을 보자, 추밀원 노파는 양심에 가책을 느꼈다. 킨스레이 부부도 그의 심중을 알아차린 듯 고개를 끄덕였다. 그러나 아무것도 눈치채지 못한 크리스티네는 마냥 자랑스럽고 행복하기만 했다. 참호에 몸을 숨긴 적을 공격하려고 부대의 선봉에 선 지휘관처럼 장군의 입가에 단호하고 군인다운 결의가 엿보였다.

그들이 바깥으로 나왔을 때 마침 호텔 문밖에 서 있던 트렌크비츠 씨와 마주쳤다. 그는 평소처럼 장군에게 인사를 건넸다. 그런데 엘킨스 경은 마치 웨이터라도 대하듯 무성의하게 팔을 반만 들었다가 내렸다. 거절이나 마찬가지인, 분명히 모욕적인 행동이었다. 장군은 크리스티네의 팔을 놓고 직접 차 문을 열었다. 그리고 크리스티네가 차에 오르는 것을 도와주면서 모자를 벗었다. 그는 언젠가 남아프리카의 트란스발로 자동차 여행을 떠나온 영국 왕의 며느리를 수행했을 때처럼 정중하게 예의를 갖추었다.

실제로 반 볼렌 부인은 엘킨스 경의 은밀한 대화에 생각보다 훨씬 더 큰 충격을 받았다. 장군은 눈치채지 못했지만, 그는 부인의 오래된 상처를 다시 헤집어 놓았다. 이제는 존경받으며 부유하게 살고 있는 클레르 반 볼렌 부인의 몸속 깊은 곳에는, 미끄러운 바닥을 위태롭게 걷듯이 불안에 떨며 조심히 다가가는 그 어두운 곳에는, 기억조차 가물가물한 과거 어느 사건에 대한 뿌리 깊은 두려움 하나가 여전히 살아 숨 쉬고 있었다. 그것은 가끔 꿈에 나타나 밤잠을 설치게 하는 공포, 자신의 과거가 만천하에 드러날지도 모른다는 두려움이었다. '클라라'라는 이름으로 불리던 삼십 년 전, 여자는 교묘한 수단으로 유럽을 벗어나 미국 땅에 정착했다. 그리고 안토니 반 볼렌을 만나 결혼했다. 안토니는 성실하기는 하나 속물근성이 있는 평범한 남자였다. 클레르는 두 사람의 만남에 이바지했던 자기 돈의 출처를 안토니에게 고백할 용기가 없었다. 그래서 그 2천 달러의 돈이 할아버지에게서 물려받은 유산이라고 거짓말을 했다. 그 이

후로 남편은 결혼생활 내내 한 번도 그녀를 의심하지 않았다. 둔감하지만 성격이 좋은 안토니 덕분에 그녀는 별 어려움 없이 미국 사회에 적응했다. 하지만 어느 날 갑자기 벌어진 우연한 사건이나 예상치 못했던 만남, 혹은 익명의 편지가 오래전 사건을 들춰낼지도 모른다는 생각이 늘 뇌리를 떠나지 않았다. 그런 연유로 클레르는 몇 년 동안 의도적으로 오스트리아 출신 사람들을 피했다. 남편이 빈 출신 사업 파트너를 소개하려 했을 때에도 구실을 찾아 자리를 피했고, 영어에 익숙해지자 독일어는 한마디도 입에 담지 않았다. 가족과의 편지 연락도 단호하게 두절했다. 아주 중대한 일이 생겼을 때 고작 전보 한 장을 보냈을 뿐이다. 하지만 두려움은 사라지지 않았다. 사회적 신분이 상승할수록 두려움은 오히려 커져만 갔다. 청교도적인 미국 생활방식에 적응할수록, 더욱 불길한 두려움에 사로잡혔다. 누군가 무심코 던진 말 한마디로도 거의 꺼져버렸던 불씨가 다시 살아나 활활 타오를 것만 같았다. 식사 자리에서 누가 빈에 오랫동안 살았다는 이야기만 해도 그녀는 심장이 졸아드는 듯해서 밤새 잠을 이루지 못했다.

그런데 전쟁이 터졌다. 그리고 한순간에 과거의 일들은 사람들이 다가갈 수 없는 신화적인 시대에 파묻혀버렸다. 과거의 신문이나 잡지는 곰팡이 피고 썩어버렸다. 유럽 사람들은 다른 일을 걱정하기에 바빴고, 화제도 달라졌다. 모두 끝났다. 전부 잊혔다. 몸에 박힌 총알이 점차 피부 조직에 자리를 잡듯이(날씨가 급변할 때 통증을 일으킬 수 있지만, 일상적으로는 별 느낌 없고 몸이 따뜻할 때는 거북한 느낌도 없었다), 근심 없는 행복감에 빠진 채 건전한 사회활동을 하면서 '과거'라는 치명적인 한 조각은 그녀의 기억에서도 사라졌다. 그녀는 건강한 두 아들의 엄마가 되었고, 가끔 남편의 사업을 돕거나 자선사업 단체에서 일했다. 전과자들을 돕는 협회의 부회장직을 맡기도 했고, 시에서 존경받는 인사가 되었으며 명예도 얻었다. 오랜 세월 명예욕을 억제해야 했던 시절은 지났고, 마침내 새로 구입한 집에서 상류층 사람들과 어울리며 인생을 즐기게 되었다. 그리고 과거의 일을 차츰 잊으면서 마음의 안정을 찾았다. 기억이란 아주 위험한 것이어서 우리는 원하는 것만 기억하게 마련이다. 무언가 잊고 싶다면, 비록 시간은 걸릴지언정 어떤 방법으로든 확실하게 잊을 수 있다. 마침내 오스트리아 빈의 드레스 모델 클라라는 죽어 사라졌고, 그녀는 면화 중개인 반 볼렌의 아내로 완벽하게 다시 태어났다. 과거의 사건이 기억에서 거의 잊혔기에 유럽에 도착하자마자 언니에게 편지를 써서 만나자고 할 수도 있었던 것이다. 그런데 지금 이 순간, 동기를 알 수 없는 악의로 가득 찬 무리가 조카딸의 배경을 캐고 있다는 사실을 알게 되었다. 클레르는 그들이 자신의 배경도 의심하는 것은 아닌지, 사람들의 주목을 받는 핵심 인물이 되지는 않을지, 견딜 수 없는 두려움을 느꼈다. 두려움은 실제 모습을 일그러뜨려 보여주는 일종의 요술 거울과 같다. 무엇이든 이 거울에 비치면 왜곡된 비율로 늘어나면서 끔찍하고 우스꽝스럽게 보인다. 상상력이란 한번 불타오르면 전혀 있을 법하지도 않은 엉뚱한 가능성을 생각하게 한다. 이치에 맞지도 않는 일들이 부인의 눈에는 갑자기 그럴듯해 보이기 시작했다. 옆 테이블에 일흔 혹은 여든 살 정도 되어 보이는 '뢰비'라는 이름의 빈 출신 상업은행장이 앉아 있다는 것을 의식한 클레르는 깜짝 놀랐다. 그리고 갑자기 오래전에 사망한 과거 후원자의 아내가 결혼 전에 '뢰비'라는 성을 가지고 있었다는 사실이 떠올랐다.

'그 여자가 혹시 이 노인네의 여동생이거나 조카면 어떡하지? 늙은 남자들은 젊은 시절을 떠올리게 하는 스캔들에 대해 지껄이기를 좋아하는데! 이 노인도 과거를 생각나게 하는 소문을 듣고 얼씨구나 장단을 맞추지 않을까?'

두려움이 밀려오면서 클레르의 이마에 차가운 땀방울이 맺혔다. 이제 보니 뢰비 노인의 얼굴이 과거 후원자의 아내와 너무도 닮았다. 두툼한 입술, 매부리코가 똑같았다. 점점 커지는 두려움에 휩싸인 클레르는 의심할 여지 없이 노인이 그 여자의 오빠라고 믿었다. 그는 틀림없이 여자를 알아볼 것이다. 오래전의 일을 상세히 캐낼 것이다. 그것은 킨스레이 부부나 구겐하임 부부에게 마치 신이 내린 음료나 음식처럼 맛있고 짜릿한 화젯거리가 될 것이다. 그리고 다음 날 안토니는 삼십 년간 믿음으로 유지해 온 결혼생활을 일거에 파멸로 몰아갈 익명의 편지 한 장을 받으리라.

클레르는 기절할 것 같은 기분으로 잠시 의자 팔걸이에 몸을 기댔다. 그러고 나서 절망스러운 심정으로 자리를 박차고 일어났다. 킨스레이 부부가 앉아 있는 테이블을 지나가면서 그들에게 기분 좋게 인사하려 애써보았다. 그들은 정말 친절한 사람들이었다. 그녀 자신도 오래전부터 무의식중에 익힌, 전형적인 미국인다운 미소로 부부가 화답했다. 하지만 정신을 잃을 정도로 흥분한 클레르는 그들의 미소가 악의적이고 교활한 비웃음처럼 느껴졌다. 그녀를 쳐다보는 엘리베이터 보이나 한마디 인사도 없이 지나가는 여종업원의 눈길조차 이상해 보였다. 클레르는 발이 푹푹 빠지는 눈길을 걸은 듯 녹초가 되어 자기 방에 들어섰다.

남편 안토니가 방금 낮잠에서 깨어났는지 거울 앞에서 얼마 남지 않은 머리카락을 빗질하고 있었다. 멜빵을 늘어뜨리고 와이셔츠 깃을 벌려놓은 상태로, 두 뺨에는 자는 동안에 생긴 자국이 남아 있었다.

"안토니, 할 이야기가 있어요." 클레르는 가쁘게 숨을 쉬며 말을 꺼냈다.

"무슨 일인데?" 안토니가 빗 위에 포마드를 조금 바르고, 머리에 정확한 비율로 가르마를 타면서 대꾸했다.

"그만 좀 하세요!" 그녀는 더 이상 참을 수 없다는 듯 외쳤다. "차분하게 이것저것 생각해 봐야겠어요. 아주 불쾌한 일이 벌어졌어요."

안토니는 쉽게 발끈하는 부인의 성질에 오래전부터 익숙해진 터여서 이런 경우에 즉각적으로 반응할 필요

197

가 없다는 걸 알고 있었다. 여전히 거울에서 몸을 돌리지 않은 채 물었다.

"디키나 알빈에게서 전보 한 통 없는 거요?"

"그런 게 아니에요. 그만 좀 하라고요! 옷은 나중에 입어도 되잖아요."

"그래?" 안토니는 결국 빗을 내려놓고 소파에 앉았다. "그래, 무슨 일이오?"

"끔찍한 일이 벌어졌어요. 크리스티네가 실수를 했거나 멍청한 짓을 저지른 게 틀림없어요. 모든 사실이 밝혀졌어요. 호텔 사람들이 전부 수군거리고 있다고요."

"그래? 뭐가 밝혀졌단 말이오?"

"아아, 그 옷들 말예요……. 그 아이가 내 옷을 입고 있다는 이야기부터 여점원처럼 차려입고 이곳에 왔다는 둥, 머리끝에서 발끝까지 우리가 옷을 입히고 세련된 숙녀로 둔갑시켜 사람들에게 소개했다는 둥, 그런 말들이 돌고 있대요. 트렌크비츠 부부가 왜 우리를 모르는 척하는지 아세요? 자기네 아들을 우리에게 소개하려고 했는데, 우리가 자기들을 속여서 화가 났다는 거예요. 우리는 지금 이 호텔에서 웃음거리가 되고 있어요. 그 미련하고 철없는 것이 뭔가 어리석은 짓을 저지른 게 틀림없어요! 세상에, 창피해서, 원!"

"그게 왜 창피하다는 거요? 미국 사람들은 거의 다 가난한 친척 한둘쯤은 있잖소. 나 같으면 구겐하임 부부의 조카들이나 로스키 부부 조카, 코브노에서 온 로젠스톡 부부의 조카를 그렇게 자세히 들여다보고 싶지 않을 거요. 당신이 크리스티네를 그런 애들과 비교하니 그런 생각을 하는 거요. 우리가 크리스티네의 옷차림에 신경을 써준 것이 왜 창피하다는 것인지, 나는 통 영문을 모르겠소."

"왜냐하면……." 클레르가 신경질적으로 목소리를 높였다. "왜냐하면 그 사람들 말이 옳으니까 그렇죠. 그런 아이는 이곳에 어울리지 않아요. 이런 세계에는 어울리지 않는다고요. 자기가 어떻게 처신해야 하는지도 모르고 나대니까, 도대체 그 아이 출신이 뭔지 사람들이 의심하게 된 거죠. 다 그 애 잘못이에요. 남의 비웃음을 살 만한 짓을 하지 않았더라면 아무도 눈여겨보지 않았을 거예요. 처음 여기 왔을 때처럼 얌전하게 처신했으면 좋았을 것을…… 그런데 온종일 여기저기 뛰어다니고, 항상 들떠서 사람들 앞에 나서고, 아무하고나 말을 섞고, 이 사람 저 사람 아무하고나 섞여서 우르르 몰려다니고 참견하지 않는 일이 없고 항상 앞장서서 돌아다니고……. 이 호텔 안에 그 아이 친구 아닌 사람이 없다고요. 그러니 사람들이 그 아이가 도대체 누구이며 어디서 왔는지 궁금해서 서로 물어보고 수군대는 게 당연하잖아요. 그리고 이젠 그것이 스캔들이 되어버렸어요. 사람들이 모두 그 아이 이야기를 하면서 우리까지 웃음거리로 만들고 있단 말예요. 끔찍한 이야기들을 하고 있다고요."

안토니는 껄껄 웃었다.

"내버려 둬요. 나는 신경 쓰지 않아요. 크리스티네는

아주 괜찮은 애요. 사람들이 뭐라고 지껄이든 나는 그 애가 좋아. 그 애가 가난하든 부자든, 그건 다른 사람들이 상관할 일이 아니잖소? 여기 있는 누구에게든 난 동전 한 닢 빌리지 않았소. 그리고 사람들이 우리를 품위 있는 사람이라고 생각하든 말든, 나는 신경 쓰지 않아요. 우리에게 무슨 문제가 있다고 생각하는 자들이 있더라도, 그들이 뭘 어떻게 하겠소?"

"하지만, 나는 몹시 신경 쓰여요."

클레르의 목소리가 자신도 모르게 더 날카로워졌다.

"내가 사람들을 속이고 어떤 가난한 집 여자아이를 공작 부인의 딸이라고 소개했다고 수군거리는 소리는 듣고 싶지 않아요. 트렌크비츠 부인을 아침에 만나기로 했는데, 글쎄 이 무식한 시골뜨기 여자가 사과 한마디 없이 종업원을 보내서 약속을 취소했다고요. 참을 수가 없어요. 절대 못 참아요. 사람들이 우리에게 등을 돌리게 내버려 둘 수는 없어요. 휴가를 즐기러 여기까지 온 거지, 화내고 기분 잡치려고 온 게 아니라고요."

"그래서?" 하품이 나오자 안토니가 손으로 입을 가리며 물었다.

"어떻게 하고 싶은 거요?"

"여길 떠나요!"

"뭐라고?" 평소에 동작이 굼뜬 안토니가 마치 누가 그의 발을 밟기라도 한 것처럼 펄쩍 뛰었다.

"그래요, 내일 아침에 떠나자고요. 내가 그것들한테 가식적으로 행동하면서 해명한다거나, 이런저런 사정을 설명하면서 사과하리라고 생각한다면 그건 어리석은 착각이에요. 트렌크비츠 부부 같은 인간들 때문만은 아니에요. 이곳 사람들이 싫어요. 엘킨스 경만 제외하고 모두 따분하고, 저질스럽고, 시끄러운 사람들이에요. 내 말은 들으려고 하지도 않아요. 게다가 여기는 내 건강에도 안 좋아요. 고도가 너무 높아서 신경에도 나빠요. 당신은 누우면 곧바로 잠드는 사람이니까 잘 모르겠지만, 나는 밤에 잠을 잘 수가 없어요. 지난주 내내 나도 당신 같은 체질이면 얼마나 좋을까, 하고 생각했다고요! 우리가 여기 온 지 벌써 삼 주나 되었어요. 충분히 오래 있었다고요! 그리고 크리스티네 일이라면, 메리 언니에 대한 의무는 충분히 다했다고 봐요. 딸을 초대해서 지나칠 정도로 잘 놀고 잘 쉬게 해줬잖아요. 이젠 됐어요. 제 양심에 걸리는 건 전혀 없어요."

"좋아요, 여보. 그런데 어디로, 갑자기 어디로 가자는 거요?"

"인터라켄으로 가요! 고도가 여기보다 낮고 거기 가면 린제이 부부도 만날 수 있을 거예요. 배 안에서 즐겁게 이야기하면서 함께 여행했던 부부 말예요. 정말 좋은 사람들이에요. 여기 있는 잡동사니 인간들하고는 격이 달라요. 엊그제 나한테 편지가 왔어요, 우리더러 그리로 오라고 하더군요. 내일 아침에 출발하면 거기서 저녁을 먹을 수 있을 거예요."

안토니는 여전히 못마땅한 표정을 짓고 있었다.

"너무 갑작스럽지 않소? 내일 떠나자니! 시간은 많

아!"

하지만 그는 오래 버티지 못하고 아내에게 두손 들고 말았다. 그는 항상 그랬다. 오랜 세월 같이 살면서 클레르는 원하는 것이 있으면 어떻게든 손에 넣고야 말았다. 그래서 안토니는 그녀에게 저항하는 것이 시간 낭비라는 것을 잘 알고 있었다. 그리고 다른 곳으로 간다 해도 상관없었다. 스스로 만족하며 사는 사람은 주변에서 일어나는 일에 예민하게 반응하지 않는다. 안토니는 포커 파트너가 린제이 씨든 구겐하임 씨든 신경 쓰지 않았다. 창밖의 산이 슈바르츠호른이든 베터호른이든, 묵고 있는 호텔이 팰리스호텔이든 아스토리아호텔이든 아무 관심 없었다. 그는 단지 사람들과 충돌하기를 원치 않았다. 그래서 클레르가 아래층 데스크 직원에게 전화를 걸어 내일 아침 체크아웃한다고 통보하는 통화 내용을 별 저항 없이 참을성 있게 듣고 있었다. 아내가 급히 여행 가방을 꺼내 옷가지들을 정리해 넣는 모습을 재미있다는 듯이 지켜보다가 파이프 담배에 불을 붙이고 나서 카드 게임을 하러 밖으로 나갔다.

카드를 섞어 돌리면서 그는 인터라켄으로 떠나자던 아내의 요구든 호텔에 떠돈다는 크리스티네의 스캔들이든 모두 까맣게 잊어버렸다.

호텔에서 만난 친구들이나 낯선 호텔 손님들이 크리스티네가 어떤 모습을 하고 이곳에 도착했으며 어떤 모습으로 떠날 것인지 신이 나서 수군거리는 동안 엘킨스 경의 번들번들한 고급 승용차는 바람 부는 고지대 골짜기에서부터 엥가딘의 저지대까지 이어진 희고 꼬불꼬불한 길을 빠른 속도로 따라 내려갔다. 그들은 벌써 슐스-타라스프 근처까지 갔다. 크리스티네에게 함께 드라이브하자고 청할 때 엘킨스 경의 생각은 사람들 앞에서 공개적으로 여자를 보호하고, 잠깐 드라이브하고 나서 호텔로 다시 데려다주는 것이었다. 하지만 그는 차에 오르는 여자의 등을 보면서, 그리고 옆자리에 앉아 마냥 즐거운 듯 상체를 뒤로 기댄 채 이야기하는 그녀의 입을 보면서, 파란 하늘이 담긴 그녀의 근심 없는 눈동자를 보면서, 이런 감미로운 순간을 빨리 끝낸다는 것은 여자에게는 물론 자신에게도 어리석은 일이라고 생각했다. 그는 운전사에게 계속 달리라고 일렀다. 참을 수 없는 연정을 느꼈다. 여자의 손을 쓰다듬으며 노인은 생각했다.

'서둘러 돌아갈 이유는 없지. 머지않아 이 여자도 소문을 듣게 될 터이니.'

사실 누군가 그녀에게 벌써 주의를 주었어야 했다. 사람들의 갑작스러운 냉담한 태도에 충격받지 않도록, 자신이 앞으로 겪게 될 것들에 대해 마음의 준비를 하도록 조심스럽고 은밀하게 상황을 알려줬어야 했다. 그래서 장군은 추밀원 노파의 독한 성격에 대해 암시해주었다. 그리고 조심스럽게 만하임에서 온 키 작은 여자 친구를 조심하라고 경고했다. 하지만 젊은이다운 정열과 낙관에 사로잡힌 크리스티네는 순진하게도 자신의 가장 잔인한 적들을 보호하려고 했다.

"추밀관 할머니는 정말 친절하시고 모든 사람에게 관심을 보이시죠. 그리고 만하임에서 온 소녀는 얼마나 똑똑하고 명랑하고 재미있는지 몰라요. 장군님께서 옆에 계시면 수줍어할 아이예요. 이곳 사람들은 정말 좋은 사람들이에요. 저에게 지나치게 친절하게 대해줘서 쑥스러울 때도 있어요. 제가 이런 대접을 받을 자격이 있는지 모르겠어요."

노인은 지팡이 끝을 내려다보고 있었다. 인간이나 국가에 대한 장군의 기대는 전쟁을 치르면서 이미 무너져 버렸다. 모든 인간은 이기적일 뿐 아니라, 타인에게 안겨준 고통에 무심하다고 생각하기 때문이었다. 젊은 시절 그가 존 스튜어트 밀과 그 추종자들의 강의에서 듣고 배워서 품었던 이상주의, 즉 인간의 도덕적 의무와 백인의 계몽 정신에 대한 믿음은 이프르[1] 전투가 벌어졌던 지옥 같은 피의 수렁과 그의 아들이 전사한 수아송 전투의 현장이 되었던 석회석 채석장에 영원히 묻어버렸다. 그는 정치라면 진절머리가 났다. 냉랭한 분위기의 클럽 모임이나 사치스러운 공식 연회에는 얼씬도 하지 않았다. 아들이 죽은 이후로 새로운 사람을 사귀는 일도 피했다. 진실을 인정하는 데 혐오스러울 정도로 미온적이고, 전후 시대에 순응할 능력도 없는 동시대 사람들

---

1 벨기에 북부 도시로 1차대전 당시 독일군과 연합군 사이에 세 차례의 대규모 전투가 벌어진 곳. 3차 이프르 전투에서 연합군은 23만 8천여 명이 사망하여 1차대전 3대 전투의 하나로 꼽힌다.

의 행태에 화가 치밀었다. 똑똑한 척만 하고 아무 생각 없는 젊은 세대에 대해서도 마찬가지였다. 그런데 그는 이 여자 덕분에 다시 믿음을 찾았다. 젊은 사람과 같이 있다는 사실만으로도 경건하게 감사하고 싶다는 막연한 생각이 들었다. 장군은 그녀를 통해, 한 세대가 고통스러운 전쟁을 겪으며 떠안은 인간에 대한 불신을 다행스럽게도 다음 세대는 이해하지도 못하고 신뢰하지도 않는다는 사실과 더불어 젊은이들이 새로운 시대를 열고 있음을 깨달았다. 놀랍게도 그녀는 아주 사소한 일에도 감사할 줄 아는 여자였다. 그는 여자에게 매료되고 있음을 느꼈다. 그와 동시에 정열적인 욕망도 느꼈다. 전에는 느껴보지 못한 강렬하고 고통스러운 욕망이었다. 자기 인생에도 따뜻한 기운이 돌게 하고 싶었다. 자신에게서 떠나지 못하도록 여자를 묶어두고 싶었다. 노인은 속으로 생각했다.

'그래도 몇 년 동안은 이 여자를 보호할 수 있을 텐네. 신 앞에서는 넙죽 엎드리지만, 가난한 사람들을 잔인하게 짓밟아 버리는 간사한 인간들로 가득한 이 세상을, 이 여자는 결코 이해하지 못할 거야. 혹은 오랜 세월이 흐른 후에야 이해하겠지.'

노인은 여자의 옆얼굴을 바라보았다. 여자는 두 눈을 감은 채 어린아이처럼 입을 벌리고 차 안으로 들어오는 공기를 마시고 있었다.

'단 몇 년만이라도 젊음을 느끼면서 살 수 있다면 더 바랄 것이 없을 텐데.'

여자가 다시 감사하는 표정으로 장군을 바라보며 쾌활하게 재잘댔지만, 노인은 건성으로 들었다. 갑자기 용기가 솟아나면서 마지막이 될지도 모르는 이 순간에 어떻게 그녀에게 세련되게 구애해야 할지 고민에 빠졌다.

슐스-타라스프에서 차를 마시고 나서 산책길에 벤치에 앉아 노인은 조심스럽게 에둘러 말했다.

"옥스퍼드에 크리스티아네 양 또래의 조카딸이 둘 있다오. 영국으로 가기를 원한다면 그곳에 머물 수 있어요. 영국으로 초청할 기회를 준다면 나로서는 영광이오. 이 노인네와 함께 있는 게 지루하지만 않다면, 즐거운 마음으로 런던을 구경시켜 주겠소."

하지만 여자가 오스트리아를 떠나 영국으로 가는 것이 가능한 일인지, 그녀를 고향에 묶어둘 감정적인 끈 같은 것은 없는지, 노인은 아무것도 알아내지 못했다. 그가 여자에게 묻고 있는 것은 뻔했지만, 영국 이야기에만 푹 빠진 크리스티네는 그 말의 뜻을 알아듣지 못하고 딴소리만 했다.

"아, 영국에 정말 가보고 싶어요. 환상적인 나라일 것 같아요. 옥스퍼드와 요트 경기에 대해서는 자주 들었어요. 야외로 나가서 젊음을 즐기는 데 영국만 한 나라는 없을 것 같아요."

노인의 안색이 어두워졌다. 여자는 장군 개인에 관해서는 한마디도 하지 않았다. 자신에 대해서만, 자신의 젊음에 대해서만 생각하는 여자를 보며 장군은 완전히 용기를 잃었다.

'아니야, 당치 않아. 용솟음치는 젊음의 힘에 환희를 느끼는 어린 여자인데, 낡은 성에 데려가 늙은이와 함께 가두어버리는 것은 죄악이야. 안 돼. 거절당하고 망신당하지 말자. 바보 되지 말자. 작별 인사를 해, 이 노인네야! 다 끝났어! 너무 늦었어!'

"이제 그만 돌아가는 게 좋지 않을까요?" 장군이 갑자기 풀 죽은 목소리로 물었다. "이모님께 걱정을 끼쳐서는 안 되겠죠?"

"네, 맞아요." 여자가 대꾸하더니 기분이 아주 좋은 듯 말을 이었다. "아, 너무 멋있었어요. 환상적이고 아름다운 곳이에요."

노인은 여자가 가여웠다. 그리고 자신의 신세도 처량하게 느껴졌다. 여자의 옆자리에 앉아 돌아오는 차 안에서 노인은 말이 없었다. 크리스티네는 노인이 마음속으로 무슨 생각을 하는지, 자신에게 무슨 일이 벌어지고 있는지 아무것도 몰랐다. 그저 밝은 표정으로 바깥 풍경을 내다보고 있었다. 여자의 두 뺨이 불어오는 바람을 맞아 발그스름해졌다.

자동차가 호텔 앞에 멈추자, 마침 식사 시간을 알리는 종이 울리고 있었다. 여자는 감사의 표시로 존경하는 노인의 손을 꼭 쥐면서 악수하고는 옷을 갈아입으러 쏜살같이 위층으로 달려 올라갔다. 처음 며칠간은 매번 옷을 갈아입는 것이 걱정거리이자 힘들고 번거로운 일이었다. 하지만 한편으로는 재미있는 게임 같기도 했다.

다른 여자로 변신한 거울 속 자기 모습을 눈을 크게 뜨고 바라보았다. 이제 여자는 자신이 밤마다 아름답고 우아하고 화려하게 변신한다는 사실을 알고 있었고, 그것을 당연하게 여겼다. 속이 들여다보이는 밝은색 얇은 드레스를 팽팽하게 부푼 가슴 위로 걸쳐 입었다. 입술을 붉게 칠하고 흐트러진 머리카락을 가지런히 정리한 다음 스카프를 둘렀다. 그렇게 나갈 준비를 마쳤다. 이모에게서 빌려 입은 화사한 옷이 자기 피부처럼 편안하게 느껴졌다. 고개를 뒤로 돌려 거울에 비친 모습을 한 번 더 훑어보았다.

'좋았어! 이 정도면 됐어!'

이모와 함께 저녁 식사를 하러 가기 위해 이모 방으로 서둘러 갔다. 그런데 이모 방의 문을 연 여자는 문 앞에서 깜짝 놀라 걸음을 멈추었다. 방 안에는 갖가지 물건이 어지러이 널려 있었다. 방을 발칵 뒤집어놓은 것 같았다. 물건이 가득 들어 있는 여행 가방은 반쯤 열려 있었고, 모자, 구두, 옷가지 들이 의자와 침대와 테이블 위에 흩어져 있었다. 항상 깔끔하게 정리되어 있던 방이 엉망진창이었다. 가운을 입은 이모는 여행 가방을 잠그려고 무릎으로 누르는 중이었다.

"이모, 왜 그러세요? 무슨 일이에요?"

깜짝 놀란 크리스티네가 물었다. 이모는 그녀를 쳐다보지도 않고, 얼굴이 붉게 물든 채 화난 표정으로 가방을 잠그려고 용을 쓰고 있었다.

"우리는 떠난다. 이런 젠장! 이 가방 좀 네가 잠가볼래? 우리는 떠날 거야."

"정말요? 언제요? 왜요?"

크리스티네의 입이 벌어졌다. 온몸이 얼어붙는 것 같았다.

이모가 잠금쇠를 누르자 드디어 가방이 닫혔다. 이모는 숨을 헐떡거리며 일어섰다.

"그래, 정말 부끄럽다. 미안하기도 하고, 크리스틀! 하지만 이런 높은 지대의 희박한 공기가 안토니에게 좋지 않을 거라고 처음부터 말하지 않았니. 이곳은 노인들 건강에는 좋지 않아. 오늘 오후에 또 천식 발작을 일으키셨다."

"어머나!"

그때 옆방에서 노인이 아무 생각 없는 표정으로 걸어나왔다. 깜짝 놀란 크리스티네가 걱정스러운 표정으로 다가가 이모부를 다정하게 붙잡고 물었다.

"좀 어떠세요, 이모부? 빨리 나으셔야 할 텐데! 세상에, 서는 아무것도 몰랐어요. 제가 밖에 나가지 말았어야 했어요! 그런데 지금은 괜찮으신 것 같군요. 좀 나아지셨어요?"

여자는 진심으로 놀란 표정을 지으며 이모부를 바라보고 어찌할 바를 몰랐다. 떠나야 한다던 이모의 말은 까맣게 잊은 채 연로한 이모부가 아프다는 사실에만 정신이 쏠려 있었다.

여느 때와 다름없이 건강한 안토니는 크리스티네의 갑작스러운 동정과 관심에 당황한 표정을 지었다. 그는 아내가 꾸민 달갑지 않은 연극에 휘말렸음을 깨달았다.

"아니다, 애야." 그가 화난 듯 투덜거렸다.

'젠장! 왜 내 핑계를 대는 거야?'

"너도 알다시피 네 이모는 무슨 일이든 도가 지나치는 경향이 있지. 나는 괜찮다. 나 때문이라면 계속 여기에 머물러도 된다." 아내의 거짓말에 화가 난 안토니가 사나운 목소리로 말했다.

"클레르, 젠장! 그 가방 좀 내버려 둬. 시간은 충분해. 여기서 보내는 마지막 밤이니 착한 조카딸과 함께 편하게 쉽시다."

그러나 클레르는 아무 말도 하지 않고 여전히 짐을 싸느라 분주했다. 아마도 부인은 조카딸에게 어쩔 수 없이 해명해야 하는 입장이 부담스러운 모양이었다. 안토니는 피곤한 듯 창밖을 보았다.

'자기가 알아서 변명을 하든 빠져나오든, 나는 손가락 하나 까딱하지 않을 거야.'

크리스티네는 이모와 이모부 사이에 공연히 끼어들어 방해가 된 것 같은 느낌이 들어 어리둥절한 표정으로 말없이 서 있었다.

'무슨 일이 일어난 게 분명해! 내가 모르는 일이 있었어.'

번개가 치는 듯한 느낌이 들었다. 여자는 아직 들리지는 않지만 곧바로 닥칠 천둥소리를 떨리는 가슴으로 기다렸다. 물어볼 용기가 나지 않았다. 생각할 엄두도 나지 않았다. 하지만 어떤 나쁜 일이 벌어졌음을 직감했다.

'두 분이 싸우셨나? 뉴욕에서 좋지 않은 소식이라도 왔나? 주식시장에 무슨 일이라도 생겼나? 사업과 관련된 일인가? 거래하는 은행이 망했나? 하루도 빠짐없이 신문에 그런 기사들이 나오던데……. 아니면 이모부가 정말로 천식 발작을 일으켰는데, 이모부는 그 사실을 나에게 숨기고 있나? 왜 나를 여기에 이렇게 세워 두고 있는 걸까? 나는 뭘 해야 하지?'

여자는 어쩔 줄 모르고 그대로 서 있었다. 대화는 중단되었고 어색한 침묵이 흘렀다. 이모가 공연히 부스럭거리며 내는 소리와 이모부가 안절부절못하고 오락가락하는 소리, 그리고 자신의 심장박동 소리만 들렸다.

그때 누가 방문을 노크하자, 여자는 안도감을 느꼈다. 객실 담당 웨이터가 방 안으로 들어오고, 이어 흰 테이블보를 들고 다른 웨이터가 따라 들어왔다. 두 사람이 테이블 위에 있던 담배와 재떨이를 치우고 차분하게 식사를 준비하기 시작했다. 크리스티네는 깜짝 놀랐다. 그제야 이모가 설명을 시작했다.

"그래, 이모부가 오늘 밤은 방에서 식사하는 편이 좋겠다고 하셨어. 나는 사람들하고 장황하게 작별 인사하는 게 싫구나. 어디로 가느냐, 얼마나 있을 거냐는 둥 질문받는 것도 딱 질색이야. 게다가 내 짐은 거의 다 싸놓았고, 안토니의 야회복까지 가방에 들어 있단다. 이렇게 방에 앉아서 식사하는 게 훨씬 조용하고 편안하지."

웨이터들이 카트를 밀고 들어와 니켈 도금 보온냄비

에서 음식을 꺼냈다. 여자는 걱정스럽게 이모와 이모부의 표정을 살피며 속으로 생각했다.

'웨이터들이 나가면 설명을 들을 수 있겠지.'

이모부는 접시 위로 몸을 깊이 수그리고 화난 표정으로 입에 수프를 떠 넣었다. 이모 얼굴은 창백하고 불편해 보였다. 마침내 이모가 입을 열었다.

"크리스티네, 우리가 너무 서둘러 결정해서 네가 많이 놀랐겠구나! 하지만 미국에서는 뭐든지 빨리 처리한단다. 그게 미국에서 배울 만한 장점 가운데 하나지. 있고 싶지도 않은 곳에 오래 머물러 있을 필요는 없어. 사업이 잘 안 되면 포기하고 다른 일을 시작하면 되듯이, 분위기가 좋지 않은 곳에서는 곧바로 짐을 싸서 떠나면 그만이야. 너는 멋진 휴가를 보내고 있었으니 네게 이야기하고 싶지 않았지만, 우리 부부는 이곳이 불편했어. 나는 줄곧 잠을 제대로 못 잤어. 이모부도 마찬가지였어. 이곳은 지대가 높아서 산소가 희박하거든. 마침 오늘 인터라켄에 있는 친구들에게서 전보가 와서 그곳으로 가기로 했단다. 며칠간 거기 있다가 프랑스 엑스레뱅으로 갈 거야. 그래, 우리는 무슨 일이든 빨리 결정하지."

크리스티네는 이모와 시선을 마주치지 않으려고 고개를 숙인 채 접시에 눈길을 떨어뜨리고 있었다. 이모의 목소리가 왠지 불편하게 들렸다. 가식적으로 내는 밝은 목소리도 그렇거니와, 하는 말들이 형식적이고 과장된 흥분으로 들떠 있었다.

'분명히 뭔가를 숨기고 있어. 무슨 이야기가 틀림없이 나올 거야.'

아니나 다를까, 이모는 닭 날개를 뜯으면서 말을 이어갔다.

"물론, 너도 같이 가면 참 좋겠지. 그런데 내 생각에 네가 인터라켄은 좋아하지 않을 것 같구나. 젊은 사람들이 갈만한 곳이 아니거든. 그리고 한번 생각해 봐라, 지난 며칠간 바쁘게 오락가락하면서 보낸 휴가가 정말 그럴 만한 가치가 있는 것인지, 오히려 더 지치지는 않았는지 말이다. 너는 여기 와서 건강이 많이 좋아졌어. 깨끗한 산 공기가 네게는 아주 좋았던 듯싶다. 그래, 내가 항상 하는 말이지만 젊은 사람들에게는 높은 산만큼 좋은 곳도 없지. 디키와 알빈도 여기 한번 오라고 해야겠어. 그런데 우리 같은 늙은이들에게는 엥가딘이 맞지 않는구나. 그래, 우리도 너와 함께 있으면 참 즐겁겠지. 특히 이모부가 널 무척 좋아하시잖니. 그런데 말이다, 가는 데 일곱 시간, 오는 데 일곱 시간을 보낸다는 게 네게는 너무 고단할 수도 있겠다는 생각이 드는구나. 어쨌든 우리는 내년에 이곳에 다시 올 거야. 물론, 너도 인터라켄에 가고 싶다면……."

"아뇨, 아니에요."

이모가 말끝을 흐리자 크리스티네가 말했다. 아니, 마취된 환자가 의식을 잃은 후에도 자동으로 계속 숫자를 세는 것처럼 여자의 입술이 움직였다.

"그래, 내 생각에도 너는 바로 집으로 돌아가는 게 좋겠어. 아침 일곱 시에 출발하는 아주 편안한 기차가 있다더구나. 데스크 직원에게 물어보았지. 내일 밤늦게 잘츠부르크에 도착하고, 모레면 집에 갈 수 있을 거야. 햇볕에 그을린 건강한 모습을 보면 어머니가 얼마나 좋아하시겠니. 지금 참 아름다워 보이는구나. 지금처럼 건강한 모습으로 집에 돌아가는 게 좋을 것 같구나."

"네, 알겠어요." 크리스티네가 아주 작은 목소리로 말했다.

'내가 왜 아직도 여기 앉아 있을까? 이모와 이모부는 내가 사라져 주기를 바라고 있는데, 그것도 빨리. 그런데 이유가 뭘까? 분명히 무슨 일이 있었어. 뭔가가 있어.'

여자는 기계적으로 음식을 먹었다. 씹을 때마다 음식에서 쓴맛이 났다. 고통스러워 눈이 따끔거리고, 화가 났다. 여자는 속으로 생각했다.

'무슨 말이든 해야 해. 떨지 말고 여유 있고 냉정하게 아무렇지도 않은 듯 무슨 말이든 해야 해!'

마침내 할 말이 생각났다.

"두 분이 짐을 다 싸시도록 저는 방에 가서 이모 옷들을 가져올게요."

이 말과 함께 자리에서 일어섰다. 그러나 이모가 차분하게 그녀의 어깨를 눌러 자리에 앉혔다.

"아니다, 애야, 짐 쌀 시간은 아직 있어. 세 번째 가방은 내일 쌀 거다. 옷은 네 방에 그대로 둬라. 종업원이 가져올 거야." 그리고 갑자기 미안한 듯이 말을 이었다.

"그 붉은색 원피스는 네가 가져라. 나는 이제 필요 없어. 너한테 잘 어울리잖니. 스웨터나 속옷도 가져가. 나머지 야회복 두 벌은 내가 엑스레뱅에서 필요할 것 같구나. 아름다운 곳이지, 호텔도 아주 근사하고⋯⋯. 말했다시피 안토니가 그곳에 가면 따뜻하게 온천욕도 하면서 건강이 좀 나아지길 바라야지. 공기도 훨씬 좋은 곳이니까."

민감한 문제에 대한 이야기가 끝나자 이모는 말이 많아졌다. 크리스티네에게 내일 떠나라고 알아듣게 말했으니 이제는 편하게 수다를 떨 수 있었던 것이다. 점점 쾌활한 표정으로 뻔뻔스럽게도 호텔과 여행, 미국에 대한 이야기를 지껄였다. 의기소침해져 눈을 아래로 내리깐 크리스티네는 이모의 수다가 끝날 때까지 입을 다물고 얌전히 앉아 있었다. 하지만 자기와는 아무 상관 없는 수다를 들으면서 신경이 날카로워졌다.

'저 이야기 좀 빨리 끝냈으면 좋겠어.'

마침내 이모기 잠시 말을 멈추자, 크리스티네가 얼른 말을 꺼냈다.

"이제 그만 쉬셔야죠. 이모부도 쉬셔야 하고. 짐 싸시느라 피곤하실 거예요. 제가 도와드릴 일은 없나요?"

"아니야, 도울 일이 뭐가 있니?" 이모도 자리에서 일어났다.

"얼마 남지 않은 짐은 쉽게 쌀 수 있단다. 너도 일찍 자두는 게 좋을 거야. 아침 여섯 시에는 일어나야 한다. 기차역까지 우리가 데려다주지 않는다고 화난 건 아니지?"

"아니에요, 그러실 필요 없어요, 이모." 크리스티네가 바닥을 내려다보면서 힘없이 대꾸했다.

"메리 언니가 어떻게 지내는지 편지로 알려다오. 도착하자마자 편지해라. 우리 내년에 다시 보자꾸나."

"네."

고맙게도 이제 이 자리를 빠져나갈 수 있게 되었다. 묘한 표정으로 당황스러워하는 이모부에게 키스하고 이모에게도 키스하고 나서 문 쪽으로 걸어갔다.

'빨리 나가자. 빨리 여기서 벗어나자!'

그런데 문의 손잡이를 잡는 순간, 이모는 불안했는지 급하게 달려와서 마지막으로 말했다.

"곧바로 네 방으로 갈 거지? 크리스틀, 가서 편히 자거라. 아래층에는 내려가지 않는 게 좋겠어. 너도 알겠지만, 그렇지 않으면…… 그렇지 않으면…… 내일 아침 사람들이 우리에게 인사하러 올라오지 않겠니? 우리는 그런 걸 좋아하지 않아. 환송회니 뭐니 하지 않고 그냥 떠나는 게 훨씬 좋아. 나중에 우편엽서나 몇 장 보내면 된다. 사람들이 너에게 꽃다발을 주거나 배웅하는 것도 나는 싫다. 그러니 아래층에 내려가지 말고 곧바로 방에 가서 자거라. 약속할 수 있지?"

"네, 약속할게요."

마지막 말을 하면서 크리스티네는 문을 잡아당겨 닫았다. 몇 주가 지나서야 여자는 헤어지면서 이모와 이모부에게 감사하다는 말 한마디 하지 못했다는 사실을 깨달았다.

밖으로 나오자 온몸의 힘이 한꺼번에 빠져나갔다. 벽
에 의지한 채 멍한 표정으로 자기 방을 향해 천천히 걸
어갔다. 사냥꾼의 총에 맞아 죽어가는 동물이 쓰러지기
직전 비틀거리며 몇 걸음 옮기듯이 휘청거렸다. 방에 들
어오자마자 의자에 털썩 주저앉은 여자는 꼼짝도 하지
못했다. 무슨 일이 있었는지 종잡을 수 없었다. 불시에
무언가에 가격당한 듯 머리에 심한 통증이 느껴졌다. 그
런데 누가 가격했을까? 분명 누군가 무슨 짓을 했다. 그
녀를 해치고자 무슨 짓을 한 것이다. 그녀는 쫓겨나고
있는 것이다. 하지만 무슨 일이 있었는지 짐작도 할 수
없었다.

무슨 일인지 애써 생각해 보았지만, 머리가 딱딱하
게 굳어버린 듯 정신이 흐리멍덩하여 아무것도 떠오르
지 않았다. 사방에 단단한 벽이 있어 그 안에 갇힌 느낌
이었다. 축축하고 캄캄한 관보다 더 갑갑한 유리관 속에
파묻힌 듯했다.

"내가 무슨 짓을 했지? 왜 나를 쫓아버리려고 하는
거야?"

가슴에 묵직하게 전해지는 압박감과 적대감을 도저히
참을 수 없었다. 4백 명이나 되는 호텔 손님, 벽, 대들보,
거대한 지붕, 차갑고 눈부시게 빛나는 조명, 쾌적한 휴
식을 위한 의자들, 행복한 표정을 비추어 보던 거울, 잘
자라고 유혹하듯 꽃무늬로 장식된 보들보들한 깃털 이

불로 덮인 침대가 있는 침실이 가슴을 짓누르는 듯했다. 의자에 계속 앉아 있으면 그대로 굳어버릴 것만 같았다. 창문을 깨버리거나, 고함을 지르거나, 큰 소리로 울어버려서 자는 사람들을 모두 깨울지도 몰랐다.

'밖으로 나가자! 무엇을 해야 할지는 모르지만, 일단 나가야겠어. 그러지 않으면 이 갑갑하고 적막한 곳에서 질식해서 죽을 것 같아. 어서 밖으로 나가야 해.'

여자는 의자에서 벌떡 일어나 무작정 밖으로 뛰어나갔다. 여자가 박차고 나간 문 뒤로 침실의 휘황한 불빛 아래 황동과 유리 장식들이 의미 없이 빛나고 있었다.

여자는 몽유병 환자처럼 공중을 떠다니듯 계단을 내려갔다. 카펫, 벽에 걸린 그림들, 호텔 가구들, 계단, 조명, 손님들, 웨이터, 여종업원들…… 물체도 사람도 마치 유령처럼 여자를 스쳐 지나갔다. 아는 척해도 몰라보는 여자의 반응에 놀란 사람 몇몇이 의아한 눈초리로 바라보았다. 여자의 시선은 텅 비어 있었다. 무엇을 보고 있는지도, 어디로 왜 가고 있는지도 몰랐다. 여자의 두 다리만 알 수 없는 힘에 이끌려 계단을 내려가고 있었다.

이성적으로 행동하도록 조절하는 몸의 어떤 기능이 마비된 것 같았다. 두려움에 쫓기면서 목적도 없이 무조건 앞으로, 앞으로 걸어갔다. 그러다가 갑자기 잠에서 깨어난 듯 홀 입구에서 멈춰 섰다. 이곳에 앉아서 식사하고, 춤추고, 웃고, 즐거운 만남을 가졌던 기억이 떠올랐다.

'내가 왜 여기 있지? 왜 왔지?'

여자는 공간에 대한 지배력을 상실했다. 더 이상 움직일 수가 없었다. 벽이 흔들리고, 카펫이 미끄러지고, 샹들리에가 좌우로 마구 흔들렸다.

'이러다 쓰러질 것 같아.'

바닥이 오르락내리락했다. 본능적으로 오른손으로 홀입구의 커튼을 움켜쥐고 몸의 균형을 잡으려 했다. 하지만 사지에 힘이 빠져 앞으로 나아갈 수도, 뒤로 돌아갈 수도 없었다. 벽에 온몸을 의지하고 서 있는 여자의 얼굴에 경련이 일어나고, 눈이 저절로 감겼다. 숨쉬기조차 힘들었다. 어쩔 줄 모르고 한동안 그런 상태로 서 있었다.

바로 그때 독일 엔지니어가 그녀에게 뛰어왔다. 그는 어느 여자에게 보여주려는 사진들을 가지러 급히 자기 방으로 가던 중이었다. 그때 이상하게도 크리스티네가 벽에 기대어 가쁘게 숨을 몰아쉬고 있는 모습을 발견했다. 처음에는 여자를 알아보지 못했던 남자가 소년처럼 명랑한 목소리로 말을 걸었다.

"여기 있었군! 왜 식사하러 내려오지 않았어? 무슨 비밀 임무라도 있어? 그런데 얼굴이 왜 그래? 괜찮아?"

그가 깜짝 놀라 여자의 얼굴을 살폈다. 크리스티네는 그의 첫마디에 움찔했다. 갑자기 자신의 이름을 들은 몽유병 환자처럼 온몸이 떨렸다.

깜짝 놀란 여자가 눈썹을 치켜세웠다. 공포에 질린

듯했다. 자신을 가격하는 주먹을 피하는 사람처럼 팔을 들어 올렸다.

"무슨 일이야? 어디 아파?"

그가 몸을 가누지 못하고 쓰러질 듯 휘청거리는 여자를 부축했다.

여자는 갑자기 머리가 빙빙 도는 기분이었다. 따뜻한 남자의 팔이 몸에 닿자, 여자는 불에 덴 듯 화들짝 놀랐다.

"할 말이 있어요. 지금 당장! 여기 말고, 사람들이 없는 곳에서 당신에게만 할 이야기가 있어요."

그에게 할 말이 있는 건 아니었다. 단지 누군가를 붙잡고 말하고 싶을 뿐이었다. 울부짖고 싶었다.

평소에 차분하던 그녀의 목소리가 날카로워지자 엔지니어는 깜짝 놀랐다.

'이 여자, 어디 아픈 것이 틀림없어. 그래서 침대에 누워 있다가 저녁 식사 때에도 내려오지 못한 거야. 지금 몰래 일어나서 내려왔나 봐. 몸에 열이 있는 게 분명해. 눈동자가 흐릿한 걸 보면 알 수 있어. 아니면, 여자들에게 나타나는 일종의 히스테리인가? 어쨌든 진정시켜야겠어. 아픈 것 같다고 하면 안 되겠지. 그냥 기분이나 맞춰주자.'

"좋아, 그러지 뭐."

남자는 아이처럼 여자에게 말했다.

"저기……."

'사람들 눈에 안 띄었으면 좋겠는데.'

220

"저기, 신선한 공기라도 쐴 겸 바깥으로 나가는 게 어때? 그러면 좀 좋아질 거야. 홀 안은 너무 더워."

'일단 여자를 진정시켜야겠어.'

남자는 여자의 손목을 잡으면서 열이 있는지 확인했다. 그런데 손이 얼음처럼 차가웠다. 남자는 여자가 염려되면서 예사롭지 않다는 생각이 들었다.

'참 이상하군.'

호텔 밖으로 나오자 머리 위 아크등 불빛이 환하게 흔들리며 내려오고 있었다. 왼쪽으로 나 있는 숲은 어둠에 잠겨 있었다. 어제 여자가 기다리던 곳이었다. 하지만 여자는 그것이 천 년 전 일인 듯싶었다. 여자의 몸에 있는 세포에서 기억이란 기억은 전부 지워져 버렸다. 남자가 친절하게 그곳으로 여자를 데려갔다.

'얼른 어두운 곳으로 가는 게 좋겠어. 여자에게 무슨 일이 있다는 걸 누군가 알아볼 수 있으니까.'

여자는 남자에게 이끌려 따라갔다.

'우선 마음을 달래주고, 심각한 이야기는 되도록 피하고 그저 일상적인 이야기나 하자. 지금으로서는 그게 위안이 되겠어.'

"여기가 훨씬 편안하군. 그렇지? 여기, 내 코트를 입어. 아, 정말 아름다운 밤이군. 저기 밤하늘에 별들 좀 봐. 항상 그렇지만 바보같이 저녁 내내 호텔에만 처박혀 있었어."

하지만 크리스티네는 시종 몸을 떨었다. 그의 말이 전혀 마음에 와닿지 않았다.

여자는 자기 생각에 빠져 있었다. 수년 동안 억압당해 온 자신에 대해서만 생각했다. 갑작스럽게 밀려오는 고통으로 가슴이 터질 것 같았다. 자신이 무엇을 하고 있는지 전혀 의식하지 못한 채 남자의 팔을 거세게 움켜쥐었다.

"우리 간대요. 내일 가요. 아주 떠난대요. 나는 다시는 이곳에 돌아올 수 없어요. 영원히. 알겠어요? 안 와요. 다시는 안 올 거예요. 아! 참을 수가 없어!"

'이 여자 몹시 흥분했군. 온몸이 떨리고 있어. 정말 어디가 심하게 아픈 거 아냐? 당장 의사에게 데려가야겠어.'

여자가 다시 남자의 팔을 억세게 붙잡았다.

"그런데 이유를 모르겠어요. 왜 갑자기 떠나야 하는지. 틀림없이 무슨 일이 있었어요. 그런데 그게 뭔지를 모르겠어요. 점심때만 해도 두 분 다 친절했고 아무 말도 없었어요. 그런데 갑자기 오늘 저녁에 저보고 내일 떠나라는 거예요. 내일 아침에 당장! 이유를 모르겠어요. 왜 그렇게 급하게 가라는 것인지, 제가 왜 떠나야 하는지. 쓸모없는 물건을 창밖으로 던져버리듯이 그냥 가라는 거예요. 이해가 안 돼요. 무슨 일이 틀림없이 있었어요."

'아하, 그랬구나!'

이제 모든 것이 분명해졌다. 남자는 조금 전 반 볼렌 부인에 관해 사람들이 하는 이야기를 들었다. 그리고 자기도 모르게 충격을 받았다. 하마터면 크리스티네에게

청혼할 뻔하지 않았던가. 그는 여자의 이모부와 이모가 더는 곤란한 일이 일어나지 않게 하려고 되도록 빨리 불쌍한 조카딸을 쫓아버리려 하고 있음을 눈치챘다. 폭탄이 터진 것이다.

'더는 이 여자 일에 관여하지 말자. 화제를 바꿔야겠다!'

남자는 막연한 이야기를 몇 마디 던졌다.

"진짜로 떠난다는 뜻은 아닐 거야. 이모와 이모부가 다시 생각하시겠지. 그리고 내년에……."

하지만 크리스티네는 그의 말을 듣지 않았다. 고통스럽게 울부짖으며 아이처럼 화를 내고 발을 굴렀다.

"나는 가기 싫어요! 집에 안 갈래요. 거기 가서 뭘 해야 하죠? 참을 수 없어요. 제 인생은 끝이에요. 집에 가면 미쳐버릴 거예요. 맹세코 못 떠나요. 가기 싫어. 도와줘요. 도와줘!"

물에 빠진 사람처럼 질식할 듯 외치는 날카로운 소리는 눈물에 젖어 있었다. 여자는 경련하듯 몸을 떨었고, 그 흔들림을 남자의 몸이 고스란히 흡수했다.

"울지 마! 그만 울어!"

남자는 자신도 모르게 마음이 움직여 여자를 끌어안으며 달래듯 말했다. 여자는 힘없이 축 늘어져 남자의 품에 몸을 파묻었다. 지금 이 순간, 남자에 대한 욕망 같은 것은 없었다. 단지 기진맥진하여 이루 말할 수 없는 피곤함이 몰려왔다. 한 남자의 살아 숨 쉬는 육체에 자신의 모든 것을 의지할 수 있을 것 같았다. 머리를 쓰다

들어줄 남자, 무력하게 홀로 남겨지거나 버려지지 않게 해줄 남자. 필사적인 흐느낌이 차츰 가라앉으며 여자는 마음속으로 조용히 울었다.

남자는 이상한 느낌이 들었다. 난데없이 호텔에서 불과 스무 걸음 떨어진 숲 그늘에 서서 울고 있는 젊은 여자를 안고 있었으니까. 언제든 누군가 그들을 볼 수 있었고 지나갈 수 있었다. 조심성 없이 몸을 밀착하는 여자의 온기를 남자는 느끼고 있었다. 남자는 동정심에 압도되었다. 고통받는 여자를 향한 남자의 동정심은 언제나 무조건적이다. 그러나 남자는 생각했다.

'이건 단지 여자를 달래기 위해서야. 여자의 마음을 가라앉히기 위해서라고.'

여자는 남자의 오른손을 잡고 몸을 지탱하고 있었다. 남자는 왼손으로 여자의 머리를 쓰다듬었다. 흐느낌을 가라앉히려고 고개 숙여 여자의 머리에 입을 맞추었다. 남자의 입술은 이마를 지나 여자의 입술을 찾았다. 그 순간, 여자의 입에서 어처구니없는 말들이 튀어나왔다.

"당신과 함께 갈래요. 나를 데려가 주세요. 우리 함께 떠나요. 당신이 가는 곳이라면 어디든지 좋아요. 그리고 다시는 돌아오지 말아요. 고향에는 죽어도 가기 싫어요. 못 견디겠어요. 어디든지 가요. 당신이 원하는 곳이면 어디든지, 언제까지라도!"

흥분한 여자가 남자의 팔을 마구 흔들었다.

"저를 좀 데려가 주세요!"

엔지니어는 몹시 당황했지만, 정신을 가다듬고 냉정

하게 생각했다.

'이 여자와 관계를 끊어야겠군. 서둘러 단호하게 끝내야 해. 어떻게든 여자의 마음을 가라앉히고 안으로 데리고 들어가야겠어. 그렇지 않으면 내 처지가 몹시 난처해질 거야.'

"알았어, 그렇게 할게. 하지만 너무 서두르는 건 좋지 않아. 차근차근 생각해 보자. 하룻밤 자면서 생각해 보자고. 이모와 이모부가 생각을 바꿀지도 모르잖아? 그리고 자기들이 내린 결정을 후회할지도 몰라. 내일이면 모든 것이 해결되겠지."

하지만 흥분한 여자는 격하게 몸을 떨었다.

"안 돼요, 내일은 안 돼요, 내일 아침에 나는 떠나야 해요. 그분들은 저를 쫓아버리려 하고 있어요. 소포처럼, 우편물처럼…… 그렇게 가기는 싫어, 싫어요!"

그리고 남자를 더욱 거세게 붙잡으며 말을 이었다.

"저를 데려가세요. 지금 당장. 도와줘요. 더는 견딜 수 없어."

'당장 그만둬야겠다. 말려들면 안 돼. 이 여자는 지금 제정신이 아니야. 자기가 무슨 말을 하는지도 모르고 있어.'

"알았어, 알았다고. 그렇게 할게."

남자가 여자의 머리를 쓰다듬으며 말했다.

"이해해. 여기서 이러지 말고 안에 들어가서 이야기하자. 여기에 오래 있으면 안 돼. 이러다 감기 걸려. 코트도 입지 않고 얇은 원피스만 걸쳤으니……. 가자. 들어가서 라운지에 앉아서……."

남자가 조심스럽게 여자에게서 팔을 빼냈다.

"이제 그만 들어가자고."

크리스티네는 흐느낌을 멈추고 남자를 바라보았다. 여자는 한마디도 듣지도 이해하지도 못했다. 하지만 여자는 자기 몸을 감싸고 있던 남자의 따뜻한 팔이 사라졌음을 깨달았다. 몸과 머리로 그리고 본능의 힘으로 그의미를 알아차렸다. 그 순간, 섬뜩한 생각이 들었다.

'이 남자, 몸을 사리는 거야. 겁쟁이! 속으로 두려워하고 있어. 이곳에 있는 사람들 모두 내가 사라지기를 바라고 있는 거야. 모두가.'

그제야 정신을 차린 여자가 짧게 말했다.

"고마워요. 혼자 갈 거예요. 미안해요, 잠시 화가 났던 것뿐이에요. 이모 말이 옳아요. 이곳 높은 산 공기가 저한데는 좋지 않은 것 같아요."

남자가 무슨 말을 하기 시작했지만 여자는 그를 무시하고 앞서 걸음을 옮겼다. 여자의 어깨는 뻣뻣하게 굳었다.

'다시는 저 남자를 보지 않을 거야. 아무도 다시는 보고 싶지 않아. 이곳을 떠날 거야. 거만하고 이기적이고 비겁한 사람들 앞에서 다시는 망신당하지 않을 거야. 빨리 여기서 벗어나고 싶어. 여기에서 받은 것은 아무것도 가져가지 말자. 선물이고 뭐고 다 싫어. 다시는 속지 말아야지. 다시는 저 사람들에게 내 마음을 보여주지 말아야지. 차라리 아무도 모르는 후미진 곳에서 혼자 죽어버

리는 게 낫겠어.'

그토록 여자를 황홀하게 했던 호텔에 들어서면서, 그
토록 좋아했던 라운지를 걸어가면서, 돌덩이에 색을 칠
하고 장식품을 걸어 놓은 것 같은 사람들을 스쳐 지나
가면서 여자는 속으로 중얼거렸다.

'그 남자 싫어! 여기 있는 사람들도 싫어! 사람이 싫
어!'

방으로 들어온 크리스티네는 밤새도록 꼼짝도 하지
않고 의자에 앉아 있었다. 모든 것이 끝났다는 단 하나
의 생각에 사로잡혀 몽롱한 상태에 놓여 있었다. 머릿속
은 명료하게 의식할 수 있는 통증이 아니라, 마취 상태
에 있는 환자가 살을 파고드는 외과 의사의 칼을 어렴
풋이 느끼며 체험하는 둔통처럼, 깊은 곳에서 둔탁하게
박동하는 고통을 느꼈다. 여자는 실내를 가득 채운 침묵
에서 멍하니 테이블을 바라보고 앉았다. 마비된 의식 저
편에서 무슨 일이 벌어지고 있었다. 꿈처럼 흘러간 아
흐레 동안 그녀의 자리를 차지했던 새로운 존재, 그녀
와 똑같은 형상으로 만들어졌던 가공의 존재, 비현실적
이면서 동시에 현실적이었던 폰 볼렌 양이 여자 안에서
죽어가고 있었다. 여자는 얼어붙은 듯 뻣뻣한 목에 다
른 여자의 진주 목걸이를 걸고, 입술에는 붉은 립스틱을
대담하게 바른 채 '폰 볼렌'이라는 여자의 방에 앉아 있
었다. 그녀가 그토록 좋아했던, 잠자리 날개처럼 가벼운
가운을 걸치고 있었지만, 이제는 그것이 수의처럼 느껴

졌다. 그것은 여자의 옷이 아니었다. 여기 있는 모든 것이 그녀의 것이 아니었다. 이 축복받은 세상에 있는 어느 것도 이제 그녀와 아무 상관 없었다. 이곳에 온 첫날 그랬듯이, 모든 사물에서 남에게서 빌린 물건을 사용할 때 느끼는 어색함과 낯섦이 느껴졌다. 바로 옆에 꽃무늬 장식의 부드럽고 따뜻한 이불이 덮인 침대가 있었지만, 여자는 거기 올라가 눕지 않았다. 이제 그것은 여자의 것이 아니었다. 반들반들 윤이 나는 가구, 조용히 숨쉬는 듯한 카펫, 사방을 둘러싼 황동 장식품, 비단, 유리 공예품 등 이제 방 안에 여자의 것은 없었다. 손에 끼고 있는 장갑, 목에 걸린 목걸이도 다른 여자의 것이었다. 자신과 똑 닮은 여자, 이젠 살아 있지 않은, 연기처럼 사라져 버린 크리스티아네 폰 볼렌의 것이었다. 여자는 가공의 자신을 밀쳐내고 본래의 자신을 되찾으려고 했다. 어머니를 생각했다. 많이 편찮으시거나 어쩌면 돌아가셨을지도 모른다는 사실을 생생히 느끼려고 애썼다. 하지만 아무리 자신을 자극해도 격렬한 고통이나 불안에 몰입할 수 없었다. 오직 한 가지 느낌이 다른 모든 느낌을 밀쳐냈다. 그것은 분노였다. 분출구도 없이 몸 안에 갇혀 부글부글 끓는 무력한 분노, 끝없이 솟구치는 분노였다. 그러나 여자는 그 분노의 대상이 무엇인지 알 수 없었다. 이모인지, 어머니인지, 혹은 자신의 운명인지. 그것은 불공평한 처사로 억울하게 고통을 받아본 사람만이 느낄 수 있는 분노였다. 여자의 상처받은 영혼은 온전했던 자신에게서 어느 한구석이 떨어져 나갔음을 느끼고 있었다. 축복받은 날개를 떼어버리고 이제는 땅바닥을 기는 눈먼 구더기가 되어야 했다. 무엇인가가 영영 사라져 버린 느낌이었다.

여자는 분한 마음에 얼어붙은 듯 의자에 앉아 밤새 잠을 이루지 못했다. 벽과 문을 통해 들리는 사람들의 소음도 전혀 들리지 않았다. 태평하게 자는 사람들의 숨소리도, 쾌락에 몸부림치는 연인들의 비명도, 병든 사람들의 신음도, 잠 못 이루는 사람들의 반복적인 발걸음 소리도 듣지 못했다. 벌써 유리창을 통해 전해지는 새벽 산들바람 소리도 듣지 못했다. 방에, 호텔에, 우주에 혼자 있다는 느낌뿐이었다. 그녀의 육체는 마치 절단된 손가락처럼 여전히 온기는 남아 있지만 감각도 힘도 없이 꿈틀거리고 있었다. 그녀의 삶은 살아 있지만 죽은 것과 같은 잔인한 삶이었다. 이대로 조금씩, 조금씩 굳어가다가 죽어버릴 것 같았다. 여자는 폰 볼렌 양의 뜨거운 심장이 마침내 멈추는 순간을 기다리는 듯 심장 박동 소리에 귀 기울이며 굳은 자세로 앉아 있었다.

마침내 아침이 왔다. 종업원이 복도를 청소하는 소리가 들렸다. 정원사는 호텔 건물 앞 정원에서 자갈을 고르고 있었다. 어김없이 또 하루가 시작되었다. 마지막 날이었다. 떠나야 했다. 이제 짐을 싸고 클라인-라이플링의 우체국 여직원 호프레너 양으로 돌아가야 했다. 제 것도 아닌 화려한 옷을 보면서 행복으로 가슴이 미어질 것 같았던 자신은 이제 기억에서 지워버려야 했다.

크리스티네는 힘겹게 의자에서 일어났다. 팔다리가

뻣뻣하게 굳어버렸고, 머리가 어지러우면서 온몸에 피로가 느껴졌다. 옷장까지 네 걸음 거리가 한없이 멀게만 느껴졌다. 힘없이 옷장 문을 여는 순간, 클라인-라이플링의 원피스와 혐오스러운 블라우스가 눈에 들어오자 여자는 충격에 휩싸였다. 그녀의 옷가지는 교수당한 사람처럼 소름 끼치는 모습으로 옷장 안에 대롱대롱 매달려 있었다. 옷을 꺼내면서 마치 시체에 손이 닿기라도 한 것처럼 끔찍한 전율을 느꼈다. 죽은 줄 알았던 '호프레너'라는 인물로 다시 돌아가야 했다! 선택의 여지는 없었다. 드레스를 벗는 순간, 섬세하고 부드러운 종이처럼 부스럭거리는 소리가 들렸다. 새 옷과 속옷, 스웨터, 가짜 진주 목걸이……. 사람들에게 받았던 예쁜 물건 중에서 진정한 선물이라고 생각하는, 한 줌도 안 되는 것들을 촌스럽고 작은 등나무 가방에 챙겨 넣었다.

드디어 짐 정리가 끝났다. 여자는 다시 한번 방을 둘러보았다. 야회복, 댄싱슈즈, 허리띠, 분홍색 셔츠, 장갑 등 원래 그녀에게 속하지 않았던 것들이 침대에 널려 있었다. 마치 환상이 만들어낸 허깨비 같은 존재였던 폰 볼렌 양이 폭발하고 남은 잔해처럼 보였다. 크리스티네는 몸서리쳤다. 자기 물건은 하나도 남겨두고 싶지 않았다. 마지막으로 방을 둘러보았다. 여자의 소유물은 하나도 없었다. 이제 누군가 다른 사람이 이 침대에서 자게 될 것이다. 다른 사람이 이 창문을 통해 황금빛 풍경을 바라보고, 이 맑은 거울에 비친 자신의 모습을 보게 될 것이다. 이제 여자는 그 누군가가 절대로 될 수 없었다.

이것은 이별이 아니라, 죽음이었다.

　여자는 가방을 들고 방을 나왔다. 복도는 여전히 한산했다. 계단 쪽으로 걸음을 옮기던 여자는 문득, 초라한 옷을 걸친 크리스티네 호프레너에게는 카펫이 깔려 있고 황동 장식 난간이 있는 넓은 계단을 이용할 자격이 없다는 생각이 들었다. 여자는 화장실 옆에 있는 직원용 철제 나선 계단을 통해 아래로 내려왔다. 데스크에서 꾸벅꾸벅 졸고 있던 야근 종업원이 놀라 일어나 수상쩍다는 듯한 눈초리로 그녀를 바라보았다. 저건 뭐지? 허름한 옷차림의 젊은 여자가 촌스러운 가방을 들고 호텔 출구 쪽으로 걸어가고 있었다. 한마디 말도 없이 쑥스러워하는 표정으로 그림자처럼 움직였다. 종업원이 달려가 어깨로 회전문을 가로막았다.

　"실례합니다. 어디로 가시려는 거죠?"

　"일곱 시 기차로 떠나려고요."

　호텔 손님이, 그것도 숙녀분이 직접 가방을 들고 기차역까지 가겠다고 하자 깜짝 놀란 종업원이 이상하다는 듯이 물었다.

　"방 번호가 어떻게 되나요?"

　그제야 크리스티네는 알아차렸다. 종업원은 자신을 무단침입자로 생각하는 모양이었다. 하긴, 종업원의 생각을 나무랄 수도 없었다. 그런데 크리스티네는 화를 내기는커녕 오히려 실컷 푸대접받고 싶은 불쾌한 욕구가 솟구쳤다.

　'그래, 나를 불쾌하게 해봐. 나를 더 힘들게 해봐.'

여자가 차분히 대답했다.

"286호실이에요. 숙박비는 제 이모부, 안토니 반 볼렌 씨가 계산했어요. 이름은 크리스티네 호프레너예요."

"잠깐만 기다리세요." 야근자가 자리로 돌아가 장부를 뒤적였다. 하지만 여자는 종업원의 시선이 여전히 자신에게 고정되어 있음을 느꼈다. 잠시 후, 종업원이 당황한 모습으로 여자에게 공손하고 정중히 사과했다. 목소리도 달라졌다.

"아, 손님, 이거 정말 죄송합니다. 아침에 체크아웃하신다고 주간 근무자가 제게 일러주었습니다만, 너무 이른 시각이어서 제가 그만 실수하고 말았습니다. 그리고 손님께서 직접 짐을 들고나오시리라고는 예상하지 못했습니다. 기차가 출발하기 20분 전에 차가 와서 짐을 날라줄 겁니다. 식당에서 아침 드실 시간은 충분합니다."

"아니에요, 이제 아무것도 필요 없어요. 잘 있어요!" 여자는 종업원을 쳐다보지도 않고 호텔 문을 나왔다. 종업원은 놀란 표정으로 여자의 뒷모습을 바라보며 머리를 좌우로 흔들고는 다시 자리로 돌아갔다.

'이제 아무것도 필요 없어요…… 말 한번 잘했네. 그래, 난 아무것도 필요 없어, 누구한테서도.'

여자는 기차역으로 가는 내내 시선을 내리깔고 바닥만 보며 걸었다. 한 손에는 가방을, 다른 손에는 우산을 들고 있었다. 멀리서 산들이 새벽의 어스름 속에서 모습을 드러내고 있었다. 크리스티네가 그토록 좋아했던 엥가딘의 아름다운 하늘은 조만간 구름이 걷히며 그 선명한 빛을 드러낼 참이었다. 그러나 여자는 땅만 보며 걸었다.

'이제 아무것도 보고 싶지 않아. 아무것도 받고 싶지 않아. 신이 무언가를 준다 해도 받고 싶지 않아. 꼴도 보기 싫어. 생각하고 싶지도 않아. 아름다운 것들은 모두 다른 사람들을 위해 있는 거야. 호텔들, 호화로운 방들, 놀이터, 그 놀이터에서 하던 놀이, 천둥 같은 소리를 내던 눈사태, 적막한 숲…… 이 모든 것이 이제 다시는 내 것이 될 수 없어.'

추레한 레인코트를 입고 낡은 우산을 들고 기차역으로 걸어가면서 여자는 의식적으로 테니스 코트를 외면했다. 여자는 알고 있었다. 이제 곧 흰 유니폼을 입은 오만한 인간들이 나타나 건강한 구릿빛 얼굴로 여유롭게 몸을 풀며 운동을 시작할 것이다. 여자는 아직 문을 열지 않은 고급 상점들, 명품이 진열된 가게들, 호텔, 상가, 카페를 지났다.

'가자, 가! 뒤돌아보시도 말자. 그냥 모두 잊이비리자.'

기차역에 도착한 여자는 삼등 열차 대기실에 웅크리고 앉았다. 전 세계 어디서나 똑같은, 딱딱한 나무 벤치들이 놓여 있고 사방이 칙칙한 회색으로 칠해진, 언제나 변함없는 풍경의 삼등 열차 대기실에서 여자는 고향에 돌아온 듯한 느낌을 받았다. 기차가 역에 도착하자 서둘러 올라탔다.

'남의 눈에 띄고 싶지 않아. 아무도 날 알아봐서는 안 돼.'

그런데 갑자기 누군가 자기 이름을 부르는 듯한 착각에 빠졌다.

"호프레너 양! 호프레너 양!" 실제로 누군가 그녀의 이름을 부르고 있었다. 환청이 아니었다. 첫 번째 객차에서 마지막 객차까지 모든 승객이 알아듣도록 그 지겨운 이름을 부르고 있었다. 여자는 부르르 몸을 떨었다.

'떠나는 순간까지 누가 나를 조롱하는 거야?'

그런데 또다시 그녀를 부르는 소리가 분명히 들렸다. 여자는 차창 밖으로 고개를 내밀었다. 호텔 데스크 직원이 전보 한 장을 흔들며 뛰어왔다.

"어제저녁에 온 전보입니다. 야간 근무자가 수취인이 누군지 몰라서 전해드리지 못했다고 합니다. 죄송합니다. 손님께서 체크아웃하셨다는 것을 방금 알았습니다."

크리스티네는 전보를 펼쳤다.

– 어머니 상태 악화. 조속한 귀향 바람. 푹스탈러.

'기차가 출발한다. 끝났다. 이제 다 끝났어.'

어떤 물질이든 외부에서 가해지는 열에 의해 온도가 올라갈 때 그 물질 고유의 임계점이 있다. 그 지점을 지나면 아무리 열을 가해도 온도가 올라가지 않는다. 물이 끓는 비등점이 있고 쇠가 녹는 용해점이 있듯이, 정신도 똑같은 방식으로 작동한다. 행복감 역시 절정에 이르면 더는 행복을 느끼지 못한다. 고통, 절망, 굴욕, 혐오, 두려움도 마찬가지다. 그릇에 물을 부을 때 가득 차면 더는 부을 수 없는 것과 같다.

그처럼 전보의 내용도 크리스티네에게 새로운 고통을 주지 못했다. 머리로는 분명히 충격과 놀라움과 두려움을 느껴야 한다고 생각했지만, 아무리 정신을 가다듬어도 감정에는 변화가 없었다. 마비되어 감각이 사라진 다리에 의사가 주삿바늘을 꽂듯이 전보 내용은 여자의 감정에 어떤 영향도 주지 못했다. 아무 반응도 없었다. 환자는 주삿바늘이 몸을 파고드는 순간 따끔하게 아프리라는 것을 안다. 그래서 고통을 예상하고 긴장한다. 하지만 정작 바늘이 몸 안으로 들어와도 마비된 신경은 반응하지 않는다. 환자는 자기 몸의 일부가 고통을 느낄 수 없다는 사실, 자기 몸이 죽어가고 있다는 사실을 깨닫고 공포에 휩싸인다. 크리스티네는 전보를 읽고 다시 읽으면서 자신의 냉담한 반응에 전율했다. 어머니가 위독하다고 했다. 고향의 지독한 구두쇠들이 전보까지 보낸 것을 보면 심각한 상태임이 틀림없었다. 어쩌면 이미 돌아가셨을지도 모른다. 그럴 가능성이 충분했다. 그런데 손가락 하나 떨리지 않고 눈물 한 방울 나지 않았다. 어제만 해도 어머니에 대한 걱정으로 마음 졸였는데, 지금은 신경이 마비된 듯 아무런 느낌이 없었다. 리듬에 맞춰 덜커덕거리며 굴러가는 요란한 기차 바퀴 소리도 들리지 않았다. 여자의 맞은편 좌석에 앉아 시시덕거리며 소시지를 먹고 있는 얼굴이 불그스레한 남자들 모습도 눈에 들어오지 않았고, 창밖 풍경이 꽃들로 뒤덮인 작은 언덕으로 바뀌면서 강물의 허연 물거품이 발치를 씻어내고 있는 절벽들도 눈에 들어오지 않았다. 처음 여행을 시작했을 때에는 그토록 생생했던 풍경을, 여자의 마비된 눈은 전혀 감지하지 못하고 있었다.

국경에서 기차가 멈추고 역무원이 여권을 보자고 했을 때에야 조금 정신이 들었다. 따뜻한 것을 마시고 싶었다. 끔찍하게 얼어붙은 몸을 조금이나마 녹이고, 목구멍의 부기를 가라앉혀서 숨을 내쉬고 소리라도 지르고 싶었다.

기차가 중간역에서 잠시 정차했을 때 여자는 역내 식당에 들어가 럼주가 섞인 뜨거운 차 한 잔을 마셨다. 독한 액체가 혈관을 타고 흘렀다. 마비되었던 뇌세포가 되살아나는 느낌이었다. 조금 정신을 차리자, 언제 집에 도착할 예정인지 전보를 보내 알려줘야겠다는 생각이 들었다. 역무원은 구석을 돌아 오른쪽으로 가면 바로 우체국이 있다며 기차가 출발할 때까지 시간이 충분하다고 일러주었다.

여자는 전보 접수창구를 찾았다. 닫혀 있는 유리 칸막이를 똑똑 두드리자, 안쪽에서 마지못해 걸어 나오는 발걸음 소리가 들렸다. 덜커덕 소리가 나면서 칸막이가 올라갔다.

"뭐예요?"

잿빛 얼굴에 안경 쓴 여자가 대뜸 화를 내듯 용건을 묻는 바람에 공연히 당황한 크리스티네는 얼른 대꾸하지 못했다. 철제 안경테 너머로 보이는 피곤한 눈과 타성에 젖은 태도, 양피지처럼 비쩍 마른 손가락으로 전보 양식을 건네주는 늙은 여직원의 무표정한 얼굴. 10년 혹은 20년 후 유령 같은 존재가 되어버린 자신의 모습을 마법의 거울을 통해 보고 있는 듯했다. 여자는 손가락이 떨려 글을 쓸 수가 없었다.

'저것이 바로 미래의 내 모습이야.'

여자는 창구 뒤에서 참을성 있게 고개를 숙이고 손에 연필을 쥔 채 기다리고 있는, 말라비틀어진 낯선 중년 여인의 모습을 물끄러미 바라보았다. 여자는 잘 알고 있었다. 저 몸짓, 저 지루한 기다림의 시간.

'저 거울 속 유령처럼 나도 아무 보람 없이 소모되고 늙어가며 조금씩 죽어가겠지.'

크리스티네는 다시 기차로 돌아왔다. 무릎이 떨렸다. 죽어서 관 속에 누워 있는 자신의 모습을 꿈에서 보고 겁에 질려 소리 지르며 깨어나는 사람처럼 이마에 차가운 땀방울이 송골송골 맺혔다.

밤새 한잠도 못 자고 잔크트 펠텐 역에 도착한 크리스티네가 지친 몸으로 열차에서 내리자, 누군가 플랫폼을 가로질러 급히 달려왔다. 푹스탈러 선생이었다. 여기서 밤새 기다렸을 것이다. 크리스티네는 한눈에 사태를 파악했다. 그는 검은 양복에 검은 넥타이를 매고 있었다. 손을 내밀자 남자가 동정 어린 표정으로 여자의 손을 잡았다. 안경 너머 그의 두 눈이 어쩔 줄 몰라 하며 여자를 응시하고 있었다. 크리스티네는 아무것도 묻지 않았다. 쩔쩔매는 그의 모습이 모든 것을 말해주고 있었다. 그런데 이상하게도 여자는 작은 동요조차 느끼지 못했다. 고통도, 슬픔도, 놀라움도 없었다.

'어머니가 돌아가셨어. 어쩌면 잘된 일인지도 몰라.'

클라인-라이플링으로 가는 완행열차에서 푹스탈러 씨가 사려 깊은 표정으로 어머니가 운명하시던 순간을 상세히 들려주었다. 하늘이 잿빛으로 무겁게 드리워진 아침, 남자는 밤을 새운 탓인지 눈이 게슴츠레하고 생기가 없어 보였다. 면도하지 못한 얼굴은 수염이 덥수룩했고, 옷은 형편없이 구겨지고 먼지투성이였다. 그는 크리스티네를 위해 매일 하루에 서너 번씩 어머니를 보러 갔고, 크리스티네를 대신해서 밤을 지새웠다.

'정말 눈물 나게 고마운 친구야.' 여자는 속으로 생각했다. '다만, 입 좀 다물고 나를 그냥 내버려 두었으면 좋겠는데. 엉성하게 땜질한 누런 이빨을 드러내고 감정에 겨워 목멘 소리로 주절대잖아.'

전에는 꽤 호감이 갔던 이 남자의 추한 몰골을 보자 혐오감이 끓어올랐다. 그런 감정이 드는 것이 조금 미안했지만, 짜증스러운 혐오감은 입술이 일그러질 만큼 씁쓸하게 느껴졌다.

자기도 모르는 사이에 여자는 이 남자를 스위스에서 만났던 신사들과 비교하고 있었다. 늘씬하고, 건강하고, 손톱이 깔끔하고, 허리가 날렵한 코트를 입은 남자들을 생각하면서, 여자는 경멸적인 호기심으로 푹스탈러의 후줄근한 옷차림을 찬찬히 뜯어보았다.

소매와 옷깃이 뒤집힌 프록코트, 올이 다 드러난 팔꿈치, 때 묻은 싸구려 셔츠에 매고 있는 싸구려 검정 넥타이 등 작달막한 말라깽이 남자의 꾀죄죄한 행색은 차마 눈 뜨고는 보지 못할 만큼 한심하고 우스꽝스러웠다. 옆으로 튀어나온 핏기 없는 귀, 촌스럽게 가운데 가르마를 탄 성긴 머리, 철제 안경테 너머로 보이는 흐리멍덩한 눈동자, 구겨진 옷깃 위로 드러난 양피지처럼 메마른 얼굴······.

'내가 이런 남자와 가까이 지내려 했다니! 안 돼, 절대로 안 돼. 이런 남자가 내 몸에 손을 대게 할 수는 없어. 저따위 옷을 입은 소심한 인간, 교회 집사처럼 생긴 키 작은 남자에게 순종하며 평생 살아갈 수는 없지. 절대로 그럴 수 없어!'

생각만 해도 역겨움이 목구멍을 타고 올라오며 메슥거렸다.

푹스탈러 씨가 말을 멈추었다.

"왜 그래요?"

남자가 걱정스러운 표정으로 물었다. 그는 여자가 몸을 떨고 있음을 알아차렸다.

"아무것도 아니에요. 그냥 조금 피곤해서 그래요. 지금은 말하기조차 힘들어요. 아무 말도 들리지 않아요!"

크리스티네는 몸을 뒤로 기대며 두 눈을 감았다. 남자의 모습이 사라지고, 그 견디기 어려웠던 자상한 위로가 들리지 않자 기분이 한결 나아졌다.

'희생적으로 나를 위해 애쓰는 저 사람에게는 미안한 일이지만, 더는 참을 수가 없어. 못 하겠어. 이런 사람은 안 돼. 절대로 안 돼!'

빗줄기가 세차게 쏟아지고 있었다. 시신을 안장하기 위해 파놓은 묘혈 앞에서 목사가 빠른 속도로 기도문을 음송했다. 손에 삽을 든 일꾼들이 분주하게 땅을 파내고 있었다. 빗줄기가 더욱 거세지자 목사는 목소리를 높여 더 빠른 속도로 읊었다. 마침내 식이 끝나자 교회 묘지에서 죽은 노파의 입관을 지켜본 사람들은 아무 말 없이 뛰다시피 마을로 돌아갔다. 크리스티네는 장례식이 진행되는 동안 아무것도 느끼지 못했던 자신에 대해 다시 한번 놀랐다. 장화를 신고 있지 않아서 약간 짜증이 났을 뿐이었다. 작년에 장화를 사려고 했으나 어머니는 그럴 필요 없다며 자기 장화를 빌려 신으면 된다고 했다. 푹스탈러 씨의 코트 옷깃은 안쪽이 해져 있었다. 프란츠 형부는 더 뚱뚱해졌고 빨리 걸을 때면 천식 환자처럼 씩씩거렸다. 올케언니의 우산은 너덜너덜했다. 이제는 정말 우산 천을 바꿀 때가 되었다. 식료품 가게 여주인은 화환도 보내지 않았다. 집 앞 정원에서 시들어버린 꽃 몇 송이를 꺾어 철사로 묶어서 보냈을 뿐이다. 헤르트리트슈카 빵집은 여자가 없는 사이 새 간판을 걸었다. 여자가 어쩔 수 없이 다시 돌아온 이 비좁은 동네는 모든 것이 흉물스럽고, 치졸하고, 눈에 거슬렸다. 그런 느낌들이 날카로운 갈고리처럼 몸을 파고들었지만, 여자는 아무런 통증도 느끼지 못했다.

문상객들은 집 앞에서 작별 인사를 하고 서둘러 우산을 펴 흙탕물을 튀기면서 집으로 돌아갔다. 언니와 형부, 올케언니 그리고 올케언니의 두 번째 남편인 가구 제작자만 삐걱거리는 나무 계단을 올라와 방으로 들어왔다. 크리스티네를 포함해서 다섯 명이었지만, 의자는 네 개밖에 없었다. 실내는 불편할 정도로 비좁고 적막했다. 걸어놓은 젖은 코트와 물이 떨어지는 우산에서 축축하고 퀴퀴한 냄새가 났다. 빗방울이 세차게 창문을 때리는 가운데 세상을 떠난 노파의 텅 빈 회색 침대는 어둠에 묻혀 있었다.

모두 침묵을 지키고 있었기에 조금 당황한 크리스티네가 먼저 말을 꺼냈다.

"커피 드실래요?"

"그래, 크리스틀, 커피 한잔하자." 형부가 얼른 맞장구쳤다.

"뜨거운 게 좋겠어. 우리가 여기 오래 있을 수 없으니 얼른 마시자. 기차가 다섯 시에 떠나거든." 버지니아산 시가를 입에 문 형부가 숨을 몰아쉬며 말했다. 그는 아직 젊은 나이였지만 뱃살이 넉넉하고 쾌활한, 성격 좋은 지방공무원이었다. 병참 상사로 복무하던 전시부터 배가 나오더니 전후에는 아랫배가 더 튀어나왔다. 그래서 집에서 셔츠를 입고 있을 때만 편안함을 느꼈다. 장례식이 진행되는 동안 그는 진심에서 우러나온 슬픈 표정으로 꼼짝도 하지 않고 서 있었다. 하지만 이제는 검은색 상복의 단추를 풀어놓고 편안한 자세로 의자 등받이에 비만한 몸을 기대고 앉아 있었다.

"아이들은 집에 두고 오기를 잘했어. 넬리가 아이들도 할머니 장례식에 데려가야 한다고 했지만, 나는 아이들에게 우울한 장면을 보여주지 않는 편이 좋겠다고 했지. 설령 아이들은 장례식을 봐도 그게 뭔지 이해하지도 못할 거야. 게다가 여기까지 왔다가 돌아가는 기차 요금도 너무 비싸거든. 요즘 같은 시기에는……."

크리스티네는 안간힘을 쓰며 커피콩을 갈았다. 지난 다섯 시간 동안 여자는 그 지긋지긋한 '너무 비싸다'라는 표현을 무려 열 번이나 들었다. 푹스탈러 씨는 잔크트 펠텐 병원에서 내과 과장을 데려왔으면 너무 비쌌을 거라며 어차피 의사가 왔어도 할 일이 없었으리라고 했다. 올케언니는 어머니 무덤에 세운 돌 십자가가 너무 비싸다고 했다. 언니는 장례 미사 비용이 너무 비싸다고 했다. 그리고 형부는 교통비가 너무 비싸다고 말했다. 처마에서 떨어지는 빗방울처럼 식구마다 똑같은 말을 입에 달고 있었다. 앞으로도 이 빗방울은 하루도 빠짐없이 떨어질 것이다. '너무 비싸, 너무 비싸, 너무 비싸……' 화가 치민 크리스티네는 커피콩을 갈면서 몸을 떨었다

'아! 제발 여기서 벗어나고 싶어. 저런 사람들 꼴도 보기 싫고, 저런 말도 지겨워.'

식구들이 커피를 기다리면서 테이블 주위에 말없이 앉아 있었다. 올케언니와 결혼한 화보리텐 출신의 과묵한 가구 제작자는 고개를 숙이고 앉아 있었다. 그는 죽은 노파를 전혀 알지 못했다. 그들의 대화는 장애물로 가득한 도로처럼 두서없는 질문과 대답이 오가며 갈팡질팡했다. 마침내 커피가 나오자 분위기가 조금 나아졌

다. 크리스티네는 커피 넉 잔을 내려놓고 다시 창가로 돌아갔다. 여자의 집엔 커피 잔이 네 개밖에 없었다. 네 사람 사이의 어색한 침묵에 여자는 숨이 막혔다. 그 불편한 침묵은 단 한 가지 생각을 숨기고 있었다. 여자는 그것이 무엇인지 알고 있었고, 뼛속 깊이 느끼고 있었다. 여자는 네 사람이 각각 두 개씩 들고 온 빈 가방을 현관에서 보았다. 이제 무슨 이야기가 나올지, 여자는 알고 있었다. 메스꺼워서 숨이 막힐 것 같았다.

마침내 형부가 쾌활한 목소리로 말을 꺼냈다.

"비가 엄청나게 쏟아지는군! 정신없이 나오는 바람에 넬리가 우산도 가져오지 않았어. 어머니가 쓰시던 우산을 언니에게 줘도 되겠지? 크리스틀! 처제에게 우산이 필요한가?"

"아뇨." 크리스티네가 창가에 붙어 서서 대답하며 몸을 부르르 떨었다.

'이제 시작되었구나. 다들 말하기 시작할 거야. 빨리들 하고 돌아가라, 어서.'

아니나 다를까, 언니가 입을 열었다. "말이 나왔으니 말인데, 어머니가 쓰시던 물건을 지금 바로 나누는 게 좋지 않겠니? 우리 다섯 사람이 언제 다시 모이겠어? 프란츠는 무척 바빠." 언니는 몸을 돌려 가구 제작자를 바라보며 말했다. "그쪽도 마찬가지겠죠?" 마치 미리 생각해 두었던 것을 말하듯, 대화가 거침없이 이어졌다.

"그리고 여기 다시 오기도 어렵잖아. 돈이 너무 많이 들어. 지금 이 자리에서 어머니 유품을 나누는 게 좋을 것 같아. 안 그래, 크리스틀?"

"맞아요." 여자는 목이 잠겼다. "알아서들 나누세요. 언니는 아이가 둘이나 있으니 어머니 물건을 요긴하게 사용할 수 있을 거야. 나는 아무것도 필요 없어요. 아무 것도 갖지 않겠어. 알아서들 나눠서 다 가지세요."

여자가 트렁크를 열었다. 낡아서 올이 다 드러난 옷 가지 몇 벌을 꺼내서 어제까지만 해도 따뜻했을 어머니의 침대 위에 올려놓았다. 비좁은 다락방에 다른 공간도 없었다. 어머니의 유품은 많지 않았다. 낡은 여우 모피, 수선한 코트, 체크무늬 여행용 무릎담요, 상아 손잡이가 달린 지팡이, 베네치아에서 산 브로치, 결혼반지, 작은 은시계와 체인, 마리아첼에서 산 묵주와 유약을 칠한 목걸이 펜던트, 양말 몇 켤레, 구두, 펠트 슬리퍼, 속옷, 낡은 부채, 구겨진 모자, 그리고 생전에 어머니가 읽으면서 여러 군데 책장 모서리를 접어놓은 기도서 등이었다. 여자는 얼마 되지도 않는 전당포 잡동사니 같은 낡은 물건들을 하나도 빠짐없이 내놓고는 얼른 창가로 다시 돌아가 비가 쏟아지는 창밖을 내다보았다. 여자 뒤에서는 두 여자가 어머니 유품의 가치를 가늠하면서 들릴 듯 말 듯 한 목소리로 이야기를 나누고 있었다. 둘은 눈에 보이지 않는 경계를 설정하고 언니 몫은 침대 오른쪽에, 올케언니 몫은 왼쪽에 놓았다.

크리스티네는 창가에 서서 한숨을 내쉬었다. 등 뒤에서 낮은 목소리로 유품에 가격을 매기며 승강이하는 소리가 들렸다. 비록 죽은 어머니의 침대에 등을 돌리고 서 있었지만, 뒤에서 분주히 움직이는 그들의 손가락이 보이는 듯했다. 여자는 분노가 치밀었지만 한편으로는 연민이 느껴졌다.

'얼마나 가난한 사람들인가. 얼마나 참혹하게 가난한 사람들인가. 하지만 저 사람들은 그런 사실조차 모르고 있어. 저들이 달라붙어 부지런히 나누는 물건들은 전부 쓰레기인데……. 낡은 옷가지들, 헌 구두, 넝마 같은 저 물건들이 저들에게는 보물처럼 보이나 봐. 저들은 세상에 대해 뭘 알고 있을까? 저 드넓은 바깥세상에 대해 어렴풋이나마 알고 있기는 한 걸까? 하지만 차라리 모르는 편이 나을 거야. 자신이 얼마나 가난한지, 얼마나 지독하게 가난하고 비참하게 살고 있는지!'

형부가 여자에게 다가와 말을 건넸다.

"크리스틀, 우리 공평하게 나누자. 왜 아무것도 안 가져가? 어머니를 기억할 물건을 간직해야 하지 않겠어? 시계가 아니면 시곗줄이라도 가져."

"아뇨." 여자가 단호하게 잘라 말했다. "나는 아무것도 원치 않아요. 아무것도 가지지 않겠어요. 언니네는 아이들도 있으니 필요한 게 많겠죠. 난 아무것도 필요 없어요."

여자가 다시 몸을 돌렸을 때에는 이미 상황이 끝난 상태였다. 올케언니와 언니가 각자 자기 몫을 챙겨 가방에 넣었다. 이제 죽은 노파는 정말 매장된 것이다. 네 사람이 우두커니 서 있었다. 민망스럽고 미안해서 어쩔 줄 모르면서도 합의 끝에 어색한 일이 끝나고 나자 그들의 얼굴에는 만족한 빛이 역력했다. 하지만 마음이 편치만은 않은 듯했다. 그래서 어머니의 유품을 나눠 가졌던 기억을 어서 지워버리기 위해서라도 가까운 형제와 시누이, 올케답게 이야기를 나눠야 한다는 부담을 느끼는 것 같았다. 마침내 형부가 뭔가 생각난 듯이 여자에게 물었다.

"처제, 아직 이야기를 못 들었네. 휴가로 다녀온 스위스는 어땠어?"

"아주 좋았어요." 여자가 이를 앙다물고 날카롭게 대답했다.

"그렇겠지, 우리도 언젠가 한번 가보고 싶어. 어디든 여행을 떠나고 싶어! 하지만 아내와 아이 둘을 데리고 움직이기가 쉽지 않네. 무척 비쌀 테니 말이야. 그런 호화스러운 곳에 가는 것은 포기해야겠어. 묵었던 호텔은 하루 숙박비가 얼마야?"

"몰라요." 크리스티네가 마지막 남은 힘을 다해 숨을 내쉬며 대답했다. 온몸의 신경이 끊어지는 듯했다.

'이제 제발 좀 가라!'

다행스럽게도 프란츠가 시계를 보며 말했다.

"자, 여러분. 이제 기차를 타러 갑시다. 크리스틀, 날씨도 궂은데 수고스럽게 배웅 나올 필요 없어. 언제 한번 빈으로 놀러 와! 어머니도 돌아가셨으니 사이좋게 지내자고!"

"맞아요, 그래야죠." 여전히 대꾸할 마음이 없는 크리스티네는 못 참겠다는 표정으로 냉랭하게 말하고는 문 앞에서 그들을 보냈다. 여러 사람이 짐을 손에 들고 어깨에 메고 내려가자, 나무 층계는 발을 디딜 때마다 심하게 삐걱거리는 소리를 냈다. 그렇게 마침내 모두 떠나버렸다. 그들이 가자마자 크리스티네는 창문을 활짝 열어젖혔다. 그동안 냄새에 숨이 막혔다. 퀴퀴한 담배 냄새, 싸구려 음식 냄새, 축축이 젖은 옷에서 나는 쉰 냄새, 노파의 공포와 걱정과 한숨이 밴 냄새, 소름 끼치는 가난의 냄새…….

'이런 곳에서 계속 살아야 한다니 얼마나 끔찍한 일인가. 도대체 왜, 누구를 위해서? 어디엔가 다른 세상이, 진짜 세상이 있는데 왜 매일 여기서 숨을 쉬어야 하지?'

온몸의 신경이 올올이 일어서는 것 같았다. 여자는 옷을 입은 채 침대에 풀썩! 몸을 던져 누웠다. 자신도 모르게 가슴속에서 견딜 수 없는 증오심이 일어나자, 베개를 입에 물고 터져 나오는 비명을 억눌렀다.

'인간이 싫다. 세상이 싫어. 나도 밉고, 부자든 가난뱅이든 모두 꼴도 보기 싫다. 너무 힘들어서 견딜 수가 없어. 정말 지긋지긋한 삶이야.'

2부

식료품 가게 주인 미카엘 포인트너 씨가 우체국 문을
쾅 닫고 나오면서 소리쳤다.

"저 교만한 년, 정말 역겨워! 뻔뻔스럽고 싸가지 없는
년! 내가 그런 말은 난생처음 들었네. 마녀 같은 년!"

"자, 자, 흥분하지 마. 이번에는 또 무슨 일이야? 누가
자네를 물어뜯기라도 했나?"빵집 주인 헤르트리트슈카
씨가 우체국 앞에서 그를 기다리고 있다가 흥분한 포인
트너 씨를 진정시키며 호탕하게 웃었다.

"맞아, 물어뜯겼지. 저런 건방진 여자는 처음 봐. 올
때마다 말이 달라져. 이렇게 해도 안 된다, 저렇게 해도
안 된다, 성가시게 굴기만 하고 아주 오만방자해. 그저
께는 내가 양초를 보내려고 송장을 쓰는데 잉크 펜으로
쓰지 않고 연필로 써서 안 된다고 하더니, 오늘은 글쎄,
자기가 책임을 져야 한다면서 포장이 불량한 소포는 받

을 수 없다는 거야. 내가 분명히 말하지만, 저 멍청한 거위 같은 여자가 이래라저래라하는 시간에 소포 천 개는 보냈을 거야. 저 여자가 잘난 척하는 목소리만 들어도 구역질이 나. 우리를 바보 취급하는 그 표준어 말이야."

식료품 가게 주인이 곤경을 겪은 것이 고소한 듯, 뚱뚱한 헤르트리트슈카 씨가 눈을 반짝이며 말했다. "아무래도 그 여자가 당신을 좋아해서 그렇게 괴롭히는 모양이지!"

"그런 말도 안 되는 농담은 집어치워!" 식료품 가게 주인이 발끈하면서 말을 이었다. "그 여자가 못살게 구는 게 나뿐만이 아니라고! 어제는 저쪽 공장 사장이 농담 좀 했다고 그 여자가 호되게 야단을 치더라는 거야. 마치 그 양반을 구두닦이 소년 대하듯 하면서 '그따위 농담은 하지 마세요. 나는 여기 책임자예요'라고 했다는 군. 그 여자 악마가 씌었나 봐. 틀림없이 무슨 일이 있는 거야. 하지만 내 말을 믿어도 좋아. 내가 그 악마를 쫓아버릴 테니까. 앞으로는 내게 친절하게 대하고, 그동안 잘못했다고 사과하게 될 거야. 빈에 갈 일이 있으면, 내가 체신청 책임자를 만나서 단단히 따질 거야."

씩씩거리며 울분을 토하는 포인트너 씨의 말이 옳았다. 우체국 여직원 크리스티네 호프레너 양에게 뭔가 좋지 않은 일이 생겼던 것이다. 지난 2주간 마을 사람들이 모두 알게 되었다. 처음에 사람들은 아무 말도 하지 않았다. 가엾은 처녀가 어머니를 잃고 상심한 탓이라고만 생각했다. 목사가 여자를 위로하러 두 차례나 집에 들렀다. 푹스탈러 씨는 도와줄 일이 없냐고 하루도 빠짐없이 물었다. 옆집에 사는 부인은 혼자 있지 말고 저녁때 함께 지내자고도 했다. 길 건너편 여관 주인아주머니는 혼자 살림하느라 힘들어하지 말고 자기 여관에 방을 하나 얻어 하숙할 생각은 없는지 물어보기까지 했다. 하지만 여자는 그들에게 대답조차 제대로 하지 않았다. 그러자 마을 사람들은 여자가 집에 혼자 있고 싶어 한다고 생각했다. 우체국 여직원 크리스티네 호프레너에게 무슨 일이 생긴 것이다. 여자는 예전처럼 일주일에 한 번 모이는 음악 동아리에도 나가지 않고 목이 쉬었다고 변명만 계속했다. 3주 동안 한 번도 교회에 가지 않았고, 어머니를 위한 미사에도 참석하지 않았다. 푹스탈러 씨가 추도사를 낭독하겠다고 했지만 머리가 아프다며 사양했다. 푹스탈러 씨가 함께 산책하자고 청할 때마다 피곤하다며 거절했다.

이제는 아무도 그녀에게 말을 걸지 않았다. 쇼핑할 때면 마치 급하게 기차라도 타러 가는 사람처럼 바삐 걸어가면서 주위 사람들에게 인사조차 하지 않았다. 예의와 친절의 대명사로 알려졌던 직장에서도 이제는 사람들에게 무관심으로 일관했고, 무뚝뚝하고 거만하게 굴었다.

여자에게 분명히 무슨 일이 있었다. 그것이 무슨 일인지, 본인만 알고 있을 터였다. 여자가 잠든 동안에 누군가 그녀의 눈에 독약을 뿌린 모양이었다. 그래서 독이 묻은 눈으로 세상을 보게 되었던 것이다. 악의와 적개

심으로 가득 찬 눈으로 세상을 바라보자 모든 것이 추하고, 사악하고, 적대적으로만 보였다. 여자는 매일 아침 증오심으로 하루를 시작했다. 여자가 아침에 눈을 뜨자마자 보는 것은 연기에 그을린 다락방 천장의 대들보였다. 낡은 침대, 싸구려 누비이불, 등나무 의자, 깨진 물주전자가 놓여 있는 세면대, 벗겨진 벽지, 판자가 삐걱거리는 마룻바닥…… 모든 것이 지지리도 궁상맞고 흉측했다. 차라리 눈을 감고 캄캄한 어둠 속에 파묻혀 있고 싶었다. 하지만 자명종 소리는 여자의 귓전을 때리며 그런 작은 바람조차도 용납하지 않았다. 여자는 신경질적으로 일어나 신경질적으로 옷을 입었다. 해진 속옷, 역겨운 검은색 원피스…… 원피스의 소매는 이미 오래전에 찢어졌지만, 귀찮아서 내버려 두었다.

'누구한테 잘 보이려고 옷을 고쳐? 이곳 얼간이 농부들에게는 이 정도만 해도 아주 잘 차려입은 거야. 어서 이 구역질 나는 방을 나가 출근하자.'

하지만 익숙하던 사무실은 전혀 다른 얼굴로 여자를 맞았다. 사무실은 이제 차를 타고 유유자적 드라이브하듯 시간을 흘려보내던 한적한 공간이 아니었다. 열쇠로 문을 열고 여자를 기다리는 끔찍한 침묵으로 들어갈 때면 작년에 보았던 영화의 한 장면이 떠올랐다. 《종신형》이라는 영화였다. 섬뜩한 분위기를 풍기는 교도관이 굳은 표정으로 경찰관 두 명과 함께 겁에 질린 소년 죄수를 쇠창살로 가로막힌 을씨년스러운 회벽 감방으로 데려가고 있었다. 그 장면을 보면서 여자는 등골이 오싹했다. 다른 관객들도 그랬을 것이다. 여자는 몸서리쳤다. 마치 자신이 교도관이자 죄수가 된 듯했다. 여자는 우체국 창문에도 쇠창살이 있다는 사실을 처음 깨달았다. 그리고 장식 하나 없는 회벽으로 둘러싸인 우체국 내부가 지하 감옥을 닮았다는 사실도 처음 깨달았다. 우체국에 있는 모든 사물이 새로운 의미로 다가왔다. 그녀가 앉아 있는 의자, 잉크 자국으로 얼룩진 탁자, 업무가 시작되면 열어놓는 유리 칸막이 등, 이미 수백 수천 번을 보아 온 것들이었다. 벽에 걸린 시계를 보면서 여자는 시곗바늘이 원을 그리면서 돌아간다는 사실에 처음으로 주목했다. 열두 시에서 한 시로, 한 시에서 두 시로, 두 시에서 세 시로, 그렇게 열두 시를 가리킨 시곗바늘은 다시 한 시에서 두 시로, 세 시로, 열두 시로, 단 한 치도 앞으로 나아가지 못하고 똑같은 시계 판 위를 돌고 또 돌았다. 시계는 하루의 일과를 위해 태엽을 감고, 한순간도 쉬지 못한 채 직사각형의 우체국 안에 갇혀 있었다.

아침 여덟 시였지만, 크리스티네는 벌써 피로를 느꼈다. 오늘 하루 닥칠 일들을 생각만 해도 피곤했던 것이다. 언제나 똑같은 얼굴, 똑같은 질문, 똑같은 업무, 똑같은 우편료……. 정확히 15분 후에 희끗희끗한 머리에 늘 쾌활한 집배원 안드레아스 힌터펠러 씨가 분류할 우편물들을 가지고 들어왔다. 예전 같으면 여자는 습관적으로 일을 처리했을 것이다. 하지만 지금은 편지와 우편엽서 들을 우두커니 바라보고만 있었다. 특히, 성에 살고 있는 귀터스하임 백작 부인 앞으로 온 우편물들을 뚫어

254

저라 쳐다보았다. 그 백작 부인에게는 딸이 셋 있었다. 그중 한 명은 이탈리아 남작과 결혼했고, 미혼인 다른 두 딸은 전 세계를 여행하는 중이었다. 최근에 보내온 카드들은 빛나는 푸른 바다와 활처럼 굽은 해안이 펼쳐진 소렌토에서 보내온 것이었다. 발신지는 로마 호텔이었다. 크리스티네는 우편엽서에서 로마 호텔을 찾아 백작 부인의 딸이 묵고 있는 방을 X자로 표시했다. 햇빛이 잘 드는 넓은 테라스가 있는 방은 정원의 오렌지 나무에 둘러싸여 있었다.

크리스티네는 자기도 모르게 밤에 그곳을 거니는 자신을 상상했다. 푸른 바다에서 서늘한 바람이 불어오고, 한낮의 햇볕을 받은 바위가 따스한 온기를 발산하는 그곳을 누군가와 함께 걷는 자신의 모습을 그려보았다.

크리스티네는 우편물 분류를 계속했다. 그때 파리에서 온 편지 한 장이 눈에 들어왔다. 평판이 좋지 않은 어느 젊은 여인이 보낸 편지라는 것을 금세 알아차렸다. 어느 부유한 유대인 석유 사업가와 부적절한 관계를 가졌다는 등 수치스러운 소문이 자자한 여자였다. 게다가 전에 유흥가에서 남자 손님들을 상대하는 직업 댄서로 일했고, 지금은 다른 남자와 사귀고 있다고 했다. 실제로 봉투가 아주 고급스러운 그 편지의 발신지는 모리스호텔이었다. 크리스티네는 그 편지를 짜증스럽게 옆으로 던져버렸다. 이번엔 인쇄물이었다. 귀터스하임 백작 부인에게 온 인쇄물들을 한쪽에 모아두었다.『여성』,『우아한 세계』등 표지에 모델 사진이 실린 패션 잡지들이었다.

'이 잡지들은 오후에 배달해도 상관없을 거야.'

조금 한가해지자, 여자는 겉봉을 뜯고 잡지들을 꺼내 펼쳐 보았다. 잡지에는 최근 유행하는 의상을 입은 영화배우, 영국 귀족들의 호화로운 시골별장, 유명 가수들이 소유한 희귀한 자동차 사진이 실려 있었다. 향수처럼 세련된 향기가 콧속으로 밀려 들어오는 느낌이 들면서 스위스에서 만났던 사람들의 모습이 떠올랐다. 여자는 야회복을 입은 여자들의 사진에서 눈을 떼지 못했다. 부유한 남자들의 미끈하고, 지적이고, 깔끔한 얼굴을 보는 순간 그녀의 손가락이 경련을 일으키듯 떨렸다. 여자는 잠시 잡지를 옆으로 밀쳐놓았다가 다시 끌어당겨 펼쳐 놓았다. 비록 자신의 현실과는 동떨어졌지만, 한때 익숙했던 세상을 보자 호기심과 증오심, 욕망과 질투심이 뒤섞인 묘한 감정이 일어나 마음이 극도로 심란해졌다.

그때 갑자기 우체국 출입문이 벌컥 열렸다. 여자는 화들짝 놀랐다. 매혹적인 사진들이 마술처럼 탄생시킨 황홀한 세계로, 졸린 소처럼 흐리멍덩한 눈을 뜬 농부 하나가 입에 파이프를 물고 추레한 몰골로 무거운 구두를 끌며 들어왔다. 농부는 우표 몇 장을 달라고 했다. 여자는 반사적으로 농부에게 면박을 줄 구실을 찾았다.

"여기 써 붙인 '금연'이라는 글자가 안 보여요? 글 읽을 줄 몰라요?"

괜한 트집을 잡으며 어리둥절해하는 농부에게 모욕을 주고 불친절하게 굴었다. 이 농사꾼에게 분풀이하는 것이 여자로서는 증오스럽고 진절머리 나는 세상에 대해 무의식중에 앙갚음하는 수단이었을 것이다. 그러나 곧 미안한 마음이 들었다.

'불쌍한 인간들이야. 혐오스럽고 예의도 없는 데다 궂은일을 하느라 지저분한 몰골에 진흙탕 같은 시골구석에 처박혀 술에 취해 살잖아. 그렇다고, 내가 저들보다 낫다는 게 아니야. 나도 저들과 똑같아.'

하지만 절망에 빠진 여자는 기회만 생기면 분노를 터뜨렸다. 소위 에너지 보존의 법칙에 따라 여자는 어떤 식으로든 억압된 마음을 풀어야 했다. 초라하고 작은 사무용 책상에 앉아 한 줌의 권력을 이용해 무고한 마을 사람들에게라도 분풀이하지 않고는 중압감에서 벗어날 수 없었다. 스위스 호텔에 있을 때에는 남자들의 구애를 받았고, 그녀를 원하는 남자들이 여기저기 널려 있었다. 그렇게 여자는 자신의 존재감을 확인할 수 있었다. 하지만 이곳에서는 화를 내거나 미미한 공적 권위라도 휘두르지 않고서는 주목받을 수 없었다. 무지하고 순박한 시골 사람들 앞에서 잘난 척하는 짓이 얼마나 서글프고, 한심하고, 저속한지를 여자도 잘 알고 있었다. 하지만 그렇게라도 해야 잠시나마 분한 마음을 진정시킬 수 있었다. 분노가 몸속 깊이 쌓여 있었기에 화풀이할 상대가 없으면 물건에라도 화를 풀어야 했다. 실이 바늘구멍에 잘 들어가지 않으면 신경질 내며 실을 끊어버렸다. 서랍이 잘 닫히지 않으면 있는 힘을 다해 부술 듯이 쾅! 소리를 내며 닫았다. 상부 기관에서 물건을 잘못 보내면,

불쾌감을 그대로 드러내는 도전적인 편지를 보냈다. 장거리 통화를 하러 오는 우체국 이용자에게는 전화를 곧바로 연결해 주지 않고 짜증을 부리며 못살게 굴었다. 그것이 얼마나 비참한 짓인지 스스로 잘 알고 있고, 자신이 많이 변했다는 사실이 두렵기도 했다. 하지만 달리 방법이 없었다. 어떤 식으로든 세상에 대한 증오심을 발산해야 했다. 그러지 않으면 숨이 막혀 죽을 것 같았다.

여자는 업무가 끝나면 곧장 집으로 달려가 방에 틀어박혀 밖에 나오지 않았다. 전에는 종종 어머니가 자는 동안 반 시간 정도 산책하러 나갔었다. 아니면 식료품 가게 주인아주머니와 수다를 떨거나 이웃집 아이들과 놀기도 했다. 하지만 지금은 분개한 마음을 숨기면서 미친개처럼 아무나 보고 짖어대지 못하게 스스로를 방에 가두어야 했다. 게다가 언제나 똑같은 집과 얼굴 들이 보이는 거리에 나가고 싶지도 않았다. 폭이 넓은 면 치마를 입고, 머리에는 기름때가 자르르하고, 통통하게 살찐 손가락에 반지를 낀 여자들을 보면 우스꽝스럽기만 했다. 가쁘게 숨을 쉬면서 항아리처럼 배가 나온 남자들 꼴을 보면 견딜 수가 없었다. 가장 심한 꼴불견은 머리에 포마드를 바르고 도시 사람 흉내를 내는 젊은 남자들이었다. 맥주 냄새에 역겨운 담배 연기가 자욱한 술집도 참을 수 없이 싫었다. 산림경비원 조수나 경찰관 품에 안겨 외설스러운 농담이나 받아주는 덩치 큰 여자들은 저능한 백치처럼 보였다. 보기 싫은 물건들이 어둠에 가려지도록 불을 꺼버리고 방 안에 틀어박혀 있는 편이 훨씬 나았다. 여자는 조용히 앉아 생각에 잠긴 채 시간을 보냈다. 언제나 똑같은 생각이었다. 여자의 기억은 놀랄 만치 생생하고 명료했다. 당시에는 의식하지도 느끼지도 못했던 수많은 장면이 선명하게 떠올랐다. 사람들과 나누었던 아주 사소한 이야기까지 기억났고, 눈으로 보았던 것들이 빠짐없이 머릿속에서 되살아났다. 먹었던 음식들이 바로 눈앞에 있는 것 같았다. 혀에 와인과 리큐어 맛이 느껴졌다. 어깨를 드러낸 투명한 비단 드레스와 무척 포근했던 흰색 침대도 기억났다. 수많은 추억이 떠올랐다. 복도에서 끈질기게 여자를 따라다니다가, 밤이면 객실 문밖에 서 있던 키 작은 영국 남자도 생각났다. 만하임에서 온 소녀의 애정 어린 손길이 여자의 팔을 부드럽게 스치던 기억이 떠오르자 팔의 피부가 짜릿해지면서 여자끼리도 사랑에 빠질 수 있겠다는 생각이 들었다. 그 당시의 매 순간을 되풀이해서 떠올려 보면서, 얼마나 아까운 기회들이었는지, 이제야 새삼 알게 되었다. 그렇게 매일 밤 방에 앉아 당시의 순간들을 회상했다. 그리고 그 모든 것이 이제는 한낱 과거 사실 뿐임을 깨달았다. 푹스탈러 씨가 위로의 말을 건네려고 여러 차례 여자를 찾아왔지만, 그가 문을 두드리면 숨을 멈추고 있다가 삐걱거리는 계단을 내려가는 발걸음 소리가 들리고 나서야 참았던 숨을 내쉬었다. 여자는 지나간 일들을 돌이켜 생각하면서 하루하루를 보냈다. 그리고 그 추억을 절대 버리지 않을 작정이었다. 그때 일을 회상하다가 지쳐서 녹초가 될 즈음에야 잠자리에 들었다. 방 안이 몹시 춥고 어두워졌음을 그제야 깨달으며 불현듯 놀라기도 했다. 여자의 몸은 몹시 허약해졌다. 이불 위에 옷과 외투까지 덮고 자야 할 만큼 추위를 견디지 못했다. 밤늦게야 잠이 들어도 단잠을 이루지 못하고 항상 불안하고 악몽을 꾸었다.

'여자가 재빨리 차에 올라탄다. 차는 엄청나게 빠른 속도로 산꼭대기까지 올라갔다가 다시 내려온다. 급경사에서 차가 뒤집어질까 봐 두렵다. 그러면서도 더 빠르게 달리고 싶어 한다. 옆에는 항상 남자가 앉아 있다. 독일 엔지니어거나 다른 남자이다. 남자는 여자를 껴안는다. 그 순간, 여자는 깜짝 놀란다. 알몸으로 앉아 있기 때문이다. 사람들이 여자를 보고 웃는다. 자동차가 움찔하며 속도를 늦추자, 여자는 남자에게 다시 속력을 내라고 소리친다. 빨리, 더 빨리, 더 빨리. 여자의 몸속 깊은 곳까지 자동차 엔진 소리가 파고든다. 그러고는 자동차가 비행기처럼 공중으로 떠오르면서 어두운 숲속으로 빨려 들어가고, 여자는 극도의 희열을 느낀다. 여자는 이제 옷을 입고 있다. 남자가 여자의 몸을 강렬하게 애무한다. 남자의 팔에 점점 더 힘이 들어간다. 여자는 신음하며 정신을 잃는다.'

항상 그 장면에서 여자는 잠에서 깼다. 온몸이 땀범벅이었고, 죽을 것처럼 피곤했다. 사지가 저렸다. 눈을 뜨면 거미줄로 뒤덮인 다락방 천장이 보이고, 연기에 그을리고 벌레 먹은 경사진 대들보가 여전히 그 자리에 있었다. 여자는 피곤하고 몽롱한 상태로 정해진 시간에 가차 없이 자명종이 울릴 때까지 꼼짝하지 않고 누워 있었다. 그리고 끔찍한 낡은 침대에서 기어 나와 끔찍한 낡은 옷을 입고 끔찍한 하루를 맞이했다.

크리스티네는 몹시 긴장되고 우울한 기분으로 4주를 버렸지만, 더는 그대로 지낼 수 없었다. 이제는 꿈마저 사라져 버렸다. 엥가딘에서 지낸 시절을 다시 떠올려 보았지만, 과거의 일들은 현재를 지탱할 힘이 되어주지 못했다. 몹시 지쳤고 감정마저 메말라 버렸으며 온종일 머리가 지끈거렸다. 다시 우체국 업무로 복귀했지만, 정신이 반쯤 나간 사람처럼 망연히 앉아 일에 집중하지 못했다. 밤에는 잠도 오지 않았다. 관처럼 느껴지는 사각형 다락방에서 좀처럼 긴장을 풀지 못했고, 차가운 침대에 누워도 몸은 불덩이처럼 뜨거웠다. 이런 상황을 더는 견딜 수 없었다. 다른 창문을 통해 다른 풍경을 보고 싶은 욕망이 간절해졌다. 창밖으로 보이는 여관 간판은 이제 꼴도 보기 싫었다. 다른 침대에서 자고, 색다른 경험을 하고 싶었다. 몇 시간만이라도 다시 다른 사람이 되고 싶었다. 그러던 중에 뜻밖에 좋은 생각이 떠올랐다. 서랍에서 1백 프랑짜리 지폐 두 장을 꺼냈다. 이모부가 카드 게임을 할 때 얻었던 돈이 그대로 남아 있었다. 크리스티네는 가진 것 중에서 가장 좋은 옷과 구두를 골라 차려입고, 토요일 일과가 끝나자 기차역으로 가서 빈으로 가는 표를 샀다.

빈에 가야 할 이유도 없었고, 가서 무엇을 해야 할지

도 몰랐다. 단지 떠나고 싶다는 생각뿐이었다. 이 시골 마을에서, 우체국에서, 자기 자신에게서 벗어나고 싶었다. 자신을 이곳에 묶어놓은 인간들로부터 빠져나가고 싶었다. 다시 한번 기차 바퀴의 요란한 움직임을 몸으로 느끼고 싶었고, 밝은 조명을 받고 싶었다. 근사하게 차려입은 사람들을 만나 낯선 우연에 부딪혀보고 싶었다. 길에 박힌 돌멩이 같은 삶을 더는 살고 싶지 않았다. 다시 한번 사람들과 교류하고 세상과 자신을 느껴보고 싶었고, 다른 사람이 되고 싶었다. 한결같이 낡고 변화가 없는 것들은 싫증 났다.

저녁 일곱 시, 빈에 도착한 여자는 마리아힐퍼 슈트라세에 있는 작은 호텔에 짐을 풀었다. 그리고 미용실 문이 닫히기 전에 서둘러 달려갔다. 전처럼 다른 여자로 다시 태어나야 했다. 미용사들이 날랜 손놀림으로 머리를 다듬고 화사하게 화장해 주면 정말 다른 사람이 되리라는 어처구니없는 생각이 들었다. 그때처럼 따뜻한 기운이 온몸을 감쌌다. 미용사가 민첩하게 손을 놀리며 머리를 손질해 주었다. 한 남자가 원했던, 그리고 그가 키스했던 입술에 립스틱이 세련된 색채를 남겼다. 몇 가지 색으로 볼터치를 해주자 여자의 두 뺨에 화색이 돌았다. 핏기 없고 지친 얼굴에 파우더를 바르자, 엥가딘의 햇볕에 그을렸던 갈색 피부가 마술처럼 되살아났다. 의자에서 일어나니 짙은 향기가 진동하며 다시 두 다리에 힘이 솟았다. 거리로 나와 허리를 곧추세우고 자신 있게 걸었다. 옷에 대한 자신감마저 회복했다면 다시 폰 볼렌 양이 되었다고 믿었을 것이다. 9월의 저녁 하늘에서는 여전히 태양이 빛나고 있었다. 선선한 저녁 공기를 가르며 걷는 기분이 상쾌했고, 이따금 자신을 훑어보는 행인들의 시선을 느끼자 들떴다.

'나는 살아 있어. 숨 쉬고 있어. 여기 이렇게 살아 있어.'

문득 옷 가게 쇼윈도 앞에 멈춰 서서, 모피 코트와 드레스, 구두를 바라보았다. 유리에 반사된 여자의 두 눈이 초롱초롱 빛났다. 다시 용기가 솟았다.

'언젠가 저런 옷을 입을 날이 오겠지.'

여자는 마리아힐퍼 슈트라세를 지나 링슈트라세 쪽으로 걸어갔다. 이야기 나누며 걱정 없는 표정으로 오가는 사람들이 모두 매력적으로 보였다.

'모두 똑같은 사람들이야. 저 사람들과 내가 다를 게 뭐 있어? 단지, 서 있는 층계참이 다를 뿐이지. 딱 한 계단만 더 올라가면 돼.'

오페라극장 앞에서 걸음을 멈췄다. 공연이 바로 시작될 참이어서 차들이 속속 도착하고 있었다. 파란색, 갈색, 검은색 등 다양한 색상의 번들거리고 윤이 나는 고급 승용차들이었다. 눈에 띄는 원색 제복을 입은 종업원이 입구에서 손님을 맞이했다. 여자는 극장 입구로 다가가 그들을 자세히 살펴보았다.

'참 이상해. 신문마다 빈의 문화가 어떻고, 빈의 문화가 만들어낸 수준 높은 관객이 어떻고 떠들면서 오페라 기사를 쓰고 있잖아. 그런데 나는 태어나서 지금까지 28

263

년 동안 여기 살면서도 빈 극장에는 처음 와봤어. 그것도 극장 안이 아니라 밖에 서 있지. 수백만 인구 중에 단지 십만 명 정도만 이 건물을 직접 보았다고 하던데 사람들은 대부분 신문에서 보았거나 남의 이야기를 들었을 뿐, 직접 극장에 들어갈 엄두조차 내지 못하잖아. 그렇다면, 이렇게 극장으로 몰려드는 이 사람들은 대체 누구일까?'

옷을 화사하게 차려입고 극장 안으로 들어가는 여자들을 바라보자 크리스티네는 혼란스러워지며 화가 치밀었다.

'별것 아닌 여자들이야. 엥가딘에 있을 때 내 모습보다 더 예쁜 것도 아니고, 걸음걸이도 자연스럽지 못하잖아. 그저 비싼 드레스를 걸치고 있다는 게 다를 뿐이야. 그리고 눈에 보이지 않는 자신감이 있을 뿐이지. 나도 한 계단만 올라서면 저들처럼 안으로 들어갈 수 있을 텐데. 저 대리석 계단을 올라가서, 황금빛으로 번쩍이는 칸막이가 있는 특별석으로 갈 수 있을 텐데……. 걱정도 없고, 근심도 없고, 오로지 행복만 넘치는 공간으로 들어갈 수 있을 텐데…….'

공연 시작을 알리는 종이 울렸다. 늦게 도착한 사람들이 서둘러 안으로 들어가면서 외투를 벗어 보관소에 맡기고 있었다. 입구는 다시 텅 비었다. 안에서 음악 소리가 흘러나왔다. 눈에 보이지 않는 벽이 극장 안의 사람들과 극장 밖의 그녀를 갈라놓고 있었다.

크리스티네는 다시 걸음을 옮겼다.

보름달처럼 밝고 둥근 가로등 조명이 붐비는 링슈트 라세를 비추고 있었다. 크리스티네는 인파에 섞여 목적지도 없이 오페른 링을 따라 걸었다. 그러다가 고층 호텔이 보이자, 자석에 끌리듯이 가까이 다가갔다. 자동차 한 대가 호텔 앞에 막 도착했다. 제복을 입은 종업원들이 뛰어나와 한 동양인 부인의 트렁크와 손가방을 받아들었다. 호텔 회전문이 소용돌이처럼 돌아가며 부인을 안으로 끌어들였다. 크리스티네는 간절하게 그리던 세계를 잠시라도 보고 싶은 욕구를 억누르지 못했다.

'한번 들어가 볼까? 프런트 데스크에 가서 반 볼렌 부인이 뉴욕에서 도착했느냐고 물어볼까? 딱 한 번만 들어가 보자. 그래서 스위스에 있던 때를 회상해 보자. 아주 잠깐만이라도 다시 다른 사람이 되어보자.'

여자는 호텔 안으로 들어섰다. 데스크 종업원이 방금 도착한 그 동양인 부인과 이야기하고 있었다. 이리저리 둘러보면서 입구에서 서성대는 크리스티네를 막는 사람은 아무도 없었다. 산뜻하고 고급스러운 여행복이나 연미복을 걸치고, 검은색 에나멜가죽 구두를 신은 신사들이 소파에 앉아 담배를 피우며 잡담하고 있었다. 라운지 소파에는 젊은 여자 셋이 젊은 남자 두 명과 함께 프랑스어로 떠들어댔다. 줄곧 웃음이 터져 나왔다. 아무 걱정 없이, 여유 있는 웃음소리였다. 호텔 안에는 감미로운 음악이 흘렀다. 여자는 마치 부드러운 카펫처럼 깔리는 음악에 도취하여 안쪽으로 들어갔다. 대리석 기둥이 천장을 떠받치고 있는 넓은 홀이 보였다. 레스토랑이었다. 입구에는 연미복을 입은 웨이터들이 서 있었다.

'나도 들어가서 식사할 수 있어.'

크리스티네는 무의식중에 1백 프랑짜리 지폐 두 장과 70실링의 동전이 든 가죽 핸드백을 만지작거렸다.

'그런데 식사비는 얼마나 나올까? 전처럼 넓은 홀에 앉아서 서비스를 받고 사람들의 시선을 즐기면서 마음 내키는 대로 먹을 수 있다면 얼마나 좋을까. 아! 음악 소리가 들린다. 경쾌하면서도 은은한 곡이야.'

하지만 오랜 두려움이 다시 밀려왔다. 옷차림이 형편 없었다. 그녀에게는 저 문을 열고 들어가는 데 필요한 자격증과 같은 옷이 없었다. 갑자기 불안해지면서, 보이지 않는 벽이 다시 눈앞에 나타났다. 저주와도 같은 두려움이 다시 엄습했다. 어깨가 떨렸다. 여자는 날아가듯 빠르게 호텔을 빠져나왔다. 아무도 그녀를 잡지 않았고, 본 사람도 없었다. 여자는 호텔 안으로 들어갈 때보다 더 위축되었다.

여자는 다시 길을 따라 걸었다.

'어디로 가야 하지? 나는 지금 어디쯤 와 있는 걸까?'

거리엔 인파가 차츰 줄고 있었다. 저녁 식사를 하러 가는지, 사람들이 여자 곁을 바삐 스쳐 지나갔다.

'나도 어디 식당에 들어가서 뭘 좀 먹어야겠어. 사람들이 쳐다볼지도 모르니 고급 레스토랑은 피하는 게 좋겠지. 사람들이 북적대는 밝은 곳으로 들어가자.'

여자는 적당한 식당 하나를 찾아 안으로 들어갔다. 거의 모든 자리가 꽉 차 있었지만, 빈자리를 하나 발견하고 그리로 가서 앉았다. 여자를 쳐다보는 사람은 아무도 없었다. 종업원이 음식을 내왔다. 여자는 시큰둥하게 식사를 시작했다.

'겨우 이런 걸 사 먹으려고 여기까지 왔단 말이야? 내가 지금 여기서 뭘 하는 거지?'

흰 테이블보만 내려다보고 앉아 있자니 몹시 지루해졌다.

'여기 계속 앉아 있을 수는 없잖아. 어서 나가야 하는데, 어디로 가야 하지? 이제 겨우 아홉 시야.'

그 순간, 때맞춰 신문팔이 소년이 테이블로 다가와 여자에게 석간신문을 내밀었다. 여자는 두서너 가지 신문을 골랐지만, 읽으려고 산 것은 아니었다. 테이블에 올려놓을 뭔가가 필요했다. 바쁜 척, 누군가를 기다리는 척하기 위해서였다. 신문 기사를 건성으로 훑어보았다.

'이 기사들이 나와 무슨 상관이람? 새 내각 구성의 문제점들, 베를린에서 일어난 강도 살인 사건, 주식 시세, 오페라 여가수를 둘러싼 스캔들…… 이 여가수가 바람을 피우든 말든, 일 년에 노래를 몇 곡이나 부르든, 알게 뭐람? 이 여자 노래를 들을 일은 절대로 없을 거야.'

여자가 신문을 탁자에 내려놓는 순간, 신문 뒷면에 두꺼운 활자로 인쇄된 '오락'이라는 제목이 눈에 들어왔다. '오늘 밤은 어디서?'라는 문구도 보였다. 그리고 그 아래 극장, 댄스홀, 클럽 등의 광고가 나와 있었다. 여자는 관심을 보이며 광고란을 살펴보았다.

'댄스홀, 옥스퍼드 카페', '프레디 시스터즈, 칼튼 클

럽', '헝가리 집시밴드', '유명 흑인 재즈밴드, 3시까지 오
픈, 빈 최고의 사교클럽!'

'이 답답한 외투도 벗어 던지고, 긴장도 풀고, 다시 한
번 사람들과 어울려 춤도 추고, 재미있게 놀아볼까?'

여자는 두 군데 클럽 이름을 종이에 적었다. 식당 종
업원은 두 곳 모두 멀지 않은 곳에 있다고 일러주었다.

여자는 그중 한 곳을 찾아들어가 일 층 입구에 있는
옷 보관소에 외투를 맡겼다. 거추장스러운 껍데기를 벗
어 던지고 나니 기분이 한결 좋아졌다. 빠르고 자극적
인 음악이 아래쪽에서 들려왔다. 계단을 내려가 지하에
있는 클럽 안으로 들어갔다. 그런데 실망스럽게도 비어
있는 테이블이 수두룩했다. 멀뚱멀뚱 앉아 있는 사람들
을 억지로라도 끌어내 춤추게 하려는 듯, 무대엔 흰 재
킷을 입은 악사 몇 명이 열심히 연주하고 있었다. 플로
어에는 한 쌍의 남녀가 춤을 추고 있었다. 눈 밑을 검게
칠하고 머리를 엉성하게 손질한 남자 직업 댄서가 여종
업원 한 사람과 정방형 플로어를 오가며 맥없이 스텝을
밟았다. 스무 개 남짓한 테이블 중에 열댓 개가 비어 있
었다. 분명히 매춘부로 보이는 여자 셋이 테이블 하나를
차지하고 있었다. 한 여자는 은색이 도는 금발로 머리를
염색했고, 또 한 여자는 검은 드레스 위에 남자 야회복
처럼 몸에 꼭 맞는 재킷을 입고 있었다. 뚱뚱하고 가슴
이 풍만한 세 번째 유대인 여자는 빨대로 천천히 위스
키를 빨고 있었다. 그들은 깔보는 듯한 시선으로 크리스
티네를 훑어보더니 킥킥대고 웃으며 자기들끼리 귓속말

로 뭔가를 속삭였다. 이곳이 단골인 듯한 그들은 크리스티네를 시골 여자나 숙맥으로 여기는 듯했다. 홀 안에는 혼자 온 남자들이 있었다. 업무상 출장을 온 사람들인지 면도도 제대로 하지 않은 얼굴은 몹시 지쳐 보였고, 권태로움을 날려줄 무언가를 기대하면서 구부정한 자세로 커피나 슈납스를 마시고 있었다. 크리스티네는 썰렁한 느낌이 들어서 도로 나가고 싶었지만, 웨이터가 친절히 따라붙으며 어느 자리에 앉겠느냐고 물었다.

그래서 여자도 다른 사람들처럼 별로 재미없어 보이는 이 유흥 공간에서 무언가를 기대하며 자리에 앉았다. 테이블에 앉아 있던 남자 하나가 다가와 자신을 프라하에서 온 수공예품 에이전트라고 소개하고 크리스티네를 플로어로 이끌었지만 이내 제자리로 돌아갔다. 그는 춤도 잘 추지 못했고, 춤출 기분도 아닌 듯했다. 게다가 낯선 여인의 태도가 애매하다고 느꼈음이 분명했다. 여자의 독특하고 우유부단한 분위기를 남자로서는 감당하기 어려웠을 것이다. 그는 다음 날 아침 6시 30분에 급행열차를 타고 아그람으로 돌아가야 한다고 했다. 어쨌든 여자는 한 시간가량 그곳에 앉아 있었다. 그사이 새로 들어온 남자 두 명이 세 여자가 있는 테이블에 앉아 시시덕거렸고, 혼자 있는 사람은 크리스티네뿐이었다. 여자는 웨이터를 불러 계산하고 밖으로 나왔다. 사람들이 등 뒤에서 불순한 호기심으로 가득한 시선을 던지고 있으리라 생각하니 화가 나며 절망적인 기분이 되었다.

거리에는 이미 밤이 깊어가고 있었다. 여자는 목적지도 없이 무턱대고 걸었다.

'아무래도 좋아. 누가 나를 납치해서 물속에 처넣든, 도나우강에 빠뜨리든 상관없어. 길을 건너다 차에 치여도 괜찮아. 무슨 일이 일어나도 상관없어.'

그때 길 건너편에서 경찰관 하나가 의심스러운 눈초리로 여자를 바라보았다. 혹시 심문이라도 하려는 것이 아닐까, 은근히 걱정되었다.

'저 경찰관이 혹시 나를 매춘부로 여기는 것은 아니겠지?'

여자는 계속 길을 걸었다.

'지금 당장 집으로 돌아가는 게 좋겠어. 내가 여기서 도대체 뭘 하고 있는지 모르겠어. 이런다고 뭐가 달라지겠어?'

그러는 사이에 뒤에서 발소리가 들리며 그림자 하나가 옆에 나타났다. 사내 하나가 여자에게 따라붙으며 얼굴을 빤히 쳐다보았다.

"아가씨, 벌써 집으로 돌아가십니까? 저와 조금만 시간을 보내시면 어떨까요?" 여자는 대꾸하지 않았다. 그래도 남자는 쾌활한 목소리로 집요하게 말을 걸었다. 어디든 가고 싶었던 여자는 은근히 기분이 좋아졌다.

"안 돼요."

"이제 초저녁인데 누가 벌써 집으로 들어갑니까? 저와 카페에라도 가시겠습니까?" 혼자 있기 싫었던 참에 여자는 마침내 굴복하고 말았다. 자신을 은행원이라고 소개한 이 남자는 꽤 괜찮아 보였지만, 여자의 예상대로 유부남인 것 같았다. 그는 왼손 약지에 반지를 끼고 있었다. 그러나 상관없었다. 지금 여자에게는 같이 있을 사람이 필요했고, 재미있는 이야기나 나누었으면 좋겠다고 생각했기 때문이었다. 카페에 자리를 잡고 앉아서 대화하는 중에 여자는 가끔 남자를 힐끔힐끔 쳐다보았다. 젊은 나이는 아니었다. 눈 아래 주름이 파였고, 과로한 듯 몹시 지쳐 보였다. 입고 있는 양복처럼 구겨지고 의기소침한 표정이었지만 그래도 말은 재미나게 했다. 비로소 한 남자와 대화하고 그의 말에 귀를 기울이고 있었지만, 여자는 이것이 진정으로 자기가 원하던 것이 아니라는 것을 알고 있었다. 남자의 쾌활한 모습이 오히려 마음을 아프게 했다. 화제는 흥미로웠지만, 목구멍이 따끔거리면서 점점 마음이 불편해졌다. 점점 이 낯선 남자와 함께 있는 것이 싫어졌다. 남자가 유쾌하고 아무 걱정 없어 보인다는 사실이 오히려 여자의 화를 돋우었다. 카페에서 나오자 남자가 여자의 손을 잡았다. 멀리 보이는 호텔 앞에서 한 남자가 한 여자의 손을 잡아끌고 있는 모습이 보였다. 여자는 갑자기 온몸을 타고 흐르는 흥분을 느꼈지만, 옆에 있는 입심 좋은 남자에게서 느낀 충동은 아니었다. 다른 남자, 잊을 수 없는 추억이 촉발한 흥분이었다. 그러나 갑자기 두려움이 밀려왔다. 여자는 분노와 조급함 때문에 처음 본 남자에게 몸을 허락할 수도 있었다. 그 순간 그들 앞으로 택시 한 대가 다가왔고, 여자는 팔을 들어 차를 세우고는 어리둥절해하는 남자의 팔을 뿌리치고 황급히 올라탔다.

여자는 낯선 호텔 방에서 늦도록 잠을 이루지 못했다. 밖에서 차들이 지나가는 소리가 들렸다. 이것으로 모험은 끝나가고 있었다. 여자는 자신을 극복할 수 없었다. 보이지 않는 벽을 무너뜨릴 수도 없었다. 여전히 흥분한 채 침대에 누워 숨을 깊이 몰아쉬었다. 잠이 오지 않았다. 무엇 때문에 숨을 쉬는지조차 알 수 없었다.

여자는 밤새도록 뒤척이며 잠을 이루지 못했다. 다음 날인 일요일 아침나절에도 시간은 길고 지루하게만 느껴졌다. 대부분 상점이 문을 닫았기에 여자의 시선을 끌 만한 물건은 보이지 않았다. 여자는 한가롭게 카페에 앉아 신문을 뒤적이며 시간을 보냈다. 무엇을 기대하고 이곳까지 왔는지 알 수 없었다. 빈에 온 이유조차 잊었다. 여기서 여자를 기다리거나 원하는 사람은 아무도 없었다. 문득 언니네 집을 언제 한번 가봐야겠다고 생각했던 것이 떠올랐다. 그들에게 가겠다고 약속까지 하지 않았던가? 한 번쯤 가보는 것이 마땅했다. 그렇다고 일찍 갈 필요는 없었다. 여자는 점심을 먹고 가는 편이 좋겠다고 생각했다. 그렇지 않으면 점심을 얻어먹으러 왔다고 생각할지도 모르니까. 언니는 아이들이 생기고 나서 좀 이상하게 변했다. 자기 가족만 생각하고, 뼈다귀 하나라도 함부로 버리지 않고 아끼며 살았다. 점심때까지는 아직도 두세 시간이나 남아 있었다. 여자는 이곳저곳 돌아다니다가 링슈트라세에서 '오늘 무료입장'이라고 써 붙인 미술관을 발견했다. 별다른 흥미는 없었지만, 안으로 들어가 한 바퀴 돌아보았다. 여자는 우단 소파에 우두커니 앉아 오가는 사람들을 구경하다가 밖으로 나와 공원으로 향했다. 시간이 지나면서 외로움도 커졌다.

두 시쯤 언니 집에 도착했을 때에는 발이 푹푹 빠지는 눈밭을 걸어온 사람처럼 피로감이 몰려왔다. 언니 가족은 마침 외출하던 참이었는지, 문 앞에 나와 있었다. 형부, 언니, 두 조카 모두 차려입었다. 온 가족이 여자를 진심으로 환영해 주었다.

"와, 이게 누구야? 놀라워라! 그러잖아도 지난주에 넬리와 처제 이야기를 했어. 왜 한 번도 찾아오지 않는지, 편지라도 해야겠다고 말이야. 점심시간에 오지 그랬어? 우리와 함께 외출하면 어떨까? 아이들한테 동물을 보여주려고 쇤브룬 동물원에 가는 길이거든. 오늘 날씨가 정말 화창하지?"

"좋아요." 크리스티네도 선뜻 기분 좋게 대답했다.

'어디든지 갈 곳이 있다는 것은 좋은 일이지. 사람들과 어울린다는 것도 즐거운 일이고.'

언니는 아이들을 데리고 앞서 걸어가고, 형부는 크리스티네와 팔짱을 끼고 걸으며 이런저런 이야기를 했다. 넓적한 얼굴에 성격이 좋은 형부는 쉬지 않고 말을 하면서 여자의 손을 다정하게 다독였다. 그는 잘 지내고 있는 듯했다. 멀리서 봐도 알 수 있을 만큼, 그는 만족스러워 보였고 어린아이처럼 즐거워했다. 전차를 타는 곳까지는 먼 거리여서, 가는 동안 형부는 내일 자신이 지방의회 의장으로 임명된다는 이야기를 대단한 비밀이라도 되는 양 은밀하게 털어놓았다. 그는 그럴 만한 자격이 있는 사람이었다. 전쟁터에서 돌아오자마자 대의원으로 일했고, 일이 잘 풀려서 보수 세력이 힘을 얻는다면 차기 시의원이 될 수도 있었다. 크리스티네는 형부 옆에 바짝 붙어 걸으면서 그의 말에 귀 기울였다. 그는 언제 봐도 다정했다. 단순한 성격에 키는 작달막하지만 작은 일에도 기뻐할 줄 아는 남자였다. 친절하고, 마음씨 착하고, 믿음이 갔다. 그래서 선후배들이 기꺼이 그를 제법 권위 있는 자리에 앉히려고 한다는 것을, 여자는 알고 있었다. 그는 그런 자리에 오를 자격이 있는 사람이었다. 하지만 키도 작고, 볼은 촌사람처럼 붉고, 동작도 굼뜨고, 거북해 보이는 이중 턱에 걸을 때면 배가 출렁거리는 형부를 곁눈질로 보는 순간, 이런 남자를 택한 언니에게 박수라도 쳐주고 싶은 생각이 들었다.

'어떻게 언니는 이런 남자를 남편감으로 골랐을까. 나 같으면 이런 사람이 몸에 손대는 것을 참을 수 없을 텐데…….'

어쨌든 화창한 날씨에 언니 가족과 같이 있으니 기분은 유쾌했다. 형부는 동물원 울타리 앞에 서서 아이들과 함께 동물들을 구경하면서 마냥 즐거워했다. 크리스티네는 그들이 은근히 부러웠다.

'허황한 꿈에 연연하지 말고, 이런 소박한 삶에 행복을 느끼며 살 수 있다면 얼마나 좋을까.'

오후 다섯 시가 되자 일행은 집으로 돌아갈 채비를 했다. 아이들을 일찍 재워야 했다. 일요일이어서 붐비는 전차 안으로 아이들을 먼저 밀어 넣었다. 덜커덕거리며 달리는 전차 안에서 일행은 사람들 사이에 끼어 꼼짝도 할 수 없었다. 그 순간, 크리스티네의 머릿속에 하나의 장면이 떠올랐다. 아침 햇살을 받아 번쩍이던 승용차, 고급스러운 가죽 시트의 감촉, 관자놀이를 간질이던 향기로운 공기, 순식간에 스쳐 지나가던 자연풍경……. 여자는 눈을 감았다. 사람들 틈에 끼어 발이 거의 공중에 뜬 채 실려 가던 여자의 어깨를 형부가 툭! 하고 건드렸다.

"처제, 여기서 내려야 해. 기차 시간까지 우리 집에 가서 커피나 한잔하지. 잠깐, 내가 문 쪽으로 가면서 길을 낼 테니 나를 따라와."

비록 키는 작고 뚱뚱하지만, 형부는 머리부터 내밀고 어렵사리 길을 터주는 승객들을 팔꿈치로 밀치면서 앞으로 나아갔다. 그런데 문 앞에 다다랐을 때 갑자기 소동이 벌어졌다.

"밀지 마, 이 얼간이야!" 비쩍 마르고 키가 크며 짧은 외투를 입은 남자가 형부에게 무례하게 화내며 소리 질렀다.

"누가 얼간이야?" 흥분한 형부가 되받아 소리쳤다. "누가 얼간이냐고?"

마른 남자가 사람들을 밀치며 형부 쪽으로 다가왔다. 바야흐로 싸움이 벌어지려 했다. 그런데 그 순간 형부의 화난 목소리가 갑자기 반가운 목소리로 변했다.

"페르디난트! 이런, 세상에! 하마터면 진짜 싸울 뻔했잖아."

키 큰 남자도 깜짝 놀라면서 웃었다. 두 사람은 손을 마주 잡고 반가워하며 서로 얼굴을 바라보았다. 그때 전차 운전사가 끼어들었다.

"두 분, 내리려면 빨리 내리세요! 시간 없어요."

"자, 너도 우리와 함께 내리자. 우리 집이 이 동네 근처야. 자, 내리자고!"

짧은 외투를 입은 남자의 표정이 밝아졌다. 그가 팔을 내리뻗어 형부의 어깨에 손을 얹었다.

"그래, 프란츠, 당연히 내려야지."

두 남자가 함께 전차에서 내렸다. 형부는 전차 정류장에 서서 뜻밖의 만남에 몹시 흥분한 듯 가쁜 숨을 내쉬었다. 그의 얼굴이 기름을 바른 것처럼 번쩍거렸다.

"우리가 이렇게 다시 만날 줄은 꿈에도 몰랐어. 네가 어디에 있는지 얼마나 궁금했는지 알아? 너희 집으로 편지라도 써서 물어봐야겠다고 늘 생각하고 있었지. 그런데 생각만 했지, 항상 잊어버리거나 차일피일 미루게 되더라고. 그런데 바로 여기서 만나는군. 정말 반갑다."

형부와 마주 선 남자도 몹시 반가워했다. 입술이 약간 떨리고 있었지만, 형부보다 젊고 차분해 보이는 인상이었다.

"그랬군. 자네라면 당연히 그랬겠지." 남자가 팔을 뻗어 키 작은 형부의 어깨를 두드리며 말했다.

"이봐, 이제 두 여자분을 소개해 줘야지. 한 분은 자네가 항상 말하던 자네 부인 넬리일 테고⋯⋯."

"아, 자네를 다시 만나 너무 기뻐서 정신이 없었네. 페르디난트."

그리고 옆에 서 있던 가족에게 남자를 소개했다.

"내가 자주 이야기했던 페르디난트 파르너야. 우리는 시베리아에서 2년간이나 같은 부대에 있었지. 그래, 페르디난트는 루테니아와 세르비아에서 온 쓰레기 같은 놈들만 있던 부대에서 유일하게 제대로 된 친구였지. 나와 유일하게 말이 통하고 믿음이 가는 친구였어. 자, 이럴 때가 아니지! 우리 집으로 가자. 정말 궁금한 게 많아. 오늘, 이런 즐거운 일이 생길 줄이야! 전차를 조금만 늦게 탔어도 자네를 못 만날 뻔했어."

평소에 굼뜬 형부가 그토록 민첩하고 활기차게 움직이는 모습은 처음 보았다. 도착하자마자 계단을 뛰어올라 친구부터 먼저 집 안으로 밀어 넣었다. 그 친구도 잔잔하고 선량한 웃음을 지으면서 옛 전우의 고양된 기분에 휩쓸리고 있었다.

"마음 편히 이쪽 의자에 앉아. 넬리, 커피와 술과 담배 좀 가져와. 자, 이제 얼굴 좀 보자. 이런, 얼굴은 예전 그대로인데 너무 말랐어. 잘 좀 먹고 다니게나."

아이처럼 기뻐하는 형부의 모습에 남자도 기분이 좋아보였다. 이마와 광대뼈가 튀어나온 조각 같은 남자의 얼굴에서 차츰 긴장이 풀렸다. 크리스티네도 남자의 모습을 찬찬히 뜯어보았다. 오늘 미술관에서 보았던 그림

하나가 떠올랐다. 어느 스페인 화가가 그린 수도승의 초상화였다. 고행자 같은 모습에 뼈만 앙상한 얼굴과 긴장한 듯 팽팽한 콧방울만 기억났다. 그는 기분이 좋은지, 형부의 팔을 툭툭 쳐가며 말했다.

"자네 말이 맞아. 전쟁 때 우리가 보급품 통조림을 나눠 먹으며 연명하지 않았나? 자네 집사람이 반대하지 않으면 베이컨이라도 좀 나눠주게나."

"그래, 페르디난트, 이야기 좀 해보게. 궁금해 죽겠어. 그때 적십자사에서 우리를 이송할 때 나는 첫 번째 이송 열차를 타고 오지 않았나. 자네는 다음 날 나머지 병력 70명과 함께 오기로 되어 있었지. 그때 우리는 이틀 동안 오스트리아 국경에 머물고 있었네. 기차 연료로 쓸 석탄이 바닥났던 거야. 자네가 언제 오는지 알아보려고 역무원에게 몇십 번을 물어봤는지 몰라. 그러나 자네는 오지 않았고, 우리는 체코 국경에서 빈까지 열일곱 시간이나 걸려서 돌아왔다네. 그때 자네는 어떻게 되었나?"

"그때 너희가 우리를 보려면 국경에서 2년은 더 기다려야 했어. 너희는 운이 아주 좋았고, 우리는 운이 아주 나빴지. 너희가 떠나고 나서 30분 후에 전보가 왔는데, 체코군이 철로를 폭발했다는 내용이었어. 다시 시베리아로 돌아가야 했고, 이만저만 실망한 게 아니었다네. 하지만 우리는 사태를 그리 심각하게 보지는 않았어. 일주일 또는 이 주일, 길어야 한 달 안에 돌아가리라고 믿었지. 그러던 것이 2년이나 기다리게 될 줄은 꿈에도 상상하지 못했다네. 70명 중에서 겨우 12명만 살아남았어.

러시아 볼셰비키 적군과 브란겔 장군이 이끄는 백군[1] 사이에 전쟁이 계속되었지. 공격과 후퇴가 반복되고, 갈팡질팡하면서 우리를 여기저기로 끌고 다니며 마치 컵에 든 주사위처럼 흔들어댔지. 1921년이 되어서야 적십자사가 나서서 우리를 핀란드를 경유해 오스트리아로 데려올 수 있었어. 그래, 죽을 고비를 여러 차례 넘겼지. 이제 내가 왜 뼈만 앙상하게 남았는지 알겠나?"

"아, 자네는 정말 운이 나빴군. 넬리, 이 친구 이야기 들었지? 단 30분 차이로 그렇게 운명이 갈렸던 거야. 나는 전혀 몰랐네. 너희가 그런 곤경에 빠진 줄은 정말 몰랐어. 그래, 2년 동안이나 거기서 뭘 했나?"

"이 친구야, 그 이야기는 온종일 해도 시간이 모자랄 걸세. 인간이 할 수 있는 일은 다 해본 것 같아. 농장에서 추수도 했고, 공장에서도 일했고, 신문 배달도 했지, 타자기도 두드렸어. 우리가 있던 마을에 백군이 밀어닥치자, 열나흘 동안 적군과 함께 격렬하게 전투를 치르기도 했어. 그래도 백군이 마을을 점령했기에 농부들과 함께 음식을 구걸하며 연명했다네. 아, 그 이야기는 이제 그만하지. 그때를 생각하면, 지금 여기 이렇게 앉아서 담배를 피울 수 있다는 사실이 믿기지 않아."

형부는 얼굴이 상기되고 무척 흥분한 상태였다.

"세상에! 내가 얼마나 운이 좋았는지 전혀 모르고 있었군. 넬리, 2년 동안이나 나 없이 당신 혼자 아이들과

---

1 10월 혁명으로 집권한 볼셰비키에 대항하고 차르를 지지하여 싸운 반혁명 세력.

있었다고 상상해 봐. 끔찍한 일이었겠지? 페르디난트, 자네처럼 착한 녀석이 정말 호된 고생을 했구나! 어쨌든 다행스럽게도 크게 다친 데 없이 운 좋게 살아 돌아왔어."

페르드난트라는 남자는 피우고 있던 담배를 재떨이에 거칠게 비벼 껐다. 그의 안색이 별안간 어두워졌다.

"그래, 소위 운이 좋았다고 할 수 있겠지. 아무 사고 없이 돌아왔으니까. 단지 귀국 바로 전날 손가락 두 개가 부러지는 하찮은 사고를 당한 것만 제외한다면. 그날 우리는 시베리아 기차역에서 화물칸을 타고 이동했는데, 40명이 들어가기에도 비좁은 칸에 70명이 탔으니 몸을 돌릴 수도 없을 정도였지. 누군가 용변이 급하면…… 아, 숙녀들 앞에서 차마 이런 이야기는 못 하겠네. 어쨌든, 기차는 출발했고 우리는 고향으로 돌아간다는 사실이 너무도 기뻤지. 그런데 다음 기차역에서 20명이 더 올라탔다네. 그들은 서로 먼저 타려고 총의 개머리판으로 자기들끼리 격투를 벌였어. 그리고 먼저 타고 있던 우리를 밀어붙이면서 한 사람씩 가까스로 올라탔어. 대여섯 명이 바닥에 깔리는 사고가 일어났다. 그렇게 우리는 발붙일 틈도 없이 일곱 시간을 그 빌어먹을 기차에 타고 있었어. 비명, 신음, 울부짖음, 흐느낌, 숨이 가빠 그르렁거리는 소리까지 차량 안은 아비규환이었지. 모두 땀범벅에 악취가 진동했어. 나는 화차 벽에 머리를 대고 있었는데, 손으로 벽을 밀어붙이며 몸을 지탱하고 있었어. 벽에 가슴이 눌려 터지지 않게 했던 거지. 그때 손가락 두 개가 부러지고, 힘줄이 끊어졌어. 여섯 시간을 그 상태로 서 있었지. 숨도 제대로 쉬지 못해서 질식사할 뻔했다네. 그다음 기차역에서 상황이 조금 나아졌어. 시체 다섯 구를 객차 바깥으로 내던진 덕분이었지. 둘은 밟혀 죽었고, 셋은 질식해서 죽었다네. 그렇게 기차는 저녁까지 달렸지. 그래, 나는 운이 좋았던 셈이야. 힘줄이 끊어지고 손가락 두 개가 부러졌을 뿐이니까. 사소한 부상이었지."

남자가 한쪽 손을 들어서 보여주었다. 중지가 축 늘어진 채 구부러지지 않았다.

"사소한 부상이야, 그렇지 않아? 세계대전을 겪고 시베리아에서 4년간 지내면서 겨우 손가락 두 개 다쳤을 뿐이니. 그런데 죽은 손가락이 살아 있는 손에 어떤 영향을 미치는지 사람들은 잘 몰라. 건축사가 되고 싶은데 그림을 그릴 수도 없고, 사무실에서 타이핑할 수도 없고, 무거운 물건을 들지도 못하지. 가느다란 힘줄 하나가 썩었을 뿐이지만, 내가 이 세상에서 꼭 하고 싶은 일들이 그 실처럼 가느다란 힘줄에 매달려 있다는 게 문제야. 집을 설계할 때 도면에서 1밀리미터만 잘못 그려도, 겨우 1밀리미터이지만, 집 전체가 붕괴하는 결과를 가져오는 법이야."

프란츠는 심한 충격을 받은 모양이었다. 페르디난트의 손이라도 쓰다듬고 싶은 듯 어쩔 줄 몰라 하며 속절없이 탄식만 거듭했다.

"아, 이런! 세상에! 맙소사!"

여자들도 진지하고 관심 어린 표정으로 낯선 남자를 바라보고 있었다. 형부가 흥분을 가라앉히고 다시 물었다.

"그래, 계속 말해보게. 돌아와서는 어떻게 지냈나?"

"내가 자네한테 늘 말했었지? 나는 기술학교에서 중단되었던 공부를 계속하고 싶었어. 열아홉 살 때 떠났던 학교 책상으로 스물다섯 살에 돌아가려 했지. 그래서 왼손으로 그림을 그리는 법도 배웠다네. 그런데 또 장애물이 나타난 거야. 이것 역시 아주 사소한 장애물이었지만."

"그게 뭐였나?"

"학교에 다니려니까 돈이 너무 많이 드는 거야. 그 사소한 것이 나에게는 없으니까 문제가 되었지. 항상 사소한 것이 문제가 되더군."

"그런데 왜 그렇게 됐나? 자네 집은 부유하지 않았어? 메란에도 집이 있었고, 밭, 여관, 담뱃가게, 잡화점……. 게다가 할머니는 절약이 몸에 배신 분이라 단추 하나라도 함부로 버리지 않으시고, 겨울에는 난방도 없이 찬 방에서 주무시며 돈을 모으셨다고 했잖아. 할머니는 어떻게 되셨어?"

"그래, 할머니는 여전히 멋있는 정원도 있는 근사한 집에서 사시지. 정말 궁전 같은 집이야. 조금 전에도 거기 갔다가 전차를 타고 오는 길이었어. 라인츠 외곽에 있는 양로원인데, 마지못해 할머니를 받아주었어. 할머니는 돈이 많아, 궤짝에 돈이 가득 차 있거든. 그 안에는

1천 크로네[1]짜리 지폐로 20만 크로네가 들어 있어. 할머니는 그 궤짝을 낮에는 장롱 속에 보관하시지만, 밤이 되면 침대 밑에 넣어 두고 주무시지. 의사들은 할머니를 보면 웃지. 간호사들도 재미있어한다네. 20만 크로네! 할머니는 정말 훌륭한 오스트리아인이었어. 이탈리아인이 되고 싶지 않으셨기에 포도밭, 여관, 담뱃가게 등 재산을 모두 처분하셨어. 전쟁 중에 그 모든 것을 뻣뻣한 1천 크로네짜리 새 지폐로 바꾸셨지. 지금도 침대 밑에 있는 돈 궤짝 안에 그 돈을 보관하고 계신 거야. 언젠가는 그 돈이 다시 가치 있게 쓰일 날이 오리라고 믿으시는 거지. 토지와 돌로 지은 아름다운 주택과 물려받은 골동품 가구 등 40~50년 동안 이룩하신 모든 것이 하루 아침에 날아가 버렸어. 그래, 일흔다섯 연세의 착한 할머니는 그런 것을 전혀 이해하지 못해서. 할머니는 지금도 여전히 거룩하신 하나님과 정의로운 세상을 믿고 계시지."

남자가 주머니에서 파이프를 꺼내 담배를 채우고 나서 연기를 푹푹 뿜어내기 시작했다. 그 모습을 보면서 크리스티네는 남자의 분노를 단박에 직감했다. 겹겹이 쌓인 이 냉소적인 울분은 여자도 잘 알고 있는 감정이었다. 남자가 왠지 친근하게 느껴졌다. 여자의 언니는 기분이 좋지 않은 듯 시선을 다른 곳으로 돌리고 있었다. 그녀는 이 남자가 마음에 들지 않는 눈치였다. 조심

---

1 오스트리아-헝가리 제국의 화폐 단위로 1918년까지 사용되었다.

성 없이 집 안에 담배 연기를 뿜어대고 남편을 학생 다루듯 하고 있기 때문이었다. 그 미묘한 분위기를 여자는 느낄 수 있었다. 형편없는 옷차림에 적대감과 반항심으로 가득한 남자에게 비굴하게 비위를 맞추는 것처럼 보이는 남편이 미웠을 것이다. 이 남자가 잔잔한 연못에 돌을 던지고 있는 것이다. 반갑기도 했지만, 놀라운 이야기를 들은 프란츠는 온몸이 마비되기라도 한 듯이 옛 전우를 바라보며 공허한 탄식만 연발했다.

"세상에, 그럴 수가! 세상에!" 프란츠는 조급하게 친구를 닦달했다.

"그래서 결국, 자네는 어떻게 되었나? 이야기를 좀더 자세히 해봐!"

"여기저기서 닥치는 대로 일했어. 처음에는 틈틈이 돈을 벌어서 모으면 다시 공부를 시작할 수 있으리라고 생각했지. 그런데 하루 밥값도 벌기 어렵더군. 은행, 관공서, 기업 들이 시베리아에서 2년이나 더 휴가를 보내고 고향으로 돌아온 불구자를 받아주지 않더라고. 가는 데마다 대답은 '안됐습니다만, 유감스럽습니다만'이더군. 손가락이 멀쩡하고 엉덩이가 무거운 작자들이 자리란 자리는 이미 다 차지하고 있었어."

"자네는 상이군인 연금을 받을 권리가 있을 텐데? 자네는 전쟁 기간에 입은 부상 때문에 일을 할 수 없으니 국가 지원금을 받아야 해. 그럴 만한 충분한 자격이 있다니까."

"그렇게 생각해? 그래, 나도 그렇게 생각하고 있어.

나처럼 집이고 포도밭이고 뭐고 다 날려버리고, 손가락까지 다치고, 전쟁이 6년이라는 세월을 앗아간 사람에게는 국가가 도움을 줘야 한다고 생각해. 하지만 이 친구야, 오스트리아에서 길이란 길은 모두 휘고 꼬여 있어. 나 정도면 충분할 거라고 생각하고 상이군인 담당 부서를 찾아가서 보여줬지. 자 봐라, 이곳저곳에서 국가를 위해 봉사하다가 내 손가락이 이 모양이 되었다. 그런데 그게 아니었어. 우선, 내가 전쟁 때문에 부상당했다거나 부상이 전쟁과 관련 있다는 사실을 증명해야 한다는 거야. 하지만 그게 쉬운 일이 아니잖은가? 전쟁은 1918년에 끝났는데, 1921년에 어떤 특수한 사정 때문에 부상했다는 것을 어떻게 증명하나? 아무 기록도 없는데. 게다가 한 가지 더 있어. 관료들이 대단한 일을 했잖은가. 프란츠, 아마 자네도 내 말을 들으면 놀랄 거야. 나는 이제 오스트리아 국민이 아닐세. 내 세례 증서를 보면 나는 오스트리아 메란에서 태어났지만, 현재 내 거주지는 이탈리아 메란 행정구로 되어 있어. 오스트리아 국민이 되려면 제때 국적을 선택해야 했던 거야. 그래서 모든 일이 엉망이 되고 말았지!"

"그런데 왜, 왜 오스트리아 국적을 택하지 않았어?"

"이것 참, 자네도 그 사람들처럼 답답한 질문을 하는군. 전쟁이 끝난 1919년에 내가 있던 타타르 마을 사람들은 빈이 보헤미아 영토인지 이탈리아 영토인지도 몰랐어. 관심조차 없었지. 당시에 우리의 관심사는 어디서 빵과 담배를 구하고, 어떻게 해야 머리에서 이를 없애느냐, 하는 것뿐이었어. 일이 참 묘하게 되어버렸지. 그때 나는 오스트리아 국적을 선택해야 했는데, 누가 나한테 신문 쪼가리라도 보여줬어야 선택이고 뭐고 했을 거 아닌가. 1919년 9월 10일까지 유효한 생제르맹 조약 65조, 71조, 74조에 따르면 나는 오스트리아 국민이 될 수 있었지. 그러나 오스트리아 국적이 있다 하더라도, 싸구려 담배 한 갑이라도 주는 사람이 있었다면 곧바로 팔아버렸을 거야. 나는 공무원들한테서 동전 한 닢 받은 적이 없거든."

그제야 프란츠가 활기를 띠기 시작했다. 친구를 도울 수 있을 것 같다는 생각이 들자, 한결 기분이 나아졌던 것이다.

"아, 그 문제는 내가 해결해 줄게. 나한테 맡겨. 벌써 해결할 방법이 보이는군. 누군가, 그래, 내가 전쟁 기간에 자네가 복무했다는 사실을 증언하면 돼. 그리고 내가 당에 아는 의원들이 있으니 그들이 길을 찾아줄 거야. 그러면 자네는 시청에서 증명서를 받을 수 있을 거야. 기대해도 좋아."

"고마워, 친구, 정말 고마워! 그런데 이제는 아무것도 못 하겠어. 너무 지쳤어. 그동안 얼마나 많은 서류를 제출해야 했는지, 자네는 짐작도 못 할 거야. 병역 증명서, 시민 증명서, 시청 서류, 이탈리아 공사관 서류, 극빈자 증명 서류……. 그 외에도 수없이 많은 쓰레기 같은 서류들을 준비했는데 일일이 기억조차 못 하겠어. 일 년 동안 잡일을 해서 모은 것보다 더 많은 돈이 공증비와 우편 요금으로 들어갔어. 발바닥이 닳도록 돌아다녔더니 이제는 애간장이 다 타버린 것 같아. 총리실, 국방부, 경찰서, 시청에도 갔었지. 그런데 가는 곳마다 나를 다른 부서로 보내는 거야. 내가 오르락내리락하지 않은 계단이 없고, 내가 침을 뱉지 않은 타구가 없어. 그런데 또다시 이 관청 저 관청으로 돌아다니느니 차라리 뒈져버릴 거야."

프란츠는 마치 나쁜 짓을 하다가 들킨 사람처럼 놀란 표정으로 친구를 바라보았다. 자신의 안락한 생활이 미안해서 당황했던 것이다. 그가 친구에게 바짝 다가앉으며 물었다.

"그래, 그런데 지금은 무슨 일을 하고 있나?"

"뭐든지 해, 일이 생기면 뭐든지. 지금은 플로리트도르프 건설 현장에서 기술 감독으로 일하고 있어. 건축사도 아니고 경비원도 아닌 어중간한 자리야. 보수는 그럭저럭 나쁘지 않아. 공사가 끝나거나 회사가 망할 때까지는 거기 있을 것 같아. 그 일이 끝나면 또 다른 자리를 알아봐야지. 걱정하지는 않아. 하지만 우리가 시베리아에 있을 때 야전침대에 누워서 내가 자네에게 말했던 대로 건축사가 되겠다거나 다리를 건설하겠다는 계획은 물 건너갔어. 내게 학교 문은 닫혔고, 다시는 그 문을 열지 못할 거야. 전쟁이 시작됨과 동시에 개머리판이 내 손을 쳐서 들고 있던 학교 열쇠를 떨어트리게 한 거지. 그 열쇠는 시베리아 진흙 속에 묻혀버렸어. 그런 이야기는 이제 그만하자. 코냑이나 한 잔 더 할까? 내가 전쟁터에서 배운 것은 술과 담배뿐이잖아."

프란츠가 두말없이 잔을 채워 주었다. 그의 손이 부들부들 떨렸다.

"아, 맙소사! 자네처럼 성실하고, 똑똑하고, 용기 있는 친구가 뼈 빠지게 잡일이나 하면서 살아가야 한다니, 정말 안타까운 일이야. 내가 장담하지만, 자네는 반드시 성공할 거야. 그리고 자네 문제는 틀림없이 해결할 방법이 있을 거야."

"틀림없이? 그래. 나도 지난 5년 동안 그렇게 생각했어. 하지만 '틀림없이'라는 것이 몹시 까다로운 열매 같은 놈이더군. 아무리 세게 흔들어도 나무에서 떨어지지를 않아. 세상은 우리가 학교에서 배운 것과는 많이 다르지. '항상 성실하라, 정직하라!'라고 배웠지만, 그런 세상이 단 한 번이라도 실현된 적이 있던가? 사람은 꼬리가 잘려 나가도 다시 자라는 도마뱀이 아니야. 자네가 말했듯이 내가 운이 좋아서 고향으로 돌아왔지만, 열여덟 살부터 스물네 살까지 황금 같은 6년이 살아 있는 육체에서 잘려 나가면 사람은 어떤 식으로든 불구가 되지. 일자리를 찾아다닐 때 나 자신이 이제 더는 성실한 수련생도, 뺀들거리는 김나지움 학생도 아니라는 사실을 분명히 확인하게 되었지. 거울을 들여다보면 내 모습이 마흔 살은 된 사람 같았어. 그래, 우리는 참 불행한 시대에 태어났어. 어떤 의사도 6년간의 젊음이 육체에서 떨어져 나간 사람을 치료할 수는 없어. 누가 내 젊음을 보상해 주지? 국가가? 그 고위층 사기꾼들이? 그 고

위층 도둑놈들이? 40명이나 되는 장관 가운데 단 한 사람만이라도 대봐. 법무부 장관? 복지부 장관? 산자부 장관? 공정하게, 사리사욕 없이 정말 국민을 위해 일하는 고급 공무원이 단 한 명이라도 있으면 이름을 대봐. 그들은 우리를 전쟁에 몰아넣고 〈라데츠키 행진곡〉을 연주하고, '황제 만세!'를 외쳤어. 물론, 지금은 다른 걸 들려주고 있지. 진흙탕에서 보니, 세상이 그다지 아름다워 보이지 않더군."

여전히 당혹스러운 표정으로 의자에 앉아 있던 프란츠가 아내의 화난 눈빛을 보았다. 곤경에서 빠져나오기 위해 그는 친구에 대한 변명을 늘어놓기 시작했다.

"자네 말대로, 내가 자네에 대해 아는 것이 거의 없었군. 자네는 가장 용감하고, 가장 인내심이 많고, 우리 친구 중에서 유일하게 품행이 단정했지. 그런 자네의 가치를 사람들이 알아봤어야 하는데. 열아홉 살밖에 안 된 깡마른 소년이 열차 안으로 끌려 들어오던 그 순간을, 나는 절대로 잊지 못할 거야. 다른 사람들은 모두 전쟁이 끝났다고 무척 기뻐했지. 하지만 자네는 조국을 위해 싸우다가 죽기 전에는 절대로 돌아갈 수 없다고 화를 내면서 후송 열차에서 뛰어내렸어. 나는 지금도 그 장면을 생생히 기억해. 자네가 그곳에 온 첫날 밤, 우리는 어머니와 목사님과 함께 지내다가 전쟁터로 막 끌려온 소년이 무릎을 꿇고 기도하는 모습을 처음 보았지. 누가 황제나 오스트리아 군대에 대해 불경한 농담이라도 하면 그 소년은 목이라도 졸라 죽일 듯이 덤벼들었어. 그만큼 우리 전우 중에서 가장 건실한 병사였어. 소년은 신문 기사나 상부에서 내려오는 명령서의 내용을 한 치의 의심도 없이 그대로 믿었지. 그런데 그 소년이 이제는 많이 변했구나!"

페르디난트가 프란츠를 노려보았다.

"나도 알고 있어, 그때 나는 착한 학생처럼 무엇이든 의심하지 않고 믿었지. 하지만 너희가 나의 그 무지몽매함을 벗어나게 해주었지! 첫날부터 너희가 내게 말해주지 않았던가? 신문 기사나 군사 홍보는 모두 거짓이고, 장군들은 멍청이들이고, 보급부대 장교들은 손버릇이 나쁘고, 끝까지 싸우겠다는 사람들은 모두 바보라고 말한 사람이 누구였지? 그리고 거기서 누가 공산당 두목처럼 굴었지? 나였나, 자네였나? 세계사회주의와 세계혁명에 대해 누가 말했지? 누가 제일 먼저 붉은 깃발을 들고 장교 막사에 가서 장교들의 로제테[1]를 뜯어버렸지? 그래, 잠시만 기억을 더듬어봐! 사령관의 호화주택에서 오스트리아인 포로들은 이제 황제의 병사들이 아니라 세계혁명을 위한 투사들이며, 고향으로 돌아가서 자본주의 체제를 무너뜨리고, 정의로운 국가를 세우겠다고 큰소리치던 사람이 누구였지? 이제 자네는 그토록 좋아하는 삶은 소고기와 맥주가 있는 곳으로 돌아와 있잖아. 그런데 자네가 말하던 정화 운동과 부패 척결은 어떻게 된 거야? 자네의 세계혁명은 어디 있어? 사회주의 사령

---

1 약장. 군인들이 가슴에 달고 다녔던 작은 약식 훈장을 말한다.

관 각하, 내 질문에 대답해 줄 수 있겠어?"

그때 넬리가 쌀쌀맞은 얼굴로 자리에서 벌떡 일어나 개수대로 가더니 시끄럽게 그릇을 부딪치며 설거지를 시작했다. 넬리는 언짢은 감정을 숨기지 않았다. 남편이 낯선 남자를 집 안으로 끌어들이고 어린애처럼 야단을 맞는 꼴이 보기 싫었던 것이다. 크리스티네도 언니가 화났다는 것을 눈치챘다. 그러나 그녀는 두 사람을 지켜보면서 기분이 나빠지는 않았다. 형부를 보면 한바탕 웃음이 터져 나올 것 같았다. 차기 지방의회 의장이 될 사람이 당혹스러워하며 친구에게 변명을 늘어놓고 있었다.

"우리는 최선을 다했어. 자네도 알다시피, 우리는 첫날부터 혁명[2]에 가담했잖아."

"혁명이라고? 담배 한 대 더 피워도 되겠지? 그 혁명을 위해 연기 좀 뿜어내야겠어. 너희는 혁명이라는 이름으로 변변치 못하게 오스트리아-헝가리 군주국의 간판을 뒤로 돌려놓고 새로 페인트칠을 하긴 했지. 하지만 무력하고 순종적이세도 정작 그 낡은 물건은 손도 내시 못했어. 천장이나 바닥 하나 변한 게 없지. 근본적인 것은 아무것도 흔들지 않으려고 조심스럽게 행동했던 거야. 그것은 네스트로이[3]의 연극이지, 혁명이 아니야."

남자가 자리에서 일어나 멋대로 이리저리 서성대다가 갑자기 프란츠 앞에 멈춰 섰다.

2 1918년 11월 독일과 오스트리아-헝가리에서 일어난 민주주의 혁명. 이로써 독일은 공화국이 되었으며, 오스트리아-헝가리 제국에서도 명문 왕가인 합스부르크가가 멸망하였다.
3 Johann Nepomuk Nestroy(1801-1862). 오스트리아의 희극 작가.

"내 말을 오해하지 말았으면 좋겠어. 나는 《로테파네》[1] 출신이 아니야. 나는 내전이 어떤 것인지, 아주 가까이에서 지켜보았어. 내 눈이 먼다 해도 그 장면은 결코 잊을 수 없을 거야. 당시에 적군과 백군이 세 번씩이나 번갈아 가며 그 마을을 장악했는데, 소비에트 군대가 마을을 탈환했을 때 우리를 소집해서 시체를 파묻으라고 하더군. 온몸이 갈기갈기 찢기고, 까맣게 숯덩이가 되어버린 아이들과 여자들, 말들의 시체를 내 손으로 묻었어. 뒤죽박죽 섞여 있는 시체들은 한마디로 지옥 같은 공포 그 자체였어. 진동하던 악취는 이루 말로 표현할 수 없었지. 그 후로 나는 소위 내전이란 것이 어떤 것인지 확실히 알게 되었어. 내전을 치러야만 영원한 정의를 얻는다면, 그리고 그 정의의 대가로 살아 있는 인간을 죽여야 한다면, 나는 절대로 그런 정의를 위해 싸우지는 않을 거야. 나는 이제 어떤 일에도 신경 쓰지 않아. 관심도 없어. 나는 볼셰비키에 찬성도, 반대도 하지 않아. 나는 공산주의자도 아니고 자본주의자도 아냐. 나는 아무래도 좋아, 나 자신의 일에만 관심이 있어. 내가 봉사하고 싶은 단 하나의 정부는 바로 나 자신이야. 다음 세대가 행복해지든지 말든지, 공산주의 국가가 되든지 파시스트 국가가 되든지 아무 관심 없어. 내 관심은 오로지 지금 내가 어떻게 살아야 하며, 앞으로 어떻게 살아

1 《Die Rote Fahne》. 칼 리프크네히트와 로자 룩셈부르크가 주도했던 독일공산당의 전신인 스파르타쿠스단 및 독일 공산당의 기관지. 1918년 창간되었다.

가야 하냐는 것뿐이야. 그리고 갈기갈기 찢긴 내 인생을 언젠가는 다시 주워 모아서 내가 하고자 했던 일을 성취하고 싶어. 언젠가 내가 원하는 곳에서 살면서 자유롭게 숨 쉴 여유가 생긴다면, 그리고 내 인생이 드디어 제자리를 찾는다면, 그때는 한 번쯤 저녁 식사 후에 세상의 질서를 어떻게 정리하는 것이 좋겠느냐는 문제를 한가하게 생각해 볼 거야. 하지만 당장은 내 처지만 생각해야겠어. 너희는 다른 일들에 관심을 보일 여유가 있겠지만, 나는 나 자신의 문제를 생각하기에도 시간이 모자라거든."

프란츠가 몸을 움직였다.

"아니야, 프란츠. 내가 자네를 비난하는 게 아니야. 자네가 얼마나 좋은 친구인지 잘 알고 있어. 자네는 할 수만 있다면 국립은행을 털어서라도 나를 장관으로 만들어 주고 싶겠지. 자네가 선량한 친구라는 것을 잘 알아. 하지만 그게 바로 우리의 잘못된 점이자 어리석었던 점이야. 우리는 너무 착하고, 의심할 줄도 몰랐어. 그래서 이용만 당했지. 하지만 나보다 더 불행한 사람들도 있다는 식의 이야기에는 앞으로 절대 안 속을 거야. 내가 아직 사지가 멀쩡하고 목발 없이도 돌아다닐 수 있으니 행복한 것 아니냐는 따위의 이야기에 설득당하지도 않을 거야. 숨 쉴 수 있고 먹을거리 있으면 충분하지 않냐는 이야기, 그 정도면 만사가 제대로 돌아가는 것 아니냐는 이야기에 설득당하지도 않을 거야. 나는 아무것도 믿지 않아. 신도, 국가도, 삶의 의미라는 것도 믿지 않아.

내 권리를 보장받지 못한다면, 생존권을 보장받지 못한다면, 나는 아무것도 믿지 않을 거야. 그런 권리를 찾지 못하는 한, 세상이 내 인생을 빼앗아 갔고 나를 속였다고 생각할 거야. 언젠가 진정한 삶을 살고 있다고 느낄 때까지, 다른 사람들이 내다 버리거나 토해낸 찌꺼기를 먹고 있는 것은 아니라고 느낄 때까지 나는 계속 그렇게 할 거야. 이해할 수 있겠어?"

"이해할 수 있어요!"

사람들이 일제히 소리 나는 쪽을 바라보았다. 누군가 정열이 담긴 큰 목소리로 '이해할 수 있어요!'라고 소리쳤다. 크리스티네는 사람들의 시선을 느끼자 얼굴이 붉어졌다. 여자는 '이해할 수 있다'고 생각했다. 자기도 이 남자와 똑같은 감정을 강하게 느끼고 있었다. 그래서 무심결에 그런 말이 튀어나왔던 것이다. 침묵이 흘렀다. 넬리가 불쑥 끼어들었다. 마침내 화풀이할 기회를 잡은 것이다.

"너는 왜 끼어들어? 네가 뭘 이해하니? 마치 전쟁과 무슨 관계라도 있는 사람처럼 말하는구나!"

실내에 돌연 활기가 넘쳤다. 크리스티네 역시 억눌렸던 분노를 분출하면서 열기를 띠었다.

"아무 관계 없지! 아무 관계 없어! 전쟁이 우리 인생을 망쳐놓은 것 말고는 아무 관계 없어. 전쟁 때문에 오빠를 잃은 것을 벌써 잊었어? 우리 아버지가 어떻게 돌아가셨는지 기억 안 나? 전쟁이 모든 걸 망쳐놓았어, 모든 걸."

"하지만 너는 아니잖니? 네게 뭐가 부족한데? 너는 좋은 일자리도 있잖아. 다른 사람들에 비하면 너는 행복한 거야."

"그래, 행복하지. 그 촌구석에 처박혀 있는 것을 행복으로 알아야겠지. 언니는 기억력이 나쁜가 봐. 하기야, 공휴일 빼고는 어머니를 찾아온 적도 없었지. 나는 파르너 씨 이야기가 모두 맞는다고 생각해. 전쟁이 우리 젊은 시절을 송두리째 빼앗아 갔지만, 남겨준 것은 불행 말고는 아무것도 없어. 한순간의 평화도, 기쁨도, 휴가도 주지 않았지."

"휴가를 못 갔다고? 스위스의 초호화판 호텔에서 실컷 놀다 와서 왜 여기서 불평을 해?"

"나는 누구한테도 불평하지 않았어. 전쟁이 계속되는 동안 쉬지 않고 불평했던 사람은 언니였어. 그리고 스위스는…… 내가 누리지 못하는 것이 무엇인지를 직접 내 눈으로 똑똑히 봤기 때문에 내게도 할 이야기가 있는 거야. 나는 우리가 무엇을 빼앗겼는지를 이제야 알았어. 내가 그것을 보지 못했다면, 전쟁이 내게서 무엇을 빼앗아 갔는지, 우리를 어떻게 망가뜨렸는지조차 모르고……."

여자는 자신을 뚫어지게 바라보는 낯선 남자의 시선을 느끼자, 갑자기 말끝을 흐렸다. 그리고 초면의 남자 앞에서 속내를 너무 많이 드러냈음을 깨닫고 목소리를 낮췄다.

"물론, 나하고 다른 사람들을 비교하고 싶지는 않아.

그 사람들은 나보다 더 힘들었을 수도 있겠지. 하지만 전쟁 때문에 누구나 고통을 받았고, 각자 나름대로 사연이 있는 거야. 나는 아무 말도 하지 않고 살았어. 누구에게도 짐이 된 적도 없었고, 불평하지도 않았어. 그런데 나한테 그런 식으로 말한다면……."

"조용히들 해! 싸우지 말고." 프란츠가 끼어들었다. "요점이 뭐야? 우리가 이 자리에서 해결할 수 있는 문제가 아니잖아. 정치 이야기는 하지 말자. 이러다가 싸움 나겠어. 즐거운 기분 망치지 말자. 오랜만에 친구를 다시 만나서 내가 얼마나 기분이 좋은지 몰라. 친구가 아무리 나를 욕하고 비난해도 나는 기분이 좋아."

폭풍 후에 공기가 더욱 시원해지듯이 다시 평화로운 분위기가 찾아왔다. 그리고 잠시 기분 좋은 침묵이 흐르면서 그 자리에 있던 사람들의 긴장도 풀렸다. 페르디난트가 의자에서 일어났다.

"나는 이만 가봐야겠어. 자네 아이들 좀 불러줘. 한 번 더 보고 싶어."

아이들이 나와서 호기심 어린 눈빛으로 낯선 남자를 바라보았다.

"이 녀석은 전쟁 전에 태어난 로데리히지? 첫째 아들은 나도 알고 있지. 그리고 둘째는 아주 귀엽구나. 자칫 유복자가 될 뻔했던 아이지? 이름이 뭐야?"

"요아힘이야."

"요아힘! 이 아이에게는 다른 이름을 지어줬어야 하지 않았나, 프란츠?"

프란츠가 깜짝 놀랐다.

"이런! 내가 깜빡했군! 넬리, 내가 그 생각을 못 했어. 우리는 고향에 돌아가서 아이가 생기면 서로 대부가 되어주기로 약속했어. 내가 그 약속을 까맣게 잊었어. 자네, 나한테 화난 건 아니지?"

"이 친구야, 우리 사이에 이제 화낼 일이 어디 있어? 서로 싸울 일이 있었다면 시간은 충분했잖은가? 이제 그런 시절은 다 잊었어. 아니, 잊는 편이 나을 거야." 아이의 머리를 쓰다듬어 주는 그의 눈빛이 밝아졌다. "이름이 행운을 가져다주는 것은 아니니까."

그가 조용히 입을 다물었다. 아이를 쓰다듬는 그의 얼굴에 아이 같은 순박한 미소가 피어올랐다. 그는 화해를 청하는 듯 스스럼없이 넬리에게 말했다.

"부인, 제게 나쁜 의도는 없었습니다. 제가 불편한 손님이라는 것도 압니다. 제가 프란츠에게 한 이야기가 기분 나쁘셨으리라는 것도 잘 압니다. 하지만 둘이 2년 동안이나 같이 먹고, 사고, 서로 머리의 이를 잡아주고, 함께 진흙탕에서 뒹굴었는데, 격식을 차리고 고상한 대화나 한다면, 오히려 그것은 솔직하지 못한 행동일 거예요. 옛 전우를 만나니 예전에 하던 대로 말이 튀어나왔군요. 제가 프란츠에게 잠시 언성을 높였던 것은 화가나서 그랬던 거예요. 그렇다고 해서 우리 두 사람 사이가 틀어지지는 않을 겁니다. 하지만, 부인께는 사과하고싶습니다. 이제 저는 갈 테니 기분을 푸세요. 저는 부인의 심정을 충분히 이해합니다."

넬리가 화난 표정을 애써 감췄다. 자기 생각을 낯선 남자가 정확하게 짚었던 것이다.

"아니에요, 그렇지 않아요. 언제든지 환영이에요. 오랫동안 헤어졌던 친구를 만났으니 프란츠에게도 좋은 일이죠. 언제 일요일에 점심 드시러 오세요. 저희도 즐거울 거예요."

하지만 넬리의 '즐거울'이라는 말은 솔직하게 들리지 않았다. 남자는 부인의 손을 잡는 순간, 차고 낯선 느낌을 받았다. 크리스티네에게는 말 한마디 없이 돌아섰다. 그러나 그녀는 아주 짧은 순간이지만 남자의 시선을 느꼈다. 호기심이 서린 따뜻한 눈빛이었다. 남자가 문 쪽으로 걸어가자 프란츠가 그의 뒤를 따랐다.

"현관문까지 바래다줄게."

남자들이 나가자마자 넬리가 신경질적으로 창문을 홱 열어젖혔다.

"담배 연기 때문에 질식할 뻔했지?" 넬리가 동생에게 사과하듯 말하며 담뱃재가 가득 담긴 재떨이를 창문틀에 대고 탁탁 쳐서 털어버렸다. 그 소리가 언니의 목소리만큼이나 날카롭게 울렸다. 크리스티네는 언니의 행동을 이해할 수 있었다. 낯선 남자가 남기고 간 흔적을 완전히 지워버리고 싶으리라. 여자는 오히려 그런 언니가 낯설게 느껴졌다. 예전에 날씬하고 상냥했던 언니는 까칠하고 거칠고 뚱뚱한 중년 부인이 되어버렸다. 탐욕 때문이 아닐까. 언니는 돈을 움켜쥐듯이 남편을 움켜쥐고 살았다. 언니는 남편의 작은 일부라도 친구에게 베풀고 싶지 않았던 것이다. 남편이 온전히 자기 것이어야 했다. 그리고 곧 지방의회 의장 부인이 될 수 있도록 겸손하고, 근면하고, 절약하며 살고자 했다. 여자는 언제나 언니를 어려워했지만, 난생처음 혐오에 찬 시선으로 언니를 바라보았다. 언니를 이해할 수도 없었고, 이해하고 싶지도 않았다.

그때 프란츠가 들어왔다. 집 안에는 다시 어색하고 무거운 침묵이 흘렀다. 그는 바닥이 불안정한 마룻바닥을 걷는 사람처럼 조심스럽게 두 여자에게 다가갔다.

"아래에서 그 사람하고 또 한참을 이야기했군요. 뭐, 전 좋아요. 이제는 더 자주 만나서 잘 지내게 되었군요. 아직도 안 가고 있으면 올라오라고 하지 그래요?"

프란츠가 몹시 화난 표정으로 아내에게 말했다.

"넬리, 도대체 당신은 무슨 생각을 하는 거야? 그 친구가 어떤 사람인지 당신은 전혀 몰라. 우리한테 뭔가를 바랐다면, 이미 오래전에 찾아왔을 거야. 공무원 주소록만 뒤져도 우리 집은 쉽게 찾을 수 있었을 테니. 그런데 형편이 어려우니까 나를 찾아오지 않았던 거야. 필요한 것이 있으면 내가 뭐든지 내주리라는 것을 그 친구는 잘 알고 있었으니까."

"맞아요, 그런 사람들 일이라면 당신은 발 벗고 나서서 도와주겠죠. 그 사람 만나는 것을 반대하지는 않겠어요. 하지만 이 집에 다시는 들이지 마세요. 담뱃불로 구멍을 낸 저 테이블보 좀 보세요. 그리고 마룻바닥도요.

신발도 털지 않고 들어왔다고요. 그 사람이 가고 나서 우리가 한참 치웠어요. 이런 일이 그렇게 재미있다면, 나도 말리지 않겠어요."

크리스티네는 두 주먹을 꽉 쥐었다. 언니도 형부도 야속했다. 형부는 꼼짝도 못 하고 선 채로 아내의 등에 대고 열심히 해명하고 있었다. 이런 집안 분위기를 참을 수 없었다. 크리스티네는 자리에서 일어났다.

"저는 이제 가볼게요. 기차 시간에 늦겠어요. 너무 오래 있었다고 욕하지 마세요."

"아냐, 아냐, 왜 그런 말을 해? 다음에 또 와." 언니가 마치 낯선 사람에게 인사치레하듯이 말했다.

두 사람 사이가 서먹해졌다. 한 사람은 상대의 반항적인 모습이 싫었고, 다른 한 사람은 상대가 치졸한 안락 속에서 사는 모습이 싫었다.

계단을 내려오는 동안 여자는 직감적으로 남자가 아래서 자기를 기다리고 있으리라는 것을 알았다. 하지만 그런 느낌을 지워버리려고 했다. 조금 전 그는 호기심 어린 시선으로 그녀를 잠깐 바라보았을 뿐, 아무 말도 하지 않았다. 여자는 혹시 자신이 그와 마주치기를 기대하고 있는 것은 아닌가, 하는 생각이 들었다. 어쨌든 걸음을 내디딜 때마다 그가 아래서 기다리고 있을 것 같다는 느낌은 점점 더 명확해져서 마침내 일종의 확신 같은 것이 되었다.

그래서인지, 대문을 나서자마자 그녀를 기다리고 있

던 남자와 마주치고도 전혀 놀라지 않았다. 불안하고 위축된 얼굴로 남자는 도로 건너편에서 다가와 여자 앞에 멈춰 섰다.

"여기서 이렇게 아가씨를 기다려서 미안합니다." 남자는 조금 전과는 전혀 다른 목소리로 말했다. 그것은 찬바람이 몰아치듯 서늘하고, 박력 있고, 공격적이던 목소리가 아니라 자신감이 모자라고 긴장된 목소리였다.

"앉아 있는 내내 걱정했습니다. 혹시 언니가 아가씨에게 화를 내시지는 않을까 해서요. 제가 프란츠를 너무 심하게 몰아붙여서, 그리고 아가씨가 제 말에 동의하는 바람에 언니 기분이 몹시 상했겠다 싶었죠. 손님으로 와서 낯선 분들 앞에서 보여준 그런 행동이 예의에 어긋난다는 것을 잘 알고 있습니다. 하지만 나쁜 의도는 전혀 없었습니다. 아니, 그와 정반대입니다. 프란츠는 선량하고 용감한 친구입니다. 진짜 좋은 사람이에요. 요즘 세상에 그런 사람 보기 드물죠. 그 친구를 만난 순간, 끌어안고 키스라도 하고 싶었어요. 뭐, 그 정도는 아니더라도 그 친구가 내게 보여준 반가움을 나도 표시하고 싶었어요. 그런데 아가씨와 언니 앞에서 너무 감정적으로 행동하면 우습게 보일까 봐 오히려 그 친구에게 험하게 대했던 겁니다. 어쩔 수가 없었어요, 정말 어쩔 수가 없었습니다. 하지만 커다란 배를 내밀고 커피를 마시면서 음악을 듣고, 행복한 모습으로 앉아 있는 친구의 모습을 보자 본의 아니게 화가 났던 것도 사실입니다. 그래서 그 친구를 좀 놀려주고 자극하고 싶었어요.

그 친구가 시베리아에 있을 때 어땠는지 모르실 거예요. 몹시 분노해 있었죠. 아침부터 밤까지 혁명 테러, 사회 정의를 이야기하던 친구였어요. 한데 지금은 얌전하고, 흐리멍덩하고, 소극적으로 자기 삶에 아주 만족하는 모습이었어요. 아내와 아이들, 발코니에 꽃이 피어 있는 공동주택, 당에서 밀어주는 공직…… 부족함 없는 소시민적인 인간으로 변해 있었어요. 그래서 그를 좀 비난했던 거예요. 언니는 제가 잘사는 친구를 질투한다고 생각했겠죠. 하지만 맹세컨대 저는 그 친구가 잘사는 모습을 보고 아주 흐뭇했어요. 그리고 제가 그를 조금 책망한 것은, 그것은…… 그 친구 팔을 잡아 비틀거나 올챙이배를 때려주고 싶었던 제 감정의 표현이었어요. 사실, 그 친구 앞에 있는 저 자신이 부끄러웠으니까요."

크리스티네는 웃음이 터져 나왔다. 모두 이해할 수 있었다. 씩씩하고 뚱뚱한 형부의 배를 때려주고 싶은 충동도 충분히 이해할 수 있었다.

"아니에요." 남자를 진정시키려고 크리스티네는 다정하게 말했다. "저는 금세 이해했어요. 상대가 자기 기쁨을 너무 노골적으로 표현하면 당황스럽죠. 형부는 페르디난트 씨를 지나치게 감싸주려고만 했어요. 당신이 수치심을 느낀 이유를, 저는 알아요."

"그렇게 말씀해 주셔서 고맙습니다. 언니는 그런 점을 이해하지 못하더군요. 아니면 저를 본 순간 갑자기 다른 사람처럼 변해버린 남편의 모습만 보였겠죠. 저에 대해서는 아무것도 몰랐을 테니까요. 우리가 같은 감옥에 갇힌 두 죄수처럼 밤낮으로 함께 지내던 시절로 돌아가 있었다는 사실을, 언니는 알 수 없었을 거예요. 그리고 언니가 알지 못하는 많은 일을 우리 둘만 알고 있다는 사실이 언짢았을 겁니다. 제가 그 친구에게는 무엇이든 부탁할 수 있고, 또 그 친구도 마찬가지라는 사실을 이해할 수 없었을 거예요. 언니는 제가 남편에게 화가 났거나 질투하고 있다고 생각했던 것 같아요. 어쩌면 실제로 제 마음속에 큰 분노가 숨어 있는지도 모르지만……. 저는 아무도 부럽지 않아요. 제가 다른 사람보다 잘되어야 하고, 다른 사람은 저보다 못되어야 한다는 식의 질투심은 없습니다. 저는 남의 행복을 시샘하지 않아요. 그것은 어떻게 할 수 있는 일이 아니잖아요. 사람들은 남이 부유하고 행복하게 살면, 자신은 왜 그렇게 살지 못하는지, 자책하듯 스스로 묻곤 하죠. 하지만 저는 다른 사람의 행복과 저의 행복을 비교하고 싶은 생각이 없습니다. 단지, 왜 저는 행복하지 않은지를 생각할 뿐이죠."

남자의 말을 들으면서 크리스티네는 깜짝 놀랐다. 그는 그녀가 줄곧 생각해 오던 것들을 정확하게 이야기했기 때문이었다. 여자가 막연하게 느끼던 것들을 남자는 아주 명료하게 설명했다. '다른 사람에게서 빼앗고 싶지는 않다고, 단지 내 권리를 찾고 내 인생을 살고 싶을 뿐이라고, 다른 이들이 따뜻한 방 안에 있는 동안 추운 바깥에서 눈 속에 발을 파묻고 서 있지 않기를 바랄 뿐'이라고 남자는 말했다.

여자가 아무 말도 하지 않자, 남자는 여자가 자기와 함께 있는 것이 따분해서 그만 돌아가고 싶어 한다고 생각했다. 남자는 여자 앞에 선 채 우물쭈물 모자만 만지작거렸다. 남자의 반응을 살피던 여자는 그의 낡은 구두와 실밥이 터진 남루한 바지를 힐끗 훔쳐보았다. 이 자존심 강한 남자가 자신의 초라한 행색 때문에 주눅 들었음을 알아차렸다. 그 순간, 스위스의 호텔 앞에서 초라한 등나무 가방을 들고 떨고 있던 자신의 모습이 떠올랐다. 마치 남자와 몸이 바뀌기라도 한 것처럼 여자는 그를 억누르고 있는 불안감을 생생하게 느낄 수 있었다. 남자에게서 자신의 모습을 보자, 그를 도와주고 싶은 마음이 들었다.

"저는 지금 기차를 타러 가야 해요." 그 말에 풀이 꺾인 남자를 보자, 여자는 약간 우쭐해서 말을 이었다. "저를 역까지 바래다주실래요?"

"네! 괜찮으시다면, 저는 좋습니다."

남자가 놀란 표정으로 활기차게 말했다. 여자는 의기양양해졌다. 남자는 여자 옆에서 걸으면서 줄곧 미안하다며 사과했다.

"제가 어리석었어요. 그러지 말았어야 했는데. 언니 앞에서 그런 이야기를 꺼내지 말았어야 했어요. 친구의 부인이잖아요. 게다가 초면이었는데 아이들이 학교에서 공부는 잘하는지, 몇 학년인지, 아이들 이야기부터 시작했어야 옳았어요. 부부가 모두 관련된 화제를 꺼냈어야 해요. 그런데 그 친구를 보는 순간, 정신이 나갔는지 예의도 격식도 다 잊어버렸죠. 나에 대해 뭔가를 알고 있는 친구, 나를 이해하는 단 하나밖에 없는 친구라는 생각이 들었거든요. 우리 둘이 원래 잘 어울리는 친구는 아니에요. 그 친구는 저와 많이 달라요. 저보다 훨씬 나은 사람이고, 행실도 훨씬 바른 친구죠. 그리고 마음속에 품은 생각도 저와는 아주 달라서, 제가 진짜로 원하는 것이 무엇인지를 이해하지는 못해요. 우리는 외부와 완전히 두절된 섬 같은 세상에서 2년 동안 밤낮으로 함께 뒹굴었죠. 하지만 제가 정말 중요하게 생각하는 것들에 대해서는 그 친구에게도 설명할 수 없을 거예요. 그래도 다른 사람들보다는 그 친구가 저를 가장 잘 이해하는 편일 겁니다. 우리는 서로 말이 필요 없는 사이죠. 조금 전에도 제가 그 친구의 집 안으로 들어서는 순간, 저는 그 친구에 대한 모든 것을 알아차렸어요. 어쩌면 그 친구 자신이 알고 있는 것보다 더 많은 것을 알게 되었는지도 모르죠. 그 친구는 바로 그것을 눈치챘던 거예요. 그래서 그렇게 긴장했던 거죠. 마치 뭔가 나쁜 짓을 하다가 현장에서 발각된 아이처럼, 그래서 그렇게 민망스러워했던 거예요. 저도 그게 뭔지는 잘 모르겠어요. 어쩌면 볼록 튀어나온 그 친구 아랫배일지도 모르겠군요. 아니면 너무도 성실한 시민이 되었다는 사실일 수도 있겠죠. 하지만 그 친구는 한순간에 예전 자기 모습으로 돌아왔어요. 부인도 안중에 없었고, 아가씨가 옆에 있는 것도 신경 쓰지 않았죠. 두 분이 없었다면, 우리는 밤새도록 이야기할 수도 있었어요. 그런데 언니가 그런 낌새를 눈치챈 거죠. 이제 제가 여기 있다는 사실을 그 친구가 알았고, 그 친구가 여기 있다는 사실을 제가 알게 되어서 한결 기분이 좋습니다. 어려운 일이 생기면 달려가서 도움을 청할 누군가가 있다는 사실을, 우리 둘 다 알게 되었으니까요. 다른 사람들은 전혀 이해하지 못하겠지만, 그리고 저도 역시 정확하게 설명할 수는 없지만, 전혀 다른 세상에서 6년을 살다가 돌아와 보니 마치 달나라에 있다가 돌아온 기분이었어요. 예전에 같이 살던 사람들이 낯설게만 느껴졌어요. 친척들이나 할머니와 식탁에 앉아 있을 때면, 도대체 무슨 말을 해야 할지 모르겠더군요. 대화할 때에도 그분들은 재미있다고 하시는데, 저는 왜 그것이 재미있는지 통 알 수가 없더라고요. 그분들이 하는 일이 생소하기만 하고 아무 의미 없어 보여요. 예를 들자면…… 거리의 카페 유리창으로 안에서 춤추는 사람들이 보이는데 음악은 들리지 않는 경우와 마찬가지죠. 안에 있는 사람들은 박자에 맞춰 춤추는데 밖에 있는 사람은 그들이 왜 빙글빙글 돌고 있는지 그 이유를 전혀 알 수 없는 거죠. 미친 사람들처럼 기뻐하는 표정을 짓고 있는 이유도 모르고요. 이해할 수 없는 무언가가 있는 거죠. 그 반대의 경우도 마찬가지예요. 안에서 춤추는 사람들은 밖에 있는 사람이 질투한다거나 화났다고 생각하죠. 하지만 그것은 서로 이해하지 못해서 생기는 일이에요. 알아들을 수 없는 외국어를 할 때라든가, 누군가 모르는 물건을 달라고 요구할 때처럼. 아, 미안합니다. 말이 너무 많았군요. 다 쓸데없는 소리예요. 아가씨가 이해할 수 없는 말을 늘어놓았군요."

크리스티네는 걸음을 멈추고 남자를 바라보며 말했다.

"아니에요. 페르디난트 씨가 하신 말씀을 저는 정확하게 이해해요. 한마디 한마디를 다 이해해요. 일 년 전만 해도, 아니 몇 달 전만 해도 이해하지 못했을 거예요. 하지만, 제가 스위스에서 돌아온 이후로……."

여자는 정신을 가다듬고 마지막 말을 삼켰다. 하마터면 낯선 남자에게 그 이야기를 할 뻔했다. 그래서 얼른 목소리를 바꿔 말을 이었다.

"그건 그렇고, 페르디난트 씨에게 고백할 것이 있어요. 저는 기차역으로 바로 가지 않고 제 가방을 찾으러 어젯밤에 묵었던 호텔로 가야 해요. 저는 이곳에 어제저녁에 왔거든요. 언니와 형부는 제가 오늘 아침에 도착한 것으로 알고 있어요. 언니에게 사실을 말하기 싫었어요. 제가 언니네 집에 가지 않고 호텔에서 잤다는 사실을 알면 기분이 언짢겠죠. 하지만 저는 아무에게도 부담 주고 싶지 않았어요. 그러니 형부를 만나시면 이런 이야기는 하지 말아주세요."

"예, 알겠습니다."

여자가 신뢰를 보이자, 남자는 기분이 좋아진 듯했다. 두 사람은 가방을 찾으러 함께 호텔로 갔다. 남자가 가방을 들려고 하자 여자가 급히 저지하며 말했다.

"아녜요, 하지 마세요. 손이 불편하시잖아요……!"

그러나 남자가 당혹스러워하자 말문이 막혔다.

'이 말은 하지 말았어야 했어. 저 사람 손가락에 장애가 있다는 것을 모른 척하는 편이 나았을 거야.' 그래서 결국 여자는 남자에게 가방을 맡겼다.

기차역에 도착하니 기차 출발 시각까지 45분이나 남아 있었다. 둘은 대기실에 앉아 소소한 이야기를 주고받았다. 형부 이야기, 우체국 이야기, 오스트리아의 정치 이야기 등 일상의 이야기를 피상적으로 나누었다. 친밀한 느낌은 없었지만, 간단한 대화를 통해 서로 통하는 구석이 있음을 확인했다. 여자는 남자의 말을 들으면서 그의 날카로운 판단력과 명석한 두뇌를 높이 평가했다.

마침내 떠날 시간이 되어 여자가 자리에서 일어나며 말했다.

"이제 가봐야겠어요."

남자 역시 자리에서 일어나면서 무척 아쉬운 표정을 지었다. 그런 모습을 본 여자는 마음이 뭉클했다.

'이 남자, 오늘 밤도 혼자서 보내겠지.'

그런 생각이 들면서 한편으로는 짠해지는 기분이 들었다. 예상치 못했는데 여기에도 여자를 원하는 남자가 있는 것이다. 우표를 팔고, 전보에 소인을 찍고, 전화 통화를 연결해 주고, 찾는 사람도 별로 없는 하찮은 우체국 여직원에게 호감을 품은 남자가 여기 있는 것이다. 풀 죽은 남자의 얼굴을 보면서 연민을 느낀 여자는 갑자기 생각난 듯 말했다.

"사실, 저는 다음 기차를 타도 돼요. 10시 20분에 출발하는 기차가 있거든요. 그동안 산책을 하거나, 어디서 저녁 식사를 해도 되겠죠. 다른 약속 없으시면."

남자의 반짝이는 눈에서 기쁜 기색이 얼굴 전체로 번지는 것을 보자, 여자도 마음이 흐뭇했다. 남자는 환한 얼굴로 서둘러 대답했다.

"없어요, 아무 약속도 없습니다!"

두 사람은 10시 20분에 출발하는 기차에 올라 가방을 실어 놓고 나서 한 시간가량 이곳저곳 거리를 돌아다녔다. 푸른 안개가 내리는 9월의 밤은 차츰 어두워지고 있었다. 거리의 가로등이 희고 작은 달덩이처럼 건물들 사이에서 희미하게 빛을 발하기 시작했다. 두 사람은 나란히 길을 걸으면서 가벼운 이야기를 주고받았다. 그들은 신시가를 걷다가 작은 술집을 발견했다. 뒤뜰의 나뭇가지 아래, 담쟁이덩굴 격자 울타리로 구분된 여러 테이블 중에 빈자리가 보였다. 그곳엔 혼자 있어도 혼자가 아닌 것처럼 보였고, 다른 사람들의 모습을 볼 수는 있지만 대화는 들리지 않았다. 묘한 분위기가 흐르는 곳이었다. 그들이 앉은 구석 자리에서 주위의 높은 건물들이 보였다. 어느 열린 창문을 통해 축음기에서 왈츠곡이 희미하게 흘러나오고 있었다. 가까운 테이블에서 들뜬 사람들의 웃음소리, 왁자지껄한 소리가 들려왔다. 테이블마다 놓여 있는 꽃 모양 유리 램프 주위로 호기심이 발동한 날벌레들이 날아들었다. 선선하고 감미로운 밤이었다. 남자가 모자를 벗어 테이블에 내려놓자, 잔잔히 타고 있는 촛불에 비친 남자의 얼굴이 선명하게 드러났다. 무뚝뚝하고, 나무 조각상처럼 견고하고, 광대뼈가 튀어나온

전형적인 티롤 사람 얼굴이었다. 눈언저리와 입 주위에 주름이 깊게 팬 얼굴은 수척하면서도 단호하고 빈틈없어 보였다. 그러나 분노에 찬 그의 목소리 뒤에 또 다른 목소리가 숨어 있었듯이, 웃을 때나 얼굴의 주름이 활짝 펴질 때, 그리고 공격적으로 보이던 눈빛이 사라지고 부드러운 빛을 띨 때면 또 다른 얼굴이 드러났다. 소년처럼 순진하고 아이처럼 겁 없는, 순한 얼굴이었다. 문득 형부의 말이 떠올랐다. 형부가 오래전에 보았던 것도 바로 이 얼굴이었을 것이다. 대화하는 동안 그런 두 개의 얼굴이 묘하게 교차했다. 눈썹을 찌푸리거나 입을 심하게 오므리면 얼굴에 금세 그늘이 내려앉았다. 푸른 초원 위 별안간 몰려온 구름으로 캄캄해진 풍경과 흡사했다.

'참 신기하다. 어떻게 이럴 수 있을까? 이 남자는 마치 몸속에 두 사람이 들어 있는 것 같아.'

여자는 한때 다른 인물로 변신했던 자신을, 그리고 이제는 잊어버린 거울을 떠올렸다. 아주 멀리 떨어진 호텔 방에 있던 그 거울을, 지금은 다른 사람이 사용하고 있을 것이다.

간단한 음식을 주문했다. 웨이터가 투명한 굼폴트키르히너 와인 두 잔과 함께 음식을 가져왔다. 남자가 웃으면서 잔을 들어 건배를 청했다. 그런데 잔을 높이 들려고 몸을 펴는 순간, 딸그락! 하는 소리가 들렸다. 외투에 간당간당 달려 있던 단추 하나가 테이블에 떨어진 소리였다. 단추는 테이블 위에 떨어져 짓궂게 빙글빙글 돌더니 바닥으로 떨어졌다. 사소한 돌발 사태에 남자의 안색이 금세 어두워졌다. 남자는 단추를 얼른 주워서 숨기려고 했지만, 이 작은 사건을 여자가 목격했다는 것을 알고 당혹감을 감추지 못했다. 크리스티네는 못 본 척했다. 이 하찮은 사태의 의미를 여자는 본능적으로 알아차렸다.

'이 남자를 보살펴 주는 사람이 없구나! 이 남자에게는 여자가 없어.'

여자는 예리한 시선으로 솔질도 하지 않은 먼지 긴 모자와 구겨지고 허름한 바지를 알아보았다. 여자는 경험의 힘으로 남자의 당혹감을 이해했다.

"단추, 주워서 이리 주세요. 저는 항상 바늘과 실을 가지고 다녀요. 우리 같은 사람들은 모든 일을 직접 해야 하죠. 제가 금방 달아드릴게요."

"아닙니다." 남자가 당황스러운 목소리로 말했다. 그러면서도 여자가 시키는 대로 몸을 굽혀 자갈 사이에 떨어진 단추를 주웠다.

"괜찮습니다. 제가 집에 가서 달면 됩니다."

여자가 다시 한번 친절을 베풀려 하자 남자는 갑자기 역정을 냈다.

"아닙니다. 그러지 마세요! 싫습니다!"

그러더니 외투에 남아 있는 단추 두 개를 거칠게 채웠다. 크리스티네도 더는 고집하지 않았다. 남자는 부끄러워하고 있었다. 화기애애했던 분위기가 순식간에 얼어붙었다. 여자는 남자의 굳어버린 입술에서 곱지 못한 말이 튀어나오리라고 예측했다. 수치심을 느끼고 있으므로 어떤 식으로든 거친 말을 쏟아낼 터였다. 그리고 여자의 예감은 들어맞았다. 남자가 몸을 구부리고 도전적인 눈빛으로 바라보며 입을 열었다.

"제가 옷을 단정하게 입지 못했다는 것을 잘 압니다. 하지만 누가 저를 꼼꼼히 뜯어보리라고는 예상하지 못했습니다. 할머니를 뵈러 양로원에 갈 때에는 이 정도 옷차림이면 충분하거든요. 이런 자리에 올 줄 알았으면 좀더 잘 차려입고 나왔을 텐데……. 아니, 거짓말입니다. 솔직히 말하면 좋은 옷을 사 입을 돈이 없어요. 물론, 돈이 전혀 없는 것은 아니지만 충분하지 않습니다. 새 구두를 사서 신으면 그사이에 모자가 너덜너덜해지고, 모자를 사면 이번에는 외투가 해지고, 이번에는 이것, 다음번에는 저것, 도저히 감당할 수가 없죠. 제 잘못이건 아니건, 신경 쓰지 않고 살죠. 보시다시피 옷차림이 형편없어요."

크리스티네의 입이 움직였지만, 말을 채 꺼내기도 전에 남자가 먼저 말했다. "저를 위로할 생각은 마세요. 가난은 부끄러운 것이 아니라는 거죠? 그런데 그 말은 진실이 아니에요. 남의 테이블에 앉아서 음식을 먹고 지저분한 접시를 남기면 부끄럽듯이, 숨길 수 없는 것이라면 부끄러운 것이죠. 어쩔 수 없이 부끄러운 겁니다. 취업자건 실업자건, 정직한 사람이건 인색한 사람이건, 가난한 사람에게서는 냄새가 납니다. 그래요, 냄새가 나요. 창이 없는 방에서 냄새가 나듯이, 자주 갈아입지 않은 옷에서 냄새가 나듯이 냄새가 나요. 썩은 물의 악취처럼 자기 몸에서 나는 냄새를 맡게 되죠. 씻어낼 수도 없어요. 새 모자를 써도 별로 도움이 안 됩니다. 구토 후에 입을 헹궈내도 냄새가 나는 것처럼. 가난의 냄새는 몸에 배어서 살짝 스치기만 해도 맡을 수 있죠. 아가씨의 언니는 그 냄새를 금세 맡은 거예요. 여자들이 남루한 옷차림을 한 사람들을 깔보는 시선을 저는 알아볼 수 있습니다. 보는 사람들도 어쩔 줄 모르지만, 본인이 가장 당황스럽죠. 벗어날 수도 없고 피해 갈 수도 없는 겁니다. 그래서 술이나 마시고 곤드레만드레 취하는 거예요. 그리고 여기……." 남자가 와인 잔을 들어 단숨에 비우고 말을 계속했다.

"여기 이 나라 사회에는 큰 문제가 있습니다. 가난한 사람들은 왜 점점 더 술에 의존하는 걸까요? 심각한 문제죠. 그런데 이런 문제를 두고 귀족 부인들이나 자선단체 후원자들은 차를 마시면서 고민하죠. 잠깐 고민하면서 그들은 다른 사람뿐 아니라 자신도 모욕하고 있다는 사실을 자각하지 못합니다. 저처럼 옷을 입은 사람과 함께 있는 모습을 보이기가 부끄럽다는 것을 저도 잘 압니다. 하지만 저 역시 즐거운 일은 아닙니다. 주저하지 마시고 그냥 말씀하세요. 점잖게 말씀하실 필요도 없고 저를 동정하지도 마세요!"

남자가 의자를 뒤로 밀치면서 일어나려고 했다. 크리스티네가 얼른 그의 팔을 잡았다.

"목소리를 낮추세요! 여기 있는 사람들이 모두 알아야 할 일인가요? 이리 가까이 오세요."

남자는 여자의 말을 따랐다. 공격적인 모습은 사라졌지만, 여전히 불안한 모습이었다. 크리스티네는 연민을 감추려고 애쓰며 말했다.

"왜 자책하고, 저까지 고통스럽게 하는 거죠? 다 쓸데없는 짓이에요. 정말 저를 그런 '귀부인'으로 생각하시나요? 만약 그랬다면 당신이 한 이야기를 한마디도 이해하지 못할 거예요. 당신은 지금 지나치게 흥분했고, 비합리적이고, 증오심으로 가득 차 있군요. 그래도 저는 이해해요. 그 이유를 말씀드릴 테니 이리 가까이 와서 앉아보세요. 다른 사람들이 들어야 할 필요는 없잖아요."

여자는 남자에게 휴가 다녀온 이야기를 들려주었다. 여행 중에 겪었던 분노와 수치, 감격, 변신 등을 모조리 털어놓았다. 풍요로움에 도취했던 경험을 처음으로 누군가에게 털어놓고 나니 속이 후련했다. 비록 괴롭기도 하고 분노가 치밀기도 했지만, 마음은 개운했다. 초라한 가방 하나만 들고 허름한 옷을 입었다는 이유로 호텔 프런트 종업원이 자신을 도둑으로 오인했던 일도 들려주었다. 남자는 꼼짝도 하지 않고 앉아서 여자의 말을 말없이 경청했다. 벌름거리는 콧방울만이 남자가 숨을 쉬고 있음을 말해주고 있었다. 여자가 남자를 이해하듯 남자도 여자를 이해하고, 푸대접받았던 여자의 분노에 공감했다. 한 번 댐이 무너지면 흘러가는 물을 막을 수 없듯이 여자는 원래 말하고자 마음먹었던 것보다 더 많은 이야기를 털어놓았다. 지겨운 시골 마을에 대한 증오, 아까운 청춘을 앗아간 전쟁에 대한 분노가 걷잡을 수 없이 생생하게 터져 나왔다. 여자는 누구에게도 그토록 많은 이야기를 털어놓은 적이 없었다.

남자는 여자의 눈을 똑바로 바라보지 못하고 몸을 점점 깊숙이 웅크렸다.

"미안합니다." 마침내 남자가 진심에서 우러나오는 사과를 전했다. "제가 어처구니없이 아가씨를 비난했군요. 시도 때도 없이 미련하게 화를 내고, 사람들을 공격적으로 대하는 저 자신이 원망스럽습니다. 아무나 걸리기만 하면 그 사람에게 모든 책임이 있다는 듯이 퍼붓게 되는군요. 그리고 저 혼자만 전쟁하러 갔던 것처럼 착각하죠. 수백만이나 되는 군인 가운데 한 사람일 뿐인데. 저는 매일 아침 일터로 가면서, 집을 나서는 사람들을 관찰하곤 합니다. 잠에서 덜 깨어 얼굴은 지치고 창백하죠. 원하지도 않고, 의미도 없는 일터로 마지못해 끌려가는 사람들 같습니다. 그리고 저녁때면 다시 전차에 몸을 싣고 집으로 돌아오는 사람들을 관찰합니다. 표정이나 발걸음이 납덩이처럼 무겁죠. 아무 이유 없이, 혹은 자신이 이해하지 못하는 어떤 이유로 모두 지쳐 있어요. 그 끔찍하고 무의미한 삶을 의식하지도 못할뿐더러, 그런 삶에 대해서 생각해 보려고 하지도 않죠. 저처럼 심각하게 느끼지는 못하는 것 같아요. 그들에겐 남보다 앞서간다는 것이 단지 한 달에 10실링을 더 받는 것을 의미하거나, 또 다른 개목걸이나 다름없는 새 일자리를 얻는 것을 의미하죠. 혹은 저녁 모임에 참석해서 자본주의 세계가 멸망하리라든가, 사회주의가 세계를 정복하리라는 등 골치 아픈 이야기를 나누죠. 10년 혹은 20년 후에는 세계체계가 붕괴하리라는 예측 같은 것 말입니다. 하지만 저는 그렇게 참을성 있는 사람이 아닙니다. 10년, 20년을 기다릴 수 없어요. 저는 서른 살이고 지난 11년을 허송세월했죠. 나이 서른에 아직도 제가 누구인지 모릅니다. 왜 세상이 존재하는지도 아직 모르죠. 피와 땀, 그리고 오물밖에는 본 것이 없거든요. 기다리고, 기다리고, 또 기다리는 일밖에는 해본 게 없어요. 이제 더는 견딜 수 없어요. 내 인생이 밑바닥으로, 주변으로 밀려난 인생이라는 생각만 하면 미칠 것 같고 도저히 참을 수가 없어요. 다른 사람들을 위해서 죽도록 일하는 사이에 찢어진 구두 아래서 시간은 쉴 새 없이 달아나고 있는 것 같은 느낌이 들어요. 하지만 저는 제게 일을 시키는 건축사들보다 뒤지지 않는다고 생각하고, 높은 자리에 있는 자들만큼 아는 것도 많아요. 그들과 똑같은 공기를 마시면서 살고 똑같은 피가 제 혈관을 흐르고 있죠. 단지, 저는 너무 늦게 돌아왔습니다. 기차에서 떨어졌는데, 아무리 빨리 뛰어도 그 기차를 따라잡을 수 없는 상황이죠. 저는 뭐든지 할 수 있습니다. 몇 가지 기술도 배웠고, 지능이 모자라지도 않습니다. 김나지움과 수도원 부속학교에 다닐 때에는 우등생이었어요. 음악 실력도 괜찮았고, 오베르뉴에서 온 신부님에게서 프랑스어도 배웠죠. 피아노가 없으니 연습할 수도 없고, 프랑스어로 대화할 사람이 주변에 없으니 거의 다 잊었죠.

다른 친구들이 대학생 사교클럽에서 즐겁게 지내는 동안 저는 2년간 묵묵히 기술을 배웠습니다. 시베리아의 개집 같은 병영에 억류되어 있을 때에도 저는 일만 했습니다. 그러나 저는 성공하지 못했습니다. 제게는 1년의 시간이 필요해요. 1년간의 자유 시간. 높이 뛰어오르기 전에 도움닫기가 필요하듯. 아…… 1년 정도면 정상에 오를 수 있을 거예요. 어디가 좋을지, 어떤 방법이 좋을지는 알 수 없지만, 오늘이라도 당장 어금니를 깨물고 온몸을 긴장시키고 하루에 열 시간, 아니 열네 시간이라도 배울 수 있어요. 그렇게 몇 년을 더 보내고 나면 저도 다른 사람들처럼 지치겠지만, 만족감도 생기겠죠. 그러면, 저 자신과 화해하며 말하겠죠. '다 됐다! 끝났다!' 하지만 지금은 그렇게 말할 수 없어요. 지금은 사람들이 싫습니다. 만족감에 빠진 인간들 말입니다. 그자들이 저를 자극하는 바람에 이따금 어쩔 수 없이 호주머니 속에서 주먹을 쥐곤 합니다. 그러지 않으면 기득권을 철석같이 끌어안고, 현실에 안주하고 있는 그자들에게 주먹을 휘두를지도 모르니까요. 저쪽 테이블에 앉아 있는 세 사람을 좀 보세요. 아가씨와 이야기하는 내내 저들이 제 화를 돋웁니다. 이유는 알 수 없지만 아마도 질투심 때문이겠죠. 멍청한 것들이 아주 흥겹게 즐거운 시간을 보내고 있으니까요. 저들을 잘 보세요. 한 놈은 재봉용품 상점에서 일하는 점원인 것 같은데, 온종일 서랍을 열어 실뭉치를 꺼내면서 손님들에게 머리를 조아리며 지껄이겠죠. '최신 유행 제품입니다. 가격은 1미터에 1실링 80

그로셴이고요, 진짜 영국제입니다. 아주 오래가고 질깁니다.' 그러고는 끈과 리본도 꺼내놓겠죠. 그리고 저녁때 집으로 돌아가서는 '이게 사람이 사는 길이다'라고 생각할 거예요. 다른 한 녀석은 아마 세무서나 우체국 예금 창구에서 일하는 직원 같은데, 온종일 숫자를 계산하겠죠. 자기와는 상관없는 수십만, 수백만의 숫자, 그리고 이자, 부채, 대출 같은 것들에 파묻혀 지내겠죠. 누구의 돈인지, 누가 빌리고 누가 갚는지, 누가 왜 그러는지도 모르는 채 하루를 보내겠죠. 그리고 저녁에 집으로 돌아가서 '이게 사람 사는 길이다'라고 생각할 겁니다. 세 번째 사람은 글쎄요, 잘 모르겠지만, 셔츠를 보니 어느 관청에서 일하는 공무원 같은데, 역시 온종일 똑같은 책상 앞에 앉아서 이런저런 서류와 씨름을 할 겁니다. 그나마 오늘은 일요일이어서 머리에 포마드까지 바르고, 표정은 행복해 보입니다. 대화를 들어보니, 저들은 아마도 축구 경기나 경마를 관람하고 돌아온 것 같습니다. 혹은 여자들과 놀다가 왔는지도 모르겠습니다. 저들은 일요일에는 가동을 중단하는 기계 같은 존재들입니다. 시체안치소에서 밖으로 나와 하루를 일하고 다시 돌아가는 송장들이에요. 저들이 하는 말을 들어보세요. 지금은 저렇게 흥분해서 웃고 떠들지만, 불쌍한 놈들이죠. 잠시나마 속박에서 벗어나니까 온 세상을 다 가졌다고 생각하는 모양입니다. 저것들 얼굴을 한 대씩 갈겨주고 싶어요."

남자가 힘겹게 숨을 내쉬었다.

"그러나 무의미한 짓이에요. 세상은 불공평하고, 잘못 돌아가고 있어요. 저들은 개목걸이에 묶여 있는 가엾은 강아지 같은 신세지만, 사실은 멍청한 게 아니라 아주 똑똑한 놈들이에요. 스스로 자신과 타협하고 있는 거죠. 죽은 목숨이라고 생각하고 일한다면 캄캄한 절망밖에 없으니, 그런 무의미한 삶에 의미를 부여하는 거예요. 그런데 정말 바보 같은 생각이지만, 저는 저 행복한 젊은이들을 한 대씩 때려서 정신을 차리게 해주고 싶어요. 저 혼자만 개떼에 둘러싸여 있다는 느낌이 싫기 때문이겠죠. 이런 생각이 얼마나 바보 같은지도 잘 알고, 그런 행동이 저만 손해를 보는 짓이라는 것도 잘 알아요. 그러나 어쩔 수가 없습니다. 지옥 같은 11년의 세월이 제 몸속에 심어놓은 증오심 때문에 숨이 막힐 지경이에요. 그럴 때면 저는 자주 도서관을 찾습니다. 책에서 제가 겪는 문제의 해답을 찾으려고요. 그러나 책을 읽는 것도 즐겁지 않더군요. 요즘 소설을 보면 저와는 아무 상관 없는 내용이 담겨 있어요. 진부한 연애 이야기, 부부가 배우자를 속이는 불륜 이야기를 읽다 보면 구역질이 납니다. 전쟁 이야기는 제게 설명이 필요 없는 내용인 데다가 아무 도움이 되지 않는다는 것을 알기에 책을 펼쳐 보고 싶은 흥미가 생기지 않습니다. 게다가 공부를 해서 학위를 받을 일도 없으니 더 이상 읽을 책이 없더군요. 사실, 학위를 받기 위해 공부할 만한 돈도 없고, 학위가 없으니 제대로 돈을 벌 수도 없죠. 마음속 깊은 곳에서 분노가 솟아올랐고, 그러면 저도 모르게 이를 드러내고 누군가를 물어버릴까 봐 두려워 저 자신을 가두어버리곤 합니다. 사람을 정말 미치게 하는 것은 자신의 힘으로 제거할 수 없는 어떤 요소나, 다른 사람들이 자신에게 마치 운명처럼 만들어 놓은 어떤 조건 때문에 자신을 방어해야 한다는 생각일 거예요. 그렇다고 해서 아무한테나 달려들어 목을 조를 수는 없잖아요."

여자가 남자를 올려다보았다. 그의 시선이 이글거리며 타오르고 있었지만, 이내 쑥스러운 표정을 지었다.

"미안합니다." 남자가 다시금 자신감 없는 작은 소리로 말했다.

"제가 말이 많았군요. 예의 없이 행동했습니다. 한 달 동안 다른 사람들한테 말했던 것보다 더 많은 이야기를 아가씨에게 한 것 같습니다."

크리스티네는 바람막이를 씌운 촛불 속을 들여다보았다. 촛불이 약하게 흔들리고 있다. 시원하게 불어오는 바람에 촛불이 일렁였다. 하트 모양의 푸른 불꽃이 갑자기 가늘어지면서 위쪽으로 활활 타올랐다. 여자가 대답했다

"저도 마찬가지예요."

잠시 침묵이 흘렀다. 생각지도 못했던 긴장되고 고통스러운 대화로 두 사람은 지쳤다. 다른 테이블의 촛불은 꺼진 지 오래였다. 주변 건물의 창문들도 어두워졌고, 축음기 음악 소리도 멈추었다. 웨이터가 테이블 사이를 분주히 오가며 정리를 서두르고 있었다.

그제야 여자는 기차 출발 시각이 생각났다.

"이만 가봐야겠어요." 여자가 남자의 주의를 환기하며 말했다.

"10시 20분에 마지막 기차가 출발해요. 그런데 지금 몇 시죠?"

남자가 잠시 여자를 보더니 금세 웃음을 띠었다.

"자, 보세요, 제가 많이 좋아졌죠?" 남자가 쾌활한 목소리로 말했다. "한 시간 전에 그렇게 물어보셨다면, 제 안에 있는 들개가 바로 아가씨를 공격했을 겁니다. 하지만 이제는 프란츠 같은 친구를 대하듯 아가씨에게도 편하게 말할 수 있습니다. 사실, 시계를 전당포에 맡겼습니다. 다이아몬드가 박힌 아름다운 금시계죠. 돈 때문에 저당 잡힌 것은 아닙니다. 그 시계는 오래전에 저희 아버지께서 사냥을 나왔던 황태자에게 만찬을 베풀었던 데 대한 감사의 표시로 황태자에게서 받은 선물입니다. 만찬에서 음식을 먹은 사람들이 모두 그 맛을 칭찬했답니다. 아버지께서 직접 음식을 만드셨죠. 이해하시겠지만, 공사판에서 다이아몬드 박힌 황금 시계를 차고 돌아다닌다면 마치 연미복을 입은 흑인처럼 보이지 않겠습니까? 게다가 제가 사는 지역에서 그런 시계를 가지고 다니는 것은 위험을 자초하는 일이죠. 하지만 팔아버리고 싶지는 않았어요. 그래서 전당포에 잠시 맡겨두었습니다. 비상시를 위한 일종의 은닉 재산이라고 할 수 있죠."

남자가 마치 대단한 위업이라도 되는 양 여자를 바라보면서 웃었다.

"보세요, 이번에는 제가 아주 평화로운 어조로 말하지 않았습니까? 많이 좋아졌다는 증거죠."

비가 오고 난 다음처럼 두 사람 사이의 분위기가 맑아졌다. 팽팽한 긴장감이 사라지자, 둘은 피로도 잊은 듯 기분이 상쾌했다. 예민하게 상대를 경계하던 마음이 풀리니 자연스럽게 신뢰감이 싹트기 시작했다. 심지어 갑작스러운 우정이나 안정감 같은 감정도 생겼다.

두 사람은 기차역을 향해 걸었다. 함께 걷는 길이 즐거웠다. 호기심 많은 눈동자 같은 창문을 여러 개 달고 서 있는 주변 건물들은 벌써 어둠에 묻혀 있었다. 도로의 포석들은 온기를 잃고 차갑게 굳어갔다. 기차역에 가까워질수록, 두 사람의 발걸음은 예민하고 조급해졌다. 헤어져야 한다는 아쉬움이 마음을 죄어왔다.

여자는 기차표를 사고 나서 몸을 돌려 남자의 얼굴을 바라보았다. 표정이 확연히 달라져 있었다. 이마에서 눈까지 서글픔을 담은 어두운 그림자가 드리워져 있었다. 여자의 얼굴에서도 즐거웠던 기색이 사라졌다. 남자는 추위를 느끼는 듯 외투 자락을 여몄다. 불현듯 남자가 불쌍해 보였다.

"조만간 다시 올게요. 어쩌면 다음 주 일요일에 시간이 괜찮으시면⋯⋯."

"저는 항상 시간이 있습니다. 가진 거라곤 시간밖에 없죠. 그렇지만, 원치 않아요⋯⋯." 남자가 말을 멈추었다.

"뭘 원치 않는다는 거죠?"

"제 말은…… 저 때문에 아가씨가 수고할 필요는 없다는 뜻입니다. 아가씨는 오늘 저를 친절하게 대해주셨어요. 제가 재미없는 사람이라는 것을 잘 압니다. 아마 돌아가시는 기차 안에서, 아니면 내일쯤 후회하시겠지요. 잘 알지도 못하는 사람의 터무니없는 불평을 받아주셨던 것을. 그것은 저도 마찬가지입니다. 누군가 제게 자기 인생의 심각한 고민거리를 털어놓으면 마음속 깊이 공감합니다. 하지만 그 사람이 가버린 뒤에는 속으로 이렇게 말하죠. '젠장, 골치 아픈 자기 문제를 가지고 와서 왜 내게 부담을 주는 거야? 나는 내 문제만으로도 머리가 터질 지경인데.' 그러니까, 혹시라도 저를 도와야겠다는 생각이 드신다면, 억지로 그렇게 하실 필요가 없다는 겁니다. 저는 혼자서도 잘 지냅니다."

크리스티네는 남자에게 등을 돌렸다. 자학하고 있는 남자를 더 이상 바라볼 수 없었던 것이다. 여자는 마음이 아팠다. 그러나 남자는 여자가 돌아선 의미를 오해했다. 여자가 불쾌해서 그런 반응을 보였다고 생각했다. 화난 목소리가 금세 나지막하고 수줍은 소년 같은 목소리로 변했다.

"다시 오신다면 물론, 저야 말할 수 없이 기쁘고 행복하죠. 하지만 혹시라도 부담을 느끼신 것은 아닌가, 하고 생각해 봤을 뿐입니다. 노파심에서 했던 말입니다."

남자는 불안한 목소리로 용서를 구하려는 듯, 아이처럼 풀죽은 표정으로 여자를 바라보았다. 여자는 남자가 더듬거리며 하는 말을 이해할 수 있었다. 무뚝뚝하지만 정열적이고 부끄러움을 감추려고 애쓰는 남자는 여자에게 다시 돌아와 달라고 애원하고 있었다. 하지만 그 말을 꺼낼 용기가 없었던 것이다.

여자는 남자에 대해 뜨거운 모성애와 끝없는 연민을 동시에 느꼈다. 어떤 식으로든, 무슨 말이든 해서 처절하게 용기 잃은 이 남자를 위로해 주고, 안으로만 움츠러드는 마음을 달래주고 싶었다. 남자의 이마를 쓰다듬어주거나, '당신은 바보예요'라고 말하고 싶었다. 하지만 남자가 상처를 입을 것이 두려웠다.

"미안해요, 하지만 이제는 정말 가봐야 해요." 여자가 어찌할 바를 모르며 말했다.

"미안하다고요? 정말 미안해요?" 남자가 대뜸 여자에게 물어보면서 버림받는 자의 절박한 갈망을 감추지 못한 채 쳐다보았다. 여자는 남자가 망연한 표정으로 플랫폼에 홀로 서서 자신을 싣고 떠나는 기차를 바라보리라는 것을 충분히 짐작할 수 있었다. 남자는 이 도시에, 이 세상에 홀로 남겨질 것이다. 여자는 자신에게 감정적으로 의지하고 있는 남자의 존재가 느껴졌다. 한 남자가 강렬하게 자신을 원하고 있었다. 예전의 그 누구보다 강한 남자의 열망에, 여자는 온몸에 충격을 느꼈다. 자신의 존재와 의미에 대한 확신이 들었다. 대단한 느낌이었다. 이제 드디어 마음에 드는 사람에게서 사랑받게 된 것이다. 불현듯 남자의 사랑에 보답하고 싶어졌다. 여자는 섬광처럼 빠르게 결심했다. 충동적으로 마음을 바꾼 것이다. 여자는 몸을 돌려 남자를 향해 뛰었다. 그리고 곰곰이 생각하듯 말했다(하지만 사실은 이미 마음속으로 결정한 것을 말했을 뿐이었다).

"저어……. 당신과 같이 있어도 될 것 같아요. 내일 아침 5시 30분에 출발하는 새벽 열차를 타고 가면 되거든요. 그러면 형편없는 제 직장으로 늦지 않게 출근할 수 있어요."

남자가 여자를 바라보았다. 사람의 눈이 그렇게 순간적으로 빛날 수 있다는 것을 여자는 처음 알았다. 마치 어두운 방에서 성냥불이 타오르듯이 남자의 표정이 밝아졌다. 남자는 본능적으로 여자의 진심을 헤아릴 수 있었다. 남자가 돌연 용기를 내어 여자의 손을 잡으며 말했다.

"그래요. 가지 마세요. 오늘 밤, 나와 함께 있어요."

남자는 여자의 손목을 잡고 기차역 밖으로 나갔다. 남자의 손은 억세고 따뜻했다. 기대와 흥분으로 남자의 몸이 가볍게 떨리고 있었고, 그 떨림은 여자에게도 전해졌다. 여자는 어디로 가냐고 묻지 않았다. 물을 이유도 없었고, 어디를 가든 상관없었다. 여자는 자신의 의지를 버리기로 작정했고, 그런 상태를 즐기고 있었다. 의지와 생각을 버리자, 몸도 정신도 긴장이 풀렸다. 이 낯선 남자를 사랑하고 있는지, 남자를 원하고 있는지조차 생각하지 않았다. 여자는 다만 의지를 버린 상태, 아무 책임감도 의무감도 없는 이 포기 상태의 순수한 느낌과 그 느낌이 온몸을 타고 흐르는 짜릿한 쾌감을 즐기고 있었다.

무슨 일이 벌어지든 상관없었다. 자신을 어디론가 끌고 가는 남자의 손만 의식했다. 맹렬한 속도로 폭포를 향해 떠내려가는 나무토막처럼, 자신의 모든 것을 그 손에 맡겼다. 그리고 자신을 애타게 원하고 있는 남자를 온전히 느끼기 위해 이따금 두 눈을 감았다. 그런데 갑자기 남자가 걸음을 멈췄다. 여자는 긴장했다. 남자가 우물쭈물 말했다.

"저희 집으로 갔으면 좋겠는데 그럴 수가 없군요. 저는 혼자 살지 않아요. 다른 방을 거쳐서 제 방으로 가야 해요. 어디 호텔 같은 곳으로 가야 할 것 같아요. 아가씨가 어제 묵었던 호텔 말고 다른 곳으로."

"네, 좋아요." 여자는 꿈꾸듯 남자의 말에 순순히 대답했다. 그 대답이 무엇을 의미하는지 생각할 겨를도 없었다. 다만 '호텔'이라는 단어가 여자의 기분을 더욱 들뜨게 했을 뿐이다. 거울처럼 환한 방, 눈부신 가구들, 바람 소리만 들려오는 고요한 밤, 생명력이 약동하던 엥가딘의 풍경이 구름 사이로 여자의 눈앞에 어렴풋이 떠오르는 듯했다.

둘은 점점 좁아지는 길을 따라 다시 걸음을 옮겼다. 남자가 근심스러운 표정으로 골목에 즐비하게 늘어선 호텔들을 살펴보더니 마침내 구석진 곳에 전기 조명 간판이 걸려 있는 호텔 하나를 골라 여자를 이끌었다. 여자는 아무 저항 없이 어두운 터널 속으로 들어가듯 출입문을 통해 안으로 들어갔다.

의도적으로 그렇게 한 듯, 여러 개의 전구가 들어 있는 전등에 전구 하나만 불이 들어와 있었다. 두 사람이 프런트 앞에 서자, 유리문 뒤에서 몰골이 지저분한 종업원 하나가 셔츠 바람으로 나왔다. 남자는 그 종업원과 마치 암거래라도 하듯이 뭔가를 수군대더니 돈을 주고 열쇠를 받았다. 그러는 사이 크리스티네는 어둑한 복도에 우두커니 서 있었다. 그녀는 호텔의 상태에 몹시 실망하며 칙칙한 벽을 바라보았다. 생각하고 싶지 않았지만, '호텔'이라는 단어가 환기하는 것들을 떠올릴 수밖에 없었다. 투명하게 빛나는 유리문, 시원하게 흘러 들어오는 햇빛, 그 풍요로움과 편안함……

　"9호실로 가세요!" 돌아서서 걸어가는 페르디난트의 등에 대고 종업원은 호텔 투숙객들이 모두 놀라 벌떡 일어날 만큼 큰 소리로 외쳤다. "2층입니다! 2층!"

　페르디난트가 여자에게 다가와 손을 잡자, 여자는 애원하는 표정으로 남자를 올려다보며 어렵사리 말을 꺼냈다.

　"저어……" 그러나 여자는 무슨 말을 해야 할지 몰라 말을 잇지 못했다. 남자는 여자의 눈에 어린 실망감을 읽고, 다른 곳으로 가고 싶어 한다는 것을 알았다.

　"다른 데도 마찬가지예요. 게다가 이 동네에는 한 번도 와본 적이 없어서 아는 호텔도 없어요."

　그러고는 여자를 부축하듯 붙잡고 계단을 오르기 시작했다. 여자는 다리에 힘이 빠지고 근육이 마비된 듯 걸음을 내딛기조차 힘들었다.

객실 방문이 열려 있었다. 잠이 모자라는 듯한 얼굴에 프런트 종업원만큼이나 지저분한 몰골을 한 여종업원이 방에서 나오며 말했다.

"깨끗한 수건을 곧 가져오겠습니다."

두 사람은 방 안으로 들어가 얼른 문을 닫았다. 창이 하나밖에 없는 좁은 방이었다. 의자는 하나뿐이었고, 벽에는 옷을 걸도록 못이 박혀 있었으며, 세면대가 칸막이도 없이 방 안에 설치되어 있었다. 방에서 유일하게 가구라고 부를 수 있는 것은 시트가 뒤집힌 채 놓여 있는 침대뿐이었다. 침대는 수치스럽게도 비좁은 방을 온통 점령하고 있었다. 피할 수도, 돌아갈 수도, 눈을 다른 데로 돌릴 수도 없었다. 방 안 공기는 숨이 막힐 듯 탁하고, 구석구석에 배어 있는 담배 냄새, 싸구려 비누 냄새가 몹시 역겨웠다. 다른 물건들에서도 불쾌한 냄새가 났다. 여자는 한 줌의 공기도 들이마시지 않으려는 듯 엉겁결에 손으로 입을 막았다. 반감과 역겨움 때문에 온몸의 힘이 다 빠져버릴 듯한 불안감이 몰려왔다. 여자는 황급히 창가로 달려가 창문을 열고, 가스가 가득 찬 광산에서 구조된 사람처럼 밖의 신선한 공기를 들이마셨다.

나지막이 방문을 두드리는 소리에 여자는 화들짝 놀랐다. 여종업원이 깨끗한 수건을 가지고 들어와 세면대 위에 올려놓았다. 여자 손님이 불빛 환한 방에서 창문을 열어 놓은 것을 보자, 여종업원은 불안한 듯 한마디 던지고 조용히 나갔다.

"먼저, 커튼부터 치세요."

크리스티네는 창가를 떠나지 않았다. 그 '먼저'라는 말이 이런 냄새 나고 허름한 호텔로 들어오는 사람들의 목적이 무엇인지를 은근히 암시하고 있었다. 여자는 불안하고 불편한 기분을 씻어버릴 수 없었다. 혹시 남자도 여자가 그런 목적으로 이곳까지 따라왔다고 생각할지도 모를 일이었다.

남자는 비록 창밖의 밤 풍경에 시선을 고정하고 있는 여자의 얼굴을 볼 수는 없지만, 부자연스럽게 몸을 앞으로 구부리고 있는 여자의 어깨가 떨리는 것을 보았다. 남자는 여자의 실망감을 이해할 수 있었다. 조심스럽게 여자에게 다가갔지만, 혹시라도 상처 줄 것이 두려워 말 한마디조차 꺼내기 어려웠다. 남자는 한 손으로 여자의 어깨에서부터 떨고 있는 차가운 손가락까지 부드럽게 쓰다듬어 주었다. 여자는 자신을 위로하려는 남자의 다정한 마음을 느꼈다.

"미안해요." 여자가 몸도 돌리지 않은 채 말을 꺼냈다. "갑자기 머리가 어지러워서요. 신선한 공기를 조금 마시면 곧 나아질 거예요. 왜냐하면……."

여자는 무심결에 '왜냐하면, 이런 호텔 방에는 처음 들어와 봤거든요'라고 말하려고 했다. 하지만 여자는 입술을 깨물었다. 남자가 그런 것까지 알 필요는 없었기 때문이다. 여자가 갑자기 창문을 닫고 몸을 돌리더니 남자에게 명령하듯 말했다.

"불 끄세요."

남자가 전등 스위치를 내렸다. 갑자기 방 안으로 밤이 스며들면서 사물들의 윤곽이 사라졌다. 가장 참혹한 물건, 침대도 눈앞에서 사라졌다. 방에서 뻔뻔하게 손님을 기다리며 대기하고 있던 침대는 이제 어둠 속에서 허옇게 윤곽만 보였다. 하지만 여자는 여전히 두려웠다. 조용한 것 같았던 호텔 여기저기서 갑자기 작은 소음들이 들려왔다. 삐거덕거리는 소리, 헐떡이는 소리, 웃는 소리, 마룻바닥을 맨발로 걸어 다니는 소리, 물방울 떨어지는 소리…….

　여자는 건물 전체가 음탕한 행위를 하는 사람들로 가득 차 있음을 알았다. 이 호텔에 들어온 남녀들의 단 한 가지 목적이 바로 그것이었다. 차츰 여자의 몸속으로 두려움이 파고들었다. 처음에는 살갗에 오싹한 느낌이 들더니 그다음엔 관절이 뻣뻣해졌고, 이제는 머릿속, 심장 부위까지 엄습했다. 이제는 아무것도 생각할 수도, 느낄 수도 없었기에 모든 것이 의미 없고 낯설기만 했다. 여자에게 바짝 붙어 있는 낯선 남자의 낯선 호흡도 그렇게 느껴지기는 마찬가지였다. 남자는 여자를 달래듯 손을 잡아 침대에 앉혔다. 두 사람은 옷을 입은 채 아무 말 없이 침대 끝에 나란히 앉았다.

　남자는 여자의 옷소매와 손을 쓰다듬으며 여자를 얼어붙게 한 불안감과 실망감이 사라지기를 참을성 있게 기다렸다. 남자의 겸손하고 고분고분한 태도에 여자의 마음이 조금씩 녹아내렸다. 마침내 남자가 여자를 끌어안자 여자는 아무런 저항도 하지 않았다. 남자가 따뜻하고 정열적으로 안아주었지만, 여자의 두려움은 가시지 않았다. 너무나 큰 두려움에 사로잡혀 있었기에 남자도 어찌할 방도를 몰랐다. 몸 안의 무언가가 긴장의 끈을 놓지 못하게 하여 여자는 온전히 몰입하지 못하고 저항하고 있었다. 남자가 여자의 옷을 벗겨주었다. 여자는 포근하면서도 강하고 뜨겁게 달아오른 남자의 알몸을 느꼈지만, 그와 동시에 젖은 해면처럼 눅눅한 침대 시트가 맨살에 와 닿는 것도 느꼈다. 여자는 남자의 부드러운 손길에 압도되면서도 그와 동시에 가난하고 초라한 남자에게 몸이 더럽혀지는 기분이 들었다. 온몸이 떨렸다. 남자의 품에서 벗어나고 싶었다.

그러나 열정에 불타는 이 남자에게서 벗어나고 싶은 것이 아니라, 사람들이 짐승처럼 짝짓기하기 위해 돈을 내고 빌리는 이 호텔 방에서 나가고 싶었다. '서둘러, 빨리해, 다음은 누구야?' 한번 사용하고 난 우표나 날짜 지난 신문을 버리듯 손님을 쫓아버리고, 다음 손님에게 똑같은 사랑의 장소를 파는 이 호텔에서 어서 벗어나고 싶었다. 방 안 공기가 폐를 짓누르는 듯, 여자는 숨이 막힐 것 같았다. 공기가 탁하고, 끈적끈적하고, 축축하고, 답답했다. 낯선 남자의 맨살과 열기, 욕망에서 발산되는 냄새가 가슴을 짓눌렀다. 여자는 부끄러웠다. 남자에게 몸을 허락한 데서 오는 느낌은 아니었다. 더럽고, 천박하고, 수치스러운 장소에서 화려한 축제를 벌이고 있다는 사실이 부끄러웠다. 저항감이 점점 커지자 온몸이 더 긴장되었고, 갑자기 여자의 입에서 신음이 흘러나왔다.

실망과 비참함에 억눌렸던 울부짖음이 터져 나오면서 여자의 벌거벗은 몸을 흔들었다. 페르디난트가 여자 옆에 누웠다. 여자의 흐느낌이 남자의 몸에까지 전달되었다. 남자는 그것을 자신에 대한 질책으로 받아들였다. 여자를 진정시키려고 한 손으로 어깨를 토닥였다. 남자는 한마디도 하지 않았다. 그가 몹시 당황하고 있다는 것을, 여자도 알아차렸다.

"내 걱정은 하지 마. 너무 긴장했나 봐. 곧 가라앉을 거야." 여자는 말을 멈췄다가 한숨을 내쉬듯 겨우 말을 이었다. "잊어버려. 당신이 해줄 일은 없어."

남자는 여자의 기분을 충분히 이해할 수 있었기에 아무 대꾸도 하지 않았다. 여자의 실망감을, 육체가 느끼는 절망감에 휩싸인 여자를 이해할 수 있었다. 남자는 가진 돈이 8실링밖에 없었기에 근사한 호텔에서 좋은 방을 잡지 못했다고, 방값이 더 비쌌더라면 손가락에 끼고 있는 반지를 종업원에게 주려 했었다고 털어놓기가 부끄러웠다. 돈 이야기는 할 수도 없었고, 하고 싶지도 않았다. 묵묵히 여자의 두려움이 가라앉을 때까지 참을성 있게 기다렸다. 청각이 극도로 예민해져서 옆방에서, 위층에서, 아래층에서, 복도에서 나는 기분 나쁜 소음들을 하는 수 없이 모두 들어야 했다. 발걸음 소리, 웃음소리, 기침 소리, 앓는 소리가 그대로 들려왔다.

옆방에는 술에 취해 고함을 지르는 한 남자와 여자의 소리가 들렸다. 벌거벗은 몸을 찰싹찰싹 때리는 소리와 상스러운 목소리에 섞여 여자의 간드러진 웃음소리가 끊임없이 들려왔다. 여자는 참을 수 없었다. 같은 처지에 있는 남자가 입을 다물고 있을수록 그 소리는 더욱 생생하게 들렸다. 여자가 갑자기 남자에게 소리를 질렀다.

"제발 무슨 말이든 좀 해봐. 옆방에서 나는 저 소리 좀 안 들리게 해줘. 아아, 여기는 정말 끔찍한 곳이야. 정말 역겨워!"

"알았어." 남자가 깊은숨을 내쉬며 대답했다. "정말 끔찍하군. 이런 곳으로 데려와서 정말 미안해. 나도 이런 곳인 줄은 몰랐어."

남자가 여자의 몸을 부드럽게 쓰다듬었다. 남자의 따뜻한 온기가 느껴지자 다소 기분이 풀렸다. 하지만 여자를 점점 더 몸서리치게 하는 두려움을 없애주지는 못했다. 여자는 자신이 왜 이토록 몸을 떨고 자신을 지키려 하는지 이유를 알 수 없었다. 긴장된 사지를 풀어보려 했다. 눅눅한 침대 시트와 옆방에서 들려오는 음탕한 소리, 역겨운 호텔 방 때문에 몸서리쳐지는 메스꺼움을 가라앉히려고 애썼지만 소용없는 일이었다. 여자의 몸은 점점 더 심하게 떨렸다.

남자가 여자에게 몸을 숙이고 말을 건넸다.

"여기가 얼마나 싫은지 나도 알아. 나도 겪어봤거든. 처음으로 여자를 경험한 날이었어. 지금도 잊을 수 없어. 그때 나는 연대에 배치되고 나서 곧바로 포로 신세가 되었는데, 아무것도 모르는 숙맥이었지. 당신 형부를 포함해서 전우들은 모두 나를 '노처녀'라고 놀려댔어.

나는 그 말에 악의가 담긴지도 몰랐고, 부끄러워해야 할 뜻이 담긴지도 몰랐지. 그런데 그들은 항상 나를 그렇게 불렀어. 그들은 밤이나 낮이나 여자들 이야기만 했지. 이 여자는 어땠고, 저 여자는 어땠다는 등 저마다 여자 이야기만 해서 거의 외울 지경이었어. 여자 사진을 가지고 있는 친구도 있었고 자기가 직접 그림을 그린 친구도 있었는데, 죄수들이 감옥 벽에 그려놓은 것처럼 음란한 그림도 있었지. 나는 그런 외설스러운 이야기를 들을 때마다 몹시 역겨웠어. 그때 혁명이 일어났고, 우리는 시베리아로 이송되었어. 당신 형부는 이미 귀향한 후였지. 러시아 놈들이 마치 양 떼를 몰고 가듯 우리를 둘러싸고 수용소로 몰고 갔는데, 밤늦게야 도착했어. 거기 감시병이 하나 있었어. 우리에게 잘 대해줬지. 감자처럼 생긴 큼지막한 코에, 사람 좋아 보이는 넓고 두툼한 입, 망치로 두드려 편 것 같은 얼굴을 한 친구였어.

어느 날 저녁 그 병사가 내게 와서 옆에 앉더니 다정하게 물었어. 여자를 구경한 지 얼마나 되었느냐고. 나는 여자와 자본 적이 한 번도 없다고 대답하기가 부끄러웠어. 그럴 때 남자라면 누구나 부끄러워할 거야."

'여자도 마찬가지야.' 크리스티네가 속으로 중얼거렸다.

"그래서 나는 '2년 되었습니다'라고 대답했지. 그랬더니 그 병사는 놀라서 입이 딱 벌어지더군. 그러더니 '이런! 이 불쌍한 것, 너 그러다가 병나겠다'라고 하더군. '세르게이'라는 이름의 그 뚱뚱하고 아둔한 소련 병사는 내가 무척 걱정되었는지, 내게 이렇게 말했어. '기다려 봐라, 동생. 내가 너를 위해 여자를 구해주지. 마을에 가면 여자들이 수두룩해. 군인 마누라들도 있고 과부들도 있지. 내가 너를 여자에게 데려다줄게.'

나는 좋다고도, 싫다고도 안 했어. 난 여자에 관심 없었고, 욕구도 없었거든. 뭐라고 할까? 투박하고 야만적으로 생겨먹은 농사꾼 마누라들에게서 성욕을 느낄 수 없었던 거지. 하지만 한편으로는 여자의 알몸을 어루만지고, 그 따뜻함을 느껴보고 싶었어. 그러면 나의 지독한 외로움을 달랠 수 있지 않을까, 하는 생각이 들었던 거야. 당신이 그런 마음을 이해할지 모르겠군."

"물론, 이해하고말고." 여자가 작은 소리로 대꾸했다.

"그런데 어느 날 밤, 그 친구가 우리 막사로 와서는 마치 서로 약속이나 한 것처럼 나지막이 휘파람을 불었어. 밖으로 나와 보니 짙게 깔린 어둠 속에서 그 친구가 어느 여자와 함께 서 있는 거야. 여자는 키가 작고 통통한 체구에 알록달록한 두건을 쓰고 있었어. 두건 밑으로 드러난 머리는 달빛을 받아 기름때가 자르르 흐르더군. '내가 말한 오스트리아 포로가 바로 이놈이야.' 세르게이가 여자에게 나를 소개했어. '어때, 이 친구 괜찮아?' 어둠 속에서 여자가 옆으로 찢어진 날카로운 눈매로 나를 훑어보았지. 여자는 '좋아!'라고 대답했어. 우리는 어디론가 한참 걸었어. '고향에서 너무 먼 곳으로 끌고 왔군, 저 불쌍한 놈을!' 여자가 세르게이를 바라보며 불쌍하다는 듯이 나에 대해 그렇게 말했어. '여자는 구경도 못 하고 남자들하고만 지내다니! 에구, 불쌍한 놈!' 진심에서 우러나온 소리처럼 들리더군. 따뜻하고 기분 좋은 목소리였어. 나는 여자가 나를 좋아해서가 아니라 동정심 때문에 떠맡았다는 것을 알고 있었어. '저자들이 내 남편을 쏴 죽였어.' 걸으면서 여자가 내게 말하더군. '남편은 물푸레나무만큼 키가 크고, 곰처럼 힘이 센 남자였지. 술은 입에 대본 적도 없고 한 번도 나를 때린 적 없었어. 우리 마을에서 제일 멋진 남자였어. 지금 나는 아이들과 시어머니와 함께 살아. 신은 우리에게 너무 가혹해.'

나는 여자와 함께 그 여자 집으로 갔어. 짚으로 지붕을 얹고, 벽에 작은 창문이 여러 개 달린 초가집이었지. 창문이 모두 닫혀 있었는데, 여자의 손에 이끌려 집 안으로 들어서니 연기 때문에 얼굴이 따가울 지경이었어. 광산에서 폭발 후에 나는 연기처럼 탁하고 후끈했어. 여자가 나를 방 안으로 끌고 들어가서 화덕 위쪽에 있는 침대로 기어 올라갔지. 그때 어디서 부스럭거리는 소리가 들려서 깜짝 놀랐어. '우리 애들이야.' 여자는 나를 안심시키려고 말했지. 그제야 나는 알게 되었어. 방 안에 한두 사람이 있는 게 아니었어. 기침 소리가 들려서 내가 몹시 긴장했더니 여자가 나를 진정시켰지. '할머니야, 아프셔, 폐가 안 좋아.' 다섯인지, 여섯인지, 아니면 더 많았는지 모르겠지만 여럿이 숨 쉬는 소리가 들렸고, 악취가 코를 찔렀어. 나는 심장이 멎는 줄 알았어. 그 여자와 거기서 일을 벌인다는 것은 정말 끔찍한 일이었지.

바로 옆에서 아이들이 누워서 자고 있고, 그 여자의 어머니인지 시어머니인지 알 수는 없지만, 노파가 누워 있는 방에서 어떻게 여자와 뒹굴 수 있겠어. 그런데 그 여자는 아무렇지도 않게 나를 끌어당기더니 내 옷을 벗겼어. 그리고 마치 아이를 달래듯 내 맨살을 쓰다듬었어. 여자의 손길이 닿자 나는 기분이 좋아졌어. 여자는 자기 알몸으로 내 몸을 끌어당겼지. 여자의 가슴은 갓 구워낸 빵처럼 크고, 말랑말랑하고, 따뜻했어. 여자는 소리 나지 않게 내 입술을 빨았어. 여자의 입술은 촉촉하고 아주 부드러웠어. 특히 몸놀림이 어찌나 조심스럽고 배려 깊은지, 나는 가슴이 뭉클했어. 그렇게 여자는 내 마음을 움직였지. 나는 고마운 마음이 들었고, 그러면서 그 여자가 좋아졌어. 하지만 여전히 불안해서 숨이 막힐 것 같았어. 잠자고 있던 아이 하나가 몸을 뒤척이고, 병든 노파가 내는 앓는 소리를 더는 견딜 수가 없었어. 해가 뜨기 직전에 나는 그 집에서 빠져나왔어. 아이들이나 병든 노파에게 내 모습을 보인다는 것은 끔찍한 일이었지. 노파는 여자 옆에 남자가 누워 있다는 사실을 알고 있었을 거야. 나는 도망치듯 그 집에서 빠져나왔어. 여자가 문 앞까지 따라 나왔는데 마치 집에서 기르는 가축처럼 고분고분하더군. 그리고 여자는 내게 '이제부터 나는 당신 여자예요'라고 말했어. 나는 이 대목에서 정말 감동했어. 떠나기 전, 나를 마구간으로 데려가서는 따뜻하고 신선한 소젖을 짜 주고, 가는 길에 먹으라고 빵도 줬어. 그리고 남편이 쓰던 담배 파이프까지 주었지. 그리고 내게 물었어. 아니, 물었다기보다는 부탁했어. 공손하고 얌전한 부탁이었지. '오늘 밤에도 올 거지?' 하지만 나는 그 후로 다시는 그 여자 집에 가지 않았어. 아이들, 할머니, 악취, 바닥을 기어 다니는 벌레들……. 그 집은 생각만 해도 끔찍했거든. 그래도 나는 그 여자에게 고마운 마음이 들었고, 요즘도 그 여자를 생각하면 어떤 애정 같은 것이 느껴져. 소젖을 짜 주고, 빵을 주고, 내게 자기 몸까지 준 여자……. 그날 이후로 찾아간 적이 없으니, 아마도 여자는 상처받았을 거야. 그런데 수용소에 함께 있던 전우들은 내가 왜 다시 그 여자를 만나러 가지 않는지 이해할 수 없다고 하더군. '전쟁 포로'라는 처량한 신세로 남자끼리 있다 보니, 감시병의 배려로 여자를 만나고 온 내가 부러웠던 모양이야. 나는 매일 아침 눈을 뜨면 '오늘은 그 여자에게 가야지!' 하다가도, 그때마다…….”

“어머!” 그때 갑자기 여자가 비명을 질렀다. “무슨 일이지?” 크리스티네가 다급히 일어나 앉으면서 귀를 기울였다. 남자 역시 이야기를 중단하고 밖에서 나는 소리에 귀를 기울였다.

“왜 그래? 아무 일도 없는데.” 그러나 남자는 화들짝 놀랐다. 갑자기 복도에서 누군가 고함을 지르고, 왁자지껄하는 소리가 들렸다.

밖에 무슨 일이 생겼던 것이다.

“기다려봐.” 남자가 침대에서 급히 옷을 걸쳐 입고 침대에서 내려와 문에 귀를 대고 밖에서 나는 소리를 들었다.

"무슨 일인지 알아보고 올게."

호텔에서 무슨 일인가 벌어졌다. 갑자기 비명을 지르
며 악몽에서 깨어난 사람처럼, 두런두런 낮은 목소리만
들리던 싸구려 호텔이 불현듯 영문을 알 수 없는 이상
한 소음으로 시끌벅적해졌다. 초인종이 울리고, 문 두드
리는 소리가 나고, 계단을 오르내리는 사람들 소리가 들
리고, 전화벨이 울리고, 어지러운 발소리가 들리고, 덜
컥덜컥 창문을 여닫는 소리가 들렸다. 누군가를 부르고,
말을 주고받고, 난데없이 어수선해지면서 호텔 종업원
이 아닌 외부 사람의 낯선 목소리도 들렸다. 방마다 문
을 두드리는 소리가 왠지 예사롭지 않았다. 복도를 뚜벅
뚜벅 오가는 발걸음 소리가 두려움을 자아냈다. 무슨 일
인가 벌어지고 있었다. 한 여인이 거세게 소리를 지르
고, 한 남자가 언성을 높여 대꾸했다. 의자 같은 것이 쓰
러지는 소리도 들렸다. 위층에서 누군가 다급하게 뛰어
가는 소리가 그대로 전해졌다. 옆방의 술 취한 남자는
여자에게 화를 내며 소리를 지르고 있었다. 오른쪽 방에
서도 왼쪽 방에서도 의자 밀치는 소리, 열쇠 달그락거리
는 소리가 들려왔다. 호텔 전체가 벌집을 쑤셔놓은 듯
소란했다.

페르디난트의 안색이 창백해졌다. 잔뜩 긴장한 모습
이었다. 입가에 주름살 두 줄이 선명하게 드러났다. 그
는 흥분한 듯 몸을 떨고 있었다.

"무슨 일이야?" 크리스티네가 여전히 침대에 쪼그리

고 앉아서 물었다. 남자가 불을 켜자 알몸으로 있던 여자가 화들짝 놀라 반사적으로 침대 시트를 끌어당겨 몸을 가렸다.

"어, 별일 아니야." 남자가 불쾌한 말투로 대답했다. "순찰이야. 이 호텔에 순찰이 나왔어."

"누가?"

"경찰!"

"우리한테도 올까?"

"아마 그럴 거야. 하지만 겁낼 것 없어."

"경찰이 우리를 어떻게 할까?"

"아무 문제 없어. 내게 신분증이 있으니까. 그리고 숙박부에 인적 사항을 정확하게 기록했으니 걱정할 것 없어. 내가 다 알아서 할게. 내가 전에 살던 파보리텐의 남성 전용 호스텔에서도 자주 겪었던 일이야. 그저 형식적으로 하는 순찰일 뿐이야. 물론……."

남자의 얼굴이 다시 어두워지고 굳어졌다.

"물론, 그 형식적인 순찰이란 것이 우리 같은 사람들에게만 닥친다는 것이 문제지만……. 그리고 이런 짓이 가끔 불쌍한 사람들의 삶을 파멸시키곤 해. 저들이 한밤중에 침대에서 끌어내는 것은 우리처럼 가난하고 힘없는 사람들뿐이야. 저들은 사냥개처럼 주인은 절대로 물지 않고, 주인과 비슷한 사람들도 쫓지 않아. 희생이 예정된 먹잇감만 쫓아가지. 하지만 걱정하지 마. 내가 해결할게. 그런데…… 옷은 입고 있어야 하지 않을까?"

"불 꺼!" 여자는 새삼 부끄러움을 느끼며 옷을 챙겨

입었다. 사지가 납덩이처럼 무겁게 느껴졌다. 둘은 다시 침대 위에 걸터앉았다. 여자는 온몸에서 힘이 다 빠져나간 듯했다. 이 끔찍한 호텔에 들어온 순간부터 여자는 뭔가 불쾌한 일이 닥치리라고 예감했다.

아니나 다를까, 예감했던 그 일이 지금 벌어지고 있는 것이다. 아래층에서 방문을 두드리는 소리가 계속되었다. 경찰이 1층 객실을 차례로 두드리며 검문하고 있었던 것이다. 아래층에서 낯선 손마디가 문을 두드리는 소리가 들릴 때마다 여자는 누군가 자신의 심장을 두드리는 듯한 충격을 받았다. 남자가 여자 옆에 앉아 두 손을 다독이며 말했다.

"미안해. 다 내 잘못이야. 이런 일을 예상했어야 했는데. 하지만, 나는 다른 생각은 하지도 못했어. 그저 당신과 함께 있고 싶다는 생각뿐이었어. 미안해."

그러나 불안감에 휩싸인 여자는 작은 새처럼 온몸을 떨고 있었다.

"걱정하지 마." 남자가 여자의 마음을 진정시키려고 애썼다. "당신에게는 아무 문제도 일어나지 않을 거야. 그리고 만약 저 자식들이 당신에게 무례하게 군다면, 내가 혼을 내줄 거야. 나는 그렇게 호락호락한 사람이 아니야. 순찰 경찰관 따위에게 들볶이려고 4년의 세월을 진흙탕에서 뒹굴며 보낸 것은 아니거든."

"그러지 마." 남자가 외투 안주머니에 들어 있던 권총집을 만지작거리자, 여자가 근심스러운 표정으로 애원하듯 말했다. "당신이 나를 조금이라도 좋아한다면, 제발 진정해. 차라리 내가……." 그러나 여자는 말을 끝내지 못했다.

계단을 올라오는 발소리가 들렸다. 그리고 첫 번째 객실 문을 두드렸다. 그들이 투숙한 방은 계단에서부터 세 번째 객실이었다. 두 사람은 숨을 멈추고 문을 통해 들리는 소리를 놓치지 않고 들었다. 첫 번째 객실 검문이 끝나고 바로 옆방 문을 두드렸다. 똑똑똑, 노크 소리가 세 번 들렸다. 그러자, 문이 열리며 술에 취한 남자가 고함치는 소리가 들렸다.

"당신들 그렇게 할 일이 없어? 오밤중에 선량한 시민을 괴롭히지 말고, 강도 살인범들이나 잡아!"

그러나 굵은 목소리가 단호한 어조로 말했다. "신분증을 제시하십시오!" 그리고 같은 목소리가 남자에게 나지막이 뭔가를 물었다.

"내 약혼녀야. 왜 그래? 뭐 문제 있어?" 술 취한 남자가 거리낄 것 없다는 듯 큰 소리로 말했다. "얼마든지 증명할 수 있어. 우리는 벌써 2년째 사귀고 있으니까."

검문이 끝난 듯 옆방 문이 거칠게 닫혔다.

이제 두 사람 차례였다. 그들의 객실은 옆방에서부터 네다섯 걸음 정도 떨어져 있었다. 그들이 다가오는 소리가 들렸다. 뚜벅, 뚜벅, 뚜벅…… 크리스티네는 심장이 멈출 것만 같았다. 그들이 방문을 두드렸다. 페르디난트가 침착하게 문을 열고 경찰관과 마주 섰다. 얼굴이 둥글넓적하고 매력적인 작은 콧수염을 기른 경찰관의 본래 인상은 선량해 보였다. 다만, 제복의 꼭 끼는 목의 깃 때문에 본래의 느긋한 얼굴이 붉게 충혈되어 있었다. 평복 차림이나 셔츠 바람이었다면 대중가요를 부르면서 머리를 흔들어 박자를 맞출 그의 모습을 상상할 수 있었다. 그러나 지금 그는 눈썹을 추켜세우고 남자에게 묻고 있었다.

"신분증 좀 봅시다."

페르디난트가 그에게 가까이 다가서며 대답했다.

"여기 있습니다. 원하시면 군인 신분증도 보여드리죠. 군인 신분증이 있는 사람은 어떤 더러운 일이 벌어져도 이미 익숙해서 놀라지 않죠."

경찰관이 페르디난트의 비아냥거리는 말은 들은 척도 하지 않고 숙박부와 신분증을 대조하더니 크리스티네를 흘깃 보았다. 여자는 얼굴을 돌리고 피고석에 앉은 피고인처럼 의자에 웅크리고 앉아 있었다. 경찰관이 목소리를 낮추고 물었다.

"저 여자분 잘 아십니까? 제 말은…… 아신 지 오래되었습니까?" 그는 일을 간단히 마치려는 듯했다.

"그렇소." 페르디난트가 짧게 대답했다. 그런데 경찰관이 고맙다고 말하고 돌아서는 순간, 페르디난트가 한걸음 다가섰다. 그는 경찰관이 크리스티네에게 창피를 주고 나서 자신의 말 한마디로 아무 일도 없었다는 듯 상황이 종료된 것이 몹시 언짢았다. 그가 경찰관에게 물었다.

"제가 좀 묻고 싶은 것이 있습니다. 혹시 브리스톨 호텔이나 링슈트라세 거리에 있는 고급 호텔에서도 이런 야간 검문을 합니까, 아니면 이런 가난하고 못사는 동네에서만 합니까?"

경찰관이 차가운 표정으로 정색하면서 남자를 경멸하는 투로 대꾸했다.

"그런 것은 당신에게 알려줄 수 없소. 나는 내 임무를 수행하는 거요. 내가 철저하게 조사하지 않은 걸 다행으로 아시오. 당신이 숙박부에 기재한 당신 '부인'의(경찰관은 '부인'이라는 말을 강조했다) 인적 사항을 믿을 수 없지만, 내가 그냥 눈감아 주는 거요."

그 순간, 페르디난트가 이를 악물었다. 목이 조여 오는 느낌이었다. 양손을 뒤로 돌려 맞잡고 꼭 쥐었다. 국가 공무원의 면상을 주먹으로 치지 않기 위해서였다. 그러나 경찰관은 이런 돌발 상황에 익숙한 듯, 페르디난트는 보지도 않고 문을 닫았다. 페르디난트는 그 자리에서서 닫힌 문을 응시했다. 분노가 치밀어 올랐다. 한동안 그러고 서 있다가 잠시 후 의자에 반쯤 누워 있는 크리스티네를 돌아보았다. 여자는 몹시 두려웠는지 죽은 사람처럼 꼼짝도 하지 않고 있었다. 그는 여자에게 다가가 어깨를 다독였다.

"봤지? 당신한테는 이름도 물어보지 않았잖아. 그저 형식적인 절차야. 괜히 저렇게 순찰하면서 사람들 사생활을 침해하는 거지. 일주일 전쯤 신문에서 읽은 기사가 생각나. 어떤 여자가 창문에서 뛰어내렸는데, 경찰서에 끌려갈까 봐 무서워서 그랬다는 거야. 어머니가 알게 될까 봐, 성병 검사를 받게 될까 봐 무서워 4층에서 뛰어

내리는 편이 낫다고 생각했던 모양이야. 그 신문 기사는 단 두 줄뿐이었어. 우리가 잘 몰라서 그렇지, 주변에 그런 사건은 무수히 많아. 수많은 사람이 매일 스스로 목숨을 끊고 있어. 우리처럼 아무런 권리도 없는 사람들이 겠지. 그럼, 돈이 있는 사람들은 뭘 하고 지낼까? 제멋대로 살아가는 부유하고 힘 있는 사람들은 여행이나 하고, 고급 호텔에 투숙하고, 사교 생활을 즐기지. 경찰과 형사들은 그런 사람들 저택에 도둑이 들어 부인들의 보석을 훔쳐 가지 못하게 집 주위를 순찰하지. 한밤중에 서민들의 집 주위를 순찰하는 경찰이나 형사는 한 사람도 없어. 그렇다고 우리가 부끄러워할 필요는 없어."

크리스티네는 의자에서 몸을 더 깊숙이 웅크렸다. 문득 오래전에 만하임 소녀가 했던 말이 떠올랐다. '이 호텔 손님들은 밤새도록 들락거려.' 희고 우아하며 널따란 침대와 아침 햇살, 가볍고 소리 없이 닫히던 방문들, 부드러운 카펫, 침대 옆에 놓여 있던 화병이 지금도 생생했다. 그곳에서는 아름답지 않은 것이 없었고, 좋고 편하지 않은 것이 없었다. 그런데 이곳은……. 여자는 참을 수 없는 역겨움에 몸서리치는데, 남자는 옆에서 의미 없는 말만 늘어놓고 있었다.

"진정해, 이제 다 끝났어." 하지만 남자의 따뜻한 손길이 닿을 때마다 여자의 얼어붙은 몸은 더욱 심하게 떨렸다. 팽팽하던 줄이 끊어지듯이, 여자의 몸과 마음이 균형을 잃고 제각기 따로 놀고 있었다. 신경이란 신경은 모조리 곤두섰고, 남자의 말이 전혀 귀에 들어오지 않았다. 아직도 밖에서는 이 방문, 저 방문을 두드리며 검문하는 소리가 들렸다. 소름 끼치는 그들이 아직도 이 호텔 안에 있었다.

그들은 위층으로 올라갔다. 그리고 별안간 문을 두드리는 소리가 격렬해졌다.

"문 열어! 경찰이다!"

갑자기 소리가 멎었다. 두 사람은 귀를 쫑긋 세웠다. 다시 문을 주먹으로 사정없이 내리치는 소리가 들렸다. 그 끔찍하고 불안한 소리가 투숙객들의 심장을 둔탁하게 두드렸다.

"문 열어! 문 열어!"

분명히 위층의 어느 투숙객이 문을 열어주지 않고 있었다. 그 순간, 날카로운 휘파람 소리가 들리더니 여러 명이 계단을 올라가는 소리가 들렸다. 그리고 여러 개의 주먹이 문을 거칠게 두드리기 시작했다.

"문 열어! 당장!"

그리고 호텔 건물 전체를 뒤흔드는 충격이 전해졌다. 문을 부수고 떼어내는 소리, 공포에 질린 여자의 비명, 가구가 바닥에 쓰러지며 내는 쿵쾅거리는 소리……. 사람들이 엉겨 붙어 싸우고 있는 모양이었다. 큰 돌덩이가 든 자루를 바닥에 집어 던지듯, 쿵! 하고 사람이 바닥에 나동그라지는 소리가 났다. 그리고 비명과 절망적인 울부짖음이 들렸다.

페르디난트와 크리스티네는 위층에서 벌어지는 소동이 마치 자신들의 일인 양 바짝 긴장한 채 귀를 기울였다. 페르디난트는 경찰관들과 싸우는 남자가 된 기분이었고, 크리스티네는 알몸으로 화를 내며 고함치는 여자가 된 기분이었다. 여자는 경관에게 잡힌 손목을 빼내려고 몸을 비틀며 울부짖고 있었다.

"안 가! 안 간다고!"

여자는 입에 거품을 물고 들짐승처럼 포효했다. 유리창 깨지는 소리가 들렸다. 여자가 밖으로 뛰어내리려고 한 것인지, 아니면 경찰관과 몸싸움하다가 창문에 부딪혔는지 알 수 없었다. 여러 명의 경찰관이 여자를 끌어내서 바닥에 내팽개쳤다. 여자가 손발을 버둥거리며 가쁘게 숨을 몰아쉬는 소리가 벽을 통해 들려왔다. 드디어 여자는 발버둥 치며 질질 끌려 계단을 내려왔다. 공포에 질린 비명을 지르던 여자는 숨이 막히는 듯 목소리가 차츰 잦아들었다.

"나 안 가! 이거 놔! 누가 나 좀 도와주세요!"

여자는 아래층으로 끌려 내려갔고, 곧바로 경찰차에 엔진 시동 거는 소리가 들렸다. 포획한 짐승을 잡아가듯이 여자는 마침내 차에 실렸다.

호텔은 다시 조용해졌다. 소동이 일어나기 전보다 훨씬 더 적막한 분위기가 감돌았다. 어둡고 두꺼운 구름이 몰려오듯 침울한 기운이 호텔을 짓눌렀다. 남자는 의자에 앉아 있던 여자를 일으켜 세우고 차가운 이마에 입을 맞추었다. 여자는 마치 술 취한 사람처럼 맥없이 늘어지며 남자의 품에 안겼다. 남자가 여자의 입술에 입을 맞추었다. 그러나 바싹 메마른 여자의 입술은 아무 반응도 보이지 않았다. 몸도 지치고 마음도 심란해진 여자는 그대로 침대에 쓰러졌다. 남자가 안타까운 마음으로 여자의 머리를 쓰다듬자, 한동안 그대로 누워 있던 여자가 마침내 눈을 떴다.

"여기서 나가요!" 여자가 한숨을 쉬듯 힘없는 소리로 말했다. "다른 데로 가요. 더 이상 참을 수 없어. 단 1초도 여기 못 있겠어."

갑자기 흥분한 듯 여자가 남자 앞에 무릎을 꿇었다. "부탁이야. 여기서 나가요. 이 끔찍한 호텔에서 나가자고."

남자가 흥분한 여자를 진정시키려 했다.

"도대체 어디로 가자는 거야? 아직 3시 30분도 안 됐어. 당신 기차는 5시 30분에 출발하잖아. 쉬고 싶지 않아?"

"싫어! 싫어! 싫어!" 구겨진 침대 시트를 보자 여자는 역겨워서 미칠 것 같았다. "어서 여기서 나가! 더 이상 못 참겠어. 어디든 다른 데로 가!"

남자는 여자의 말을 따랐다. 호텔 프런트 앞에서는 아직도 경찰관 하나가 숙박부를 들추며 뭔가를 메모하고 있었다. 그가 날카로운 시선으로 흘깃 바라보자, 두 사람은 불침이라도 맞은 듯 뜨끔하여 몸을 움찔했다. 크리스티네가 순간적으로 비틀거렸다. 페르디난트의 부축을 받아 골목길로 나온 여자는 신선한 공기를 마시자 정신이 들면서 속이 후련해졌다.

아침이 되려면 아직 멀었지만, 가로등은 이미 빛을 잃고 있었다. 도시 전체가 지친 것 같았다. 골목길은 텅 비었고, 늘어선 건물들은 음울해 보였다. 상점들 문은 굳게 닫혀 있었고, 거리에는 인적이 드물었다. 말들이 머리를 숙인 채 무거운 걸음으로, 시장을 향해 채소가 실린 긴 수레를 끌고 있었다. 마차가 지나가는 순간 축축하고 불쾌한 냄새가 진동했다. 우유를 실은 마차도 자갈길을 굴러갔다. 주석 우유 통들이 서로 부딪혀 덜커덩거리는 소리를 냈다. 그리고 거리는 다시 무서운 적막에 잠겼다. 빵집 종업원들, 하수구 청소부들, 무슨 일을 하러 어디로 가는지 알 수 없는 노동자들이 간간이 눈에 띄었다. 잠이 덜 깬 그늘진 얼굴은 창백하고 우울해 보였다. 수면 부족과 내키지 않는 걸음을 옮기는 짜증이 그대로 드러났다. 크리스티네와 페르디난트의 가슴속에서는 이 시간에 편안히 잠들어 있는 사람들은 물론, 잠든 도시에서 벌써 일어나 고된 하루를 시작하는 사람들에 대해서도 분노가 솟구쳤다. 두 남녀는 아무 말 없이 어둠을 뚫고 기차역으로 향했다. 역에 가면 사방이 벽으로 둘러싸인 곳에 앉아서 쉴 수 있을 터였다. 기차역은 갈 곳 없는 사람들을 위한 집이었다.

두 사람은 대기실 구석 벤치에 앉았다. 벤치에는 남녀 가릴 것 없이 모두가 고단하게 잠들어 있었다. 그들 옆에는 어떤 알 수 없는 운명이 허무하게 방치하고 구겨버린 그들의 인생을 닮은 초라한 짐 꾸러미들이 놓여 있었다. 이따금 대기실 밖에서 힘겹게 증기를 뿜어내며 헐떡이는 숨소리가, 신음하는 소리가 들려왔다. 그것은 기관차에서 가열된 증기 보일러를 시험하는 소리였다.

"더 이상 아무 생각도 하지 말자." 남자가 여자를 위로하며 말했다. "아무 문제도 없었잖아. 다음번에는 이런 일이 생기지 않도록 내가 신경 쓸게. 당신이 아직도 그 일로 마음을 닫고 있는 것 같아. 하지만 내 잘못이 아니잖아."

"맞아." 여자가 자신에게 말하듯 씁쓸하게 말했다. "나도 알아, 알고 있다고. 당신을 탓하려는 것은 아니야. 그렇다면, 누구 잘못일까? 왜 우리에게는 항상 그런 일이 생기는 거지? 우리는 아무 짓도 하지 않았어. 누구한테도 나쁜 짓을 한 적이 없잖아. 그런데 우리가 한 걸음만 움직여도 세상이 우리에게 덤벼들고, 우리를 괴롭히지. 나는 지금까지 살아오면서 남에게 아무것도 요구한 적이 없었어. 난생처음 휴가를 갔고, 남들처럼 자유롭고 가벼운 기분으로 휴가다운 휴가를 즐기고 싶었어. 그런데 어머니가 돌아가시고…… 나는 인생에서 단 한 번만이라도……."

남자가 더 이상 말을 잇지 못하는 여자를 달랬다. "어쨌든, 아무 일도 없었잖아. 냉정하게 생각해 보자고. 경찰은 범인을 찾고 있었던 거야. 우리가 그 호텔에 있었던 것은 그저 우연일 뿐이야."

"나도 알아, 안다고. 운이 나빴을 뿐이지. 하지만 거기서 일어난 일……. 당신은 이해 못 해. 페르디난트, 당신은 몰라. 여자가 사랑하는 남자와 함께 처음 밤을 보낼 때 무엇을 꿈꾸는지, 남자를 만나기 전부터 어떤 것을 상상하고 있는지, 당신은 이해하지 못해. 나이 든 여자든 어린 소녀든 마찬가지야. 누구나 그런 꿈을 꾸지. 당신은 그것이 어떤 것인지, 짐작조차 하지 못할 거야. 여자들은 누구나 그 순간을 성대한 축제와 같은 것으로 상상하지. 인생에서 가장 아름다운 일로 여긴다고. 어쨌든 꼭 집어서 말할 수는 없지만, 그런 기억이 여자로 하여금 세상의 온갖 의미 없는 것들을 극복하게 해주는 힘이 되는 거야. 오랫동안 당신도 그런 순간을 꿈꾸고 상상했을 거야. 아니, 당신은 절대로 상상하지 않았을 거야. 상상하고 싶지도 않았고, 상상할 수도 없었겠지. 그저 아름다운 어떤 것으로, 막연히 꿈꾸었을 거야. 그런데 그 꿈이 내게는 몹시 끔찍하고, 견디기 힘들고, 무서운 일이 되어버렸어. 당신은 그 꿈이 무너졌을 때 어떤 기분인지, 절대로 이해하지 못할 거야. 그 꿈이 무너지거나 너덜허진다면, 아무도 되돌릴 수 없어."

남자가 여자의 손을 어루만졌다. 하지만 여자는 시선도 주지 않고 지저분한 바닥만 물끄러미 내려다보았다.

"그리고 생각해 봐. 결국 돈이 문제야. 구역질나고 더러운 돈. 그 치사한 돈 말이야. 돈만 있었다면, 지폐 두세 장만 있었다면 나도 축복받은 사람이 될 수 있었을 거야. 어디든, 언제든 훌쩍 떠나버릴 수 있겠지. 아무도 따라올 수 없는 곳에서 혼자 자유롭게 마음껏 여행할 수 있을 거야. 그럴 수만 있다면, 그것은 얼마나 멋진 인생일까. 당신도 마찬가지지. 돈만 있다면, 당신도 전혀 다른 사람이 될 수 있을 텐데……. 우리 같은 사람들은 정말 개 같은 신세야. 다른 사람들이 쓰던 더러운 방에 기어들어 갔다가 내쫓기듯 나왔잖아. 아아, 이렇게 참담한 신세가 될 줄은 꿈에도 생각하지 못했어."

고개를 들어 남자의 얼굴을 보면서 여자는 얼른 덧붙였다.

"알아, 당신도 어쩔 수 없었다는 것을 잘 알고 있어. 하지만 나는 아직도 무서워. 당신은 내가 왜 이렇게 무서워하는지 이해해 줘야 해. 시간이 필요해. 시간이 지나야 괜찮아질 거야."

"그런데…… 오늘 돌아갔다가 다시 나를 보러 올 거지?"

남자의 물음에 배어 있는 불안감을 감지하고 여자는 기분이 풀렸다. 남자가 처음으로 여자의 마음을 움직이게 하는 말을 했던 것이다.

"그래, 다시 올 거야, 믿어도 돼. 다음 주 일요일. 다만, 알지? 제발 그것만 부탁해."

"알았어." 남자가 기어들어가는 목소리로 말했다. "무슨 뜻인지 알아."

여자가 떠났다. 남자는 역 구내식당으로 들어가 브랜디 몇 잔을 연거푸 들이켰다. 바싹 말라버린 목구멍으로 넘어간 브랜디가 뜨거운 흔적을 남기며 식도를 타고 내려갔다. 뻣뻣하게 굳었던 사지를 이제야 다시 움직일 수 있었다. 그는 보이지 않는 적을 향해 두 팔을 휘두르며 도로를 따라 성큼성큼 빠르게 걸었다. 행인들이 놀란 표정으로 남자를 쳐다보았다.

공사장에서 일하러 갔을 때에도 인부들은 태도가 완전히 달라진 남자를 이상하다는 듯이 바라보았다. 전에는 언제나 얌전하고 조용했던 그가 걸핏하면 화를 내고 늘 언짢아 보였기 때문이다.

여자는 우체국에서 여느 때처럼 우울하고 무관심한 표정으로 일했다. 남자도 여자도 각기 상대방에 대해 생각해 보았다. 두 사람은 열정이나 사랑이 아니라 상대의 처지를 측은하게 여기고 있었다. 그것은 연인을 생각하는 마음이 아니라, 곤경에 처한 친구를 생각하는 마음이었다.

첫 만남 이후 크리스티네는 매주 일요일에 빈으로 갔다. 일요일은 그녀가 업무에서 벗어나는 유일한 날이었다. 여름휴가는 이미 다 써버렸기 때문이다. 둘은 서로 엇비슷한 처지를 잘 이해했고, 만남을 지속했다. 그러나 열정적으로 상대를 탐하거나 희망으로 부푸는 사랑을 나누기에는 두 사람 모두 너무 지치고 절망한 상태였다. 다만 서로 속마음을 털어놓을 수 있는 사람을 찾았다는 것을 다행스럽게 생각했다. 두 사람은 일요일을 위해 주중에는 돈을 쓰지 않고 절약했다. 일요일 하루만은 돈한 푼에 벌벌 떨지 않고 시간을 보내고 싶었기 때문이었다. 레스토랑이나 카페에 가고, 영화관에 갈 때 몇 실링 정도는 쩨쩨하게 굴지 않고 쓰고 싶었다. 그들은 일주일간 말과 감정도 아꼈다. 만나서 무슨 말을 할 것인지 생각하고, 무슨 일이든 서로 이해하고 동정하면서 귀 기울여 들어주는 사람이 생겨 두 사람은 무척 행복했다. 그것만으로도 충분했다. 두 사람은 오랜 세월 따뜻한 관심에 굶주려 있었다. 일요일의 작은 행복을 조급하게 기다리며 월요일, 화요일, 수요일을 보냈다. 목요일, 금요일, 토요일이 오면 마음이 더욱 조급해졌다. 그러나 두 사람은 감정과 욕망을 자제하면서 꾸준히 만남을 계속했다. 대부분 연인의 입에서 나오는 말을 두 사람에게서는 들을 수 없었다. 그들은 결혼하자거나 영원히 함께하자고 말하지 않았다. 막연하고, 일상적이고, 별 의미 없는 이야기만 나누었다. 진지한 이야기는 꺼내보지도 못했다. 여자는 대개 일요일 아침 아홉 시쯤 빈에 도착했다. (여자는 토요일 밤을 빈에서 보내지 않았다. 혼자 호텔에서 지내기에는 숙박비가 너무 비싸기 때문이었다. 게다가 여전히 그날의 충격에서 벗어나지 못해, 선뜻 호텔에서 밤을 보낼 용기가 나지 않았다.) 그리고 기차역으로 마중 나온 남자와 함께 거리를 쏘다녔다. 폴크스가르텐 벤치에 앉아 있거나 전차를 타고 돌아다니기도 했다. 그리고 점심을 먹고 나서 숲속을 산책했다. 같이 있으면 기분이 좋았고, 서로 마주 보고 앉아 있음에 감사했다. 둘이 함께 초원을 걷거나, 가난한 사람들에게 허용되는 삶의 작은 기쁨을 함께 누릴 수 있어 행복했다. 9월의 황금빛 태양 아래 펼쳐진 푸른 가을 하늘, 여기저기 무성하게 피어 있는 꽃들, 그리고 자유를 만끽하며 축제 기분에 들뜬 채 보내는 하루……. 두 사람에게는 무척 의미 있는 날이었다. 시련을 겪어 겸손해진 사람들답게 주중에는 참을성 있게 다가올 일요일을 기다렸다.

10월의 마지막 일요일, 가을이 사람들을 친절하게 대하는 데 싫증 난 듯 심술을 부렸다. 강한 바람이 거리를 쓸고 지나가면서 하늘을 먹구름으로 뒤덮었고, 아침 일찍부터 저녁까지 비가 내렸다. 갑자기 두 사람은 세상이 낯설고 헛되이 느껴졌다. 우산도 없이 온종일 거리를 쏘다닐 수도 없고, 붐비는 카페에 같이 앉아 있는 것도 별 의미 없고 짜증스럽게 느껴졌다. 간간이 탁자 밑으로 무릎을 맞대는 것으로 은밀한 느낌을 나눌 뿐 낯선 사람들 때문에 제대로 대화할 수도 없고, 또 특별히 갈 곳도 없었다. 소중한 시간이지만, 두 사람의 마음을 무겁게 짓누르고 있음을 느꼈다. 두 사람은 자신에게 필요한 것이 무엇인지 잘 알고 있었다. 우습게도 그것은 지극히 사소한 것이었다. 작은 공간, 3, 4제곱미터 정도의 면적에 사방이 벽으로 둘러싸인, 일요일 하루를 함께 보낼 수 있는 그들만의 작은 공간이 필요했다. 두 사람은 알고 있었다. 서로 원하는 젊은 육체가 목적지도 없이 온종일 축축한 외투를 걸치고 돌아다니거나, 사람들로 붐비는 카페에 앉아 있는 것이 얼마나 의미 없는 짓인지를. 그렇지만 또다시 싸구려 호텔에서 밤을 보낼 생각은 없었다. 가장 손쉬운 방법은 페르디난트가 방을 하나 잡아 놓고 크리스티네가 그를 찾아가는 것일 테지만, 남자의 한 달 수입이 고작 170실링에 불과한 것이 문제였다. 남자는 한 노파의 집에서 살고 있었는데 노파의 방을 거쳐야만 비좁은 자기 방으로 들어갈 수 있었다. 그리고 아직 임대 계약을 해약할 수 없는 상황이었다. 일자리 없이 놀던 시절에 마음씨 좋은 노파가 남자를 믿고 방의 임대료와 생활비를 빌려주었다. 그래서 매달 갚아 나가야 하는 200실링의 빚이 남아 있었다. 석 달이 지나도 그 빚을 청산할 가망이 없었다. 남자는 크리스티네에게 차마 그런 이야기를 하지 못했다. 많이 친숙해지기는 했지만, 가난한 형편을 드러내 보이거나 빚이 있다는 사실을 고백하는 것은 여전히 수치스러운 일이었다. 다른 방을 얻어 이사하는 일이 돈 문제 때문에 여의찮음을 크리스티네도 눈치챘다. 흔쾌히 남자에게 돈을 빌려줄 수도 있겠지만, 남자를 독점하는 대가로 돈을 쓰는 것 같은 인상을 준다면 남자의 마음이 상할까 봐 염려되었다. 그래서 여자는 그런 이야기를 꺼내지도 못하고 담배 연기 자욱한 카페에 맥없이 앉아 비가 그치기만을 기다리며 창밖만 내다보았다.

두 사람은 어느 때보다 절실하게 돈의 위력을 실감했다. 돈은 있을 때 강력한 힘을 발휘하지만, 없을 때에는 더 강력한 힘을 발휘하는 법이다. 따라서 돈은 '자유'라는 거룩한 선물을 주기도 하지만, 돈이 없어 어쩔 수 없이 단념해야 할 일이 생기면 분노가 솟구치게 한다. 이른 아침 어둠 속에 앉아 뿌옇게 밝아오는 창밖을 바라볼 때나, 황금빛으로 물든 커튼이 돈 많은 사람에게 안식과 자유를 주고 있다는 생각이 들 때면 화가 치밀어올랐다. 부유한 남자들은 원하는 여자들과 함께 아름다운 커튼이 쳐진 방 안에 있을 것이다. 그런데 두 사람은 갈 곳도 없이 쏟아지는 비를 뚫고 무거운 걸음으로 거리를 헤매고 있었다. 자연계에서는 오직 바다만이 내포하고 있는 잔인함과 같은 것이었다. 바다는 엄청난 양의 물을 가지고도 사람을 갈증으로 죽게 할 수 있다. 세상에는 아늑하게 햇빛이 들어오고 폭신한 침대가 있는 조용하고 안락한 방이 얼마든지 있을 것이다. 수십만, 수백만 개의 방, 셀 수도 없이 많은 방, 아무도 사용하지 않거나 비어 있는 방들이 있을 것이다. 그런데 두 사람에게는 그 방 한 칸이 없었다. 잠시 서로 기대거나 입을 맞출 공간이 없었다. 온종일 쏘다니며 느꼈던 미칠 것 같은 갈증과 분노를 풀어줄, 아무것도 없었다. 이런 상황이 영원히 지속되지는 않으리라고 자신을 속이는 수밖에 없었다. 그렇게 두 사람은 거짓말을 시작했다. 남자는 여자와 함께 카페에 앉아 신문 구인 광고를 읽거나 구직 신청서를 썼고 괜찮은 일자리에 대한 전망을 여자에게 들려주었다.

"전쟁 때 만난 친구가 꽤 큰 건설회사의 관리직으로 일자리를 구해주기로 했어. 그 회사에 다니면 돈을 많이 벌어 공부를 다시 시작할 수 있을 거야. 그러면 내 꿈이었던 건축사가 될 수 있겠지."

여자도 이야기했다. (이것은 거짓말이 아니었다.)

"빈으로 자리를 옮겨달라고 본청에 전근 신청을 냈어. 그리고 힘을 좀 써달라고 삼촌을 찾아가 부탁도 했으니까 1, 2주 후에는 틀림없이 좋은 소식이 올 거야."

하지만 남자에게 말하지 않은 것도 있었다. 어느 날 저녁 여자는 미리 연락도 하지 않고 불쑥 삼촌을 찾아 갔다. 저녁 8시 30분경, 삼촌 집에 도착해서 창문을 통해 들리는 소리로 식구들이 모두 집에 있다는 것을 확인하고 나서 초인종을 눌렀다. 식당에서 접시를 딸그락거리는 소리가 들렸다. 그런데 삼촌은 밖으로 나오더니 짜증스러운 표정으로 말했다.

"공교롭게도 숙모와 사촌들이 없는 날 찾아와서 참 안타깝게 되었구나. 친구 둘이 저녁 먹으러 와 있단다. 그렇지만 않으면 들어와서 함께 식사라도 할 수 있었을 텐데."

그러나 집 안에 식구들의 외투가 여러 벌 걸려 있는 것으로 봐서 삼촌은 거짓말을 하고 있었다. 찾아온 목적을 말하자 삼촌은 건성으로 대답했다.

"그렇구나. 그래, 그래, 내가 도와야지."

여자는 삼촌이 조카가 돈 문제 때문에 찾아왔다고 생각하고 얼른 돌아가기를 바라고 있다는 것을 분명히 느꼈다. 여자는 그런 이야기를 페르디난트에게 하지 않았다. 가뜩이나 의기소침한 그를 더 낙담시킬 필요는 없었다. 복권을 한 장 샀고, 가난한 자들이 거의 그렇듯이 거기에 큰 희망을 걸고 있다는 이야기도 꺼내지 않았다. 아니, 차라리 거짓말을 늘어놓는 편이 나았다.

"미국에 있는 이모에게 편지를 썼어. 이모를 도와줄 일 없냐고 물었지. 그곳에 분명히 성실한 사람들이 필요할 터이니 우리 두 사람을 미국으로 불러들여서 당신에게 자리를 하나 마련해 달라고 부탁했어."

남자는 여자의 말에 귀 기울였지만, 여자가 남자의 말을 믿지 않듯이 남자도 여자의 말을 믿지 않았다. 그렇게 두 사람은 마주 앉아서 공허한 시간을 보냈다. 빗물에 씻겨 내려가듯 기쁨도 사라지고 눈빛도 어둠 속에서 침침해져 갔다. 두 사람 모두 희망이 없는 처지임을 잘 알고 있었다. 두 사람은 크리스마스에 대해 이야기했다.

"그때는 이틀을 연달아 쉴 수 있으니까, 함께 차를 타고 어디든 가자."

하지만 12월까지는 지루하고 공허하고 희망 없는 날들이 많이 남아 있었다. 그렇게 두 사람은 서로 속이는 말을 하고 있었지만, 마음 깊은 곳에서까지 속이고 있지는 않았다. 두 사람은 알고 있었다. 둘만의 시간을 보내고 싶을 때 시끄러운 공간에서 낯선 사람들 사이에 섞여 있는 것이 얼마나 서글픈 일인지, 몸과 마음은 진실과 신뢰를 갈망하는데 낮은 목소리로 거짓을 말하는 것이 얼마나 고통스러운 일인지를.

"다음 주 일요일은 분명히 날씨가 좋을 거야. 비가 계속 올 수는 없으니까." 여자가 말했다.

"그래, 분명히 그럴 거야." 남자가 대꾸했다.

하지만 낙담한 두 사람은 기뻐하는 기색이 없었다. 집 없는 사람들에게는 적이나 다름없는 겨울이 다가오고 있음을, 두 사람의 형편이 나아질 전망이 전혀 없음을 알기 때문이었다. 일주일 내내 그들은 기적을 기다렸다. 하지만 기적 같은 것은 일어나지 않았다. 그저 함께 걷고, 함께 먹고, 함께 이야기를 나누었을 뿐이고, 차츰 두 사람의 만남은 즐거움이 아니라 고통이 되어갔다. 둘은 여러 번 다투었다. 물론, 상대에게 화가 나서 싸운 것은 아니었다. 함께 겪어야 하는 의미 없는 일들에 대한 분노가 불러온 다툼이었다. 그래서 서로 부끄럽기만 했다. 일주일 내내 만날 날만을 기다리지만, 일요일 저녁이면 매번 자신의 인생이 뭔가 잘못되었음을, 어딘가 모순된 부분이 있음을 느꼈다. 가난이 그들의 정열과 감정을 억누르고 있었다. 그들의 만남은 참을 수 없는 것이 되어버렸지만, 두 사람은 참아내고 있었다.

하늘이 잿빛으로 찌푸린 11월의 어느 날, 생기를 잃은 정오의 햇빛이 지저분한 우체국 창문을 통해 들어왔다. 크리스티네는 책상에 앉아 뭔가를 계산하고 있었다. 매주 일요일 빈에 다녀오면서 월급으로 살아가기가 빠듯해졌다. 기차표, 카페, 전차표, 점심, 기타 잡비 등 씀씀이가 늘어난 것이다. 기차를 타다가 우산이 찢어져 버렸고, 장갑 한쪽을 잃어버렸다. 그리고 여자로서 남자를 만나는 데 필요한 작은 물건 몇 가지를 구입했다. 블라우스 하나, 괜찮은 구두 한 켤레. 계산해 보니 몇 푼이 모자랐다. 모두 12실링이 부족했다. 큰돈은 아니기에 스위스에서 가져와 여전히 남은 스위스 프랑으로 메우면 되었다. 그러나 앞으로 가불을 하거나 남에게 돈을 꾸지 않고 매주 일요일 빈에 갈 수 있을지 의심스러웠다. 그렇지만, 3세대에 걸쳐 세습된 부르주아 의식으로 인해 여자는 본능적으로 두 가지 선택이 모두 마음에 들지 않았다.

'어떻게 해야 하나?'

이틀 전 남자를 만나던 날, 억수같이 비가 쏟아졌고 폭풍이 몰려왔다. 두 사람은 온종일 카페에 앉아 있거나 거리에 있는 건물의 처마 밑에 서 있었다. 심지어 교회 안으로 피신하기도 했다. 여자는 축축이 젖은 옷을 입고 집으로 돌아왔다. 그날은 몹시 피곤하고 우울한 날이었다. 페르디난트는 이상할 정도로 심란해 보였고, 공사장에서 기분 나쁜 일이라도 있었는지 여자에게 싸늘하고 무뚝뚝하게 대했다. 싸움이라도 한 연인들처럼 한마디도 하지 않고 걷기만 했다. 여자는 무슨 일로 남자의 기분이 상했는지 곰곰이 생각해 보았다.

'내가 그 끔찍한 호텔에 다시 들어갈 용기를 내지 못해서 화가 났을까?'

그 호텔에 대한 기억은 여전히 여자를 몸서리치게 했다.

'아니면, 궂은 날씨에 이 카페 저 카페 옮겨 다녀야 하는, 집도 없는 자기 처지를 생각하니 화가 치밀었을까? 나와 함께 있어도 즐겁지 않고, 마음이 허탈해서 기분이 나쁜 걸까?'

둘 사이에 뭔가가 식어가고 있음을, 여자는 느꼈다. 그것은 우정도 동료애도 아니었다. 두 사람은 거의 동시에 자신감을 잃어가고 있었다. 조금만 기다리면 좋은 일이 생기리라는 거짓말로 상대를 속일 기력도 이제는 남아 있지 않았다. 처음에는 서로 믿고 도울 수 있으리라고 생각했다. '가난'이라는 좁은 골목에서 큰길로 나가는 출구를 찾을 수 있을 것 같았다. 하지만 이제는 더는 믿지 않았다. 게다가 축축한 외투를 입은 잔인한 적과 같은 겨울이 다가오고 있다.

어디에도 희망은 보이지 않았다. 여자의 책상 왼쪽 서랍 안에 어제 빈의 본청에서 받은 공문이 들어 있었다.

1926년 9월 17일 신청하신 내용과 관련하여, 유감스럽지만 빈 지역 내 우체국으로의 전근 신청은 현재로서 불가함을 알려 드립니다. 각령 B.D.Z 1794에 의거, 빈 우체국 인력 충원 계획이 없습니다. 또한, 현재 공석이 없는 상태입니다.

별다른 기대는 하지 않았다. 궁정고문관 삼촌이 자신의 부탁을 잊은 모양이었다. 어쨌든 여자를 도울 수 있는 사람은 삼촌뿐이었다. 삼촌 말고는 의지할 사람이 없었다. 다시 말해 이제 이곳에서 1년, 5년, 혹은 평생을 근무해야 한다는 이야기였다. 정말 세상일이 너무하다 싶었다.

여자는 여전히 연필을 손에 쥐고 고민에 빠졌다.

'페르디난트에게 이 이야기를 해야 할까? 그이는 내 전근 신청 결과가 어찌 되었냐고 물어보지도 않았어. 아마도 전혀 기대하지 않고 있나 봐. 말하지 않는 편이 낫

겠어. 말해 봤자 그이를 더 힘들게 할 뿐이야. 아무 의미 없어. 이제 의미 있는 일은 아무것도 없어.'

그때 우체국 출입문이 열리는 소리가 들렸다. 여자는 본능적으로 긴장하면서 주변에 있는 우편물들을 가지런히 정돈했다. 누군가 우체국 안으로 들어올 때마다 꿈에서 깨어 업무로 돌아가면서 기계적으로 하는 동작이었다. 그런데 문 여는 소리가 여자의 주의를 끌었다. 평소와는 전혀 다르게 문이 아주 조심스럽게 열렸다. 이곳 농부들은 대부분 마구간 문을 열듯 출입문을 박차고 들어와 일을 보고 나서 돌아갈 때에는 꽝! 소리가 나게 문을 닫았다. 그런데 이번에는 산들바람에 저절로 열리듯 문이 아주 조용히 열렸다. 여자는 자기도 모르게 호기심을 누르지 못하고 유리 칸막이 건너편을 내다보다가 깜짝 놀랐다. 이곳까지 오리라고는 상상하지 못했던 남자가 다가와 여자 앞에 섰다. 페르디난트였다.

크리스티네는 깜짝 놀라 입을 벌린 채 다물지 못했다. 그리 유쾌하지 않은 놀라움이었다. 가끔 페르디난트는 여자가 수고스럽게 빈에 오기보다는 자기가 찾아오겠다고 말하곤 했다. 그때마다 여자는 차갑게 거절했다. 직접 바느질해서 만든 앞치마를 두르고, 작고 초라한 사무실에서 일하는 모습을 보이기 부끄러웠던 것이다. 자존심이 허락지 않았다. 어쩌면 동네 사람들에게 소문이 날까 봐 두려워서 거절했는지도 몰랐다. 혹시라도 여자가 빈에서 온 낯선 남자와 숲속을 거니는 장면을 여관 주인아주머니나 이웃집 여자가 본다면 뭐라고 할까? 푹스탈러 씨가 상처받을지도 몰랐다. 그런데 남자가 온 것이다. 좋지 않은 일이 벌어질 수도 있었다.

"많이 놀랐지? 내가 오리라곤 짐작도 못 했을 거야!" 남자가 쾌활함을 과장하며 말했다. 하지만 그 목소리는 삐거덕거리는 수레에서 나는 소리처럼 거칠게 들렸다.

"무슨 일 있어? 여긴 웬일이야?" 가슴이 덜컥 내려앉은 여자가 물었다.

"웬일이냐고? 아무 일도 없어. 오늘은 쉬는 날이야, 그리고 한번 와봐야겠다고 늘 생각하고 있었어. 반갑지 않아?"

"어어, 반가워." 여자가 더듬거리며 말했다. "물론, 반갑지."

남자가 우체국 안을 한차례 둘러보고 나서 말을 이었다. "여기가 네 왕국이니? 쉰브룬 궁전 연회장이 더 화려하고 웅장하긴 하지만, 혼자서 이 사무실을 다 쓰고 있네. 게다가 네 위에서 군림하는 폭군 같은 상사도 없으니 정말 좋겠다!"

여자는 잠자코 남자의 말을 들으면서 생각했다.

'왜 왔을까?'

"아직 점심시간 아니지? 정오에 잠깐 나가서 함께 산책하면서 이야기나 할 수 있을까 해서."

크리스티네가 시계를 쳐다보았다. 시곗바늘은 11시 45분을 가리키고 있었다.

"아직 안 돼, 조금 더 있어야 해. 그런데 내 생각에는 우리 둘이 함께 나가는 것은 좋지 않을 것 같아. 이 동네 사람들은 말들이 많아서 내가 남자와 같이 있는 것을 보면 곧바로 달려와서 물어볼 거야. 식료품 가게 아저씨, 마을 여자들, 이 사람 저 사람 내게 와서 함께 있던 남자가 누구냐고 귀찮게 캐물을 거야. 나는 거짓말하기는 싫거든. 그러니까 당신이 먼저 나가는 것이 좋겠어. 밖으로 나가서 오른쪽으로 파르벡 길을 따라 언덕 어귀까지 걸어가. 그런 다음 거기서 파치온스벡 길을 따라 산 위에 있는 미카엘교회까지 올라가면 거기부터 숲이 시작되는데 큰 십자가상이 하나 보일 거야. 마을을 벗어나면 바로 보이는 곳인데, 그 앞에 순례자들을 위한 벤치가 있어. 거기서 기다려. 점심시간에는 그곳에 아무도 없어. 다들 점심 먹으러 가거든. 게다가 외부인이 와도 눈에 잘 띄지 않는 곳이야. 5분 후에 나갈 테니까 거기서 만나자. 2시까지는 시간이 있어."

"알았어. 길 찾기는 어렵지 않을 것 같군. 이따 봐."

남자는 문도 당당하게 닫지 못하고 나갔다. 마치 죄지은 사람처럼 살그머니 문을 닫는 소리가 여자의 가슴을 때렸다.

'무슨 일이 생긴 것이 틀림없어. 일을 해야 하는 사람인데, 왕복 12실링이나 되는 기차 요금을 들여가며 아무 까닭 없이 오지는 않았을 거야.'

유리 칸막이를 내리는 여자의 손이 떨렸다. 열쇠를 돌려 문을 잠그는 것조차 마음대로 되지 않았다. 무릎이 납덩이처럼 무거웠다.

"어디 가우?"

우체국 아가씨가 평소와 다르게 점심시간에 숲 쪽으로 걸어가는 모습을 보자 밭에서 일하다 돌아오던 농부 아주머니가 물었다.

"산책하러 가요." 호기심 가득한 표정으로 물어보는 아주머니에게 여자가 대답했다. 남자를 만나러 가는 도중에 만난 동네 사람들은 줄곧 여자를 의아한 시선으로 바라보았다. 여자는 조마조마한 가슴을 누르며 서둘러 걸었다. 파치온스벡부터는 경사진 길을 거의 뛰다시피 올라갔다. 페르디난트가 십자가상 앞에 있는 돌 벤치에 앉아 있었다. 수난의 그리스도상이 하늘을 찌를 듯 높이 서 있었다. 예수는 양손에 못 박힌 채 비극적인 운명에 복종하며 가시 면류관을 쓴 머리를 옆으로 떨어뜨리고 있었다. 실물보다 큰 십자가상 아래 돌 벤치에 앉아 있는 페르디난트의 옆모습이 비극적인 예수 조각상의 일부처럼 보였다. 그는 생각에 잠긴 듯 고개 숙인 채 우울한 모습으로 꼼짝도 하지 않고 있었다. 한 손으로 지팡이를 땅에 깊숙이 꽂은 채 앉아 있던 그는 여자가 다가오는 소리도 듣지 못했는지 화들짝 놀라면서 지팡이를 뽑아 올렸고 몸을 돌려 즐겁지도 다정하지도 않은 시선으로 여자를 바라보았다.

"벌써 왔구나, 여기 앉아. 이곳에는 정말 아무도 없네." 남자가 힘없이 말했다.

마음이 불안해진 여자는 닦달하듯 물었다.

"말해봐, 무슨 일이야?"

"아무 일도 없어." 남자가 정면을 응시하면서 대답했다. "꼭 무슨 일이 있어야 해?"

"얼굴을 보면 알 수 있어. 오늘 이렇게 한가한 것을 보면 무슨 일이 있는 것이 분명해."

"한가하다고? 그래, 네 말이 맞아. 나 한가해."

"왜? 해고된 것은 아니지? 그렇지?"

남자가 기분 나쁘게 웃었다. "해고? 그런 것은 아니야. 단지, 끝났을 뿐이지."

"끝났다고? 그게 무슨 말이야?"

"회사가 망했어. 건축업자가 사라져 버렸어. 엊그제까지만 해도 내가 사장님이라고 불렀던 사람인데, 알고 보니 사기꾼이었어. 토요일부터 이상한 느낌이 들었지. 여기저기 한참 동안 전화하더니, 인부들에게 줄 월급을 절반만 지급하겠다는 거야. 실수로 은행에서 금액을 너무 적게 인출해서 나머지는 월요일에 주겠다고 했어. 그런데 월요일에 회사에 나오지 않더니, 화요일도 마찬가지고 오늘 수요일에는 그자가 도피했다는 것이 밝혀졌지. 공사는 중단되었고, 나 같은 사람도 사치스럽게 산책하러 다닐 시간이 생긴 거야."

여자가 굳은 표정으로 남자를 바라보았다. 남자가 그런 이야기를 너무도 냉소적인 태도로 태연하게 하자 여자의 마음이 몹시 심란해졌다.

"그럴 때 합법적으로 보상받을 수 있지 않나?"

남자가 웃었다.

"그렇지, 법에 그렇게 되어 있긴 하지. 하지만 현재로서는 우표 한 장도 남아 있지 않은 회사야. 저당권도 바닥난 상태야. 타자기마저 저당 잡혔지."

"그래서 이제부터 뭘 할 거야?"

남자는 줄곧 정면을 응시하면서 여자의 물음에 선뜻 대답하지 못했다. 지팡이로 땅을 이리저리 쑤시고 작은 돌멩이들을 파내서 쌓아놓았다. 여자는 절망한 남자의 모습을 차마 그대로 바라볼 수 없었다.

"말 좀 해봐! 어떻게 할 거야? 이제 뭘 하면서 살 거야?"

"뭘 할 거냐고?" 남자가 씁쓸한 표정으로 간신히 웃음을 보였다.

"글쎄, 이런 경우에 할 수 있는 일을 해야겠지. 수입이 없으니 은행 계좌에 의지해야지 뭐. 그런데 계좌에 돈이 한 푼도 없으니 6주 후에나 들어올 실업급여에 기대야 겠지. 우리 복 받은 도나우 공화국의 30만 실업자들처럼 복지 기관에 가서 그 영광스러운 실업급여를 신청하고, 만약 그나마도 못 받으면 그냥 굶어 죽어야지 뭐."

남자가 자신의 절망을 냉소적으로 드러내자 여자는 화가 났다.

"그런 말 같지도 않은 소리는 그만해! 그렇게 심각하게 받아들이지 마. 당신 정도면…… 일자리는 어렵잖게 찾을 수 있을 거야."

남자가 갑자기 일어서더니 지팡이를 땅바닥에 집어 던졌다.

"아니야! 다른 일자리는 찾지 않을 거야! 지쳤어! '일자리'라는 말만 들어도 지긋지긋해. 지난 11년 동안 용케도 여기저기서 비정규직 일자리를 얻었는데 그때마다 간신히 연명만 했을 뿐, 자리를 잡지는 못했어. 일자리는 항상 있었지만 실제로는 갈 곳이 아무 데도 없었지. 나는 4년 동안이나 '전쟁'이라는 살인 공장에서 일했어. 그 후에는 이런저런 공장과 회사를 전전했지. 나는 항상 다른 사람들을 위해 뼈 빠지게 일했어. 돈 많은 사업가, 자본가, 소유주 들의 재산을 늘려주는 데 내 인생을 허비했어. 그렇게 죽도록 일하고 나면 호루라기 소리가 들렸어. '자, 이제 그만 나가! 너는 써먹을 만큼 써먹었으니, 이제 다른 데로 가봐!' 그러면 나는 또 다른 일거리를 찾아 처음부터 다시 시작해야 했어. 이제 정말 더는 못 하겠어. 지쳤어, 더는 안 할 거야!"

크리스티네가 뭔가를 말하려 했지만, 남자가 여자의 말을 가로막았다.

"크리스티네, 또다시 직업소개소에 가서 구걸하는 거지처럼 대기표를 받고 줄을 서서 기다리는 짓은 못 하겠어. 그러느니 차라리 죽고 싶어. 그동안 나는 일자리를 찾느라고 정신없이 뛰어다니고, 거절이 예정된 전화를 걸고, 답장 없는 편지를 보내고, 아침이면 청소부가 쓰레기로 가져가는 이력서와 구직 신청서를 수도 없이 썼어. 이제 더는 못 하겠어.

그나마 입사를 지원했던 회사에서 면접을 보러 오라는 통지를 받을 때도 있었지. 대기실에서 나와 똑같은 처지에 놓인 다른 지원자들과 함께 비참한 기분으로 앉아 기다리다가 한참 만에야 호명되어 비굴하게 굽실거리며 면접실로 들어가면 면접관이라는 자들이 냉랭하고 사무적인 미소를 지으며 오만하게 나를 뜯어보며 앉아 있었어. 수십, 수백 명의 지원자가 일자리 하나를 놓고 경쟁하고 있는데, 내 이야기를 들어주는 것만으로도 그들은 내게 자비를 베풀고 있다고 생각하는 거야. 면접관이 내 옷을 하나하나 벗겨내듯이 내 신청서와 이력서를 훑어볼 때마다 나는 한편으로 취직되었으면 좋겠다는 간절한 바람과 다른 한편으로 팔려가기를 기다리는 애완동물 상점 쇼윈도의 강아지가 되어버린 모욕감 사이를 오가며 심장이 터질 것 같았지. '여기까지 오시느라 수고하셨습니다. 내부 심사를 거쳐 결과는 수일 내에 개별적으로 통보하겠습니다.' 그러나 통보는 대부분 '애석하게도……'라는 문구가 달린 불합격 통지였어. 나는 취직될 때까지 그 짓거리를 계속했어. 그리고 설령 취직이 되어도 1년 후에는 어김없이 해고되었지. 나는 지금까지 많이 참았어. 전쟁 때에는 밑창이 떨어진 구두를 신고 러시아의 시골길을 일곱 시간씩 걸어 다녔어. 흙탕물을 마셔가며 어깨에는 기관총을 세 자루나 메고 다녔지. 포로가 되어 빵을 구걸하고, 삽으로 시체를 파묻고, 술에 취한 감시병에게 몽둥이로 구타를 당하기도 했어. 한 끼 식량을 위해 중대원 전원의 군화를 닦거나, 음란한 사진도 팔아봤어. 살아남기 위해 안 해본 일이 없어. 그래도 모든 것을 참고 견뎠어. 언젠가는 그 지겨운 신세를 면하고 자리를 잡아 한 단계 두 단계 올라가면서 성공할 수 있으리라 믿었으니까. 그런데 매번 밑으로 떨어지기만 해. 요즘은 누구한테 구걸하느니 차라리 때려죽이거나 총으로 쏴버리고 싶은 심정이야. 이제 더는 직업소개소 대기실을 어슬렁거리거나 곧바로 쓰레기가 되어버릴 이력서나 자기소개서를 쓰는 일은 안 할 거야. 나도 이제 나이가 서른이야. 더는 못 하겠어."

여자가 남자의 손을 잡았다. 남자가 너무도 불쌍하고 가련했다. 하지만 자신이 느낀 연민을 남자가 눈치채게 하고 싶지는 않았다. 남자는 말을 계속했다.

"나는 미래가 두렵지 않아. 신세 한탄이나 하려고 너를 찾아온 게 아니야. 동정을 바라지도 않아. 그런 것은 도움이 될만한 다른 사람들에게 베풀어. 작별 인사 하러 왔어. 우리가 계속 만난다는 것이 별 의미가 없는 것 같아. 너에게 의지할 수는 없어. 그래도 내게 아직 자존심은 살아 있으니까. 깨끗하게 헤어져서 서로 부담 주지 않는 편이 나을 것 같아. 그 말을 하러 온 거야. 그리고…… 그동안 고마웠어."

"페르디난트!" 여자가 남자의 팔을 힘껏 움켜잡았다. 그리고 있는 힘을 다해 남자에게 매달리며 소리쳤다. "페르디난트, 페르디난트, 페르디난트!" 여자는 속수무책으로 밀려오는 두려움 속에서 남자의 이름밖에 떠오르는 말이 없었다.

"솔직히 말해봐. 우리 만남에 무슨 의미가 있어? 둘이 추레한 행색으로 거리나 카페에 앉아 있는 것이 전부잖아. 서로 도움도 되지 못하고, 서로 거짓말이나 해야 한다면 네 마음도 아프잖아. 우리가 그렇게 얼마나 버틸 수 있을 것 같아? 우리에게 희망이란 게 있어? 내 나이 지금 서른이야. 그런데 원하는 일을 할 기회가 없어. 늘 취직했다가 쫓겨나기를 반복하다 보니, 한 달이 1년처럼 느껴져. 나는 세상을 너무 몰랐어. 사람답게 살아본 적도 없고, 그저 '나도 성인이 되었으니 이제 내 인생을 시작하는구나.' 하고 막연하게만 생각했지. 하지만 이제 내게는 아무런 가능성도 남아 있지 않다는 것을 알았어. 내게 어느 날 갑자기 좋은 일이 생길 수 없다는 것을 알게 되었다고. 나는 끝났어. 이제는 일어설 수가 없어. 당신도 앞으로 나 같은 남자는 만나지 말아야 해. 나는 누구에게도 도움이 되지 못해. 당신 언니가 그것을 단박에 알아차리고 내가 프란츠와 가깝게 지내는 것을 원치 않았던 거지. 지금은 내가 당신의 마음마저 혼란스럽게 하고 있을 뿐이야. 아무 의미 없어. 우리 이제 그만 헤어지자."

"그래서 당신은 어떻게 할 건데?"

남자는 아무 말 없이 꼼짝도 하지 않고 서 있었다.

여자는 여전히 긴장한 채 남자를 올려다보았다. 남자가 지팡이 끝으로 땅바닥에 작은 구멍을 냈다. 그리고 마치 온몸이 그 구멍 속으로 빨려 들어갈 듯이 뚫어지게 내려다보았다. 그 순간 크리스티네의 머릿속을 번개처럼 스치는 생각이 있었다.

"설마, 그, 그럴 생각은 아니겠지?"

"맞아." 남자가 나지막이 대답했다. "그게 가장 현명한 방법이야. 난 지쳤어. 다시 시작하고 싶지 않아. 끝내고 싶어. 러시아에 있을 때 전우 넷이 그 길을 택했지. 순식간이었어. 나는 마지막 순간에 그 친구들의 행복한 표정을 봤어. 어렵지 않아. 이토록 힘들게 살기보다 훨씬 쉬워!"

여자는 여전히 남자의 팔을 잡고 있었지만, 갑자기 팔이 마비된 듯 굳어버렸다. 여자는 힘없이 팔을 늘어뜨렸다. 아무 말도 할 수 없었다.

"날 이해하지 못하겠어?" 남자가 고개를 들면서 물었다. "당신은 늘 나에게 솔직하게 말했잖아."

여자는 곰곰이 생각하더니 간신히 말을 꺼냈다.

"나도 지난 며칠 동안 당신과 똑같은 생각을 했어. 물론, 당신처럼 그렇게 확실히 결심하지는 못했지만. 당신 말이 맞아. 이렇게 사는 것은 아무 의미 없어."

남자가 믿기지 않는다는 표정으로 여자를 내려다보았다. 여자의 말을 믿고 싶은 마음이 간절해졌다. "당신도 그런 생각을 했어?"

"응, 당신과 함께라면."

여자는 마치 함께 산책이라도 하자고 말하듯, 차분하면서도 단호하게 대답했다.

"혼자서는 용기가 나지 않아. 모르겠어⋯⋯. 어떤 식으로 할지는 아직 생각해 보지 못했어. 어쩌면 벌써 오래전에 그렇게 해야 했는지도 몰라."

"당신⋯⋯." 남자의 얼굴이 환해졌지만, 더듬더듬 말을 잇지 못하고 여자의 두 손을 잡았다.

"그래, 당신이 원할 때면 언제든지, 둘이 함께해. 이제 당신을 속이기도 싫어. 사실, 빈으로 전근을 요청했던 것이 수락되지 않았어. 나는 여기 이 시골에서 평생 썩게 될 거야. 빨리 썩는 게 좋겠지. 그리고 미국 이모에게 편지를 보냈다고 했던 것도 사실이 아니야. 이모는 나를 도와주지 않을 거야. 기껏해야 푼돈이나 보내겠지. 그게 무슨 도움이 되겠어? 이렇게 고통스럽게 사느니, 당신 말대로 차라리……."

남자가 한동안 말없이 여자를 바라보았다. 그렇게 간절한 눈빛으로 바라본 적은 없었다. 남자의 굳었던 얼굴이 풀리면서 무감각했던 눈에 차츰 미소가 번졌다. 여자의 두 손을 쓰다듬으며 입을 열었다.

"당신이 나와 끝까지 함께 가고 싶어 할 줄은 몰랐어. 이제는 일이 훨씬 쉬워지겠군. 정말, 당신 걱정을 많이 했어."

두 사람은 손을 잡고 다시 벤치에 앉았다. 누군가 지나가다가 그 둘을 본다면 방금 약혼한 연인들이 십자가상 앞에서 영원한 사랑을 다짐하기 위해 파치온스벡 길을 걸어 올라온 것으로 착각할지도 몰랐다. 두 사람은 지금까지 이토록 자유롭게, 아무 걱정 없이 서로 믿고 의지한 적이 없었다. 이제 서로에 대한, 미래에 대한 걱정을 떨쳐버리고 마음 편히 사랑할 수 있을 것 같았다. 두 사람의 표정은 고요하고 깨끗하고 평화로워 보였다. 여자가 나지막이 물었다.

"어떻게, 어떤 방법으로 할 거야?"

남자가 뒷주머니를 더듬어 군용 연발권총을 꺼냈다. 11월 오후의 햇빛이 총신에 반사되었다. 여자는 그 무기가 전혀 무섭지 않았다.

　"당신 관자놀이에……." 남자가 말했다. "무서워할 것 없어. 내 손은 떨리지 않을 거야. 그러고 나서 나는 심장을 겨눌 거야. 이것은 대구경 연발권총이야. 아주 확실한 무기야. 마을 사람들이 두 발의 총성을 듣기도 전에 모든 것이 끝날 거야. 두려워할 것 없어."

　여자가 아무 말 없이 냉정하고 호기심 어린 표정으로 침착하게 권총을 들여다보았다. 그러고는 머리 위를 올려다보았다. 둘이 앉아 있는 벤치 앞에 높고 거대한 수난의 그리스도 십자가상이 서 있었다.

　"여기서는 싫어." 여자가 다급히 중얼거렸다. "여기는 싫어. 그리고 지금 그러기도 싫어. 왜냐하면……."

　여자가 남자를 쳐다보면서 그의 손을 꼭 쥐었다.

　"그전에 다시 한번 같이 있고 싶어. 정말로 같이……. 아무 두려움 없이, 밤새도록 당신과 나눌 이야기가 많을 거야. 다시는 하지 못할 마지막 이야기들. 그런 다음에 하자. 당신과 하룻밤을 함께 보내고 싶어. 아침이 되면 사람들은 우리 둘을 발견하게 되겠지."

　"그래, 좋아." 남자가 대답했다. "당신 말이 맞아. 인생을 마감하기 전에 생애 최고의 시간을 함께 가져보자. 미안해. 내가 거기까지는 생각하지 못했어."

　두 사람은 다시 말없이 앉아 있었다. 미풍이 두 사람을 간질이듯 스쳐 지나갔다. 햇빛이 감미롭게 피부에 와

닿았다. 둘이 함께 있으니 기분이 좋았다. 신기하게도 모든 근심이 사라지고 행복하기만 했다. 그때 마을 교회에서 종소리가 울렸다. 한 번, 두 번, 세 번. 여자는 펄쩍 뛸 듯이 놀랐다. "2시 15분 전이야!"

남자가 어이없다는 듯 웃었다.

"죽음도 겁내지 않는 용감한 여자가 업무 시간에 늦을까 봐 겁을 내고 있다니! 우리는 그 정도로 노예처럼 살았어. 굴종이 우리 몸속 깊숙이 박혀 있는 거지. 이제 진정으로 의미 없는 모든 것으로부터 자유로워져야 할 때가 왔어. 정말, 사무실에 다시 들어갈 거야?"

"응, 그게 좋겠어. 우선 우체국에 가서 내 사물을 정리하고 싶어. 멍청한 짓이겠지만, 정리를 끝내고 편지라도 몇 장 써놓아야 마음이 편해질 것 같아. 그리고 저녁 여섯 시까지 내 자리에 앉아 있어야 아무도 눈치채지 못할 테고, 또 나를 찾지도 않을 거야. 우체국 일이 끝난 다음에 크렘스나 잔크트 펠텐, 아니면 빈으로 가자. 좋은 방 하나 빌릴 돈은 있어. 저녁을 먹고 나서 그동안 우리가 하고 싶었던 것들을 마음껏 해보자. 아주 근사하고 멋있게 즐겨보자. 내일 아침에 사람들이 우리를 발견하게 되겠지. 그때부터는 우리와 아무 상관 없는 일이잖아. 여섯 시에 나를 데리러 와. 이제는 사람들이 우리가 함께 있는 것을 보더라도 신경 쓸 것 없어. 자기들 마음대로 생각하고 떠들라고 내버려 두지 뭐. 모든 것을 뒤에 남겨두고 우체국 문을 잠그고 나서 우리는 그냥 떠나면 돼. 그러면 나는 자유야. 우리는 진짜 자유를 얻게 되는 거라고."

남자는 여자에게서 시선을 떼지 않았다. 예상치 못했던 여자의 반응에 남자는 더없이 기뻤다.

"알았어, 내가 여섯 시에 갈게. 그때까지 나는 여기저기 돌아다니면서 마지막으로 세상 구경이나 할 거야. 그럼 이따 봐."

여자는 어느 때보다도 평화롭고 가벼운 마음으로 파치온스벡 길을 따라 내려가다가 잠깐 멈춰 서서 뒤를 돌아보았다. 남자가 여자를 바라보며 서 있다가 손수건을 꺼내 흔들었다.

"이따 봐!"

우체국으로 돌아오자, 크리스티네는 모든 것이 쉽고 홀가분하게 느껴졌다. 책상, 의자, 업무용 작업대, 저울, 전화기, 쌓여 있는 서류 등 모든 것이 이제는 원수처럼 여겨지지 않았다. 그동안 수천 번 여자를 조롱했던 그 모든 사물이 이제는 여자의 불행을 고소해하지도 않는 것 같았다. 출입문은 열려 있었고, 한 걸음만 걸어 나가면 자유였다.

문득, 마음이 평화로워졌다. 저녁이 되면 어둠이 내려앉는 고요한 초원처럼, 마음이 평온해졌다. 우체국 업무도 마치 놀이하듯 재미있고 수월했다. 여자는 편지를 몇 장 썼다. 언니 앞으로 한 장, 우체국 앞으로 한 장, 푹스탈러 씨에게 한 장. 이별의 편지였다. 또박또박 써 내려간 글씨는 정교했고, 전체적인 형태에 한 줄 흐트러짐이 없었다. 낱말과 낱말 사이의 정확한 간격을 보고 여자는 스스로 감탄했다. 그러는 사이에 사람들이 들어와 편지를 맡기고, 전화 연결을 요청하고, 소포를 쌓아 올리고, 입금하고 출금했다. 여자는 각별히 세심하고 친절하게 사람들을 도와주면서 마지막 날을 마무리했다. 여자는 무의식중에 마음속으로 다짐했다. 농부 아저씨, 농부 아주머니, 삼림경비원 조수, 식료품 가게에서 일하는 청년, 정육점 주인아주머니 등 자신과 아무 상관 없는 하찮은 사람들이지만 모두 자신에 대해 좋은 기억을 간직하게 하고 싶었다. 그것은 여자의 마지막 허영심이었다. 누가 "안녕히 계세요"라고 인사하면 여자는 가볍게 웃으면서 진심 어린 심정으로 회답했다. "안녕히 가세요!" 여자는 이미 다른 공기를, 홀가분한 해방의 공기를 호흡하고 있었다. 밀렸던 일들을 마무리하고, 숫자를 세어보고, 계산하고, 정리했다. 여자의 책상이 이토록 말끔하게 정리된 적은 없었다. 잉크 자국까지 지워 없애고 달력도 똑바로 걸어놓았다.

'후임자가 불평하게 해서는 안 되지. 아무도 불평하게 해서는 안 돼.'

여자는 오랜만에 행복을 느꼈다. 인생을 정리하듯 사무실도 깨끗이 정리했다.

그렇게 즐거운 마음으로 일하고 정리하면서 분주하게 시간을 보내느라 시간이 가는 줄도 몰랐다. 그 순간, 갑자기 출입문이 열리자 깜짝 놀랐다.

"벌써 여섯 시야? 세상에, 전혀 모르고 있었네. 10분만, 아니 20분만 주면 끝낼게. 사람들이 욕하지 않게 깔

끔하게 정리해놓고 떠나고 싶어. 이제 돈 계산만 끝내면
돼."

남자는 밖에서 기다리겠다고 했다.

"아냐, 그냥 여기 앉아 있어. 잠시 후에 셔터를 내려야
해. 우리가 함께 나가는 것을 사람들이 봐도 상관없어.
어차피 내일이면 다 알게 될 테니까."

"내일이라." 남자가 웃었다. "이제 '내일'이라는 것이
없다는 사실이 기뻐. 물론, 우리 둘에게만 해당하는 이
야기겠지만."

여자는 남자를 유리 칸막이 안쪽으로 들어오라고 했
다. 외부인은 아직 한 번도 들어온 적 없는 신성한 공간
이었다.

"당신이 앉을 자리가 없어. 우리 공화국은 이렇게 멋
대가리가 없지. 창문턱에 앉아서 담배 한 대 피우면서
기다려. 곧 끝나."

여자는 해방된 듯 숨을 내쉬며 말했다. "모든 것이 곧
끝나."

여자는 경리 장부의 숫자를 차례로 계산했다. 그리고
금고에서 검은색 돈 자루를 꺼내 장부의 숫자와 대조했
다. 지폐를 책상 위에 나란히 쌓아놓았다. 5실링, 10실
링, 100실링, 1천 실링짜리 지폐들, 검지에 스펀지의 물
을 묻혀가며 민첩한 손놀림으로 푸른색 지폐들을 세었
다. 신속하고 기계적인 손놀림으로 돈을 세고, 연필로
각 지폐의 합계를 적었다. 여자는 장부상 숫자와 현금
잔액 맞추는 일이 늘 지겨웠다. 잠시 후 흡족한 미소를

띠며 연필로 마지막 합계 금액 밑에 줄을 그었다.

그때 뒤에서 인기척이 느껴져 돌아보니 창문턱에 앉아 있던 페르디난트가 여자에게 다가와 어깨너머로 지폐를 내려다보고 있었다. 남자의 숨소리가 빨라졌다.

"왜?" 여자가 다소 놀란 표정으로 물었다.

"잠깐, 이거 한 장만 만져봐도 될까? 1천 실링 지폐를 구경한 지 정말 오래되었어. 내 평생 이렇게 많은 돈은 처음 봐."

남자는 1천 실링 지폐 한 장을 마치 부서지기 쉬운 물건을 다루듯 조심스럽게 손에 쥐었다. 남자의 손이 떨리고 있었다. 신기한 듯 푸른색 지폐를 살펴보는 남자의 콧방울이 경련하듯 벌름거렸다. 눈에서 묘한 광채가 났다.

"이렇게 많은 돈을, 이렇게 많은 현금을 항상 여기에 보관하는 거야?"

"응, 그래도 오늘은 많지 않은 편이야. 11,570실링이야. 와인 재배 농가에서 세금을 납입하는 분기 말이나 공장에서 월말에 임금을 입금할 때에는 보통 4만 실링에서 6만 실링가량 되지. 8만 실링이 넘을 때도 있어."

남자는 무척 놀란 듯이 몸이 경직된 채 지폐가 쌓여 있는 책상 위를 내려다보았다.

"그런데 이렇게 많은 돈을 책상 위에 올려놓고 있으면 신경 쓰이지 않아? 무섭지 않아?"

"뭐가 무서워? 이 건물은 안전해. 저기 봐, 두꺼운 쇠파이프 방범창이 있어. 게다가 바로 옆에 식료품 가게가 있고, 위쪽에는 농부 바이 덴호프 씨가 살고 있어. 누가 침입하면 그 사람들에게 소리가 들릴 거야. 그리고 밤에는 돈 자루를 금고에 넣어두니까 걱정할 것 없어."

"나 같으면 무서울 것 같은데?" 남자가 여전히 긴장한 채 말했다.

"무섭긴 뭐가 무서워?"

"나 자신이 무섭지."

여자는 남자의 반쯤 벌어진 입을 쳐다보았다. 남자가 여자의 시선을 피했다. 그리고 사무실 안을 이리저리 서성거렸다.

"나 같으면 한 시간도 견디기 어려울 거야. 이렇게 많은 돈 옆에서는 숨도 제대로 쉬지 못할 거야. 한시도 그 생각이 떠나지 않겠지. 직사각형 종잇조각. 1천 실링 지폐 말이야. 그거 한 장이면 나는 자유를 얻을 텐데. 3개월, 6개월, 1년 동안 자유롭게 살 수 있지. 원하는 것을 할 수 있고, 진정으로 내 인생을 살 수 있지. 여기 있는 돈이면, 전부 얼마라고 했지? 11,570실링, 그래, 그 돈이면 우리는 2년, 3년은 자유롭게 살 수 있을 거야. 세상을 구경하면서 매 순간을 사람답게 사는 거야. 지금까지 살아 온 것과는 전혀 다른 삶을! 진정으로 원하는 것을 하면서 인간다운 삶을 살 수 있어. 못에 박힌 듯 꼼짝 못 하고 앉아 있지 않아도 되겠지. 다섯 손가락을 뻗어서 잡기만 하면 돼. 이렇게, 한 번만 움직이면 되는 거야. 그리고 떠나면 자유가 되는 거지. 그래, 나 같으면 참지 못했을 거야. 이렇게 가까이에 두고 이걸 쳐다보면서 냄새를 맡기만 해야 한다면 벌써 난 미쳤을 거야. 이 돈들이, 숨도 쉬지 않고, 살아 있지도 않은, 원하는 것도 아는 것도 없는, 바보 천치 꼭두각시 같은 국가의 소유란 것을 안다면, 인간을 파멸시키는 가장 멍청한 발명품이라는 사실을 안다면 말이야. 나 같으면 정신을 잃고 발광했을 거야……. 열쇠를 집어 들고 금고를 열지 못하도록 밤에는 나 자신을 가두어 놓았을 거야. 그런데 너는 이런 돈을 바로 옆에 두고도 멀쩡히 살 수 있었구나! 한 번도 그런 생각을 해본 적 없어?"

"없어." 여자가 몹시 충격을 받은 듯 말했다. "단 한 번도 그런 생각을 해본 적 없어."

"이 나라는 참 운도 좋군. 악당들에게 항상 행운이 따르는 법이지. 일은 이제 그만 끝내." 남자가 화난 듯 말했다. "끝내, 돈도 치워버려. 나는 더 이상 볼 수가 없어."

여자가 얼른 서랍을 닫았다.

둘은 밖으로 나와 기차역을 향해 출발했다. 날은 벌써 어둑해졌다. 걸어가는 동안 길을 따라 늘어선 집들의 환한 창을 통해 저녁을 먹고 있는 가족들의 모습이 보였다. 마을의 마지막 집을 지나갈 즈음, 저녁기도를 올리는 소리가 밖으로 희미하게 흘러나왔다. 두 사람이 주위를 경계하듯 조심스럽게 길을 걷는 동안 줄곧 어떤 생각이 그림자처럼 그들을 따라왔다. 그 생각은 그들 앞에서, 뒤에서, 그리고 마음속에서도 느낄 수 있었다. 그리고 이제 마을을 벗어나 걸음을 재촉하는 동안에도 두 사람을 따라다녔다.

　마을을 벗어나자 둘은 어둠 속에서 걸음을 멈추었다. 하늘이 땅보다 더 밝은 밤이었다. 유리처럼 맑은 하늘에 길을 따라 늘어선 가로수가 검은 그림자를 새겨놓고 있었다. 불에 타버린 손가락처럼 시커멓게 뼈만 남은 앙상한 나뭇가지들이 정지된 대기를 향해 손을 벌린 모습이 흉물스러웠다. 길에는 몇몇 농부와 마차가 오가고 있었다. 형체가 선명히 드러나지 않는 어둠 속에서 육중한 마차 바퀴 굴러가는 소리와 사람의 발소리만 들렸다. 길에는 두 사람만 있는 것이 아니었다.

　"기차역으로 가는 들길은 없나? 사람이 잘 다니지 않는 길."

　"있어, 여기서 오른쪽으로 가면 있어."

　남자가 말을 꺼내자 여자는 마음이 다소 가벼워졌다. 우체국에서 나오면서부터 줄곧 여자의 머릿속을 떠나지 않고 그림자처럼 따라오고 있는 위험한 생각을 잠시나마 하지 않아도 되었으니까.

　마치 여자의 존재를 망각한 듯 남자는 한동안 아무 말 없이 걸었다. 남자는 여자의 손 한 번 잡지 않았다. 갑자기 큰 바위가 땅에 떨어지듯, 남자가 무거운 목소리로 물었다.

　"월말에 3만 실링 정도 모일 것 같아?"

　여자는 남자의 말을 금세 알아들었다. 하지만 여자는 자신의 속내를 드러내 보이지 않으려고 목소리를 차분히 가라앉히고 대답했다. "응, 그 정도는 될 거야."

"거기에 현금 지급이나 세금 납부를 조금 늦춘다면……. 나는 우리 조국 오스트리아를 잘 알지. 돈 문제를 그렇게 엄격하게 감독하지 않거든. 어쨌든 그렇게 현금을 최대한 확보한다면 얼마나 모을 수 있겠어?"

여자가 곰곰이 따져보았다.

"최소한 4만에서 5만 실링 정도? 그런데 왜?"

남자가 결연한 목소리로 대답했다.

"내가 무슨 생각을 하는지, 당신도 알잖아."

여자는 남자에게 반박하지 않았다. 남자의 말이 옳았다. 여자도 알고 있었다. 둘은 말없이 걸었다. 근처 연못에서 개구리들이 미친 듯이 울어대고 있었다. 지나가는 두 남녀를 비웃기라도 하듯 개골개골 떠들어대는 소리에 둘은 마음이 몹시 심란했다. 갑자기 남자가 걸음을 멈췄다.

"크리스티네, 우리 서로 속일 필요 없잖아. 우리 두 사람 모두 상황이 너무 심각해. 이럴 때일수록 서로 솔직해야 해. 차분하게 같이 생각해 보자."

남자가 담배에 불을 붙였다. 그 순간 여자는 희미한 불빛에 비친 남자의 긴장된 표정을 읽었다.

"한번 생각해 보자고. 우리는 오늘 삶을 마감하기로 했어, 상투적인 표현대로 하자면 '삶에서 도망치려고' 했지. 하지만 그것은 사실이 아니야. 우리는 절대로 삶에서 도망치려는 것이 아니야. 나도 당신도 단지 실패한 인생에서 벗어나고 싶을 뿐이지. 다른 출구가 없으니까. 삶에서 도망치려는 것이 아니라, 지긋지긋하고 견딜 수도 피할 수도 없는 가난에서 벗어나려는 거야. 단지 그 때문이지. 우리는 권총이 마지막 수단이자 유일한 출구라고 믿었어. 그런데 그것은 틀린 생각이었어. 지금은 다른 방법이 있다는 걸 알게 되었잖아. 마지막 기회가 있어. 이제 우리에게 남은 문제는 용기를 내서 그 기회를 잡을 것이냐, 그리고 잡는다면 어떻게 잡느냐는 것이야."

여자는 아무 말이 없었다. 남자가 담배를 입으로 가져갔다.

"산수 문제를 풀듯이 아주 차분하고 냉정하게 따져봐야 해. 당신에게 내 생각을 숨기고 싶지는 않아. 솔직히 말해서 이 방법에는 다른 방법보다 더 큰 배짱이 필요할 거야. 다른 방법은 쉬워. 손가락만 까딱하면 되니까. 그러면 한 번 번쩍하고 모든 게 끝나지. 하지만 이 방법은 훨씬 어려워. 시간도 훨씬 많이 걸리지. 몇 초만 긴장하면 되는 일이 아니야. 몇 주 혹은 몇 달이 걸리는 일이고, 줄곧 사람들에게 숨겨야 하는 일이지. 불확실한 일이 확실한 일보다 더 견디기 어려운 법이야. 짧고 강렬한 두려움이 길고 눈에 보이지도 않는 두려움보다 훨씬 더 견디기 쉬운 것과 같아. 우선, 우리에게 그런 일을 시도할 힘이 있는지, 긴장감을 버텨낼 수 있는지 그리고 이 일이 그럴 만한 가치가 있는지 생각해야겠지. 우리의 삶을 깨끗하고 신속하게 마감할 것이냐, 아니면 새 출발할 것이냐를 생각해 보자. 그것이 지금 내가 고민하는 문제야."

남자가 다시 걷기 시작했다. 여자는 무의식중에 남자를 따라 걸으면서 무기력하게 다음 말을 기다렸다. 남자의 제안이 몹시 충격적이어서 얼른 마음을 정할 수 없었다.

남자가 다시 멈춰 섰다.

"오해하지 말고 들어. 나는 도덕적인 고민 같은 것은 하지 않아. 국가에 대해서라면 나는 아주 자유로운 생각을 품고 있어. 이 나라는 우리 세대에 끔찍한 죄를 지었어. 그래서 우리는 원하는 것을 원하는 만큼 국가에 요구할 권리가 있어. 만신창이가 된 우리 세대가 입은 손해에 대한 보상을 받겠다는 것뿐이야. 누가 나에게 훔치는 법을 가르쳐주었지? 누가 나로 하여금 훔치게 했지? 모두 전쟁 때 국가가 나에게 가르쳐 준 거야. 전쟁 중에는 '몰수'나 '징발'이라고 표현했지. 혹은 평화조약서에 들어 있듯이 '손해 배상 청구'라고도 했지. 국가가 아니면 누가 우리에게 사기 치는 법을 가르쳐주었겠어? 3세대에 걸쳐 모은 재산을 단 2주일 만에 휴지 조각으로 만들어버리고, 백 년 동안 소유한 목초지와 집, 밭을 사기 쳐서 빼앗아 가는 방법을 누구에게 배웠겠어? 내가 만약 누군가를 죽인다면, 누가 나한테 사람 죽이는 방법을 가르쳤겠어? 연병장에서 여섯 달, 그리고 전선에서 여러 해 동안 배운 거지. 우리는 국가에 대해 소송을 제기할 수 있고, 그 소송에서 이길 충분한 사유가 있어. 어떤 법정에 가더라도 우리는 분명히 승소할 거야. 국가는 그 엄청난 부채를 갚을 수도 없고, 우리에게서 빼앗아간 것들을 되돌려 줄 수도 없어. 국가가 훌륭한 후견인이던 시절에는 국가에 대해 양심의 가책을 느낄 만한 명분이 있었지. 절약하고, 규칙에 따르고, 국가에 대해 올바르게 행동할 의무가 있었어. 하지만 지금은 국가가 깡패처럼 우리를 다루고 있어. 그렇다면 우리도 국가에 대해 깡패가 될 권리가 있다고 생각해. 내 말을 이해할 수 있겠어? 나는 추호도 내 생각에 대해 의구심이 없어. 당신도 그럴 필요 없다고 생각해. 왜 나는 당당하게 장애인 연금을 받을 수 없지? 당연한 내 권리인데도 거룩하신 이 나라 정부가 연금 지급을 거절하고 있어. 당신 아버지와 내 아버지에게서 빼앗은 돈이고, 따라서 나와 나 같은 처지에 놓인 사람들의 권리를 빼앗은 거야. 맹세코 나는 양심에 거리낌이 없어. 우리가 살든지 죽든지, 국가는 관심조차 없어. 우리가 푸른색 지폐 백 장, 아니 천 장, 만 장을 훔친다 한들 이 나라에 사는 누구도 그것 때문에 더 가난해지지 않아. 광활한 목초지에서 소가 풀을 조금 뜯어 먹은 정도로 생각할 거야. 나는 눈 하나 깜짝하지 않아. 1천만 실링을 훔친다 하더라도 은행을 부도낸 은행장이나 전투에서 서른 번 패배한 장군처럼 편히 잘 수 있어. 나는 지금 당신과 나, 우리 둘만 생각하고 있어. 하지만 돈 통에서 10실링을 훔쳐서 한 시간만에 다 써버리고 왜 그런 짓을 했는지 이유조차도 모르는 열다섯 살 먹은 점원처럼 섣불리 덤벼서는 안 돼. 그런 짓을 하기에 우리는 충분히 철이 들었잖아. 우리가 손에 들고 있는 것은 두 장의 카드뿐이야. 따라서 신중하게 결정해야 해."

남자는 다시 걸으면서 생각을 가다듬었다. 남자가 얼마나 정신을 집중해서 생각하고 있는지 여자는 충분히 느낄 수 있었다. 그와 동시에 차분하고 논리적으로 말하는 남자를 보면서 오싹한 기분이 들었다. 여태껏 이 남자의 머리가 이토록 명민하다고는 생각한 적이 없었다. 그리고 남자의 말에 이처럼 온 정신을 기울여 몰두한 것도 처음이었다.

"크리스티네, 우리 차근차근 단계적으로 생각해 보자. 급하게 결정하면 안 돼. 터무니없는 희망이나 환상을 품어서도 안 돼. 오늘 삶을 마감한다면 우리에게는 모든 것이 끝이야. 한 번만 당기면 인생이 끝나는 거지. 사실, 멋진 생각이었지. 김나지움에 다닐 때 선생님 생각이 나는군. '죽어야 할 때뿐 아니라, 스스로 원할 때 죽을 수 있는 것이 인간이 유일하게 동물보다 우월한 점이다'라고 수업 시간에 말씀하셨어. 인간이 평생 누릴 수 있는 유일한 자유는 아마도 스스로 삶을 마감할 수 있는 자유일 거야. 하지만 우리 두 사람은 아직 젊고, 우리가 버리려고 하는 '인생'이라는 것이 무엇인지도 모르고 있어. 우리는 우리가 원하지 않았던, 우리가 부정하는 삶을 버리려고 했던 거야. 그런데 지금은 긍정적으로 생각할 수 있는 다른 삶의 가능성이 있어. 돈이 생기면 인생도 달라질 거야. 나는 그렇게 믿어. 당신도 마찬가지일 테고. 우리는 이제 믿을 수 있는 것이 생겼어. 내 말을 이해하겠어? 이제는 우리의 삶을 부정할 필요가 없어졌잖아. 우리는 우리가 파괴할 자격이 없는 어떤 것을 파괴하려고 했던 거야. 즉, 우리 안에 아직 남아 있는 삶, 새롭고 멋지게 펼쳐질 삶의 가능성 말이야. 한 줌의 돈만 있으면 내 안에서 아직 실현되지 못한 채 남아 있는 것들을 밖으로 펼칠 수 있을 거야. 지금은 실현될 수 없는, 내가 지금 꺾어버린 이 나뭇가지처럼 시들어가고 있는, 단지 꺾어버렸기 때문에 시들어가고 있는 것들 말이야. 내 안에서 더 자랄 수도 있는 어떤 것들……. 당신은 어때? 당신은 아이를 가질 수도 있잖아. 누구도 알 수 없는 일이지. 누구도 알 수 없다는 사실 자체가 대단히 경이로운 일이지. 내 말을 이해할 수 있을 거야. 내 생각에는, 우리가 지금까지 살아온 삶은 살 가치도 없는 삶이었어. 하루하루를 근근이 살아가는 지긋지긋한 삶이었지. 하지만 이제는 뭔가를 할 수 있어. 용기만 있으면 돼. 먼저 생각했던 방법에 필요한 것보다 더 많은 용기만 있으면 된다고. 만약 일이 잘못되면 권총 한 자루 구하기는 어렵지 않아. 당신은 어떻게 생각해? 손으로 쥘 수 있는 돈이 거기에 그렇게 많은데, 그냥 집어 오면 되는 거잖아?"

"그래, 하지만…… 그런데 그 돈을 가지고 어디로 가야 해?"

"외국으로 나가자. 나는 프랑스어도 꽤 하고 러시아어도 제법 할 수 있어. 영어도 조금 해. 그리고 외국어는 현지에서 배우면 돼."

"그렇지만, 경찰이 우리를 수배하겠지? 잡히지 않을까?"

"그것은 나도 모르지, 아무도 알 수 없어. 어쩌면 그렇지 않을 수도 있어. 내 생각에 그것은 우리한테 달렸어. 우리가 끝까지 잘 버텨내느냐, 얼마나 똑똑하고 신중하게 처리하느냐, 우리가 상황을 잘 판단할 수 있느냐의 문제겠지. 물론, 끔찍하게 힘들 거야. 어쩌면 행복한 삶이 되지 않을 수도 있어. 쫓기는 신세가 될 수도 있고, 죽을 때까지 도망 다녀야 할 수도 있겠지. 당신에게 내가 답을 줄 수는 없어. 용기를 낼 수 있는지는 당신 자신의 문제니까."

크리스티네는 생각에 잠겼다. 느닷없이 생긴 일을 고민하자니 쉽지 않았다.

"나 혼자서는 용기를 가질 수 없어. 난 여자야. 나 혼자서는 아무것도 할 수 없어. 다른 사람을 위해서만, 다른 사람과 같이해야만 뭐든지 할 수 있을 것 같아. 우리 둘을 위한, 당신을 위한 일이라면 뭐든지 할 수 있어. 당신이 원한다면……."

남자가 발걸음을 서둘렀다.

"바로 그것이 문제야. 나도 이것이 진정으로 내가 원하는 일인지를 모르겠어. 너는 둘이 함께하면 쉬울 거라고 말했지만, 나는 혼자서 하는 편이 더 쉬울 것 같아. 나는 내가 무엇에 목숨을 걸고 있는지 잘 알아. 실패한 인생, 부서진 내 인생을 만회하고 싶어. 그런데 당신을 끌어들인다는 것이 두려워. 당신이 생각해 낸 것이 아니잖아. 내 생각일 뿐이지. 당신을 설득해서 어떤 일에도 끌어들이고 싶지 않아. 나를 위한 일이 아니라, 당신 자신을 위해서 하는 일이 되어야 해."

나무 뒤로 작은 불빛이 보였다. 들판을 가로지르는 길이 끝나고 있었다. 곧 기차역에 당도할 참이었다.

크리스티네는 여전히 몸이 뻣뻣하게 굳은 채 걷고 있었다.

"그런데⋯⋯ 그 일을 어떻게 할 생각인데?" 여자가 겁에 질린 목소리로 물었다. "나는 잘 모르겠어. 그것을 가지고 어디로 가? 신문에서 이와 비슷한 사건 기사를 봤어. 결국에는 범인들이 다 잡히더라. 어떻게 생각해?"

"그런 건 아직 생각하지 않았어. 나를 너무 과대평가하지 마. 좋은 생각이라는 것이 갑자기 떠오르는 법이긴 하지만, 바보처럼 성급하게 행동하면 안 되잖아. 사람들이 잡히는 이유가 바로 그런 것 때문이지. 보통 범죄라고 말하는 것에는 두 가지 종류가 있어. 하나는 열정이 부른 범죄, 다른 하나는 계획적으로 심사숙고해서 저지른 범죄. 아마도 열정에서 비롯된 범죄가 더 아름답겠지. 하지만 대부분 실패로 끝나게 마련이야. 나이 어린 점원이 현금을 훔쳐서 경마장으로 달려가면서 자기가 이겼다고 생각하거나, 가게 주인이 눈치채지 못하리라고 착각하지. 기적을 믿는 거야. 하지만 나는 기적을 믿지 않아. 우리 둘밖에 없는 상황이라는 것을 나도 잘 알아. 경험이 많고 전문지식을 갖춘 수천 명의 형사에게 명령을 내리는 수백 년 역사의 거대 기관과 우리 둘이 맞서는 거지. 각각의 형사는 머저리일 수 있어. 내가 그들보다 훨씬 똑똑하고 꾀도 많아. 하지만 그들은 경험도 많고, 그들 뒤에는 체계가 갖추어진 조직이 있지. 그렇기 때문에 우리가 만약에-나는 아직 '만약에'라고 말하고 있어-그 일을 감행하기로 한다면, 아이처럼 경망스럽게 행동해서는 안 돼. 조급하게 일을 벌이면 실패하게 마련이야. 세세한 부분까지 계획을 세워야 하고, 모든 가능성을 염두에 둬야지. 확률의 문제라고 봐야 할 거야. 이것저것 정신을 집중해서 꼼꼼히 궁리하자. 일요일에 빈으로 와. 그때 결정하자. 오늘은 안 돼."

남자가 걸음을 멈추었다. 그의 목소리가 문득 밝아졌다. 평소와 다른 목소리였다. 남자의 안에 숨겨져 있던, 여자가 아주 좋아하는 아이 같은 목소리였다.

"이상하지 않아? 오늘 오후 당신이 우체국으로 돌아가고 나서 나는 여기저기 걸어 다녔어. 세상 구경은 오늘이 마지막이라는 심정이었지. 그런데 세상은 참 맑고 아름다웠어. 따뜻하고 밝았어. 그리고 나 역시 싱싱한 젊음이 느껴지면서 활력이 솟는 것 같았어. 이것저것 생각하면서 나 자신에게 물었지. 내가 도대체 이 세상에서 해놓은 것이 무엇인가. 그런데 그 대답이 참으로 비참했어. 나 자신을 위해 했던 것이 하나도 없고, 그럴 생각조차 하지 못했다는 것은 참 슬픈 일이야. 학교에 다닐 때 선생님들이 하라는 대로 공부했고, 선생님들이 생각하라는 대로 생각했지. 전쟁 때에는 상관이 시키는 대로 훈련을 받고 씩씩하게 행군했어. 그리고 포로로 잡혔을 때엔 '언젠가는 여기서 나가겠지.' 하고 개꿈만 꾸었어. 하지만 하는 일 없이 빈둥거리는 데 지쳐버렸지. 고향으로 돌아와서는 아무 의미도 목적도 없이 다른 사람들을 위해 죽으라고 일만 했어. 한 줌의 식량을 사기 위해, 코로 들이마시는 공기의 대가를 치르기 위해 그렇게 내 인생을 허비했던 거야. 이제 일요일까지 사흘 동안 난생처음으로 오직 나와 관련된 것만, 당신과 나와 관련된 것만 생각할 거야. 벌써 기대가 되는군. 우리 둘이 함께 다리를 만드는 심정으로 해보고 싶어. 못 한 개, 나사 하나도 모두 제자리에 있어야 하는 정교한 구조물을 만들 듯이. 1밀리미터도 어긋나서는 안 돼. 그렇지 않으면 다리 전체가 무너지는 사고가 일어나지. 수십 년을 버틸 수 있는 다리를 만들 듯이 이 일을 진행하고 싶어. 큰 책임감이 뒤따르는 일이라는 것을 잘 알지만, 처음으로 나 자신과 당신을 위해 책임을 지는 일이니까. 나는 행복해. 군대나 회사에서 사실상 나와 상관없는 사람들을 위해서 지는 책임도 아니고, 소모품 같은 존재로서 지게 되는 사소하고 더러운 책임도 아니잖아. 우리가 그 일을 실행할 것인지는 앞으로 결정할 일이지만, 한 가지 일을 곰곰이 따져보고, 최후의 결과까지 계산하면서 조합해보는 것은 내가 지금까지 한 번도 경험하지 못한 즐거운 일이 될 거야. 오늘 당신한테 오기를 정말 잘했어."

기차역에 거의 다다랐을 때 불빛 하나하나가 선명하게 보였다. 두 사람은 다시 걸음을 멈췄다.

"나를 따라오지 않는 게 좋겠어. 30분 전만 하더라도 우리 둘이 함께 있는 것을 사람들이 보거나 말거나 상관없었지. 하지만 이제는 나와 함께 있는 모습을 다른 사람들이 봐서는 안 돼. 이것도 이미(남자가 웃었다) 우리 큰 계획의 일부야. 당신에게 협력자가 있다는 사실을 아무도 눈치채면 안 돼. 나중에 누군가 내 인상착의를 설명할 수 있다면, 그것 역시 우리에게 아무 도움이 되지 않아. 크리스티네, 지금부터 여러 가지를 철저하게 점검해야 해. 쉬운 일이 아니야. 방금 말했듯이 다른 방법이 더 쉬울 수도 있어. 그러나 한편으로 생각해 보면 나뿐 아니라 당신 역시 살아 있다는 것이 어떤 것인지를 몰랐어. 나는 한 번도 바다를 본 적도, 외국에 나가 본 적도 없어. 나는 인생이 무엇인지 몰랐어. 평생 물건값이 싼지 비싼지만 신경 쓰면서 산다면, 그것은 결코 우리가 자유롭지 못하다는 뜻이지. 인생의 가치를 이제는 알게 될 수 있을 거야. 걱정하지 말고, 차분하게 때를 기다리자. 나는 아주 세세한 부분까지, 필요하면 종이에 써가면서 계획을 세울 작정이야. 그러고 나서 하나하나 검토해 보고 가능성을 저울질해볼 거야. 그런 다음에 결정하자. 당신도 그렇게 하는 게 좋겠지?"

"응." 여자가 크고 또렷하게 대답했다.

크리스티네는 일요일까지 기다리기에는 마음이 조마조마해서 견딜 수 없었다. 자신이, 사람들이, 사물들이 무섭기는 처음이었다. 아침마다 작은 금전출납기를 열고 지폐를 만지기가 괴로웠다.

'이 돈이 내 것인가, 국가의 것인가? 돈은 통 안에 틀림없이 잘 들어 있나?'

여자는 푸른색 지폐를 세고 또 세었다. 손이 떨리고, 몇 장까지 셌는지 숫자도 헷갈렸다. 이제 객관적인 눈으로 돈을 볼 수 없었다. 무의식중에 불안정한 감정이 여자를 혼란스럽게 했다. 여자는 망상에 사로잡혔다.

'분명히 사람들은 내 의중을 꿰뚫어 보고 있을 거야. 나를 지켜보면서 감시하는 것이 틀림없어.'

여자는 정신을 차리려고 애썼다.

'아니야, 내가 쓸데없는 생각을 하는 거야. 우리는 아무 짓도 하지 않았어. 아무 이상 없잖아. 지폐들은 전부 금고에 들어 있고, 숫자도 정확해. 누가 조사하러 오든지 자신 있어.'

하지만 자신을 바라보는 사람들의 눈을 똑바로 보지 못하고 전화벨 소리에 움찔했다. 그러곤 안간힘을 쓰며 겨우 수화기를 귀에 가져다 댔다.

금요일 아침, 별안간 지방 경찰관이 무거운 발소리를 내며 철렁거리는 총검 소리와 함께 우체국 안으로 들어오자, 여자는 현기증을 느끼며 끌려가지 않겠다는 듯이 두 손으로 책상을 움켜쥐었다. 그러나 담배를 삐딱하게 입에 문 경찰관은 사생아를 낳은 한 아가씨에게 양육비를 우편환으로 보내려고 우체국에 들렀을 뿐이었다. 순간의 쾌락에 대한 대가로 오랜 세월 여자를 책임지게 되었다며 농담을 늘어놓았다. 하지만 여자는 웃음이 나오지 않았다. 현금 지급을 보증하는 우편환 용지에 숫자를 기재하는 여자의 손이 눈에 띄게 떨렸다. 경찰관이 문을 꽝! 닫고 사라져 버리자 여자는 비로소 참았던 한숨을 내쉬었다. 경리 장부의 숫자와 대조하기 위해 서랍을 열고 현금 32,712실링 40그로셴이 들어 있는지 다시 한번 확인했다. 밤에는 좀처럼 잠을 이루지 못했다. 잠이 들어도 악몽을 꾸었다. 상상이 현실보다 더 무섭고, 앞으로 벌어질 일이 이미 벌어진 일보다 더 두려운 법이다.

일요일 아침, 기차역에서 기다리고 있던 페르디난트는 여자가 도착하자 가까이 다가와 여자의 기색을 살피며 말했다.

"세상에! 얼굴이 말이 아니군. 몹시 힘들어 보여. 걱정을 많이 했구나. 내 그럴 줄 알았지. 네게 미리 이야기한 것이 실수였어. 하지만 이제 곧 끝나. 오늘 그 일의 실행 여부를 결정하자!"

여자가 옆에서 남자를 바라보았다. 눈빛이 밝게 빛나면서 활력이 넘치고 몸이 가벼워 보였다. 자신을 쳐다보는 여자의 시선을 느낀 남자가 말을 꺼냈다.

"그래, 나는 기분이 좋아. 지난 사흘처럼 몸과 마음이 가뻐했던 적이 없었지. 나 자신을 위해 뭔가를 해 볼 수 있다는 것이 얼마나 멋진 일인지 비로소 알게 되었어. 나 자신만을 위해서, 그것도 혼자서! 별로 걱정하지 않는 사소한 부분뿐 아니라, 계획의 전반적인 사항들을 여러모로 깊이 생각해 보았어. 오직 나 자신을 위해서. 내가 아는 한 공중누각 같은 계획은 한 시간만 지나면 무너져 버려. 당신이 말 한마디만 해도 그 바람에 무너질 수 있다는 거지. 어쩌면 우리 둘이 함께 일을 망쳐버릴 수도 있겠지. 하지만 어쨌든 나 자신을 위해 계획을 세웠고, 그래서 신이 났어. 마지막 가능성까지 고려해서 궁리하면서 무척이나 흐뭇했어. 마침내 군대, 정부, 경찰, 언론 등에 대한 대응책을 세웠는데, 모든 권력기관이 어떻게 나올지, 그 부분까지 가정해서 고려해 두었어. 진짜 전쟁을 하는 기분이야. 최악의 경우 우리가 패배하겠지만, 우리가 언제 이겨본 적이 있었나? 어쨌든 두고 보면 알겠지!"

둘은 기차역을 벗어났다. 잿빛 서리가 내린 건물들은 안개에 싸여 있고, 역 앞에는 안내원들과 짐꾼들이 따분한 표정으로 손님을 기다리고 있었다. 습기 찬 대기는 눅눅하고 냉랭했다. 사람들 입에서 나오는 호흡이 순간적으로 입김으로 변했다. 세상 어디에서도 온기라고는 찾아볼 수 없었다. 남자가 여자의 손목을 잡고 차량 사이를 빠져나가 도로를 건넜다. 여자가 긴장한 듯 놀라 움찔하는 것이 남자의 손에 전해졌다.

"왜 그래? 무슨 일이야?"

"아무것도 아니야." 여자가 말했다. "사실, 그동안 좀 무서웠어. 누가 나한테 말을 걸면 나를 감시하는 게 아닌가 하는 생각마저 들었어. 내가 생각하고 있는 것을 다른 사람들이 전부 알고 있을 것 같은 느낌이 들었어. 바보 같은 망상이라는 걸 알고는 있지만, 내 이마에 쓰여 있을 것 같은 느낌마저 드는 거야. 마을 사람들이 소문을 듣고 다 알고 있는 것 같다는 생각이 들기도 했어. 오다가 기차 안에서 삼림경비원 조수를 만났어. 나한테 '빈에 좋은 일 있나 봐요?'라고 물었는데 내가 당황해서 얼굴이 너무 붉어졌는지, 그 남자는 그냥 웃기만 하는 거야. 다행이다 싶었지. 그냥 그렇게 생각하는 편이 훨씬 나아. 페르디난트, 그런데 말이야……."

여자가 불쑥 남자에게 바짝 붙으면서 말을 이었다.

"우리가 정말 그 일을 하게 된다면, 언제나 이렇게 무섭거나 불안하지는 않겠지? 나는 그런 일을 할 만큼 강하지 못해서 항상 불안에 떨고, 사람들을 무서워하고, 누가 문을 두드릴까 봐 겁이 나서 잠도 제대로 자지 못할 거야. 언제까지나 그렇지는 않겠지?"

"아니야." 남자가 대답했다. "그렇지 않을 거야. 당신이 지금까지 여기서 살아왔기에 그런 생각이 드는 거야. 전에 당신은 전혀 다른 세상에서 다른 이름으로 살아봤잖아. 그때처럼 옛날 일은 까맣게 잊어버릴 거야. 당신도 그때 완전히 다른 여자로 변신해서 지냈다고 내게 말했잖아. 정말 위험한 것은 딱 한 가지야. 당신이 우리가 하려는 일에 대해 양심의 가책을 느낀다면, 그것은 문제라고 생각해. 진짜 도둑놈인 국가로부터 뭔가를 훔치는 것이 정당하지 못한 일이라는 생각이 든다면, 일을 벌여서는 안 되겠지. 나도 손을 떼겠어. 하지만 나는 정당한 일을 하는 거라고 생각해. 나는 지금까지 부당한 대우를 받으며 살았다는 것을 알기 때문에 나의 이익을 위해 위험한 일에 생명을 걸고 있는 거야. 죽은 이념이나 합스부르크 가문, 중부유럽, 나와는 아무 관련 없는 정치적 이념을 위한 전쟁을 하고 있는 것이 아니야. 하지만 나도 아직 마음을 굳히지 못했어. 우리는 단지 어떻게 할까 고민하는 중이야. 그렇지만, 이왕 생각할 거라면 즐겁게 해야지. 기운 내, 너는 용감해질 수 있어."

여자가 깊은숨을 내쉬었다.

"나도 어느 정도는 견뎌낼 수 있을 것 같아. 당신 말이 맞아. 게다가 우리 둘 다 잃을 것도 없잖아. 이미 수많은 곤경을 겪으며 살아왔지. 그런데 이번 일은 참 어려워. 확신이 서지 않아. 일단 결심만 서면 그때에는 날 믿어도 되겠지만."

둘은 다시 걸었다.

"어디 가는 거야?" 여자가 물었다.

남자가 웃었다. "참 이상하게도 계획을 세우기가 너무 쉬웠어. 여러 가지 가능성을 생각해 보는 것이 정말 재미있었어. 어떻게 도망갈 것인지, 어디에 숨어 있을 것인지, 어떻게 하면 안전하게 살 수 있을지, 세부적인 사항들을 면밀히 따져보았어. 이제 자신 있게 말할 수 있어. 멋진 계획을 세웠지. 모든 사항을 어린아이도 알아볼 수 있게 정리해서 계획서를 만들었어. 우리에게 돈이 생긴다면 어떻게 살아갈지, 우리 두 사람을 어떻게 지킬 것인지를 모두 고려한 거야. 그런데 딱 한 가지만은 내 능력으로 준비할 수 없었어. 다시 말해 우리 계획을 의논할 장소를 마련할 수 없었던 거야. 크리스티네, 나는 새삼 깨달았어. 돈 없이 하루를 사는 것보다 돈을 가지고 10년을 사는 것이 훨씬 쉽다는 사실을."

남자가 여자를 바라보면서 자랑스럽게 웃었다.

"계획을 세우는 것보다 더 어려웠던 일은 엿듣거나 엿보는 사람이 없고, 사방이 벽으로 둘러싸인 장소를 찾는 일이었어. 여러 곳을 고려했지. 날씨가 너무 추워서 시골길을 걸어 다닐 수는 없고, 호텔로 가자니 옆방에서 누가 우리 대화를 몰래 엿들을 수도 있고, 또 당신이 불안해하고 화를 낼 것이 분명했어. 게다가 우리에게는 정신을 집중할 수 있는 조용한 장소가 필요해. 여관은, 특히 손님이 없을 때에는, 종업원들 눈에 잘 띈다는 것이 문제지. 이런 추운 날씨에 밖에 앉아서 이야기한다면 사람들의 이목이 쏠리기에 십상이고……. 크리스티네, 돈이 없을 때, 수백만의 인구가 사는 대도시에서 둘만 있을 장소를 찾는다는 것이 얼마나 어려운 일인지, 다른 사람들은 모를 거야. 나는 몹시 어려운 방법까지 생각해 봤어. 성 슈테판 성당 종탑으로 올라갈 생각도 했다니까. 이렇게 안개 낀 날에는 올라오는 사람이 없거든. 그런데 그건 너무 터무니없는 생각이야. 그래서 나는 최종적으로 내가 전에 일하던 공사장의 경비원에게 부탁했지. 그는 나무로 만든 오두막 같은 임시 건물에서 일했는데, 안에는 철제 난로와 책상, 의자가 있었어. 나는 그 친구에게 내가 아주 멋진 폴란드 귀부인을 잘 안다고, 말도 안 되는 허풍을 떤 적이 있지. 전쟁 때 이름만 들어서 알고 있던 세련되고 유명한 부인이었어. 남편과 같이 자허호텔에 묵었는데 감히 나 같은 놈이 어울릴 수는 없는 여자였지. 내 말을 듣고 그 멍청한 녀석이 나를 도와주는 것을 큰 자랑으로 여겼어. 우리는 오랫동안 알고 지냈는데, 내가 그 친구를 두 번이나 곤경에서 구해준 적이 있었지. 그가 공사장 어느 널빤지 밑에 열쇠를 감춰 두었다면서 신분증까지 빌려주었어. 일이 잘못되더라도 우리는 거기서 안전하게 숨어 지낼 수 있어. 아침에는 난로를 피워주겠다고 약속했어. 물론 편하지는 않겠지만, 더 나은 우리 삶을 위한 일이니 몇 시간쯤 개집 같은 곳에 들어가 있는 것은 참을 수 있을 거야. 거기라면 우리 이야기를 엿들을 사람도 없고, 눈에 띌 염려도 없으니 우리의 거사에 대해 조용히 생각하면서 결정할 수 있을 거야."

중심가에서 한참 벗어난 플로리트도르프 공사장은 널빤지들로 둘러싸인 채 텅 비어 있었다. 공사가 중단되어 방치된 건물에는 유리창도 없었고 타르 통, 짐수레, 시멘트 포대와 벽돌이 물이 흥건한 바닥에 널브러져 있었다. 자연재해로 인해 창조적인 건설이 중단된 듯한 공사장은 부자연스러운 적막에 싸여 있었다.

열쇠는 지정된 널빤지 아래 있었다. 남자는 나무로 만든 임시 건물의 문을 열었다. 정말 난로에 불이 지펴져 있었고, 안은 비교적 편안하고 따스하면서 나무 냄새가 기분 좋게 풍겼다. 페르디난트가 문을 닫고 장작 몇 개를 난로에 집어넣었다.

"누가 나타나면 재빨리 가져온 종이를 난로 속에 집

어넣으면 돼. 아무 일 없을 거야. 걱정할 것 없어. 게다가 올 사람도, 엿들을 사람도 없어. 우리 둘뿐이야."

생소한 공간에 서 있는 크리스티네는 모든 것이 비현실적으로만 느껴졌다. 오로지 함께 있는 남자만 현실적으로 보였다. 페르디난트가 주머니에서 큰 종이 몇 장을 꺼내 펼쳤다.

"앉아, 크리스티네. 이제부터 내 말 잘 들어. 이것이 바로 내가 작성한 실행 계획서야. 다섯 번이나 수정했지. 이제 완벽하게 된 것 같아. 꼼꼼하게 하나도 빠뜨리지 말고 읽어보면서, 잘못되었다고 생각되는 부분이나 의문 나는 점이 있으면 그때그때 오른쪽에 연필로 네 생각을 적어둬. 나중에 같이 의논하자. 위험 요소가 아주 많아. 아무 준비 없이 즉흥적으로 진행하면 안 돼. 먼저 이 계획서에 없는, 우리 두 사람과 관련된 내용을 이야기해 보자. 음, 우선 이 일은 당신과 내가 함께 벌이는 거야. 내가 우려하는 부분인데, 우리가 똑같이 책임져야 하는 일이지만 법률상으로는 당신이 진범으로 지목될 거야. 공무원으로서 책임이 있으니 경찰이 당신을 추적하게 될 거야. 온 세상에 범인으로 지목되는 거지. 우리 둘 다 잡히지 않는다면, 나를 주모자나 공범으로 생각하는 사람은 없을 거야. 다시 말해 당신의 역할이 내 역할보다 크다는 거지. 당신에게는 죽을 때까지 연금이 보장된 직장이 있지만, 나는 그렇지 않아. 그래서 나는 법률상으로 보면 위험 부담이 별로 없어. 뭐라고 할까, 하느님 앞이라 해도 나는 위험 부담이 거의 없어. 우리는 입장이 다르다는 거야. 이런 사실을 당신에게 먼저 이야기하고 경고하는 것이 내 의무라고 생각해."

남자는 아래로 떨어지는 여자의 시선을 바라보았다.

"이런 사실을 당신에게 아주 분명히 말해야 한다고 생각했어. 또한, 이 일에 수반되는 여러 가지 위험 요소를 사실대로 말해야겠어. 무엇보다도, 우리가 저지르는 이 일은 일단 벌어지면 취소할 수가 없어. 후퇴가 있을 수 없는 거지. 우리가 나중에 그 돈으로 수백만 실링을 만들어서 훔친 돈의 다섯 배에 해당하는 금액으로 보상하고 싶더라도, 당신은 이 나라에 다시는 돌아올 수 없을뿐더러 아무도 당신을 용서하지 않을 거야. 우리는 정직하고 명예롭고 신뢰받는 시민의 대열에서 완전히 제외되면서, 평생 위험을 안고 살아가야 해. 그런 사실을 당신은 알고 있어야 해. 그리고 우리가 아무리 조심하며 살더라도, 언제든 우연한 사고가 생길 수 있어. 예측할 수 없는 사고 때문에 멋진 삶을 접고 감옥에 처박힐 수도 있어. 소위 사람들이 말하는 '불명예'를 얻게 되는 거지. 이런 대담한 모험에는 안전이란 있을 수 없어. 국경을 넘는다 해도 안전하지 않고, 오늘도 불안하고 내일도 불안한 생활이 계속될 거야. 결투를 벌이는 두 사람이 상대방의 총을 노려보고 있을 때의 심정을 당신도 알게 될 거야. 총알이 스쳐 갈 수도 있고 명중할 수도 있어. 그러나 어쨌든 총구 앞에 서 있는 거야."

남자가 다시 말을 멈추고 여자를 바라보았다. 여자는 여전히 바닥을 보고 있었지만, 탁자 위에 올려놓은 손에는 흔들림이 없었다.

"그래서 다시 한번 말하지만, 당신에게 헛된 희망을 주고 싶지는 않아. 나는 당신의 안전을 보장할 수 없어. 나 자신에게도 마찬가지고. 우리 둘이 함께 이 일을 벌인다고 해서, 평생토록 함께 있으리라는 보장도 없어. 우리는 자유롭게 살기 위해 이번 일을 도모하는 거야. 어쩌면 어느 날 갑자기 자유롭게 헤어지기를 서로 원할 수도 있어. 어쩌면 아주 이른 시일에 그렇게 될 수도 있어. 나는 나 자신을 보증할 수 없어. 나는 내가 어떤 인간인지도 잘 모르겠고, 자유를 맛보게 되었을 때 어떻게 변할지도 모르겠어. 게다가 지금도 불안감이 가시지를 않고 여전히 몸속에 들어앉아 점점 더 커지고 있어.

또한, 우리는 서로 잘 몰라. 얼마 안 되는 시간 같이 있었을 뿐이니까. 우리가 영원히 함께 살 수 있다거나 그러기를 원한다는 것은 미친 소리일 거야. 그래서 내가 지금 너에게 약속할 수 있는 것은 단 한 가지밖에 없어. 당신을 배신하지는 않을 것이며 네가 원하지 않는 일을 강요하지 않을 것이라는 점에서 좋은 친구는 될 수 있으리라는 거야. 당신이 내 곁을 떠나고 싶다면 잡지 않겠어. 그리고 내가 당신 곁에 있겠다고 약속할 수도 없어. 나는 아무것도 약속할 수 없어. 이 일이 성공한다거나, 당신이 그 후에 행복하고 걱정 없이 살게 된다거나, 우리가 함께 산다거나…… 아무것도 보장할 수 없어. 그래서 당신을 설득하고 싶지 않아. 반대로 나는 당신에게 경고하는 거야. 당신은 입장이 난처해지면서 범인으로 지목될 것이고, 게다가 당신은 여자이고, 의존적이야. 당신은 지금 엄청난 일을 시도하고 있어. 따라서 당신을 유혹해서 이 일에 끌어들이고 싶지 않아. 당신을 설득하고 싶지도 않아. 계획서를 읽어봐. 잘 생각해 보고 결정을 내려. 하지만 내가 말했듯이, 한번 결정을 내리면 되돌릴 수 없다는 사실을 명심해야 해."

남자가 여자에게 계획서를 건넸다.

"절대로 신뢰하지 말고 읽어. 아주 주의 깊게 읽도록 해. 누가 당신에게 엉터리 사업을 소개하거나 위험한 조항이 포함된 계약서를 내밀었다고 생각하면서 읽어. 나는 그동안 밖에 나가서 공사장이나 돌아볼게. 당신 옆에 있지 않는 것이 좋겠어. 내가 옆에서 당신을 압박하고 있다고 느끼게 해서는 안 되니까."

남자가 자리에서 일어나 여자에게는 시선도 주지 않고 밖으로 나갔다. 크리스티네 앞에 깔끔한 글씨체로 쓴, 커다란 종이 몇 장이 접힌 채 놓여 있었다. 여자는 심장이 급격하게 두근거려서 잠시 기다리다가 읽기 시작했다.

여기저기 구겨진 원고는 이전 세대의 문서처럼 깔끔한 글씨체로 단정하게 작성되어 있었다. 장의 표제에는 붉은색 연필로 줄을 그어 놓았다.

클라인-라이플링 우체국 현금 절도 계획서

Ⅰ. 실행 개요

Ⅱ. 종적 인멸

Ⅲ. 외국에서의 행동 지침과 기타 계획

Ⅳ. 불상사가 발생하거나 발각될 경우 행동 지침

Ⅴ. 요약

첫 장 '실행 개요'는 다른 장과 마찬가지로 세분되어 A, B, C 등으로 표시된 각 세부항목이 계약서처럼 일목요연하게 작성되어 있었다. 크리스티네는 첫 장부터 꼼꼼히 읽기 시작했다.

Ⅰ. 실행 개요

A. 실행일
실행일은 일요일이나 국경일 전날을 고려한다. 그렇게 해야 발각되기까지 최소한 24시간을 벌고, 성공적인 탈출에 절대적으로 필요한 시간상의 우위를 점할 수 있다. 저녁 6시에 우체국 문을 닫고 스위스나 프랑스로 가는 야간 급행열차에 승차한다. 11월은 일찍 어두워진다는 장점과 더불어 여행객이 별로 없다는 장점도 있다. 밤 시각에 오스트리아 열차 칸막이 객실에서 두 사람만 있을 가능성을 90퍼센트로 예상할 수 있다. 신문에서 보도하더라도 두 사람에 대한 인상착의를 제보할 증인이 없을 것이다. 특히, 우편물 배달이 없는 국경일 전날인 11월 10일이 매우 유리하다. 평일에 외국에 도착하여, 남의 눈에 띄지 않게 필요한 물품을 구입하거나 다른 인물로 변장하는 데 필요한 도구를 구한다. 따라서 이 날짜까지 되도록 많은 현금을 모으기 위해서는 우체국으로 들어오는 현금의 출금을 은밀히 지연해야 한다.

B. 출발

출발은 각자 해야 한다. 기차표는 가까운 거리, 즉 린츠까지 가는 표를 구입하고, 린츠에서 인스부르크나 국경까지, 그리고 국경에서 다시 취리히행 기차표를 구입한다. 되도록 거사 며칠 전에 페르디난트가 크리스티네의 기차표까지 구입해 둔다. 그렇게 하면 크리스티네와 면식이 있는 창구 역무원이 두 사람의 행선지를 정확하게 진술할 수 없을 것이다. 수사를 혼란에 빠뜨리거나 흔적을 없애는 다른 방법들에 대해서는 Ⅲ장을 볼 것.

페르디난트는 빈에서 승차하고, 크리스티네는 잔 크트 펠텐에서 승차한다. 오스트리아 영토에서는 밤 시간에도 두 사람이 대화하지 않도록 한다. 이는 만약의 수사에 대비해서 아주 중요한 사항이다. 공범이 있다는 사실을 아무도 발견하거나 추측하지 못하게 해야 한다. 수사가 크리스티네 한 사람의 이름과 몽타주에만 초점이 맞춰져 진행되어야 하기 때문이다. 두 사람은 외국에 도착한 다음에야 부부로 위장할 것인즉, 국경 넘어 다른 나라 영토 깊숙이 들어갈 때까지는 두 사람이 친분이 있다는 사실을 역무원이나 경찰관이 눈치채지 못하게 해야 한다. 단, 공동여권을 보여줘야 하는 국경경비대에 대해서는 예외이다.

C. 여권

두 사람의 진짜 여권과 가짜 여권을 준비하는 일이 가장 중요하다. 하지만 시간이 촉박하므로 후일 외국에서 여권의 위조를 시도할 수도 있다. 그러나 국경검문소에서 '호프레너'라는 크리스티네의 성이 절대로 공개되어서는 안 된다. 한편, 페르디난트는 진짜 성을 여권에 기재할 것이다. 따라서 페르디난트의 여권을 위조하여 크리스티네의 이름과 사진을 부착하기로 한다. 페르디난트는 한때 목판 조각을 배운 적이 있기에 고무인을 직접 만들어 여권 위조에 사용한다. '파르너

(Farmer)'라는 페르디난트의 성에서 F를 변형하여 '카르너(Karrner)'로 위조할 것이다. 위조된 가명은 예기치 못한 우발적인 사건이 발생해도 파르너를 완전히 다른 인물로 인식하게 할 것이다.(Ⅱ장 참조) 여권은 두 사람을 부부로 증명할 것이며, 어느 항구 도시에서 적당한 가짜 여권을 손에 넣을 때까지 충분히 사용할 수 있을 것이다. 두 사람이 소유한 재원이 2, 3년 정도 유지된다면 어려움 없이 지낼 수 있다.

D. 현금 소지에 따른 문제점

가능하다면 출발 2, 3일 전에 대책이 강구되어야 한다. 즉, 크리스티네에게 부담되지 않도록 가장 큰 액면가인 1천 실링이나 1만 실링 지폐로 돈을 모아야 한다. 50실링에서 200실링 지폐는 여행 가방과 지갑에 분배하여 보관하고, 경우에 따라서는 일정 금액을 모자 속에 넣고 꿰매도록 한다. 그렇게 하면 세관의 수화물 검사를 무사히 통과할 수 있을 것이다. 지폐 몇 장은 페르디난트가 취리히와 바젤 기차역에서 환전한다. 그렇게 함으로써 프랑스에 도착했을 때 어느 한 장소에서 눈에 띄게 많은 오스트리아 화폐를 바꾸지 않고도 당장 필요한 물건들을 구입하는 데 필요한 돈을 확보할 수 있다.

E. 도피 최초 목적지

파리를 제안한다. 쉽게 갈 수 있는 곳이기도 하거니와 열차를 바꿔 타지 않아도 되는 장점이 있다. 사건이 발각되고 지명수배에 따른 추적이 시작되기 24시간 전에 파리에 도착할 것이다. 다른 옷으로 갈아입고 완벽하게 변장할 시간이 있다. 페르디난트는 프랑스어를 유창하게 구사할 수 있으므로 두 사람은 일반 여행자 호텔을 피해서 사람들 눈에 잘 띄지 않는 파리 외곽의 호텔로 갈 것이다. 파리의 또 다른 장점은 휴일 여행 교통량이 엄청나게 많아서 여행자 한 사람 한 사람을 검문하기가 거의 불가능하다는 점이다. 친지의 말에 따르면 거주지 이전 신고 제도 역시 독일과는 달리 매우 느슨하다고 한다. 이런 점을 봤을 때 부동산 임대인뿐 아니라 국가 전체가 탐문에 익숙하고 정확성을 요구하는 독일과 달리, 프랑스는 정착과 거주에 매우 유리하다. 오스트리아의 우체국 절도 사건에 대해서도 독일 언론이 프랑스 언론보다 더욱 상세하게 보도할 것으로 추측된다. 일간지에 첫 번째 기사가 실릴 즈음이면 두 사람은 파리를 떠나게 될 것이다.(III장 참조)

II. 종적 인멸

종적을 인멸하는 데 가장 중요한 사항은 당국의

수사가 난항을 겪고, 되도록 수사 방향이 혼선을 빚게 해야 한다는 점이다. 경찰 수사가 우왕좌왕하면 두 사람을 추적하는 일이 지체될 것이며 며칠이 지나면 용의자의 인상착의가 국내뿐 아니라 외국에서도 완전히 잊힐 것이다. 따라서 수사 당국이 취하게 될 모든 조치를 처음부터 예상하고, 대응책을 마련하는 것이 중요하다. 경찰 당국은 상례대로 세 방향에서 수사를 진행할 것이다.

1. 철저한 가택 수색
2. 주변 인물들을 통한 탐문수사
3. 전과자들에 대한 조사

우체국에서 증거가 될 만한 모든 서류를 파기하는 것만으로는 충분하지 않다. 수사망을 교란하고, 수사관들이 혼선을 빚게 하려면 다음과 같이 그에 상응하는 조치를 해야 한다.

A. 비자
범죄 사건이 발생하면 경찰은 즉시 그 사건의 혐의자(이 사건의 경우 크리스티네 호프레너)가 최근에 비자를 발급받았는지를 확인하기 위해 오스트리아에 주재하는 각국 영사관에 문의한다. 크리스티네 호프레너는 프랑스 비자를 발급받지 않고, 페르디난트만 발급받는다.(개인의 자유와 책임 등에 대해선 V장 참조.) 페르디난트는 당분간 경찰의 주목을 받지 않을 것이므로, '크리스티네 호프레너'라는 사람이 비자를 발급받지 않았다는 사실이 확인되면 경찰은 두 사람이 프랑스에 잠적했다는 사실을 알 수 없을 것이다. 경찰의 수사를 따돌리기 위해 방향을 동쪽으로 유도하는 것도 하나의 방법이다. 크리스티네는 루마니아 비자를 발급받아 경찰의 수사를 루마니아와 발칸반도 쪽에 집중하게 한다.

B. 가공인물에게 전보 발송

이 방법을 실행하기 위한 수단으로 국경일 전날 부쿠레슈티 기차역 구내 우체국으로 '브란코 리키치'라는 가공의 인물을 수신자로 하여 전보를 보낸다. 수신인이 찾아갈 때까지 우편물을 우체국에 유치해 두는 우편 보관 서비스를 이용하여 '내일 오후 짐과 함께 도착역에서 마중 바람'이라는 내용으로 전보를 보낸다. 수사당국에서는 분명히 크리스티네가 근무하는 우체국에서 최근에 발신한 전보와 전화 통화를 모두 조사할 것이다. 그러면 가장 의심스러운 이 전보를 발견하고 이를 통해 첫째, 가공의 인물을 공범으로 믿게 하고 둘째, 도주 방향을 오판하게 할 수 있다.

C. 가공인물로부터 편지 수신

두 사람에게 매우 중요한 이런 혼란을 가중하기
위해 페르디난트는 브란코 리키치라는 가공인물
의 글씨체로 크리스티네에게 장문의 편지를 보낸
다. 크리스티네는 이 편지를 우체국에서 받은 다
음, 작은 조각들로 찢어서 휴지통에 버린다. 수사
관들은 휴지통을 뒤져서 이 종잇조각들을 퍼즐처
럼 맞춰 볼 것이다. 그리고 수사는 더욱 엉뚱한
방향으로 진전될 것이다.

D. 유리한 증인 확보

출발하기 전날, 남의 눈에 떠지 않게 부쿠레슈티
직행 기차표가 있는지, 요금은 얼마인지 확인한
다. 역무원은 증인으로 나서서 크리스티네가 문의
한 내용을 수사관에게 알려줄 것이고, 그렇게 되
면 수사는 더욱 혼란스러워질 것이다.

E. 지인을 통한 종적 인멸

페르디난트는 크리스티네를 아내로서 동행하게
하고 아내로서 신고하겠지만, 수사관이 두 사람
사이의 연관성을 눈치채지 못하도록 작은 준비가
필요하다. 크리스티네의 형부인 프란츠의 가족을
제외하면 아무도 두 사람의 관계를 모르고 있으므
로, 프란츠를 속이기 위해 페르디난트는 그의 집
을 방문하여 작별 인사를 한다.

그리고 마침내 독일에 일자리가 생겨 그곳으로 가게 되었다고 알린다. 또한, 페르디난트가 거주하는 집 주인 할머니에게 진 빚을 모두 갚고 독일에 취업했음을 알리는 전보 한 장을 보여준다. 페르디난트는 사건 발생 8일 전에 사라짐으로써 두 사람 사이의 연관성은 수사에서 완벽하게 제외될 것이다.

III. 외국에서의 행동 지침과 기타 계획

구체적인 행동 지침은 현장에서 정해질 예정이므로 여기선 일반적인 사항 몇 가지만 점검하기로 한다.

A. 외모

두 사람은 옷차림, 행동, 태도를 통해 적당히 부유한 중산층으로 인식되어 주위의 시선을 끌지 않도록 한다. 너무 화려하지도, 너무 초라하지도 않게 보여야 한다. 특히, 페르디난트는 우체국 현금 도난 사건에 연루되어 있다는 혐의와 전혀 무관하게 여겨질 부류의 인물처럼 행동할 것인즉, 화가로 행세할 것이다. 파리에서 이젤 접이식 의자, 캔버스, 팔레트를 구입하여 가는 곳마다 직업을 한눈에 알아볼 수 있도록 할 것이다. 프랑스에는 낭만적인 명소에 수많은 화가가 1년 내내 북적인

다. 거리의 화가는 특별히 사람들의 시선을 끌지 않으면서도 어떤 연민을 불러일으킨다. 독특하지만 위험해 보이지는 않아서 사람들에게서 연민을 자아내기에, 위장에는 가장 유리한 캐릭터이다.

B. 의상

옷차림은 그런 분위기에 걸맞아야 한다. 화가 분위기를 내기 위해 벨벳이나 리넨 상의를 입어야 한다. 그러지 않으면 어색해 보인다. 크리스티네는 페르디난트의 조수 역할을 하며 도구 상자와 카메라를 가지고 다닌다. 그런 차림을 한 사람들에게 출신지를 묻는 사람은 없다. 외진 곳에 있는 작은 호텔을 찾아도 이상하게 여기지 않으며, 외국어를 사용해도 주목받지 않는다.

C. 언어

되도록 주변에 사람이 없는 장소에서만 대화하는 것이 매우 중요하다. 어떤 경우든 두 사람이 독일어로 대화하는 모습을 사람들 앞에서 노출해서는 안 된다. 사람들이 있는 곳에서는 아이들처럼 더듬더듬 말하는 것이 가장 좋다. 외국인들은 그런 대화를 이해하지 못할 뿐 아니라, 어느 나라 언어인지 식별할 수 없기 때문이다. 호텔에서는 구석방을 잡거나, 옆방에 투숙한 사람들이 대화를 엿들을 수 없는 방을 구한다.

D. 장소 이동

거주지는 자주 바꾸는 것이 좋다. 일정 기간이 지나면 세금이 부과되고 당국의 조사를 받을 가능성이 있기 때문이다. 두 사람과는 별 상관없는 일이겠지만, 불쾌한 상황이 벌어질 수 있다. 도시에서는 10~14일, 작은 마을에서는 4주 정도 머무는 것이 적당할 것이다. 호텔의 다른 투숙객들에게 안면이 익숙해지는 것을 피해야 하기 때문이다.

E. 현금

어딘가에서 안전한 금고를 대여받아 보관해야 하나 위험성이 있으므로 초기 몇 달간은 여러 곳에 분산하여 보관한다. 물론, 서류 가방에 넣거나 공개적으로 들고 다녀서는 안 된다. 구두 안쪽이나 모자 속, 옷 속에 꿰매서 지니고 다닌다. 그렇게 하면 불시의 수색이나 예상하지 못한 불행한 일이 생겨도 큰 금액의 오스트리아 화폐가 발각되지 않고 의심도 받지 않을 것이다. 환전은 조금씩, 그리고 조심스럽게 해야 하고 반드시 파리, 몬테카를로, 니스 등 큰 도시에서만 해야 한다.

F. 현지인과의 교류

사람들과의 교류는 되도록 피해야 한다. 최소한 어떤 방법으로든 새 신분증을 구해(항구도시에 가면 쉽게 구할 수 있을 것이다) 프랑스를 떠나 독일이

나 제3국으로 이동할 때까지는 피하는 것이 바람직하다.

G. 현금 관리와 추후 적응

현재로서는 미래의 목표나 계획을 설정하고 수립하는 것이 불필요하다. 페르디난트가 산정한 바로는 검소하게 중산층 생활을 계속할 경우, 탈취한 금액으로 4, 5년 정도를 유지할 수 있다. 그 기간에 향후 대책을 수립해야 한다. 현금을 소지하고 다니는 것은 매우 위험하므로 되도록 빨리 안전하고 발각의 위험이 없는 보관 방법을 찾아야 한다. 그때까지는 은행 등에 예치하는 것도 위험하다. 초기에는 아주아주 조심스럽고 눈에 띄지 않게 행동하고 끊임없이 점검해야 한다. 반년 정도 지나면 방해받지 않고 자유롭게 행동할 수 있을 것이다. 체포에 대한 공포도 사라질 것이다. 외국어 구사력을 키우고, 필체를 체계적으로 바꾸고, 심리적으로 낯설고 불안한 느낌을 극복하는 데 그 기간을 활용해야 한다. 가능하다면 다른 생활양식이나 직업을 찾기 위한 기술도 습득해야 한다.

Ⅳ. 불상사가 발생하거나 발각될 경우 행동 지침

어떤 사태가 벌어질지 모르는 일에 착수할 때에는 일이 잘못될 가능성을 처음부터 고려해야 한다.

어느 시점에 어디에서 위험천만한 상황이 닥칠지는 예상할 수 없다. 항상 그때그때 생각하여 대처해야 한다. 단, 몇 가지 기본 원칙은 정해놓아야 한다.

A. 불의의 이산 시 재회 방법

우발적인 사건이 발생하거나, 이동에 차질이 생기거나, 체류 장소를 바꾸면서 두 사람이 예기치 못하게 헤어지는 경우, 즉각 마지막으로 함께 밤을 보냈던 장소로 돌아와 그곳 기차역에서 기다리거나 해당 도시의 중앙우체국으로 편지를 보낸다.

B. 최후의 대응 방법

불상사가 발생하여 발각되거나 체포되면 가능한 모든 방법을 동원하여 최후의 수단을 강구해야 한다. 페르디난트는 항상 주머니에 연발권총을 지니고 다닐 것이다. 수면 시에도 반드시 침대 옆에 권총을 놓아둘 것이다. 만일의 사태에 대비하여 크리스티네를 위한 독약을 준비해 둔다. 남의 눈에 띄지 않게 콤팩트에 넣어 항상 지니고 다닐 수 있는 사이안화칼륨을 사용한다. 이처럼 굳게 결심하고 언제든 행동할 준비가 되어 있다는 확신이 매 순간 두 사람에게 자신감을 심어줄 것이다. 페르디난트는 철조망이나 쇠창살로 분리된 수용소나 교도소로 돌아가지 않겠다는 결심을 굳혔다.

하지만 둘 중 한 사람이 혼자 체포되는 상황이 발생하면, 체포되지 않은 사람은 즉시 도망쳐야 한다. 어리석은 감상에 빠져서 동료와 운명을 함께 하겠다고 생각한다면 큰 실수를 저지르는 것이다. 혼자 잡히면 부담이 적고, 한 사람이 단일 조사를 받으면서 훨씬 쉽게 그럴듯한 구실을 꾸며낼 수 있기 때문이다. 게다가 잡히지 않은 사람은 범행 흔적을 지우고, 제삼자를 시켜 전갈을 보내거나 탈출을 도와줄 수 있다. 자유를 얻기 위해 철저히 준비해 왔으니, 자진해서 자유를 포기하는 것은 미친 짓이다. 자살할 시간은 얼마든지 있다.

V. 요약

두 사람은 위험한 모험을 감행하려 한다. 한동안만이라도 자유롭게 살기 위해 목숨을 걸었다. '자유'라는 개념에는 상대방에 대한 인간적인 자유도 포함된다. 함께 살아가는 것이 내적인 이유이든 외부적인 요인이든 서로 짐이 되거나 견딜 수 없는 것이 된다면 상대방을 깨끗하게 놓아줘야 한다. 두 사람은 상대방에 대한 강요나 압력에 의하지 않고 자유로운 의사결정으로 이 모험을 단행한다. 각자 자신에게만 책임이 있을 뿐, 공개적이든 암시적이든 상대방을 질책해서는 안 된다. 자유를 보장할 돈은 처음부터 분배한다. 책임과 위험 부담도 함께 나눈다. 또한 어떤 결과에 도달하든 각자 그 결과를 인정한다.

앞으로 해야 할 일을 계획할 때에도 모든 책임은 전적으로 각자에게 있다. 두 사람의 신념은 변함없어야 한다. 즉, 두 사람은 국가 혹은 서로에게 정의롭지 못한 행동을 하는 것이 아니라, 두 사람의 상황에 걸맞은 당연한 일을 하는 것이다. 양심의 가책을 느끼면서 위험천만한 일을 도모한다는 것은 어리석은 짓이다. 각자가 자유롭게, 충분히 심사숙고해서 이 방법이야말로 유일하고 정당하다는 확신에 도달하는 경우에만 이 일에 착수할 수 있다.

여자는 계획서를 책상 위에 내려놓았다. 그녀가 계획서를 읽는 사이에 안으로 들어온 남자는 담배를 피우고 있었다.

"다시 한번 꼼꼼히 읽어봐."

여자가 머리를 끄덕이며 남자에게 물었다.

"이 계획서는 완벽한 거야?"

"그럼."

"빠진 것은 없어?"

"없어, 당신도 모두 생각했던 내용일 거야."

"모두?"

남자가 미소 지었다.

"아니, 모두는 아니야. 잊은 것이 있어."

"뭔데?"

"나도 그걸 알면 좋을 텐데. 계획서에 빠진 것이 있을 거야. 모든 범죄에는 구멍이 있지. 하지만 어디에 허점이 있는지 미리 알 수는 없어. 아무리 꼼꼼한 범죄자라도 예외 없이 사소한 실수를 하게 마련이야. 문서란 문서는 전부 없애버리고는 어리석게도 여권을 남겨놓는다든가 하는 실수 말이야. 온갖 장애물을 다 고려하지만 가장 분명하고 틀림없는 장애물은 간과하게 되지. 뭔가 한 가지를 꼭 잊어버려. 아마 나도 가장 중요한 사항을 생각하지 못했을 수도 있어."

여자가 긴장감이 배어 있는 목소리로 물었다.

"당신은 이 계획이 성공하기 어려울 것 같지 않아?"

"모르겠어, 힘든 일이라는 사실밖에는. 다른 방법이 훨씬 쉬울 거야. 자신의 법칙에 반하는 일은 대부분 실패하게 되어 있어. 법률 조항이나 오스트리아 헌법, 경찰을 말하는 게 아니야. 그런 법칙들은 해결할 방법이 있겠지. 하지만 사람은 누구나 자신만의 본질적인 법칙이라는 것을 가지고 있어. 어떤 사람은 성공하고, 어떤 사람은 실패하지. 성공하기로 되어 있는 사람은 성공하고, 실패하기로 되어 있는 사람은 실패하는 거야. 나는 지금까지 한 번도 성공해 본 적이 없어. 당신도 마찬가지겠지. 어쩌면 당신은 이미 우리가 실패하리라고 확신하고 있는지도 모르겠어. 내 솔직한 의견을 원한다면 말해주지. 나는 한순간도 아무 걱정 없이 행복을 누려 본

적이 없었어. 어쩌면 행복이라는 것이 나와는 어울리지 않는 모양이야. 한 달, 1년, 2년 만이라도 행복할 수 있다면, 나는 만족할 거야. 나는 우리가 이 일을 감행한다 해도, 백발이 성성하도록 시골의 작고 아늑한 집에서 행복하게 살게 되리라고는 기대하지 않아. 다만, 우리가 권총으로 하려 했던 그 일을 잠시 미루고 몇 주, 몇 개월, 몇 년만 행복하게 살게 되기를 바랄 뿐이야."

여자가 물끄러미 남자를 응시했다.

"페르디난트, 솔직히 대답해 줘서 고마워. 당신이 들뜨고 신이 나서 이야기했더라면 나는 당신을 믿지 못했을 거야. 나 역시 우리가 그 일에 성공하더라도 오래가지는 못하리라고 생각해. 기차를 타고 이곳까지 오는 동안 그만두고 싶은 생각이 간절했어. 우리가 벌이려는 이 일은 아마도 의미 없는 짓일 거야. 하지만 해보지도 않고 지금처럼 평생을 살아간다는 것은 더 의미 없겠지. 더 나은 방법은 없는 것 같아. 그러니까, 이제는 날 믿어도 돼."

남자가 여자의 얼굴을 바라보았다. 맑고 환한 얼굴이었지만, 즐거운 기색은 없었다.

"그 말, 취소하지 않을 거야?"

"응."

"그럼, 10일 수요일, 저녁 여섯 시?"

여자가 남자의 시선에서 눈을 떼지 않고 손을 내밀며 대답했다.

"좋아, 한번 해보자!"

역자 후기

　슈테판 츠바이크는 양차 세계대전 사이에 독일어권은 물론 세계적으로 널리 알려진 작가였다. 그는 소설뿐 아니라 에세이, 전기, 희곡 등 다른 분야에서도 많은 작품을 남겼고, 국내에서는 1970년대부터 그의 작품이 번역·출간되기 시작하여 지금까지 주요 작품은 거의 다 소개되었다.

　그의 걸작 가운데 하나인 『우체국 아가씨』는 제1차 세계대전이 끝나고 8년이 지난 1926년 오스트리아와 스위스를 배경으로, 전쟁에 젊음을 빼앗겨 희망을 상실한 젊은 남녀의 이야기를 담고 있다.

　츠바이크의 소설은 대부분 작가 자신이 체험한 제1·2차 세계대전, 특히 제1차 세계대전을 소재로 삼고 있지만, 그중에서도 『우체국 아가씨』는 돈과 위세가 마치 건널 수 없는 강처럼 사람들을 양쪽으로 갈라놓은 양극화 사회에 대한 깊은 통찰과 더불어 전쟁이 파괴하고 유린한 인간의 심리를 첨예하게 묘사한 작품이다.

이 소설의 원고는 츠바이크가 1942년 망명지 브라질에서 두 번째 부인과 동반 자살한 후에 발견된 유고 더미에 포함되어 있었다. 작가는 이 원고를 쓴 1930년대, 특히 1934년부터 1938년 사이에 나치의 압박을 피해 영국에 망명 중이었고, 그곳에서 두 번째 부인 샤로테 알트만(Charlotte Altmann)을 만났다. 그런 배경 때문인지, 이 소설에는 당시 오스트리아의 정치적 사건들과 샤로테의 영향이 짙게 반영되어 있다.

주로 단편과 중편을 발표한 츠바이크는 글을 단기간에 몰아 쓰는 습관으로 유명한데, 이 장편만은 수년에 걸쳐 조금씩 완성해 갔다고 한다. 그리고 그는 세상을 떠날 준비를 할 즈음 두 편의 원고를 출판사로 보냈는데 그때에도 이 소설의 원고는 보내지 않았다고 한다. 그런 정황에 비추어 츠바이크 전문가들은 이 소설이 미완성이라는 주장에 대부분 동의하는 것으로 보인다. 어쨌든 그가 생전에 이 작품을 출간하지 않았고, 또 사후 출간에 대한 어떤 지시도 남겨놓지 않은 이유에 대해서는 명확하게 알려진 바 없으니 누구도 단정적으로 말할 수는 없지만, 오랜 기간 심혈을 기울여 쓴 작품인 것만은 분명한 듯싶다.

사후 40년 동안 망각의 창고에서 잠자고 있던 이 작품은 1982년에야 독일에서 처음 출간되어 대단한 인기를 누렸고, 곧이어 미국, 프랑스 등 다른 나라에서도 번역 · 출간되어 많은 사랑을 받았다.

츠바이크는 원래 이 소설의 제목을 '우체국 아가씨 이야기(Postfrauleingesch ichte)'로 정했으나, 1982년 독일에서 '변신의 도취(Rausch der Verwandlung)'라는 제목으로 출간되었고, 같은 이름으로 1988년 독일과 프랑스에서 TV 영화로 제작되어 큰 호응을 얻기도 했다.

오스트리아의 한적한 시골 마을. 그곳 초라한 우체국에서 일하는 크리스티네는 미래에 대한 아무런 꿈도 없이 병든 어머니와 함께 절망적인 하루하루를 보낸다. 겉으로 보기에는 패전 후 전반적으로 매우 어려운 시국에 그나마 안정적인 공무원 신분을 유지하고 있는 것 같지만 사실 그녀는 우체국의 비품처럼 언제든지 교체될 수 있는, 지독하게 가난하고 우울한 처녀일 뿐이다. 몸도 마음도 극도로 피폐해진 그녀는 과거에 자신에게도 행복했던 시절이 있었는지조차 기억하지 못할 정도로 고단한 삶을 이어간다. 전쟁이 앗아간 청춘을 되찾고 싶지만 남자들은 그녀에게 눈길조차 주지 않고, 찌든 가난에서 벗어날 희망은 요원하기만 하다. 여자는 이제 너무 늦어버렸다고, 이 세상에서 행복은 이미 손 닿을 수 없는 곳으로 가버렸다고 생각한다.

그러던 어느 날, 미국에 거주하는 부유한 이모의 초청으로 알프스의 최고급 휴양지로 휴가를 떠나면서 그녀의 인생은 극적인 반전을 맞이한다. 처음에는 상류층 부호들만 모이는 초특급 호텔에서 주눅이 들어 종업원들을 쳐다보기조차 두려워하지만, 전에는 상상조차 할 수 없었던 호화스러움과 풍요로움에 빠져들면서, 여자는 전혀 새로운 인간으로 다시 태어나는 변신을 경험한다.

그러나 행복에 도취한 그녀에게 부유한 자들의 세계는 결국 문을 열어주지 않는다. 심지어 그녀의 후견인이 되었던 이모마저도 자신의 평판에 흠집이 날 것이 두려워 그녀를 다시 고향으로 돌려보내지 못해 전전긍긍한다. 열두 시가 넘으면 원래의 부엌데기로 돌아가야 했던 신데렐라처럼 그녀는 아름다운 환상 같았던 며칠간의 모험을 끝내고 고향으로 돌아온다.

낙원에서 추방당한 이브처럼 여자는 천국 같았던 스위스의 호텔을 떠나면서 그것은 '이별이 아니라 죽음'이라고 탄식한다. 그리고 다시 예전의 삶으로 돌아가지만, 이제는 그 초라한 일상마저도 견딜 수 없는 것이 되어버린다.

그러던 중 전쟁에서 얻은 부상으로 변변한 일자리도 없이 낙담하여 세월을 보내는 페르디난트를 만나고, 두 사람은 서로 상처받은 마음을 위로하지만 출구 없는 터널 같은 만남을 지속할 수 없음을 깨닫는다. 결국 두 사람은 실패한 인생에서 벗어나고자 동반 자살을 계획한다. 그러나 그 계획을 실행하기 직전, 비록 짧은 기간의 미래이지만 희망을 품을 만한 계기가 찾아오고, 두 사람은 가혹한 운명과 처절한 가난에서 벗어나 진정한 자유를 얻기를 바라며 우체국 금고에 든 거액을 탈취하는 범행을 기도한다.

　이 소설의 전반부는 가난과 질병에 시달리는 홀어머니, 부유한 이모가 등장하면서 멜로드라마에서 흔히 볼 수 있는 신데렐라와 같은 여주인공의 모험이 펼쳐질 것 같은 기대를 품게 한다. 하지만 슬픔과 연민, 두려움과 분노가 작품의 전체적인 분위기를 지배하고, 나약한 여인이 견뎌내기 어려운 불행한 운명이 이야기의 흐름을 압도한다.

　츠바이크는 이 작품에서 전후에 극심하게 양극화한 사회에서 살아가는 소외된 사람들과 몰락한 중산층의 문제를 등장인물들의 심리적인 내면 탐구와 당시 정치 상황에 대한 실감 나는 서술을 통해 치열하고도 집요하게 파헤친다. 거기에는 핍박받으며 고초의 나날을 보내야 했던 작가 자신의 삶에 대한 회한이 깊이 침윤되어 있다. 오스트리아의 수도 빈의 부유한 가정에서 태어나 일찌감치 작가로서의 놀라운 성공을 거두었지만, 나치의 탄압이 극에 달하자 이를 피해 망명객이 되어 외국을 떠돌아야 했던 그의 절망과 분노가 그대로 녹아 있는 것이다. 조국 오스트리아가 독일에 합병되고, 나치에게 재산을 몰수당하고, 패전국 국민이 되어 모국어로 작품조차 출간할 수 없게 된 츠바이크의 분노는 이 소설에서 페르디난트의 입을 통해 격렬하게 터져 나온다.

　"어떤 의사도 6년간의 젊음이 육체에서 떨어져 나간 사람을 치료할 수는 없어. 누가 내 젊음을 보상해 주지?

국가가? 그 고위층 사기꾼들이? 그 고위층 도둑놈들이? 40명이나 되는 장관 가운데 단 한 사람만이라도 대봐. 법무부 장관? 복지부 장관? 산자부 장관? 공정하게, 사리사욕 없이 정말 국민을 위해 일하는 고급 공무원이 단 한 명이라도 있으면 이름을 대봐."

또한, 희망조차 허락되지 않는 상황에서 동반 자살을 기도하는 두 주인공을 통해 독자는 츠바이크와 그의 부인이 비극적 선택을 한 배경을 충분히 짐작할 수 있다. 실제로 그들의 시신이 발견되었을 때 두 사람은 서로 손을 꼭 잡은 채 침대에 나란히 누워 잠들어 있었다고 한다. 늘 자신을 괴롭히는 우울증에 시달리며 다시는 행복했던 과거로 돌아갈 수 없는 현실에 절망하여 스스로 생을 마감한 츠바이크는 페르디난트를 통해 자신의 절박한 심정을 자조적으로 토로한다.

"인간이 평생 누릴 수 있는 유일한 자유는 아마도 스스로 삶을 마감할 수 있는 자유일 거야."

나는 이 소설을 번역하면서 주인공 크리스티네뿐 아니라 여기 등장하는 모든 인물이 내가 살고 있는 이 사회 곳곳에서 여전히 살아 숨 쉬고 있는 듯한 인상을 받았다. 소설의 세계는 공간과 시대적 배경이 다를 뿐 불안과 소외, 탐욕과 좌절, 신분적·경제적 갈등으로 얼룩진 오늘날 우리의 현실과 별반 다르지 않았기 때문이었다. 한쪽에는 모든 것이 수월하고, 아름답고, 호화스럽고, 황금빛 광채로 빛나는 배타적인 세계가 있는가 하면 다른 한쪽에는 불안하고, 절망하고, 분노하는 어두운 세계가 고통스럽게 공존하고 있었다. 그 서글픈 세계에서는 인생의 가장 아름다운 순간을 보내야 할 젊은 남녀의 사랑조차도 몇 푼의 돈 때문에, 빼앗긴 미래 때문에 이별의 위기에 놓이고, 남의 일로만 여겼던 절망적인 출구를 향해 달려가고 있었다.

그래서인지 이 책을 번역하는 동안 크리스티네가 직면했던 현실이 머릿속을 떠나지 않았고, 절망, 변신, 도취, 증오 그리고 다시 절망으로 이어지는 그녀의 나날을 안타까운 마음으로 지켜볼 수밖에 없었다.

또한 인간의 내면에서 잠자는 이기적 욕망, 오랫동안 굶주렸던 욕구가 분출되는 과정을 추적하는 일은 한편으로 문학적 즐거움이기도 했지만, 다른 한편으로는 오늘날 우리의 상황을 재발견하는 현실적 고통이기도 했다. 츠바이크는 분명히 혼란했던 자기 시대를 그리고 있었지만, 그는 마치 예언자처럼 오늘을 사는 우리의 자화상을 그리고 있었던 것이다.

그러나 미로처럼 복잡한 등장인물의 내밀한 심리 묘사나 굴곡진 내면적 독백을 번역하는 일은 쉬운 작업이 아니었다. 게다가 이제는 사라진 당시의 풍경과 풍속에 대한 묘사를 우리말로 옮기는 일 또한 간단하지 않았다. 하지만 한시대를 대표했던 대작가의 장편을 완역하는 일은 큰 기쁨이었고, 작가의 명성에 걸맞은 작품의 뛰어난 가치를 다시 한번 확인할 수 있었다. 그는 세월이 흘러도 변하지 않는 인간의 심리를 통찰하고 그것을 작품으로 형상화한 놀라운 작가임이 틀림없다.

츠바이크가 세상을 떠나기 전 6개월간의 삶을 재구성한 소설 『슈테판 츠바이크의 마지막 나날』(현대문학)에는 그가 고국을 떠나 망명지 영국에서 미국으로, 그리고 다시 남미에 정착하여 비극적 최후를 맞기까지의 과정이 나타난다. 그 고통스러운 여정에서도 츠바이크는 착잡한 마음으로 자신이 창조한 두 주인공 크리스티네와 페르디난트를 생각하며 노심초사하고 있었다. 나는 이 대목을 읽으면서 삶을 마감할 준비를 하면서도 작품에 대한 생각에 몰두한 작가의 심정이 절절하게 느껴져 가슴이 뭉클했다. 그리고 그 순간, 나의 뇌리에는 문득 이런 질문이 떠올랐다. 초라하고 모욕적인 삶을 살아가던 크리스티네가 천국 같은 알프스에서 전혀 다른 인간으로 태어나고, 극적인 변신에 도취하여 무한한 행복을 느꼈듯이, 츠바이크 역시 고통스러운 현실을 잠시나마 잊을 수 있었던 것은 자신이 창작한 세계에 몰입하여 그가 꿈꾸던 영원불멸의 작가로 변신하는 순간이 아니었을까. 그리고 나 역시 그의 소설을 번역하고 그가 창조한 세계를 탐험하면서 내가 속한 현실을 잊어버리고 새롭게 변신한 나 자신에게 잠시나마 도취했던 것은 아니었을까.

Rausch der Verwandlung

우체국 아가씨

초판 3쇄	2025. 1. 17.
초판 발행	2023. 4. 25.
저자	슈테판 츠바이크
역자	남기철
발행인	이재희
출판사	빛소굴
출판 등록	제251002021000011호(2021.1.19.)
팩스	0504-011-3094
전화번호	070-4900-3094
ISBN	979-11-980885-2-9(03850)
이메일	bitsogul@gmail.com
SNS	www.instagram.com/bitsogul